高等学校政治理论知识要览

李 勇　史成虎　主编

科学出版社

北京

内容简介

本书是高校思想政治理论课辅导学习教材之一,内容主要包括马克思主义基本原理概论、毛泽东思想和中国特色社会主义理论体系概论、中国近现代史纲要、思想道德修养与法律基础等。本书在编写过程中,紧扣教学大纲的要求,结合学生的实际,把教材的精华与重点、难点进行了高度的概括,使学生在学习中能做到有的放矢,提高学习效率。

本书适合高等院校本专科学生使用,亦可供准备参加研究生入学考试的读者使用。

图书在版编目(CIP)数据

高等学校政治理论知识要览/李勇,史成虎主编. —北京:科学出版社,2011.8

ISBN 978-7-03-031934-0

Ⅰ.高⋯ Ⅱ.①李⋯②史⋯ Ⅲ.政治理论-高等学校-教学参考资料 Ⅳ.D0

中国版本图书馆 CIP 数据核字(2011)第 151008 号

责任编辑:李磊东/责任校对:安 凌
责任印制:彭 超/封面设计:苏 波

科学出版社 出版

北京东黄城根北街 16 号
邮政编码:100717
http://www.sciencep.com

武汉市新华印刷有限责任公司印刷
科学出版社发行 各地新华书店经销

*

2011 年 8 月第 一 版 开本:787×1092 1/16
2011 年 8 月第一次印刷 印张:15
印数:1—6 000 字数:345 000

定价:24.50 元
(如有印装质量问题,我社负责调换)

前　言

　　加强和改进高校思想政治理论课,是党和国家事业长远发展的需要。马克思主义是我们立党立国的根本指导思想,是全党全国人民团结奋斗的共同思想基础。而高校思想政治理论课承担着对大学生进行系统的马克思主义理论教育、用发展着的马克思主义武装学生头脑的任务。大学生是国家的宝贵人才。高校思想政治理论课的教学效果如何,关系到能否培养出大批社会主义事业的合格建设者和可靠接班人,党的事业能否后继有人,国家能否长治久安,全面建设小康社会及中华民族伟大振兴的目标能否实现。所以我们在牢牢把握高校思想政治理论课的教学目标和精神实质的同时,立足于为国家培育合格的高校毕业生这个根本目标,结合学生思想和心理发展的特征,编写了本书,希望通过此辅导教材对提高学生的素质,深化对教材的理解和把握起到高屋建瓴的作用。

　　我们在编写本辅导教材时,综合考虑了全国高校已经实施的思想政治理论课新课程方案和改革以后思想政治理论课的各科教材,为了让高校学生特别是大一、大二的学生更好地把握教材的重点和难点以及准备参加研究生入学考试的大三、大四的学生更好地复习考研政治理论,本书编写组紧扣教学大纲的要求,结合学生的实际,把教材的精华与重点难点进行了高度的概括,使学生在学习中能做到有的放矢,提高学习效率。

　　本书由李勇、史成虎担任主编,各篇的作者是:韩丹(第一篇马克思主义基本原理概论)、史成虎(第二篇毛泽东思想和中国特色社会主义理论体系概论)、王兴波(第三篇中国近现代史纲要)、李勇(第四篇第一至六章)、王东丽(第四篇第七、八章)。全书由李勇、史成虎统稿、定稿。

　　本书在编写的过程中,林益教授给予了热情支持和帮助,在此一并表示感谢。

　　由于水平有限,难免有疏漏和错误之处,我们热切希望广大读者批评指正。

编　者

2011 年 5 月

目 录

第四篇　思想道德修养与法律基础

第一篇　马克思主义基本原理概论

绪论　马克思主义是关于无产阶级和人类解放的科学

一、什么是马克思主义

（一）从三个层面来理解

第一，马克思主义是由马克思、恩格斯创立和后继者进一步丰富和发展的观点和学说的体系。

第二，马克思主义是以世界的本质及其发展的一般规律为根本研究对象，是关于世界的普遍本质及其发展的一般规律的科学，特别是关于人类社会发展的一般规律，资本主义发展和转变为社会主义，以及社会主义和共产主义发展普遍规律的科学。

第三，马克思主义是一种意识形态，即现代无产阶级的意识形态，它一方面是现代无产阶级的根本利益和革命运动的反映，另一方面是为实现无产阶级根本利益服务的，是无产阶级及其政党认识世界和改造世界的思想武器，是关于无产阶级和人类解放的科学。

（二）体系

马克思主义的体系是由马克思主义哲学、马克思主义政治经济学和科学社会主义构成。

（三）含义

从狭义上说，马克思主义就是马克思恩格斯创立的基本理论、基本观点和学说体系。从广义上说，马克思主义是由马克思恩格斯创立的基本理论、基本观点和学说，同时由列宁、毛泽东等后来的马克思主义者对其继承和发展，推进到新的发展阶段。

二、马克思主义的产生和发展

（一）马克思主义是时代的产物

马克思主义产生于 19 世纪中叶自由资本主义时代。自由资本主义时代是文明和冲突并存的时代。从文明来看，自由资本主义通过资本家之间的自由竞争，极大地促进了社会生产力的发展。马克思说："资产阶级在它的不到一百年的阶级统治中，所创造的生产力，比过去一切世代创造的全部生产力还要多、还要大。"从冲突来看，(a) 生产社会化与生产资料私人占有的矛盾是资本主义社会的基本矛盾，这一矛盾与资本主义相伴而生，并进一步导致资本主义经济危机的周期性爆发。(b) 19 世纪 30 年代以来，无产阶级与资产阶级的矛盾在当时欧洲的发达国家，已经逐渐上升为主要矛盾。无产阶级需要科学的理论，为马克思主义产生提供了阶级基础。

（二）马克思、恩格斯的革命实践和对人类文明成果的继承与创新

马克思、恩格斯与同时代的人相比,具有双重的优点:比起工人活动家,他们具有高度的理论素养;比起其他理论家,他们又具有强烈的实践愿望。可以说,他们兼有"学者和革命家的品质"。理论和实践的双重探索,使他们实现了由唯心主义到唯物主义、由革命民主主义到共产主义的革命转变。他们从批判旧世界中发现新世界,解决了无产阶级和劳动群众所面临的时代课题,创立了马克思主义。

马克思主义批判地继承、吸收人类 19 世纪所创造的优秀文化成果——德国古典哲学、英国古典政治经济学、法国英国的空想社会主义。在此基础上,揭示了资本主义生产方式的本质和发展规律,总结了工人阶级斗争实践的经验,进而创立了马克思主义。

（三）马克思主义在实践中不断发展

马克思主义具有与时俱进的理论品质。马克思、恩格斯在世的时候就从来没有停止对自己理论的丰富和发展。他们逝世以后,列宁、毛泽东、邓小平等后继者们在新的历史条件下一直继续着发展马克思主义事业,并作出了不同程度的贡献,把马克思主义不断提升到新的水平。列宁主义、毛泽东思想、中国特色社会主义理论体系,是马克思主义产生以来获得新发展的最重要的和最具有代表性的理论成果。这些科学成果,为马克思主义政党和社会主义事业的蓬勃发展提供了有力的指导。

三、马克思主义的特点

马克思主义是科学性与革命性的统一。

（一）马克思主义是科学的世界观和方法论

辩证唯物主义与历史唯物主义是马克思主义最根本的理论特征,并在此基础上构成一个有内在联系的完备而严密的科学理论体系,成为指导无产阶级实现自身解放和全人类解放的认识工具。

（二）马克思主义具有鲜明的政治立场

马克思主义政党的一切理论和奋斗都致力于实现最广大人民的根本利益,这是马克思主义最鲜明的政治立场,是马克思主义政党先进性的重要体现。

（三）马克思主义具有最重要的理论品质

坚持一切从实际出发,理论联系实际,实事求是,在实践中检验真理和发展真理,是马克思主义最重要的理论品质。这一理论品质,是近 160 年来马克思主义保持蓬勃生命力的关键所在。

（四）马克思主义具有崇高的社会理想

实现物质财富极大丰富、人民精神境界极大提高、每个人自由而全面发展的共产主义是马克思主义最崇高的社会理想。

以上四个方面相互联系、内在统一,体现了马克思主义严格的科学性和彻底的革命性的高度统一。把握住这四个方面,就可以从总体上把握住马克思主义的科学理论体系。

四、努力学习和自觉运用马克思主义

马克思主义是我们立党立国的根本指导思想。马克思主义的基本原理任何时候都要坚持,否则我们的事业就会因为没有正确的理论基础和思想灵魂而迷失方向,就会归于失败。这是我们为什么必须始终学习和坚持马克思主义基本原理的道理所在。

（一）在理论与实际的结合中学习和掌握马克思主义

理论与实践的统一,是马克思主义的一个最基本的原则。学习理论,武装头脑要做到:第一,掌握其基本原理及其科学体系,掌握其精神实质,运用马克思主义的立场、观点、方法指导实践。第二,坚持马克思主义的科学精神,弘扬理论联系实际的优良学风。第三,坚持马克思主义的科学态度,把对马克思主义的坚持与发展统一起来,用发展着的马克思主义指导新的实践。学习马克思主义,必须高举中国特色社会主义伟大旗帜,坚持中国特色社会主义道路,学好中国特色社会主义理论体系。

（二）把马克思主义作为行动的指南

学习马克思主义的目的在于应用。大学生要努力做到:第一,在思想上自觉地坚持以马克思主义为指导,确立对马克思主义的科学信念,坚定共产主义的远大理想。第二,不断提高运用马克思主义立场、观点和方法分析、解决问题的能力,建设社会主义核心价值体系,自觉抵制各种不良思想文化的影响,树立社会主义价值观。第三,不断增强服务社会的本领,自觉投身中国特色社会主义实践。

第一章　世界的物质性及其发展规律

一、哲学与哲学基本问题

黑格尔说:"哲学是一个民族精神的命脉。如果说数学是自然科学的皇冠,那么哲学就是社会科学的皇冠。""一个国家没有哲学,就像一座雄伟壮观的庙中没有神像一样,空空荡荡,徒有其表,因为它没有可信仰的东西,可尊敬的东西。"爱因斯坦说:"与其说我是物理学家,不如说我是哲学家。"毛泽东说:"没有哲学,就没有共同的语言、基本的方法,连扯皮都扯不清楚。"

（一）哲学的含义

哲学是系统化和理论化的世界观和方法论。世界观是人们对整个世界的总体看法和根本观点。方法论是人们认识和改造世界所遵循的根本方法的学说和理论体系。有什么样的世界观就有什么样的方法论。

（二）哲学基本问题

恩格斯说:"全部哲学,特别是近代哲学的重大的基本问题,是思维和存在的关系问题。"因此,思维和存在的关系问题是哲学的基本问题。

第一,哲学基本问题的两个方面。哲学基本问题的两个方面即思维与存在何者为第一性,思维能否认识或正确认识存在的问题。根据对哲学基本问题的第一方面的不同回答,哲学划分为两个对立的基本派别:唯物主义和唯心主义。唯物主义把世界的本原归结为物质,主张物质第一性,意识第二性,意识是物质的产物。唯心主义把世界的本原归结为精神,主张意识第一性,物质第二性,物质是意识的产物。根据对哲学基本问题第二方面的不同回答,哲学划分为可知论和不可知论。可知论认为世界是可以被认识的;不可知论认为世界是不能被人所认识或不能完全认识。

第二，唯物主义哲学的三个基本形态。唯物主义哲学经历了三个基本形态，即古代朴素唯物主义、近代形而上学唯物主义、辩证唯物主义。古代朴素唯物主义将物质世界等同于某种具体的物质形态。如中国古代的五行说，古希腊、古罗马关于水、火、气是世界本原的学说。近代形而上学唯物主义在解释世界的本原时，以自然科学为依据，把基本粒子的构成、物质结构及其某种属性作为世界的本原。辩证唯物主义认为物质是世界的本原，物质决定意识。

第三，唯心主义哲学的两个基本形态。唯心主义分为客观唯心主义和主观唯心主义。客观唯心主义认为世界的本原是某种外在的、神秘的力量。如黑格尔的"绝对理念是万事万物的本原"，柏拉图的"现实世界是理念世界的影子"，老子的"道"天地之根、万物之母，朱熹的"理在事先"。主观唯心主义认为世界的本原在于人的主观精神（人的感觉、经验、观念、意志、心等），客观事物以至整个世界都是这种主观精神的产物。如贝克莱的"存在即被感知"，笛卡尔的"我思故我在"，孟子的"万物皆备于我"，王阳明的"心外无物"。

第四，辩证法和形而上学。辩证法和形而上学是在唯物主义和唯心主义基础上产生的两种不同的发展观。辩证法坚持用联系的、发展的观点看问题，形而上学主张用孤立、静止的观点看问题。

第五，唯物史观和唯心史观。唯物史观和唯心史观是在唯物主义和唯心主义基础上产生的两种不同的历史观。唯物史观认为社会存在决定社会意识，唯心史观认为社会意识决定社会存在。

马克思主义哲学的创立是哲学史上的伟大革命。它以科学的实践观为基础，正确地解决了人与自然、人与社会即人与世界的关系，从而实现了唯物论和辩证法、唯物主义自然观和历史观的统一。

二、物质世界和实践

（一）物质世界的客观实在性

马克思主义批判地继承了前人的成果，吸收了其物质观中的正确论点和思想，对具体科学关于物质世界研究的最新成果进行了哲学的概括和总结，形成了科学的物质观。

（1）物质范畴是唯物主义世界观的基石

第一，列宁关于物质的界定。列宁从物质与意识既对立又统一的关系上把握物质，阐述了物质的定义。"物质是标志客观实在的哲学范畴，这种客观实在是人通过感觉感知的，它不依赖于我们的感觉而存在，为我们的感觉所复写、摄影、反映。"物质范畴是对物质世界多样性所做的最高的哲学概括。物质的唯一特性是客观实在性，它存在于人的意识之外，可以为人的意识所反映。

第二，马克思主义物质观的理论意义。（a）坚持了物质的客观实在性原则，坚持唯物主义一元论，同唯心主义一元论和二元论划清了界限。（b）坚持能动的反映论和可知论，有力地批判了不可知论。（c）体现了唯物论和辩证法的统一，克服了形而上学唯物主义的缺陷。（d）体现了唯物主义自然观和唯物主义历史观的统一，为彻底的唯物主义奠定了理论基础。

（2）物质和意识

第一，意识的本质。意识是物质世界长期发展的产物，是人脑的机能和属性，是物质世界的主观映像。意识不仅是自然界长期发展的产物，而且是社会历史的产物。社会实践特别是劳动在意识的产生和发展中起到决定性的作用。意识的本质是物质世界的主观映像，是客观内容和主观形式的统一。马克思说："观念的东西不外是移入人的头脑并在人的头脑中改造过的物质的东西而已。"

第二，物质和意识的关系。物质决定意识，意识依赖于物质并反作用于物质。马克思说："批判的武器当然不能代替武器的批判，物质的力量只能有物质的力量来摧毁；但是理论一经群众掌握，也会变成物质力量。"毛泽东说："物质可以变成精神，精神可以变成物质。"

（3）物质世界是运动的

第一，运动是物质的存在方式和根本属性。运动是标志一切事物的现象的变化及其过程的哲学范畴。物质和运动的关系，物质和运动不可分割。（a）物质是运动的，物质离不开运动。不运动的物质不存在。脱离运动谈物质是形而上学观点。（b）运动是物质的运动，运动离不开物质。物质是运动的载体和承担者。脱离物质谈运动是唯心主义观点。

第二，特殊的运动状态——静止。物质世界的运动是绝对的，物质在运动过程中又有某种暂时的静止，即静止是相对的。静止是物质运动在一定条件下的稳定状态。运动和静止辩证统一。（a）运动是普遍的、永恒的、无条件的，因而是绝对的；静止是局部的、暂时的、有条件的，因而是相对的。（b）静止是运动的特殊状态，是不显著的变化，是运动过程中的某种稳定状态。（c）动中有静，静中有动。（d）任何事物都是绝对运动和相对静止的统一。只承认绝对运动否认相对静止是相对主义诡辩论，只承认静止否认绝对运动是形而上学不变论。

时间和空间是物质运动的存在形式。时间是指物质运动过程的持续性，即一维性或不可逆性；空间是指运动着的物质的广延性，即三维性。时空是绝对和相对的统一。时空的绝对性是指时空的客观性，物质运动与时空不可分离，是无条件的绝对的；时空的相对性是每一以具体的事物的具体时空是暂时的、有条件的、相对的。时空是无限和有限的统一。时空的无限性是指物质世界在时间上的无始无终、空间上的无边无际；时空的有限性是指任何一个具体事物的存在时间是有始有终、空间上是有边有际的。

世界是永恒运动和发展着的物质的世界。包括自然界和人类社会在内的整个世界，其真正统一性在于它的物质性，物质就是客观实在。世界的物质统一性原理是马克思主义哲学的基石，一切从实际出发、实事求是是世界的物质统一性的根本要求。

（二）社会生活本质上是实践的

马克思主义的实践观，不仅揭示自然和社会的物质统一性，而且阐明了实践在人类生活中的根本地位，是马克思主义社会历史观的基础。

第一，实践的定义、特征和形式。马克思主义吸取了哲学史上关于实践认识的合理因素，创立了科学的实践观。实践是人类能动地改造和探索世界的客观物质活动。实践具有物质性、自觉能动性和社会历史性等基本特征。实践的基本形式包括物质生产劳动实践、处理社会关系的实践、科学实验等。物质生产劳动是人类最基本的实践活动。无论何种形式的实践都内在地包含着人与自然、人与社会、人与自我意识的关系，包含着物质变换、活动变换和观念的转换。实践是人的存在方式。

第二,从实践出发理解社会生活的本质。实践是使物质世界分化为自然界与人类社会的历史前提,又是使自然界与人类社会统一起来的现实基础。从实践出发理解社会生活的本质,是马克思主义世界观的重要组成部分。社会生活是对人们各种社会活动的总称。社会生活的实践性主要体现为三个方面:实践是社会关系形成的基础;实践形成了社会生活的基本领域;实践构成了社会发展的动力。总之,全部社会生活在本质上是实践的。

三、事物的普遍联系与发展

联系和发展是唯物辩证法的总特征。

(一)事物的普遍联系

第一,联系的含义及特征。联系是一个普遍的哲学范畴。联系是指事物内部各要素之间和事物之间相互影响、相互制约和相互作用的关系。联系具有客观性、普遍性、多样性。

第二,联系的方法论。马克思主义关于事物普遍联系的原理,要求人们要善于分析事物的具体联系,确立整体性、开放性观念,从动态中考察事物的普遍联系。当前中国正在以科学发展观为指导构建社会主义和谐社会,这就要求我们正确认识和处理人与自然、人与人、人与社会的相互关系,正确认识和处理中国特色社会主义事业中的重大关系,坚持统筹兼顾,促进经济社会的协调和持续的发展,促进人的全面发展。

(二)事物的永恒发展

第一,发展的含义及特征。事物的相互联系包含事物的相互作用,相互作用必然导致事物的运动、变化和发展。事物之间相互作用的结果,使事物原有的状态和性质发生程度不同的变化。联系构成运动,运动引起变化,变化的基本趋势是发展。发展是前进的上升的运动。发展的实质是新事物产生旧事物灭亡。新事物是指合乎历史前进方向、具有远大前途的东西。旧事物是指丧失历史必然性、日趋灭亡的东西。

第二,发展的方法论。事物的发展是一个过程。一切事物,只有经过一定的过程,才能实现自身的发展。从我国的现实看,我国正处于社会主义初级阶段,它经过自身的长期发展,向着共产主义迈进,这是不以人的意志为转移的历史潮流。

四、唯物辩证法的三大规律和五大范畴

事物在普遍联系和发展中,呈现出三大规律和五大范畴。三大规律是对立统一规律、质量互变规律、否定之否定规律。五大范畴是原因和结果、必然与偶然、现象与本质、内容与形式、可能性与现实性。

(一)三大规律

(1)对立统一规律

对立统一规律是唯物辩证法的实质和核心。对立统一规律揭示了事物发展的动力和源泉。

首先,矛盾的定义。矛盾是反映事物内部和事物之间对立统一关系的哲学范畴。对立和统一体现了矛盾的两种基本属性。矛盾的对立属性又称斗争性,矛盾的统一属性又称同一性。

其次,矛盾的同一性与斗争性及其辩证关系。矛盾的同一性是指矛盾双方相互依存、相互贯通的性质和趋势。矛盾的斗争性是矛盾着的对立面之间相互排斥、相互分离的性质和趋势。矛盾的同一性和矛盾的斗争性是相辅相成的,没有斗争性就没有同一性,没有同一性也就没有斗争性。矛盾的斗争性和矛盾的同一性在事物发展过程中是相互结合共同发生作用的。但是,在事物发展的矛盾运动中,两者所处的地位和所起的作用是不同的,同一性是相对的,斗争性是绝对的。矛盾是事物发展的动力和源泉。

最后,矛盾的普遍性与特殊性及其辩证关系。矛盾的普遍性是指矛盾是世界的普遍状态。其含义是矛盾存在于一切事物中,存在于一切事物发展过程的始终。简单说,就是事事有矛盾,时时有矛盾。矛盾特殊性是指具体事物所包含的矛盾及每一矛盾的各个方面都各有其特点。矛盾的特殊性有三种情形:一是不同事物的矛盾各有其特点;二是同一事物的矛盾在不同发展过程和发展阶段各有不同特点;三是在矛盾群中存在着根本矛盾和非根本矛盾、主要矛盾和次要矛盾。根本矛盾贯穿事物发展过程的始终,规定者事物的性质。主要矛盾是矛盾体系中处于支配地位,对事物发展其起决定作用的矛盾。非根本矛盾、次要矛盾是处于服从地位的矛盾。在每一对矛盾中有矛盾的主要方面与次要方面。矛盾的性质主要是由矛盾的主要方面决定的。具体问题具体分析是马克思主义的活的灵魂。矛盾的普遍性与矛盾的特殊性辩证统一。矛盾的普遍性即矛盾的共性,矛盾的特殊性即矛盾的个性。矛盾的共性是无条件的、绝对的,矛盾的个性是有条件的、相对的。任何现实存在的事物都是共性和个性的统一。矛盾的共性和个性相统一的关系,即是客观事物固有的辩证法,也是科学的认识方法。矛盾的普遍性和特殊性辩证关系原理是马克思主义的普遍真理同中国革命、建设的实际相结合的哲学基础,是建设中国特色社会主义的哲学基础。

(2)质量互变规律

质量互变规律揭示了事物发展的状态和形式。

首先,质、量、度的定义。任何事物都是质和量的统一。质是一事物区别于其他事物的内在规定性。量是事物的规模、程度、速度等可以用数量关系表示的规定性。质和量的统一就是度。具体来讲,度是保持事物质的稳定性的数量界限。掌握适度的原则是认识和处理问题的基本要求。

其次,质变、量变及辩证关系。事物的联系和发展呈现出量变和质变两种状态和形式。质变是事物性质的根本变化,是事物由一种质态向另一种质态的飞跃,体现了事物渐进过程和连续性的中断。量变是事物数量的增减和次序的变动,是保持事物的质的相对稳定性的不显著变化,体现了事物渐进过程的连续性。量变和质变的辩证关系是:量变是质变的必要准备;质变是量变的必然结果。量变和质变相互渗透、相互依存、相互贯通。量变引起质变。在新质的基础上,事物又开始新的量变,如此交替循环,形成事物质量互变的规律性。质量互变规律规律体现了事物发展的渐进性和飞跃性的统一。

最后,质量互变规律的方法论。(a)要注意量的积累,所谓"千里之行,始于足下"。(b)量的积累达到一定程度才能引起质变,不能拔苗助长,急于求成。(c)不应因恶小而为之,注意防微杜渐。(d)凡是要把握一个度,所谓过犹不及。(e)当量的积累超过了一定度以后,要让事物发生质变,不能拉历史车轮倒转。

（3）否定之否定规律

否定之否定规律揭示了事物发展的道路和方向。否定之否定规律是指事物经历一次肯定两次否定三个阶段的发展过程。

第一，肯定与否定。肯定方面是事物中维持其存在的方面；否定方面是事物中促使其灭亡的方面。当肯定方面在事物的变化发展中处于优势和主导地位时，事物保持原有的性质和自身的存在，一旦否定方面取得支配地位，事物就转化为自己的对立面，达到自我否定，实现质的飞跃、矛盾转化和解决。

第二，否定之否定规律是辩证的否定观。辩证否定观的基本内容是：（a）否定是事物的自我否定，是事物内部矛盾运动的结果。（b）否定是事物发展的环节。（c）否定是新旧事物联系的环节。（d）辩证否定的实质是"扬弃"，即新事物对旧事物既批判又继承，既克服其消极因素又保留其积极因素。

第三，否定之否定规律的方法论。否定之否定规律从内容上看所揭示的是事物的自我发展、自我完善；从表现形式上看所揭示的是事物的发展波浪式前进或螺旋式上升。事物自我发展的基本特征，是前进性和曲折性的统一。反对肯定一切和否定一切。否定之否定规律的方法论提示，我们不能奢望什么事情都是一帆风顺的，要善于洞察事物发展中的各种可能性，充分估计其困难和曲折，经得起困难和挫折的考验，坚定信心，知难而上，开辟前进的道路。

（二）五大范畴

唯物辩证法的基本范畴主要有原因与结果、必然性与偶然性、可能性与现实性、形式与内容、现象与本质等，它是唯物辩证法理论体系的重要内容。

（1）原因与结果

① 含义。原因是指引起一定现象的现象；结果是由原因作用而引起的现象。事物或现象之间这种引起和被引起的关系，就是因果关系。

② 对立统一关系。原因和结果的区分是确定的又是不确定的，同一现象在一种关系中是原因，而在另一种关系中则是结果。正确认识因果联系的辩证性质，全面把握原因和结果相互转化的发展链条，就能有效地利用事物之间的相互作用去促进事物的发展。

③ 方法论。正确把握因果联系，增强实际工作经验，增强工作中的预见性。

（2）必然性与偶然性

① 含义。必然性是指客观事物联系和发展过程中合乎规律的、一定要发生的、确定不移的趋势；偶然性是指客观事物联系和发展过程中不一定要发生、可以这样出现也可以那样出现的不确定趋势。

② 对立统一关系。两者的对立表现为含义不同、地位不同、作为不同稳定持久的程度不同。两者的统一表现为相互依赖、相互渗透、相互转化。必然性通过大量偶然性表现出来并为自己开辟道路，偶然性是必然性的补充和表现形式，偶然性的背后隐藏着必然性，偶然性受内部必然性的支配。由于事物范围广大，发展无限，所以两者在一定条件下相互转化。

③ 方法论。认识必然和利用自然以获得自由。重视偶然，利用有利的偶然、机遇，避免不利的偶然，通过偶然掌握必然。

（3）可能性与现实性

① 含义。现实性是包含内在根据的、合乎必然性的存在；可能性和现实性相对立，是包含在现实事物之中的、预示着事物发展前途的种种趋势，是潜在的尚未实现的东西。

② 对立统一关系。两者的对立表现在：可能性是潜在的，还没有成为现实的东西，现实性则是一种实现了可能性。可能性不等于现实性，现实性也不同于可能性，不能把两者混为一谈。两者的统一表现在：现实性离不开可能性，它是实现了的可能性，没有可能性的东西是不会变为现实性的；可能性是尚未展开、没有实现的现实性。现实性不是凭空出现的，它是由现在的某种可能性发展而来的，同时又孕育着新的可能性。客观事物的发展，总是在现实性中产生出可能性，而可能性又不断变为现实性的转化过程。

③ 方法论。立足现实性，把握可能性，发挥主观能动性，争取实现好的可能。

（4）内容与形式

① 含义。内容是指构成事物一切要素的综合，包括事物的各种内在矛盾以及由这些矛盾所决定的事物的特征、运动的过程、发展的趋势等。形式是指把事物的内容诸要素统一起来的结构或表现内容的方式。

② 对立统一关系。内容是事物存在的基础，统一内容在不同条件下可以采取不同的形式，同一形式在不同条件下可以体现不同的内容。内容决定形式，形式反作用于内容。任何事物都是内容与形式的统一。内容与形式在一定条件下可以相互转化，在一种关系中是内容的，在另一种关系则为形式，反过来也一样。

③ 方法论。坚持内容与形式的统一，重视形式但反对夸大形式。

（5）现象与本质

① 含义。现象是指事物的外部联系、表面特征和外在表现；本质是指事物的根本性质，是组成事物基本要素的内在关系。

② 对立统一关系。两者的对立表现为：现象是表面的可感知的，本质是内在的，只能靠抽象思维把握；现象是个别的、具体的、丰富的和生动的，本质是共性的、普遍的、深刻的；现象是多变的，本质是稳定的。两者的统一表现为：任何事物都是现象和本质的统一，本质决定现象，现象表现本质。

③ 方法论。注意把现象作为入门的向导，通过现象去认识事物的本质。

五、客观规律性与主观能动性

（一）自然规律和社会规律

规律及其客观性。规律范畴揭示的是事物运动发展中的本质的、必然的、稳定的联系。客观性是规律的根本特点。既反对藐视规律的主观随意性和经验主义，又要反对在规律面前无所作为的思想。

自然规律和社会规律及其关系。自然规律是自然现象固有的、本质的联系。社会规律是通过人们的活动表现出来的社会生活过程诸现象间的内在的必然联系。自然规律与社会规律都是物质世界自身发展的客观规律，具有本质上的一致性。但是，两者起作用的方式又是不同的。自然规律是作为一种盲目的无意识的力量起作用，社会规律是通过抱有一定目的和意图的人的有意识的活动实现的。

（二）意识的能动作用

① 意识的能动作用的含义及表现。意识的能动作用是人的意识所特有的积极反映世界与改造世界的能力和活动。主要表现在：（a）意识是能动的，具有目的性和计划性。（b）意识活动具有创造性。（c）意识具有指导实践改造客观世界的作用。（d）意识具有指导、控制人的行为和生理活动的作用。自觉能动性是人与动物的重要区别。正确发挥主观能动性必须从实际出发，努力认识和把握事物的发展规律；坚持实践的途径；具备一定的物质条件和物质手段。

② 主观能动性与客观规律性的辩证统一。正确理解主观能动性和客观规律性的关系，在理论和实践上都是一个重要问题。首先，必须尊重客观规律。发挥人的主观能动性必须以承认规律的客观性为前提。其次，在尊重客观规律的基础上，要充分发挥主观能动性。人们通过自觉活动能够认识规律和利用规律。实践是尊重客观规律性与主观能动性统一的基础。坚持客观规律性与主观能动性辩证关系原理，要求在社会历史领域必须认识和处理社会发展的历史趋势与主体选择的关系。

第二章 认识世界和改造世界

一、两条根本对立的认识路线

在认识的本质问题上，存在着两条根本对立的认识路线：一条是坚持从物到感觉和思想的唯物主义路线，另一条是坚持从思想和感觉到物的唯心主义路线。

唯物主义认识论分为直观反映论和能动反映论两种形态。直观反映论把人的认识看成是消极地、被动地反映和接受外界对象，类似于照镜子那样的活动。所以，又被称为直观、消极、被动的反映论。如德谟克里特的"影像说"。马克思主义哲学把实践引入认识论，把辩证法应用于反映论，创立了能动反映论。能动反映论是指认识是在实践基础上主体对客体的能动反映。

唯心主义认识论主要是指先验论。先验论是指人的认识和认识能力是源于感觉经验、先于实践的东西，是先天就有的。如洛克的"白板说"。

二、认识与实践

（一）认识的本质

认识的含义。认识是主体对客体的能动反映。

认识的三个要素。任何认识都是主体在于客体的相互作用中对客体的反映，都是以观念的形态再现客体的特征、本质和规律。一个完整的认识活动包括三个要素：认识主体、认识客体和认识中介。认识主体是以某种方式从事社会实践和进行认识活动的人，包括人类主体、社会主体、集团主体和个人主体四种形式。认识客体是指进入人的认识活动，被主体的观念把握活动所指向的客观对象，包括自然客体、社会客体和精神客体三种形式。认识中介是以各种形式的认识工具、手段为要素，包括运用和操作这些工具的程序和方法在内的系统。它是人的认识能力、认识水平发展程度的客观标志，主要由物质性认识工具、观念性认识工具和作为感性符号系统的语言工具所组成。

（二）认识和实践的辩证关系

第一，实践对认识的决定作用。实践是认识的基础，它对认识的决定作用主要表现在：(a) 实践是认识的来源。实践把主体和客体直接地、现实地联系起来，使主体能从客体中获得真实可靠的信息。正所谓"实践出真知"。毛泽东说过："你要有知识，你就得参加变革现实的实践；你要知道梨子的滋味，你就得变革梨子，亲口吃一吃。"(b) 实践是认识发展的动力。实践的发展不断地提出认识的新课题，推动着认识向前发展。恩格斯说："社会上一旦有技术上的需要，则这种需要会比十所大学更能把科学推向前进。"同时，实践为认识发展提供了必要的条件。人们通过实践不断地锻炼和提高了主体的认识能力。(c) 实践是检验认识是否具有真理性的标准。马克思说："人的思维是否具有客观的真理性，这不是一个理论的问题，而是一个实践的问题。人应该在实践中证明自己思维的真理性，即自己思维的现实性和力量，自己思维的此岸性。"马克思这一著名论断表明，人们只有在实践中才能检验自己认识的真理性。(d) 实践是认识的目的。认识活动的目的并不在于认识活动本身，而在于更好地改造客体，更有效地指导实践。认识指导实践、为实践服务的过程，也是认识价值的实现过程。

第二，认识反作用于实践。(a) 先进的、正确的认识指导实践，能够使实践达到预期的效果，促进人类世界的进步与发展。(b) 落后的、错误的认识指导实践，对实践产生消极的甚至破坏的作用，阻碍人类世界的进步与发展。

三、认识运动的基本规律

认识运动是一个辩证发展过程：从实践到认识，从认识到实践；实践、认识、再实践、再认识，认识运动不断反复和无限发展。一个完整的认识运动需要经历两次飞跃，即从感性认识到理性认识的飞跃，从理性认识到实践的飞跃。

（一）从实践到认识：感性认识到理性认识的飞跃

认识运动的辩证过程，首先是从实践到认识的过程。在这个过程中，认识采取了感性认识和理性认识两种形式，并经历了由前者到后者的能动飞跃。

第一，感性认识。感性认识是指人们在实践基础上，由感觉器官直接感受到的关于事物的现象、事物的外部联系、事物的各个方面的认识，包括感觉、知觉和表象三种形式。从感觉、知觉到表象，是由个别的特性到完整的形象，由当时感知到印象的直接保留和事后回忆的认识过程，这里已经包含着认识由部分到全体，有直接到间接的趋势。但整个说来，感性认识仍然是"生动的直观"，是认识的初级阶段，直接性是其突出的特点。但还不深刻，这是其局限性所在，也是它必须上升到理性认识的原因所在。

第二，理性认识。理性认识是指人们借助抽象思维，在概括整理大量感性材料的基础上，达到关于事物的本质、全体、内部联系和事物自身规律性的认识。理性认识包括概念、判断、推理三种形式。理性认识是认识的高级阶段，具有抽象性、间接性的特点，它以反映事物的本质为内容，因而是深刻的。

第三，感性认识和理性认识的辩证关系。感性认识和理性认识是同一的认识过程中的两个阶段，它们是辩证统一的关系。(a) 理想认识依赖于感性认识，理性认识必须以感性认识为基础。(b) 感性认识有待于发展和深化为理性认识。(c) 感性认识和理性认识相互渗透,相互包含。割裂二者的关系,就会走向唯理论和经验论,在实际工作中就会犯教条主义和经验主义的错误。

第四,实现由感性认识向理性认识过渡,必须具备的条件。(a)勇于实践,深入调查,获取十分丰富和合乎实际的感性材料。这是正确实现由感性认识是上升到理性认识的基础。(b)必须经过理性思考的作用,将丰富的感性材料加以去粗取精、去伪存真、由此及彼、由表及里地制作加工,才能将感性认识上升为理性认识。

(二)从认识到实践:理性认识到实践的飞跃

第一,认识过程的第二次飞跃比第一次飞跃更重要。原因在于:(a)认识世界的目的是为了改造世界,只有通过在理论指导下的实践,才能实现改造世界的目的。(b)理性认识只有回到实践中去,才能得到检验、丰富和发展。(c)认识过程的两次飞跃是相互区别的,第一次飞跃主要是认识世界,第二次飞跃主要是改造世界。同时它们又是相互联系、相互渗透的。第一次飞跃是第二次飞跃的准备,第二次飞跃是第一次飞跃的归宿。

第二,实现由理性认识到实践的飞跃,必须具备的条件。(a)要从实际出发,坚持理论和实践相结合的原则,做到具体问题具体分析。(b)要把理性认识和人的需要结合起来,确定行动的目的和计划。在将理论转化为大规模的实践以前,还要做适当的试验、试点,避免大规模实践的失败。(c)除了理论要尽可能正确外,还要让理论为群众所掌握,化为群众的自觉行动。

(三)认识过程的不断反复和无限发展

认识过程的反复性和无限性是指人们的认识过程既不是封闭式的循环,也不是直线式的前进,而是螺旋式的曲折上升过程。

第一,认识过程的反复性。认识过程的反复性是指,由于客观事物的复杂性,人的认识往往要经过由感性认识到理性认识,再由理性认识到实践的多次反复才能完成。原因在于:认识过程中始终存在着主观和客观的矛盾。客观上,事物的各个侧面及其本质的暴露有一个过程;主观上,人的认识能力的提高也是一个过程。

第二,认识过程的无限性。认识过程的无限性是指,由于客观世界是无限发展,因而人类认识的发展也是永无止境的。它表现为"实践、认识、再实践、再认识"的无限循环。

四、真理与价值

(一)真理

第一,真理的含义。真理是人们对于客观事物及其规律的正确认识。

第二,真理与谬误。真理与谬误相比较而存在,相斗争而发展。真理与谬误的根本区别就在于主观是否与客观相符合。符合的就是真理,不符合的就是谬误。真理与谬误既对立又统一。(a)真理与谬误是对立的。就一定范围、一定客观对象来说,真理就是真理,谬误就是谬误。(b)真理与谬误是相互联系的。真理与谬误相比较而存在,没有谬误也就无所谓真理。(c)真理的发展是通过与谬误的斗争来实现的。真理的每一个进步都意味着谬误被批驳、被放弃、被真理所取代。(d)真理与谬误在一定条件下相互转化。任何真理都是在一定范围、一定条件下才能够成立,如果超出这个范围,失去了特定的条件,真理就会变成谬误。谬误在一定条件下可以转变为真理。

第三,真理的特点——真理的客观性、绝对性和相对性。

任何真理,既具有客观性,同时又具有绝对性和相对性。

① 真理的客观性。真理的客观性是真理的根本属性,凡是真理都是客观真理。(a) 真理的内容是客观的。真理作为一种主观的思想形式,是把不以人的意志为转移的外部客观世界作为认识对象的。真理最根本的特征就在于对客观事物的本质和规律的正确揭示,就在于思想与客观事物的本质和规律的一致性。(b) 检验真理的标准是客观的。实践是检验真理的唯一标准,凡是能够经得起实践的检验、得到实践的证实、主观同客观相符合,这种认识就是真理。

② 真理的绝对性和相对性。就真理的发展过程以及人们对它的认识和掌握程度来说,真理是绝对性和相对性的统一。

真理的绝对性是指真理的无条件性、无限性。从两个方面理解:(a) 任何真理都必然包含着同客观对象相符合的客观内容,都同谬误有原则性的界限,都不能被推翻。(b) 就人类认识事物的本性来说,能够正确认识无限发展着的物质世界,认识每前进一步,都是对无限发展着的物质世界的接近。真理的相对性是指真理的有条件性、有限性。从三个方面理解:(a) 从认识的广度上说,任何真理都只是一定范围的正确认识,有待扩展。(b) 从认识的深度上说,任何真理都只是对客观事物和规律的近似的正确认识,有待深化。(c) 从进程上说,任何真理都只是对事物发展的一定阶段的正确认识,有待发展。

真理的绝对性和相对性是辩证统一的。(a) 具有绝对性的真理和具有相对性的真理是相互渗透和相互包含。相对之中有绝对,绝对寓于相对之中;这里的相对性之中,也包含着绝对性的颗粒。绝对之中有相对,真理的绝对性通过相对性表现出来,无数具有相对性的真理之总和构成具有绝对性的真理。(b) 具有相对性的真理和具有绝对性的真理相互转化。真理永远处在由相对向绝对的转化和发展中,这是真理发展的规律。绝对性真理和相对性真理不是两个真理,而是同一个真理的两种不同属性。割裂两者的关系必然导致绝对主义和相对主义。我们实际工作中的教条主义、思想僵化,把马克思主义当成一种现成的公式,到处生搬硬套,是绝对主义的表现;否定马克思主义的基本原则,散布马克思主义"过时论",是相对主义的表现。

第四,真理的检验标准。

在认识外部客观事物时,当获得了一定的认识之后,认识过程并没有结束。这是因为还要对认识结果加以判定、鉴别,看其是否正确。

① 实践是检验真理的唯一标准。实践之所以能够作为真理的检验标准,这是由真理的本性和实践的特点决定的。从真理的本性看,真理是人们对客观事物及其发展规律的正确反映,它的本性在于主观和客观相符合。主观认识本身有正确与错误之分,而客观事物本身无所谓正确和错误的问题。所以,它们均不能单独作为检验认识真理性的标准。从实践的特点看,实践是人类改造世界的客观的物质性活动,具有直接现实性的特点。人类遵循着一定的认识去实践,就可以引出现实的结果,把主观的东西变为客观的东西。一般说来,如果在实践中达到了原来预想的结果,那么人的认识就被证实了,就可以称之为真理性的认识,反之则是错误的认识。因此,实践的直接现实性特点,是作为检验真理标准的主要根据,使它成为最公正的审判官,具有最高的权威。

② 实践作为检验认识真理性的标准的确定性和不确定性。实践作为检验认识真理性的标准的确定性即绝对性,是指实践作为作为检验认识真理性的标准的唯一性,即离开

了实践,再也没有另外的标准。实践作为检验认识真理性的标准的不确定性即相对性,是指实践对认识真理性的检验的条件性。任何实践都受到一定具体条件的制约,因而都具有一定的局限。任何一个时代的实践往往又不能充分证实或驳倒人类认识的一切理论和观点。我们必须把实践对真理的检验,视为全部人类的实践即无数个别的、历史发展着的、整个社会的实践对真理的检验。实践检验和证明真理是一个过程,这个过程永远不会完结。

(二)价值

(1)价值的含义及其特性

第一,价值的含义。价值是揭示外部客观世界对于满足人的需要的意义关系的范畴,是指具有特定属性的客体对于主体需要的意义。

第二,价值的特性。(a)价值具有客观性。首先,人的需要具有客观性。其次,用来满足人的需要的对象具有客观性。最后,满足人的需要的过程和结果也具有客观性。(b)价值具有主体性。价值的主体性是指价值本身的特点直接同主体的特点相联系,价值的特点表现或反映着主体性的内容。由于价值关系的形成是以主体的需要为主导因素的,因此客体对于主体的意义就会因主体及其需要的不同而不同。(c)价值具有社会历史性。由于价值关系的主体具有社会性和历史性,因此人们的需要、实践以及需要满足的形式都表现出了社会性和历史性,这就决定了价值的社会历史性的特点。(d)价值具有多维性。任何一个层次的主体都表现为一定的整体,任何一定整体都会表现出结构和规定的复杂性、立体性和全面性,因而每一主体的价值关系都具有多维性或全面性。

(2)价值评价及其特点

第一,价值评价的含义。价值评价是一种关于价值现象的认识活动。

第二,价值评价的特点。(a)评价是以主客体的价值关系为认识对象的。评价性的认识与知识性的认识不同。评价性认识以客体和主体之间的价值关系为反映内容,以获得关于客体对于主体的意义即"善"、"美"的认识为目的的。(b)评价结果与评价主体有直接联系,是依主体的特点而转移的。评价性认识由于是对客体与主体之间的价值关系的认识,因而主体的客观存在状态,包括主体的需要、特点以及其他的规定性等,作为价值关系的构成要素也就必要会对评价结果产生直接的影响,使评价结果依主体的具体特点而转移。(c)评价结果的正确与否依赖于相关的知识性认识。人们能否正确地对某种价值关系作出判断,取决于人们所具有的相关的知识性认识,包括对客体的属性、本质和规律,也包括对主体的规定性、需要和发展规律等的认识。

第三,树立正确的价值观。价值观是人们关于价值本质的认识以及对人和事物的评价标准、评价原则和评价方法的观点的体系。它与世界观、人生观相一致。价值观对人的行为起着规范和导向作用。价值观不同的人们,行为的取向也会不同,甚至可能截然相反。仅仅拥有科学知识并不能保证人们行为的价值取向的正确。马克思主义以绝大多数人的利益为评价是非、善恶、美丑的标准,归根到底是以社会的进步和人类的解放为标准的。

(三)真理和价值在实践中辩证统一

成功的实践是以真理和价值的辩证统一为前提的。真理既是制约实践的客观尺度,又是实践追求的价值目标之一,即通过实践获取关于外部世界的科学认识;而价值是实践追求的根本目标,同时又是制约实践的主体尺度。坚持真理尺度和价值尺度的辩证统一,要求在实践中坚持和弘扬科学精神和人文精神。

五、认识与实践相统一的方法论

认识与实践的统一,是辩证唯物主义认识论的本质规定。在实际工作中运用这一原理,就必须做到坚持一切从实际出发,在实践中坚持和发展整理,正确认识世界和改造世界。

(一)一切从实际出发

一切从实际出发,就是要把客观存在的事物作为观察和处理问题的根本出发点,这是马克思主义认识论的根本要求和具体体现。从实际出发,就是要从发展变化着的客观实际出发,从特定的社会历史条件出发,按照客观世界的本来面目认识世界而不附加任何外部的主观成分。一切从实际出发,说到底,就是要做到实事求是。

一切从实际出发,在当代中国,就是一切要从社会主义初级阶段这个最大的实际出发。我们党的全部理论和实践活动只有符合这个实际,才能不断地把改革开放和社会主义现代化建设的伟大事业推向前进。

(二)在实践中坚持和发展真理

坚持认识和实践的统一,必须坚持辩证唯物主义的真理观,努力做到以正确的理论为指导,在实践中坚持和发展真理。人类的实践和认识是永无止境的过程,要求我们不断地解放思想,与时俱进,在实践的基础上不断创新。

创新是一个民族进步的灵魂,是一个国家兴旺发达的不竭动力,也是一个政党永葆生机的源泉。创新包括理论创新和实践创新,实践基础上的理论创新是社会发展和变革的先导。通过理论创新推动制度创新、科技创新、文化创新以及其他各方面的创新,不断在实践中探索前进,这是我们治党治国指导,是坚持和发展马克思主义之道。

(三)认识世界和改造世界

认识世界和改造世界是人类创造历史的两种基本活动。认识的任务不仅在于解释世界,更重要的在于改造世界。坚持认识与实践的统一,归根结底是要将认识世界和改造世界结合起来。认识世界和改造世界相互依赖、相互制约。认识世界和改造世界的过程,既是认识和改造客观世界的过程,也是认识和改造主观世界的过程。改造客观世界包括改造自然界和人类社会。改造主观世界就是改造人们的认识能力、改造主观世界和客观世界的关系,核心是改造世界观,即观察和处理问题的立场、观点和方法。

认识世界和改造世界、改造客观世界和改造主观世界的过程,也就是从必然走向自由的过程。由必然到自由表现为人类不断地从必然王国走向自由王国的过程。必然王国和自由王国是人类在客观世界面前所处的两种不同的社会活动状态。从必然王国到自由王国是永无止境的无限发展过程。

第三章 人类社会及其发展规律

一、两种根本对立的历史观

历史观是关于对人类社会总的看法和根本观点的理论体系。历史观的基本问题是社会存在和社会意识的关系问题,这是思维和存在这一全部哲学的基本问题在历史观中的贯彻和表现。对社会存在和社会意识谁是第一性、第二性问题的不同回答,历史观分为唯物史观和唯心史观。

(一)唯物史观和唯心史观

第一,唯物史观。唯物史观是马克思的"第一个伟大发现"。唯物史观又称历史唯物主义,是马克思主义哲学的重要组成部分,是关于人类社会发展一般规律的科学。唯物史观从社会存在决定社会意识出发,认为物质资料的生产方式是社会发展的决定力量,人民群众是历史的创造者,人类社会是合乎规律的辩证发展过程。

第二,唯心史观。在马克思主义产生之前,唯心史观一直占据统治地位。唯心史观又称为历史唯心主义,认为社会意识决定社会存在。它从这一基本点出发,把人们的思想动机、杰出人物的主观意志或某种超自然的神秘力量视为社会历史发展的根本原因,否认社会发展有其自身固有的客观规律,否认阶级斗争规律,否认人民群众在历史上的决定作用。历史唯心主义掩盖历史发展的真相,通常代表剥削阶级的利益。唯心史观有两种基本形态:唯意志论和宿命论。

(二)社会存在与社会意识及其辩证关系

第一,社会存在。社会存在是社会生活的物质方面,包括物质资料的生产及生产方式、地理环境和人口因素。

① 地理环境。地理环境是与人类所处的特定的地理位置相联系的各种条件的总和。任何社会的发展都离不开一定的地理环境,它决定着社会产业的分布,影响着社会劳动生产率;同时,地理环境与社会经济相适应会对其有促进作用,反之则具有阻碍作用。因此,我们要合理开发资源,保护生态环境,使资源的利用、环境的保护与社会经济发展相协调,走可持续发展的道路。

虽然地理环境对社会的发展有着一定的作用,但不是决定性的。要反对地理环境决定论,因为地理环境不仅不能决定社会制度和发展,反而它的作用要依赖于社会制度和发展。

② 人口因素。人口因素是指构成人口的数量、质量、构成、发展速度等。任何社会的发展都离不开一定的人口,与社会经济发展相适应的人口因素对其具有促进作用,反之则具有阻碍作用。因此,我们要坚持计划生育的基本国策,目标是控制人口数量,提高人口质量,从而使人口的增长与社会经济发展相协调,走可持续发展的道路。

人口因素对社会的发展作用不是决定性的,要反对人口决定论,人口因素不决定社会的制度和发展。

③ 生产方式。物质资料的生产方式是指人类使用什么样的工具,在什么样的社会关

系下从事物质生产活动,即生产力和生产关系的统一。在人们的社会物质生活条件中,生产方式是社会历史发展的决定力量。首先,物质生产活动及生产方式是人类社会赖以存在和发展的基础,是人类其他一切活动的首要前提。其次,物质生产活动及生产方式决定着社会的结构、性质和面貌,制约着人们的经济生活、政治生活和精神生活等全部社会生活。最后,物质生产活动及生产方式的变化发展决定整个社会历史的变化发展,决定社会形态从低级向高级的更替和发展。

第二,社会意识。

① 社会意识的含义及结构。社会意识是社会生活的精神方面,是社会存在的反映。社会意识具有复杂的结构,根据不同角度可以将意识划分为个人意识和群体意识、社会心理和社会意识形式。社会意识形式包括上层建筑的意识形式和非上层建筑的意识形式。上层建筑的意识形式又称为社会意识形态,主要包括政治法律思想、道德、艺术、宗教、哲学等。

② 社会意识的特点——社会意识的相对独立性。

社会意识具有相对独立性,即它在反映社会存在的同时,还有自己特有的发展形式和规律。首先,社会意识与社会存在发展的不平衡性。进步的社会意识可以在一定程度上预见、推断未来,指导人们的实践活动;落后于社会存在的社会意识则阻碍社会的发展。其次,社会意识内部各种形式之间的相互影响及其各自具有的历史继承性。社会生活的内在联系及其统一性,决定了社会意识诸形式之间也必然是相互影响、相互作用的。同时,社会意识诸形式具有自成系统、前后相继的历史链条,因而具有历史继承性,有其发展的特殊规律。最后,社会意识对社会存在的能动的反作用。这是社会意识相对独立性的突出表现。一种社会意识发挥作用的程度及范围大小、时间久暂,同它实际掌握群众的深度和广度密切联系在一起。

第三,社会存在和社会意识辩证统一。①社会存在决定社会意识。首先,社会存在是社会意识内容的客观来源,社会意识是社会物质生活过程及其条件的主观反映。其次,社会意识与语言一样,是在生产中由于交往活动的需要而产生的。最后,随着社会存在的发展,社会意识也相应地或迟或早地发生变化和发展。②社会意识是社会存在的反映,并反作用于社会存在。先进的社会意识对社会存在的发展起促进作用,落后的或反动的社会意识对社会存在的发展起阻碍作用。

二、社会基本矛盾及其运动规律

生产力与生产关系、经济基础与上层建筑的矛盾是人类社会的基本矛盾。这一基本矛盾推动着人类社会不断地向前发展。

(一) 生产力与生产关系及其矛盾运动

(1) 生产力

第一,生产力的含义。马克思认为,生产力是人类社会生活和全部历史的基础。生产力是人类在生产实践中形成的改造和影响自然以使其适合社会需要的物质力量。它表示人和自然之间的关系。

第二,生产力的结构。生产力具有复杂的系统结构,其基本要素包括劳动资料、劳动对象和劳动者。劳动资料是人们在劳动过程中所运用的物质资料或物质条件,包括劳动工具、动力系统、运输系统、信息传递系统和劳动场所等,其中最重要的是生产工具。生产工具是区分社会经济时代的客观依据。劳动对象是现实生产的必要前提,包括用于生产的自然物、原材料等。劳动者是具有一定生产经验、劳动技能和知识,能够运用一定劳动资料作用于劳动对象,从事生产实践活动的人。劳动者是生产力中最活跃的因素。生产力中还包含着科学技术。在现代,科学技术发展日新月异,应用于生产过程的周期日趋缩短,对于生产发展的作用越来越大,日益成为生产发展的决定性因素。从这个意义上说,科学技术是先进生产力的集中体现和主要标志,是第一生产力。

（2）生产关系

生产关系是人们在物质生产过程中形成的不以人的意志为转移的经济关系。生产关系有狭义和广义之分。狭义的生产关系是指人们在直接生产过程中结成的相互关系。广义的生产关系是指人们在再生产的过程中结成的相互关系,包括生产、分配、交换和消费等诸多关系在内的生产关系体系。在生产关系中,生产资料的所有制关系是人们进行物质资料生产的前提,是基本的、具有决定意义的方面。

（3）生产力与生产关系的辩证关系及其意义

第一,生产力和生产关系的辩证关系。生产力和生产关系是社会生产不可分割的两个方面。在社会生产中,生产力是生产的物质内容,生产关系是生产的社会形式,两者的有机结合和统一,构成社会的生产方式。两者的相互关系是:生产力决定生产关系,生产关系反作用于生产力。生产力决定生产关系表现为:生产力的性质和水平决定生产关系的性质和形式,生产力发展的要求决定生产关系的变革。马克思说:"手推磨产生的是封建主为首的社会,蒸汽磨产生的是工业资本家为首的社会。"生产关系反作用于生产力表现为:当生产关系同生产力的发展要求相适应时,它有利于促进生产力的发展,反之则会阻碍生产力的发展。生产力和生产关系的相互作用,形成两者矛盾运动的基本过程是生产关系和生产力之间由适合到不适合,经过矛盾的解决达到新的适合,循环往复,不断前进。

第二,意义。这一原理在人类思想史上彻底否定了以"道德说教"作为评判历史功过是非的思想体系,第一次科学地确立了生产力发展是"社会进步的最高标准"。马克思主义政党必须自觉地认识和把握这一规律,把解放生产力、发展生产力,不断扫除生产力发展的障碍作为自己制定路线、方针和政策的出发点和归宿。

（二）经济基础和上层建筑及其矛盾运动

第一,经济基础。经济基础是指由社会一定发展阶段的生产力所决定的生产关系的总和。理解经济基础的含义,要把握两点:（a）经济基础的实质是社会一定发展阶段上的基本经济制度,是制度化的物质社会关系。（b）经济基础与经济体制具有内在联系。经济体制是社会基本经济制度所采取的组织形式和管理形式,是生产关系的具体实现形式。

第二,上层建筑。上层建筑是建立在一定经济基础之上的意识形态以及相应的制度、组织和设施。上层建筑包括政治上层建筑和观念上层建筑。政治上层建筑是指政治法律制度及设施和政治组织,包括国家政治制度、立法司法制度和行政制度;国家政权机构、政党、军队、警察、法庭、监狱等政治组织形态和设施。观念上层建筑又称意识形态,包括政治法律思想、道德、艺术、宗教、哲学等思想观点。在整个上层建筑中,政治上层建筑居主导地位,国家政权是核心。

第三,经济基础和上层建筑的辩证关系及其意义。

① 经济基础和上层建筑的辩证关系。(a)经济基础决定上层建筑。具体表现为:经济基础的需要决定上层建筑的产生;经济基础的性质决定上层建筑的性质;经济基础的变化发展决定上层建筑的变化发展及其方向。恩格斯指出:"每一时代的社会经济结构形成现实基础,每一历史时期由法的设施和政治设施以及宗教的、哲学的和其他的观念形式所构成的全部上层建筑,归根到底都应由这个基础来说明。"(b)上层建筑对经济基础具有反作用。这种反作用集中表现在上层建筑为自己的经济基础服务。从服务的方向上看,上层建筑保护和促进自己的经济基础的形成、巩固和发展,排除反对自己的对立物;从服务的方式上看,上层建筑通过对社会生活的控制和调节来为经济基础服务,调控的手段有法律、经济、思想等手段;从服务的效果上看,上层建筑对经济基础既可以起促进作用,也可以起阻碍作用。经济基础和上层建筑的相互作用,形成两者的矛盾运动的基本过程是由上层建筑和经济基础之间从适合到不适合,经过矛盾的解决达到新的适合,循环往复,不断前进。

② 意义。这一规律是我们观察和研究社会历史的一把钥匙,对于每一历史时期的政治法律制度和设施以及宗教的、哲学的和其他的观念形式,都可以从社会的经济基础中得到科学的说明。这一规律是我们党制定路线、方针、政策的重要依据,是我们进行社会主义政治体制改革和建设社会主义精神文明的客观依据,对于我们深刻理解和自觉实行依法治国和以德治国的方针,构建社会主义和谐社会具有重要的指导意义。

三、社会形态及更替的一般规律

(一) 社会形态

第一,社会形态的含义。社会形态是关于社会运动的具体形式、发展阶段和不同质态的范畴,是同生产力发展一定阶段相适应的经济基础与上层建筑的统一体。社会形态与社会制度是同义语。

第二,人类社会形态演变的几种形式。根据生产关系的划分方法,人类社会形态包括五个阶段,即原始社会、奴隶社会、封建社会、资本主义社会、共产主义社会。根据生产力的划分方法,人类社会形态包括四个阶段,即渔猎社会、农业社会、工业社会、信息社会。根据人的发展状况的划分方法,人类社会形态包括三个阶段,即人的依赖社会、物的依赖社会、人的全面发展社会。

(二) 社会形态更替的一般规律

第一,社会形态更替的统一性和多样性。社会发展的决定性和主体的选择性使社会发展过程呈现出统一性和多样性。它表现在两个方面:从纵向上看,表现为社会形态更替的统一性和多样性。统一性是社会形态运动由低级到高级、由简单到复杂的过程,人类的总体历史过程表现为五种社会形态的依次更替。多样性是不同的民族可以超越一种或几种社会形态而跳跃式地向前发展。从横向上看,社会发展过程的统一性和多样性表现为同类社会形态既有共同的本质,又有各自特点。

第二,社会形态更替的必然性与人们的历史选择性。社会形态更替的必然性是指社会发展过程中的决定性,社会形态依次更替的过程和规律是客观地,其发展的基本趋势是确定不移的,也就是社会发展是一种自然历史过程。人们的历史选择性即社会发展过程中的选择性,是指社会主体以一定的方式在可能性空间中有意识、有目的地指向确定对象的创造性活动。一个民族之所以作出这种或那种选择,有其特定的原因:(a) 取决于民族利益。(b) 取决于交往。(c) 取决于对历史必然性以及本民族特点的把握程度。因此,社会形态的更替是历史的客观必然性和人们的自觉选择性的统一,是合规律性和合目的性的统一。人们的历史选择性,归根结底是人民群众的选择性。

第三,社会形态更替的前进性与曲折性。社会形态更替的前进性是指社会形态通过新陈代谢、吐故纳新而向前发展,包括社会形态的质变和量变。社会发展过程的曲折性是指社会前进过程中所出现的反复、停滞和倒退现象。

四、社会历史发展的动力

恩格斯说:"历史是这样创造的:最终的结果总是从许多单个的意志的相互冲突中产生出来的,……这样就有无数互相交错的力量,有无数个力的平行四边形,由此就产生出一个合力,即历史结果。"因此,推动社会历史的发展动力因素不是单一的,而是一个动力系统。

(1) 社会基本矛盾是社会发展的根本动力

第一,生产力和生产关系、经济基础和上层建筑的矛盾是社会基本矛盾。社会基本矛盾是指贯穿社会发展过程始终,规定社会发展过程的基本性质和基本趋势,并对社会历史发展起根本的推动作用的矛盾。生产力和生产关系、经济基础和上层建筑的矛盾,规定并反映了社会的基本结构的性质和基本面貌,涉及了社会的基本领域,囊括了社会结构的主要方面。

第二,社会基本矛盾社会发展的根本动力。社会基本矛盾在社会发展中的作用主要表现在:(a) 生产力是社会基本矛盾运动最基本的动力因素,是人类社会发展和进步的最终决定力量。(b) 社会基本矛盾特别是生产力和生产关系的矛盾,是"一切历史冲突的根源",决定着社会中经济基础和上层建筑等其他矛盾的存在和发展。(c) 社会基本矛盾具有不同的表面形式和解决方式,并从根本上影响和促进社会形态的变化和发展。

(2) 阶级斗争是阶级社会发展的直接动力

第一,阶级和阶级斗争是人类社会发展到一定阶段才出现的社会现象。阶级是一个历史范畴和经济范畴。所谓阶级,就是这样一些集体,由于它们在一定社会经济结构中所处的地位不同,其中一个集团能够占有另一个集团的劳动。阶级的产生、存在和发展是同经济发展过程联系在一起的。划分阶级的标准是经济关系或生产关系,特别是生产资料所有制关系决定的社会经济地位。阶级斗争是阶级利益根本冲突的对抗阶级之间的对立和斗争。阶级斗争是阶级社会客观存在的必然现象,并贯穿于阶级社会的全部发展过程。

第二,阶级斗争是阶级社会发展的直接动力。在阶级社会中,生产力和生产关系、经济基础和上层建筑的矛盾发展到一定程度时,必然会通过阶级斗争表现出来。阶级斗争的动力作用突出表现在社会形态的更替中和在同一社会形态的量变过程中。

(3) 革命是历史的火车头

第一,社会革命的实质和根源。阶级斗争发展到一定程度,必然导致革命。社会革命是阶级斗争的最高形式,是社会形态的质变。社会革命的实质是革命阶级推翻反动阶级的统治,用新的社会制度代替旧的社会制度,解放生产力,推动社会发展。国家政权从反动阶级手里转移到革命阶级手里,是实现社会形态变革的首要的、基本的标志。

第二,革命对社会发展的巨大作用。社会革命在社会发展中的重要作用表现在:(a)社会革命是实现社会形态变更的重要手段和决定性环节。(b)社会革命能充分发挥人民群众创造历史的积极性和伟大作用。(c)无产阶级革命将会为消除阶级对抗,并充分利用全人类的文明成果,促进社会全面进步而创造条件。

(4)改革是社会发展的重要动力

第一,改革的性质和作用。改革是在同一社会形态内,通过调整、变革不适合生产力发展要求的生产关系和上层建筑的某些部分及环节,实现该社会形态的自我发展和自我完善。改革在社会历史发展中的重要作用集中表现在,它是在一定程度上解决社会基本矛盾、促进生产力发展、推动社会进步的有效途径和手段。

第二,社会主义社会的改革。社会主义社会的发展同样离不开改革。改革是社会主义社会基本矛盾运动的客观要求,是解决社会主义社会基本矛盾的根本手段,改革是社会主义发展的重要动力。社会主义改革是社会主义制度的自我完善、自我发展,是为了解放生产力、发展生产力,促进社会全面进步。因此,改革开放是决定当代中国命运的关键抉择,是发展中国特色社会主义、实现中华民族伟大复兴的必由之路。

(5)科技是社会发展的强大杠杆

第一,科学技术的含义。科学技术是一个复合概念。科学和技术既相区别,又有着十分密切的联系。科学是对客观世界的认识,是反映客观事实和客观规律的知识体系及其相关的活动。广义的技术包括生产技术和非生产技术。狭义的技术是指生产技术,即人类改造自然、进行生产的方法与手段。

第二,科学技术的作用。科学技术是社会动力体系中的一种重要动力。科学技术主要是通过促进人们的生产方式、生活方式和思维方式的深刻变化来推动社会发展的。但是,科学技术像一把双刃剑,既能通过促进经济发展以造福于人类,同时也可能在一定条件下对人类的生存发展带来消极后果,"全球问题"的出现就是科学技术发展造成的负面影响。

五、人民群众是历史的创造者

(一)两种历史观在历史创造者问题上的对立

在马克思主义哲学产生以前,占统治地位的旧的历史观是唯心史观。唯心史观从社会意识决定社会存在的基本前提出发,否认物质资料生产方式是社会发展的决定力量,抹杀人民群众的历史作用,宣扬少数英雄人物创造历史,是英雄史观。与唯心史观相对立的是唯物史观,唯物史观的基本观点包括:

第一,现实的人及其活动是社会历史存在和发展的前提。社会历史是由现实的人及其活动构成的。所谓现实的人,是基于自身需要和社会需要而从事一定实践活动的、处于一定社会关系中的、具有能动性的人。只有把人视为现实的人,才能正确把握人及其活动的本质,把握人与社会历史的关系。

第二,从社会历史的整体联系和具体过程中认识和把握历史创造者及其活动。唯物史观在考察历史创造者问题时,立足于整体的社会历史过程、社会历史发展的必然性、人与历史关系的不同层次上考察人们历史活动的作用及其性质。

第三,人民群众在创造历史过程中的决定作用。是人民群众创造历史还是英雄创造历史,这是唯物史观和唯心史观的分水岭。唯物史观认为人民群众是历史的创造者,是群众史观。

(二) 人民群众是历史的创造者

第一,人民群众的含义。人民群众是一个历史范畴。人民群众从质上说是指一切对社会历史发展起推动作用的人们,从量上说是指社会人口中的绝大多数。在不同的历史时代,人民群众有着不同的内容,包含着不同的阶级、阶层和集团。人民群众的最稳定的主体部分始终从事物质资料生产的劳动群众及其知识分子。

第二,人民群众在创造历史过程中的作用。人民群众是历史的主体,是历史的创造者。首先,人民群众是物质财富的创造者。其次,人民群众是社会精神财富的创造者。最后,人民群众既是先进生产力和先进文化的创造主体,也是实现自身利益的根本力量。历史是人民群众创造的,但人民群众创造历史的活动及作用,又受到社会历史条件即经济、政治、精神文化的制约。

第三,群众观点和群众路线。群众观点是无产阶级政党的根本观点,其基本内容是:坚信人民群众自己解放自己的观点,全心全意为人民服务的观点,一切向人民群众负责的观点,虚心向群众学习的观点。群众路线是群众观点在实际工作中的贯彻运用,其基本内容是:一切为了群众,一切依靠群众,从群众中来,到群众中去。群众路线是无产阶级政党的根本路线,也是党的根本领导方法和工作方法。在建设中国特色社会主义的伟大实践中,我们要尊重人民的主体地位,发挥人民首创精神,保障人民各项权益,走共同富裕道路,促进人的全面发展,做到发展为了人民、发展依靠人民,发展成果由人民共享,始终坚持全心全意为人民服务的宗旨。

(三) 个人在社会历史中的作用

(1) 个人与社会历史

个人是指生活在特定的社会关系中的具有独特个性的个体。社会历史发展是无数个人合力作用的结果。因此,唯物史观主张人民群众是历史的创造者,并不是否定个人在社会历史中的作用,而是要具体地分析个人及其作用的性质、大小以及个人与群众的关系,以使每一个创造自己历史的个人,在人民群众创造历史的过程中发挥出应有的作用。

(2) 历史人物在历史发展过程中的作用

按照个人对社会历史起作用的程度和方式的不同,可以区分为普通个人和历史人物。普通个人属于人民群众范畴,他们对社会发展都有或大或小的贡献,其总和构成了人民群众创造历史的活动。历史人物是指在社会发展过程中起过重大作用的人物。在历史任务中,对那些反映时代要求,代表进步阶级或阶层利益,对社会发展起显著促进作用的代表人物,称之为杰出人物。历史人物特别是杰出人物在社会发展过程中起着特殊的作用。历史人物及其作用要受社会历史条件的制约,受人民群众及其实践活动的制约。任何历史人物,特别是杰出政治人物的出现,都体现了必然性与偶然性的统一。

(3) 评价历史人物的科学方法

根据历史任务所具有的历史特征和阶级特点,评价历史人物时,应坚持运用历史分析方法和阶级分析方法。历史分析方法要求从特定的历史背景出发,根据当时的历史条件,对历史人物的是非功过进行具体的、全面的考察。阶级分析方法要求把历史人物置于一定的阶级关系中,同他所属的阶级关系联系起来加以考察和评价。

第四章 资本主义的形成及其本质

一、资本主义的形成及以私有制为基础的商品经济

(一)资本主义的形成

(1)资本主义出现与形成

资本主义萌芽于14世纪末15世纪初,在地中海沿岸的一些城市出现。途径有两个:一是从小商品经济分化出来;二是从商人和高利贷资本转化而成。17世纪中期和18世纪后半期,英法等国先后进行资产阶级革命,建立了资产阶级政权,经济上完成了工业革命,机器大工业代替了工厂手工业,资本主义生产方式形成。

(2)资本原始积累

资本主义生产关系产生之后,新兴资产阶级便开始进行资本的原始积累,利用暴力手段为资本主义的迅速发展创造条件。所谓资本原始积累,就是生产者与生产资料相分离,货币资本迅速集中于少数人手中的历史过程。资本原始积累主要是通过两个途径进行的:一是利用暴力手段剥夺农民的土地;二是用暴力手段掠夺货币财富。资本原始积累为资本家积累了"第一桶金",但是对于被剥夺者来说确实极端残忍,马克思说过:"资本来到世间,从头到脚,每个毛孔都滴着血和肮脏的东西。"

(二)商品经济理论

自然经济和商品经济是人类社会的两种基本经济形态。自然经济是与低下的社会生产力水平相适应的一种经济形态,是一种封闭的经济形式。商品经济是以交换为目的而进行生产的经济形式。商品经济得以产生的历史条件有两个:一是社会生产力的发展和社会分工的出现,二是生产资料和劳动产品属于不同的所有者。

(1)商品

第一,商品的含义。商品是用来交换的能够满足人们某种需要的劳动产品,具有使用价值和价值两个因素,是使用价值和价值的矛盾统一体。

第二,使用价值和价值。使用价值是指商品能满足人们某种需要的属性,即商品的有用性,反映人与自然之间的物质关系,是商品的自然属性,是一切劳动产品共有的属性。使用价值构成社会财富的物质内容,是交换价值的物质承担者。交换价值表现为一种使用价值同另一种使用价值交换的量的关系或比例。价值是凝结在商品中的无差别的一般人类劳动。价值是商品特有的社会属性。

使用价值和价值是对立统一的关系。商品的使用价值和价值相互排斥,两者不可兼得,即如果想获得商品的价值,必须让渡其使用价值;如果想获得商品的使用价值,则不能得到其价值。但作为商品,必须同时具有使用价值和价值两个因素,一种物品如果没有使用价值,即使人们为它付出了劳动,没有价值;一种物品尽管具有使用价值,但如果不是劳动产品,也没有价值。

(2)劳动二重性

商品是劳动产品,生产商品的劳动可区分为具体劳动和抽象劳动。劳动二重性决定

商品的二因素。

具体劳动是指生产一定使用价值的具体形式的劳动，即有用劳动。具体劳动所反映的是人与自然的关系，它是劳动的自然属性。抽象劳动是指撇开一切具体形式、无差别的一般人类劳动，即人的体力和脑力的消耗。抽象劳动反映的是商品生产者之间的社会关系，它是劳动的社会属性。具体劳动和抽象劳动不是两次劳动，而是同一劳动的两种规定。

（3）商品价值量

商品的价值不仅有质的规定性，而且还有量的规定性。商品价值的质即凝结在商品中的无差别的人类劳动。商品价值的量即商品的价值量。

第一，商品价值量与劳动时间。商品的价值量由生产商品的劳动时间决定。但是，决定商品价值量的，不是生产商品的个别劳动实践，而只能是社会必要劳动时间。社会必要劳动时间是在现有的社会正常的生产条件下，在社会平均的劳动熟练程度和劳动强度下制造某种使用价值所需要的劳动时间。这里的"社会平均的劳动熟练程度和劳动强度"，是指劳动力的正常性质，即形成价值量的劳动力和生产条件都必须具有正常的性质。

第二，商品价值量与劳动生产率。生产商品所需要的社会必要劳动时间随着劳动生产率的变化而变化。商品的价值量与生产商品所耗费的劳动时间成正比，与劳动生产率成反比。劳动生产率是指劳动者生产使用价值的能力，它的高低可以用单位劳动时间内生产的产品数量来测量，也可以用单位产品中所耗费的劳动时间来测量。影响劳动生产率的因素主要有：劳动者的平均熟练程度；科学技术的发展程度及其在生产中的应用；生产过程的社会结合；生产资料的规模和效能以及自然条件。

第三，商品的价值量与简单劳动和复杂劳动。商品的价值量同简单劳动和复杂劳动密切相关。简单劳动是指不需要经过专门训练和培养的一般劳动者都能从事的劳动。复杂劳动是指需要经过专门训练和培养，具有一定文化知识和技术专长的劳动者所从事的劳动。商品价值量是以简单劳动为尺度计量的，复杂劳动等于自乘的或多倍的简单劳动。

（4）价值规律

价值规律是商品经济的基本规律。

第一，价值规律的基本内容和客观要求。商品的价值量是由生产商品的社会必要劳动时间决定的；商品交换以价值量为基础，按照等价交换的原则进行。

第二，价值规律的表现形式。商品的价格围绕商品的价值自发波动。从较长时间来看，价格高于价值的部分和价格低于价值的部分能够相抵，商品的平均价格和价值是相一致的。

第三，价值规律的作用。价值规律是在市场配置资源的过程中体现它的客观要求和作用的。价值规律的作用表现在：①自发地调节生产资料和劳动力在社会各生产部门之间的分配比例。②自发地刺激社会生产力的发展。③自发地调节社会收入的分配。价值规律在对经济活动进行自发调节时，必然会产生一些消极的后果：①可能导致垄断的产生，阻碍技术的进步。②可能引起商品生产者的两极分化，一部分具有有利条件的生产者可能积累大笔的财富，而一部分处于不利地位的生产者可能亏损甚至破产。③价值规律自发调节社会资源在社会生产各个部门的配置，可能出现比例失调的状况，造成社会资源的浪费。

（5）价值形式与货币的产生

第一，商品价值形式发展的四个阶段。商品价值形式的发展经历了四个阶段即简单的或偶然的价值形式、总和的或扩大的价值形式、一般价值形式和货币形式。简单的或偶然的价值形式又称物物交换，是指商品价值只是偶然地、简单地通过另一个商品表现出来。扩大的价值形式是指商品的价值形式通过许多商品表现出来。一般的价值形式是指一切商品都通过一种商品表现出来。一般价值形式不是扩大的价值形式等式的简单颠倒，而是出现了一般等价物。货币形式是指一般等价物固定在黄金或白银上，一切商品的价值都通过金或银来表示。价值形式最终通过货币表现出来，是商品内在矛盾运动的必然结果。马克思说："金银天然不是货币，但货币天然是金银。"货币产生以后，整个商品世界分为两级，一级是商品，它们都是特殊的使用价值；另一极是货币，它是一切商品价值的代表。这样，商品内在的使用价值和价值的矛盾外化为商品与货币的对立，这是商品内在矛盾完备的外化形式。随着货币的产生，大大方便了商品交换，但商品内在的矛盾不但没有消除和解决，反而进一步激化和发展了。

第二，货币的本质和职能。货币之所以能够表现其他商品的价值，是由于金或银本身也是商品，具有价值。因此，货币的本质是固定地充当一般等价物的商品，体现商品生产者之间的社会经济关系。货币具有五种职能，即价值尺度、流通手段、贮藏手段、支付手段、世界货币。

价值尺度是指货币充当衡量商品价值量的社会尺度。货币之所以能够执行价值尺度的职能，是因为货币本身也具有价值，因而能以自身价值作为尺度来衡量其他商品所包含的价值量。发挥价值尺度职能的货币是观念上的货币。商品价值的货币表现即是价格。价值是价格的基础，价格是价值的货币表现。决定和影响商品价格的因素有三个：商品的价值、货币的价值和供求关系。流通手段是指货币充当商品交换的媒介。货币执行流通手段时，必须是现实的货币，但可以是不足值的货币，因而可以是纸币。以货币为媒介的商品交换称为商品流通，其公式是"W（商品）—G（货币）—W（商品）"。货币作为流通手段，使商品交换分离为买和卖两次行为，突破了物物交换在时间和空间上的限制，从而有利于商品交换的发展。但可能会出现买卖脱节，从而使经济危机的产生具有了形式上的可能性。贮藏手段是指货币退出流通领域作为社会财富的一般代表被保存起来的职能。货币作为贮藏手段能够自发地调节流通中的货币量。当流通中需要的货币量减少时，多余的货币就退出流通；当流通中需要的货币量增加时，部分被贮藏的货币就进入流通。充当贮藏手段的货币，必须是实在的足值的金银货币。纸币有储存手段的职能，不具备贮藏手段的职能。支付手段是指货币在商品赊购赊销过程中的延期支付，以及用于清偿债务或支付赋税、租金、工资等的职能。世界货币是指货币越出国内流通领域，在世界市场上执行一般等价物作用的职能。作为世界货币必须是足值的金属货币。

第三，货币流通。货币作为商品流通媒介的不断运动称为货币流通。商品流通决定货币流通，货币流通为商品流通服务。货币流通规律是指一定时期内商品流通中所需要的货币量的规律。这一规律表明，一定时期内流通中所需要货币量与待售商品数量和价格水平成正比，与货币流通速度成反比。用公式表示就是"一定时期内流通中所需要的货币量＝商品价格总额（待售商品数量×商品价格）/同一单位货币的流通速度（次数）"，纸币是国家发行并强制流通的价值符号。纸币是从货币的流通手段职能中产生的。纸币流通规律是指纸币的发行量要以流通中所需金属货币量为限。如果纸币的发行量超过了流通中所需要的金属货币量而导致纸币贬值和物价普遍上涨，这一经济现象称为通货膨胀。流通中的货币供应量不足而导致的市场需求低迷、纸币升值和价格水平稳定下降的经济现象称为通货紧缩。

（6）私有制基础上商品经济的基本矛盾

在私有制为基础的商品经济中，商品生产者的劳动具有二重性：即使具有社会性质的社会劳动，又是具有私人性质的私人劳动。简单商品经济中，商品生产者的劳动首先表现为私人劳动，它要转化为社会劳动。这一转化要以商品的出售为前提，但商品的顺利出售又充满困难。因此，私人劳动和社会劳动的矛盾构成私有制商品经济的基本矛盾，这一矛盾贯穿商品经济发展过程的始终，决定着商品经济的各种内在矛盾及其发展趋势。在资本主义制度下，这种矛盾进一步发展程资本主义的基本矛盾，即生产资料的私人占有和生产的社会化之间的矛盾。

私人劳动和社会劳动的矛盾存在表明：商品生产者一定要按照市场需求生产，或者说生产要以市场为导向。

（三）马克思劳动价值论的理论和实践意义

第一，马克思劳动价值论扬弃了英国古典政治经济学的观点，继承了其积极成果，认为劳动创造商品的价值。同时把劳动区分为具体劳动和抽象劳动，指出是抽象劳动创造商品的价值，形成劳动二重性理论，为剩余价值理论的创立奠定了基础。

第二，马克思劳动价值论揭示了商品经济的一般规律，为社会主义市场经济发展提供了理论指导。

二、资本主义经济制度的本质

（一）资本主义所有制

第一，所有制和所有权。经济意义上的所有制，是指事实上生产资料归谁所有、归谁支配，并凭借这种所有和支配实现生产和获得剩余产品（超额利润或利润）。体现了现实生产过程中的经济关系。法律意义上的所有权强调一种排他性的权利，它强制地规定了人们的生活中对占有物行使权利的界限，直接影响到现实经济生活中生产资料的实际利用以及与劳动者的关系。所有制与所有权有密切的联系。所有制是所有权的基础，所有制决定着所有权，所有权是所有制的法律形态。

第二，资本主义所有制的特点和本质。在资本主义制度条件下，资本家占有生产资料和劳动产品，而劳动者则一无所有，只能靠出卖劳动力为生。与以往的剥削制度不同，资本家与工人的关系不是完全占有，也不是人身依附，劳动者有完全的人身自由。资本家只能通过购买劳动力的方式，将劳动者与生产资料结合在一起，从而取得剩余价值。资本家与劳动者之间的关系是资本雇佣劳动关系。资本家凭借对生产资料的占有，在等价交换原则的掩盖下雇佣工人从事劳动，占有雇佣工人的剩余价值。这是资本主义所有制的本质。

（二）劳动力成为商品与货币转化为资本

第一，劳动力成为商品的基本条件。劳动力是指人的劳动能力，是人的体力和脑力的总和。劳动力的使用即劳动。劳动力成为商品，要具备两个基本条件：①劳动者是自由人,能够把自己的劳动力当作自己的商品来支配。②劳动者没有别的商品可以出卖,自由得一无所有,没有任何实现自己的劳动力所必需的东西。劳动力成为商品,标志着简单商品生产发展到资本主义商品生产的新阶段。

第二,劳动力商品的特点。像任何商品一样,劳动力商品也具有价值和使用价值。但是,劳动力是特殊的商品,它的价值和使用价值具有不同于普通商品的特点。

劳动力商品的价值。劳动力商品的价值包括三个部分:①维持劳动者本人生存所必需的生活资料的价值。②为维持劳动者家属的生存所必需的生活资料的价值。③劳动者接受教育和训练所支出的费用。在不同的国家或在统一国家的不同历史时期,劳动者所必需的生活资料的数量和构成也是有区别的,所以劳动力价值的最低界限,是由生活上不可缺少的生活资料的价值决定的。一旦劳动力价值降低到这个界限以下,劳动力就只能在萎缩的状态下维持。

劳动力商品的使用价值。劳动力商品在使用价值上有一个很大的特点,就是它的使用价值是价值的源泉,它在消费过程中能够创造新的价值,而且这个新的价值比劳动力本身的价值更大。正是由于这一特点,货币所有者购买到劳动力以后,在消费它的过程中,不仅能够收回他在购买这种商品时支付的价值,还能得到一个增值的价值即剩余价值。一旦货币购买的劳动力带来剩余价值,货币就也就变成了资本。因此,劳动力成为商品是货币转化为资本的前提。

(三)剩余价值的生产

生产剩余价值是资本主义生产方式的绝对规律。

(1)剩余价值的生产过程

资本主义的生产过程具有二重性,即物质资料的生产过程和剩余价值的生产过程,即价值增值过程。

根据劳动二重性学说分析商品价值的形成过程:一方面,劳动对象和劳动资料的价值,通过工人的具体劳动把它们转移到产品中去,并成为产品价值的一个组成部分;另一方面,工人劳动本身创造的新价值,是通过工人的抽象劳动加到劳动对象上,并成为产品价值的另一个组成部分。在这个价值形成过程中,如果工人在一天里新创造的价值正好等于劳动力的价值,那么它是单纯的价值形成过程。这个过程的结果是:预付的资本价值没有增值,没有生产出剩余价值来,货币也没有转化资本。所以,单纯的价值形成过程不符合资本家生产的目的,资本家必须要把它变为价值增值过程。

由于资本家购买了工人的劳动力,因此劳动力的使用权也属于资本家。这样,资本家不仅要工人在一天的一段时间即必要劳动时间内,再生产出劳动力价值的等价物,并且要超过这一定点,让工人继续劳动一段时间,在必要劳动时间以上提供剩余劳动时间,在补偿劳动力价值的等价物以上创造更多的价值。于是,工人的劳动不仅补偿了劳动力的价值,而且使预付资本价值发生了增值,生产出剩余价值来。单纯的价值形成过程便转变为价值增值过程。

(2)资本的不同部分在剩余价值生产中的作用

第一,资本的本质。资本是可以带来剩余价值的价值。在资本主义社会里,资本总是通过各种物品表现出来,但资本的本质不是物,而是一定的历史社会形态下的生产关系,即雇佣与被雇佣的关系,剥削与被剥削的关系。

第二,不变资本和可变资本的区分及其意义。资本在资本主义生产过程中采取生产资料和劳动力两种形态,根据这两部分资本在剩余价值生产中所起的不同作用,可以将资本区分为不变资本与可变资本。不变资本是以生产资料形态存在的资本,如机器、厂房、原材料、燃料等,其价值在生产过程中被转移到新产品中,只改变自己的物质形态,不会发生价值量的变化,马克思把这部分资本称为不变资本。可变资本是以劳动力形态存在的那部分资本,其价值在生产过程中不是被转移到新产品中去的,而是由工人的劳动再生产出来的。工人所创造的新价值,不仅包括相当于劳动力价值的价值,而且还包括一定量的剩余价值。由于这一部分资本的价值发生了变化,所以称为可变资本。

把资本区分为不变资本和可变资本,进一步揭示了剩余价值的源泉。它表明,剩余价值既不是由全部资本创造的,也不是由不变资本创造的,而是由可变资本创造的。雇佣劳动者的剩余劳动是剩余价值的唯一源泉。这种划分也为确定资本家对雇佣劳动者的剥削程度提供了科学依据。

(3)剩余价值率

剩余价值不是由全部资本创造的,而仅仅是可变资本创造的。因此,要确定资本家对工人的剥削程度,就应该拿剩余价值和可变资本相比,而不应该把它去同全部资本相比。用公式表示:$m' = m/v$。

由于工人的必要劳动是用来生产劳动力价值或可变资本的价值的,剩余价值则是生产剩余价值的,因此,剩余价值率还可以用剩余劳动与必要劳动的比率,或者剩余劳动时间与必要劳动时间的比率来表示:$m' = $剩余劳动/必要劳动或者 $m' = $剩余劳动时间/必要劳动时间。

这两个公式是以不同的形式表示同一个关系:前一个公式是以物化劳动形式表示资本家对工人的剥削程度,而后一个公式则是以活劳动的形式表示资本家对工人的剥削程度。

(3)生产剩余价值的两种方法

资本家提高对工人的剥削程度的方法是多种多样的,最基本的方法有两种,即绝对剩余价值的生产和相对剩余价值的生产。

第一,绝对剩余价值。绝对剩余价值是指在必要劳动时间不变的条件下,由于延长劳动日的长度而生产的剩余价值。除了用延长劳动时间的方法以外,资本家还用提高工人劳动强度的方法,迫使工人更加紧张地劳动,由提高劳动强度而生产的剩余价值,同样是绝对剩余价值。在资本主义发展的初期,资本家一般靠延长工作日的方法获得剩余价值。

第二,相对剩余价值。相对剩余价值是指在工作日长度不变的条件下,通过缩短必要劳动时间而相对延长剩余劳动时间生产的剩余价值。缩短必要劳动时间是通过全社会劳动生产率的提高实现的。由于社会劳动生产率的提高,降低了劳动力的价值,从而缩短了必要劳动时间,相对延长了剩余劳动时间。

第三,超额剩余价值。超额剩余价值是指企业由于提高劳动生产率而使商品的个别价值低于社会价值的差额。在资本主义商品生产条件下,每个资本家总是力图不断改进技术,改善经营管理,提高劳动生产率,使其生产的商品的个别劳动时间少于社会必要劳动时间,个别价值低于社会价值,从而获得超额剩余价值。在资本主义商品生产条件下,单个资本家改进技术、改善管理的主观动机是追求超额剩余价值,但其客观后果则是整个社会各个生产部门的劳动生产率普遍提高,导致生活资料的价值下降和补偿劳动力价值的必要劳动时间缩短,而剩余劳动时间相对延长,整个资本家阶级普遍获得相对剩余价值。

资本主义条件下的生产自动化是资本家获取高额剩余价值的手段,而雇佣工人的剩余劳动仍然是这种剩余价值的唯一源泉。

（4）资本主义再生产和资本积累

第一,资本主义再生产。资本主义再生产包括资本主义简单再生产和扩大再生产两种形式。资本主义的简单再生产是指资本家获得剩余价值后,如果将其完全用于个人消费,则生产就就在原有规模的基础上重复进行。资本主义的扩大再生产是指资本家获得无偿占有的剩余价值后,并不是将其完全用于个人消费,而是将一部分转化为资本,用以购买追加的生产资料和劳动力,使生产在扩大的规模上重复进行。资本积累是扩大再生产的源泉。

第二,资本积累。把剩余价值转化为资本,或者说,剩余价值的资本化,就是资本积累。由于内在的动力和外在的压力,资本家不断进行资本积累。资本积累的本质,就是资本家不断地利用无偿占有的工人创造的剩余价值来扩大自己的资本规模,进一步扩大和加强对工人的剥削和统治。影响资本积累的因素主要是:劳动力的剥削程度、社会劳动生产率的水平、所用资本和所费资本之间的差额、预付资本的大小。

随着资本积累必然加剧社会的两极分化,即一级是财富越来越集中于少数人手中,另一极是多数人只拥有社会财富的较小部分。资本积累也是资本主义社会失业现象产生的根源。

第三,资本积累的后果。资本积累的后果表现为直接后果和间接后果。

资本积累的直接后果是资本有机构成的提高。资本技术构成。资本家投入到生产过程中的资本,从自然形式上看,总是由一定数量的生产资料和劳动力构成的。生产资料和劳动力之间,存在一定的比例,这种由生产的技术水平所决定的生产资料和劳动力之间的比例,称为资本的技术构成。资本价值构成。从价值形式上看,资本可分为不变资本和可变资本,这两部分资本价值之间的比例,称为资本的价值构成。资本有机构成。一般说来,资本的技术构成决定资本的价值构成,技术构成的变化往往会引起价值构成的相应变化,而价值构成的变化通常反映着技术构成的变化。这种由技术构成决定并反映技术构成变化的资本价值构成,称为资本有机构成,通常用 c:v 表示。在资本积累过程中,随着资本主义发展和生产技术不断进步,资本有机构成有不断提高的趋势。

资本积累的间接后果是相对过剩人口的出现。在资本主义生产过程中,资本有机构成呈现不断提高趋势,这是由资本无限追逐剩余价值的本性决定的。资本家通过资本积聚和资本集中扩大生产规模,使资本有机构成不断提高。资本有机构成提高,可变资本量减少,资本对劳动力的需求日益相对地减少,结果就不可避免地造成大批工人失业,形成相对过剩人口。相对过剩人口就是劳动力供给超过了资本对它的需求形成的过剩人口。有三种形式:流动的过剩人口、潜伏的过剩人口和停滞的过剩人口。

（5）资本的流通

资本作为一种自行增值的价值,不仅在生产过程内运动,而且也在流通过程内运动。资本分为个别资本和社会资本。

第一,个别资本的运动。个别资本的运动,即资本的循环和周转过程。

资本循环。资本循环是指资本从一种形式出发,经过一系列形式的变化,又回到原来出发点的运动。产业资本在循环过程中要经历三个不同的阶段，即购买阶段、生产阶段、售卖阶段，由此相联系的是资本依次执行三种不同的职能，即货币资本的职能、生产资本的职能、商品资本的职能。产业资本的运动，必须具备两个基本前提条件：一是产业资本的三种职能形式必须在空间上同时并存，二是产业资本的三种职能形式必须在时间上前后继起。

资本周转。资本是在运动中增值的，资本必须不断地、周而复始地循环，才能不断地带来剩余价值。这种周而复始、不断反复着的资本循环，就是资本周转。如果每次资本周转带来的剩余价值一定，则资本周转越快，在一定时期内带来的剩余价值就越多。影响资本周转快慢的因素有很多，关键的因素有两个：一是资本周转时间，二是生产资本中固定资本和流动资本的构成。根据生产资本的不同部分价值周转的方式不同，分为固定资本和流动资本。固定资本是指购买机器、设备、厂房、工具等劳动资料的生产资本。流动资本是指购买原料、燃料、辅助材料等劳动对象和购买劳动力的那部分生产资本。资本周转速度与周转时间成反比。资本周转速度与生产资本中固定资本所占比重成反比，与流动资本所占比重成正比。

第二，社会资本的再生产和流通。在对个别资本的再生产和流通规律性进行分析的基础上，马克思对社会资本的再生产和流通也进行了深入分析，阐明了社会资本再生产和流通的规律性，进一步揭露了资本主义经济所包含的对抗性矛盾。

社会资本是指相互联系、相互依存的所有个别资本的总和。社会资本的再生产和流通依附于社会再生产。社会再生产的核心问题是社会总产品的实现问题，即社会总产品的价值补偿和实物补偿问题。价值补偿是指通过社会总产品的实现，由商品形式转化为货币形式去补偿上一生产过程中已投入的价值并获取更多的剩余价值，它是社会再生产的基础。实物补偿是指通过社会总产品的实现，由商品形式转化为货币形式去购买新的生产资料和消费资料去补偿上一生产过程中已消耗的生产资料和消费资料，它是社会再生产的关键。

社会总产品在物质形态上划分为两大部类，即第 I 部类和第 II 部类，第 I 部类由生产生产资料的部门构成，第 II 部类由生产消费资料的部门构成。社会再生产顺利进行，要求生产中所耗费的资本在价值上得到补偿，同时要求两大部类内部各个产业部门之间和两大部类之间保持一定的比例关系。只有两大部类的生产不仅在规模上，而且在结构上保持一定比例，社会总产品的价值补偿和实物替换才能正常进行，社会再生产才能顺利进行。

社会资本再生产的实现条件：①简单再生产的实现条件。基本条件：$I(v+m)=IIc$。具体条件：$I(c+v+m)=Ic+IIc$；$II(c+v+m)=I(v+m)+II(v+m)$。②扩大再生产的实现条件。基本条件：$I(v+\Delta v+m/x)=II(c+\Delta c)$。具体条件：$I(c+v+m)=I(c+\Delta c)+II(c+\Delta c)$；$II(c+v+m)=I(v+\Delta v+m/x)+II(v+\Delta v+m/x)$。

社会生产的各大部类之间要按比例协调发展，才能实现结构优化。社会总供给和社会总需求要相互平衡。但在资本主义发展的相当长时期内，由于生产资料的私有制和雇佣劳动制度所决定，两大部类的生产都是在价值规律和剩余价值规律作用下自发进行的，具有严重的盲目性，这就导致了两大部类生产在规模和结构上经常处于失衡状态，最严重的就是引发经济危机。

（6）工资和剩余价值的分配

第一，资本主义工资。在资本主义制度下，工人的工资是劳动力的价值或价格，这是资本主义工资的本质。资本主义工资的形式主要有两种，即计时工资和计件工资。在当代资本主义国家，工人的实际工资呈现不断提高的趋势，但是资本雇佣劳动的基本经济关系并没有改变。

第二，剩余价值的分配。在现实的资本主义经济生活中，资本家把剩余价值视为全部垫付资本的产物或增值额，剩余价值便取得了利润的形态。当剩余价值转化为利润，剩余价值与可变资本的关系便被掩盖了。资本主义生产的目的是获得利润。利润率平均化是剩余价值规律和竞争规律作用的必然结果，体现着不同部门的资本家集团按照等量资本要求等量利润的原则来瓜分剩余价值的关系。在利润率平均化的而过程中，形成了社会的平均利润率。在利润率平均化过程中，产业资本家得到产业利润，商业资本家得到商业利润，借贷资本家得到利息，土地所有者得到地租，这些不同部门的资本家瓜分到的利润只是平均利润。平均利润率规律的作用表明，平均利润率是剩余价值总量对社会总资本的比率，因此每个资本家所得利润多少不仅取决于他对本企业工人的剥削程度，而且还取决于整个资产阶级对整个工人阶级的剥削程度。资本家之间在瓜分剩余价值上固然有一定程度的利害冲突，但在加强对工人阶级的剥削以榨取更大量的剩余价值这一点上，却有共同的阶级利益。

（7）马克思剩余价值论的意义

马克思通过分析剩余价值的生产、积累、流通以及分配，揭示了剩余价值的运动规律及其作用，创立了剩余价值理论。剩余价值论深刻揭露了资本主义生产关系的剥削本质，阐明了资产阶级与无产阶级之间阶级斗争的经济根源，指出了无产阶级革命的历史必然性。剩余价值论是马克思主义经济理论的基石，是无产阶级反对资产阶级、揭示资本主义制度剥削本质的锐利武器。马克思也揭示了商品经济和社会化生产的一般规律，如资本循环周转规律、社会再生产规律、积累规律等。这些规律，在资本主义条件下，由于受到资本主义制度的制约，具有了特殊的表现形式。如果抛开制度因素，对发展社会主义市场经济也具有指导意义。

（四）资本主义的基本矛盾与经济危机

（1）资本主义的基本矛盾

生产资料资本主义私人占有和生产社会化之间的矛盾，是资本主义的基本矛盾。这是生产力和生产关系之间的矛盾在资本主义社会的具体体现。这个基本矛盾具体表现在两个方面：第一，生产无限扩大的趋势与劳动人民有支付能力的需求相对缩小之间的矛盾。第二，个别企业内部生产的有组织性和整个社会生产的无政府状态之间的矛盾。

（2）资本主义经济危机

资本主义发展到一定阶段，发生了以生产过剩为基本特征的经济危机。生产过剩是资本主义经济危机的本质特征，但是这种过剩是相对过剩，即相对于劳动人民有支付能力的需求来说社会生产的商品显得过剩，而不是与劳动人民的实际需要相比的绝对过剩。资本主义经济危机爆发的根本原因是资本主义的基本矛盾。资本主义经济危机具有周期性，一般包括四个阶段，即危机、萧条、复苏和高涨。

三、资本主义的政治制度和意识形态

(一)资本主义的国家、政治制度及其本质

(1)资本主义国家的职能和本质

第一,资本主义国家的职能。资本主义国家的职能是以服务于资本主义制度和资产阶级利益为根本内容的,是资产阶级进行政治统治的工具。资本主义国家的职能包括对内和对外两个基本方面,即对内实行政治统治和社会管理,对外进行国际交往和维护国家安全及利益,甚至为维护自己的既得利益、获取新的经济和政治利益、不惜发动对他国或地区的战争。

第二,资本主义国家的本质。资本主义国家作为资产阶级利益的体现,在经济上要求自由竞争、等价交换,政治上要求形式上的自由民主、正义平等,这些特征与奴隶制和封建制国家相比,是人类社会政治生活上的一大进步。但是,这种进步并没有改变资本主义国家作为剥削阶级对人民群众进行阶级统治和阶级压迫的工具的性质,并没有消除人们的政治生活方面实际上的不自由、不平等、不民主、不公正。资本主义国家只是以一种新的阶级剥削和压迫形式取代了以往的阶级剥削和压迫形式而已。

(2)资本主义政治制度及其本质

第一,资本主义政治制度的内容。资本主义国家的政治统治是通过具体的政治制度实现的。资本主义政治制度包括资本主义的民主与法制、政权组织形式、选举制度、政党制度等。宪法是资本主义国家法律制度的核心,资本主义法制是与资本主义民主结合在一起的。资本主义国家政权采取的是分权制衡的组织形式,即国家的立法权、行政权、司法权分别由三个权力主体独立行使,形成各主体之间的"制衡"。资本主义国家的选举是资产阶级制定某种原则和程序,通过竞选产生议会和国家元首的一种政治机制。资本主义国家的政党是阶级和阶级斗争发展到一定历史阶段的产物,在国家政治生活中发挥着重要的作用。当代资本主义国家实行的基本上是政党制。从政党制度的类型看,大致有两党制和多党制形式。

第二,资本主义政治制度的本质。资本主义政治制度的本质是为资产阶级服务的,是服从于资产阶级进行统治和压迫需要的政治工具。因此,它不可避免地有其历史的和阶级的局限性。

(二)资本主义的意识形态及其本质

(1)资本主义意识形态的内容

资本主义意识形态是在资本主义国家中占统治地位的、反映了作为统治阶级的资产阶级的利益和要求的各种思想理论和观念的综合。在资本主义国家中占统治地位的政治、经济、法律、哲学、伦理、历史、文学、宗教等大多数人文社会科学的理论、学说或意识形式都属于资本主义意识形态的范畴。作为资本主义国家意识形态的各种资产阶级的思想理论和观念,是资产阶级在长期的反对封建专制主义和宗教神学的斗争中形成和发展起来的。

(2)资本主义意识形态的本质

第一,资本主义意识形态是资本主义社会条件下的观念上层建筑,是为资本主义社会形态的经济基础服务的。第二,资产阶级意识形态本质上是资产阶级的阶级意识的集中体现。

对于资本主义的意识形态，应该用辩证的观点来分析。资本主义社会在长期发展中创造出大量的物质财富的同时，也创造出丰富的精神成果。在资本主义条件下，这些思想文化成果有相当一部分是以意识形态的形式或包含在意识形态中被保存下来的。这些思想文化成果同样是人类文明进步的成就和体现，对其应该采取扬弃的方法、辩证的态度。

第五章　资本主义发展的历史进程

一、从自由竞争资本主义到垄断资本主义

资本主义的发展经历自由竞争资本主义和垄断资本主义两个阶段。19世纪70年代以前，资本主义处于自由竞争阶段。从19世纪70年代开始，自由竞争资本主义逐步向垄断资本主义过渡，19世纪末20世纪初，垄断资本主义得以形成。垄断资本主义包括私人垄断资本主义和国家垄断资本主义两种形式。

（一）垄断理论

（1）垄断的含义

垄断是指少数资本主义大企业，为了获得高额利润，通过相互协议或联合，对一个或几个部门商品的生产、销售和价格，进行操纵和控制。

（2）垄断的产生

第一，当生产集中发展到相当高的程度，极少数企业就会联合起来，操纵和控制本部门生产和销售，实行垄断，以获得高额利润。第二，企业规模巨大，形成对竞争的限制，也会产生垄断。第三，激烈的竞争给竞争各方带来的损失越来越严重，为了避免两败俱伤，企业之间会达成妥协，联合起来，实行垄断。

（3）垄断的本质

尽管垄断组织的形式多样，但它们的本质上是一样的，即通过联合来操纵和控制商品生产和销售市场，操纵垄断价格，以攫取高额垄断利润。

垄断利润是垄断资本家凭借其在社会生产和流通中的垄断地位而获得的超过平均利润的高额利润。垄断利润主要是通过垄断组织制定的垄断价格来实现的。垄断价格是垄断组织在销售和购买商品时，凭借其垄断地位规定的、旨在保证获取最大限度利润的市场价格。垄断价格包括垄断高价和垄断低价两种形式。垄断高价是垄断资本家在销售商品时所规定的远远高于商品的价值或生产价格的垄断价格。垄断低价是垄断资本家在购买商品时所规定的远远低于商品价值或生产价格的垄断价格。

（4）垄断资本主义的基本特征

第一，垄断组织在经济生活中起决定作用。（最首要的特征）垄断组织是指在一个或几个经济部门中，占据垄断地位的大企业联合。常见的垄断组织主要有卡特尔、辛迪加、托拉斯、康采恩等。它们在本质上是一样的，即通过联合达到独占和瓜分商品生产和销售市场，操纵垄断价格，以攫取高额垄断利润。

第二，在金融资本的基础上形成金融寡头的统治。金融资本是由工业垄断资本和银行垄断资本融合在一起而形成的一种垄断资本。银行垄断资本和工业垄断资本，通过金

融联系、资本参与和人事参与,密切地融合在一起,产生了新型的资本形态。

在金融资本形成的基础上,产生了金融寡头。金融寡头是指操纵国民经济命脉,并在实际上控制国家政权的少数垄断资本家或垄断资本家集团。金融寡头在经济领域中的统治主要是通过"参与制"实现的。金融寡头对国家机器的控制,主要是通过同政府的"个人联合"来实现的。金融寡头还通过建立政策咨询机构等方式来对政府的政策施加影响,并通过掌握新闻出版、广播电视、科学教育、文化教育等上层建筑的各个领域,以左右国家的内政外交及社会生活。

第三,资本输出有了特别重要的意义。

第四,瓜分世界的资本家国际垄断同盟已经形成。

第五,资本主义列强已把世界上的领土分割完毕。

(5)垄断条件下竞争的特点

第一,垄断不能消除竞争。垄断是从自由竞争中形成的,是作为自由竞争的对立面产生的。但是,垄断并不能消除竞争,反而使竞争变得更加复杂和剧烈。①垄断没有消除产生竞争的经济条件。②垄断必须通过竞争来维持。③社会生产复杂多样,任何垄断组织都不可能把包罗万象的社会生产都包下来。

第二,垄断条件下竞争的新特点。主要表现在竞争目的、竞争手段、竞争范围、竞争后果四个方面。垄断条件下的竞争的主要目的是要获取高额垄断利润和巩固、扩大已有的垄断地位。垄断条件下竞争的手段更加多样,有经济手段和非经济手段等。在竞争范围上,竞争的规模扩大,范围遍及各个领域和部门,并由国内扩展到国外。从竞争后果来看,垄断条件下的竞争,规模大、时间长、手段残酷、程度更加激烈,而且具有更大的破坏性。

(二)国家垄断资本主义

(1)国家垄断资本主义的含义

国家垄断资本主义是国家政权和私人垄断资本融合在一起的垄断资本主义。国家垄断资本主义的产生,是垄断资本生产关系在垄断资本主义生产关系在自身范围内的部分质变,标志着资本主义发展进入新阶段。

(2)国家垄断资本主义的形成

国家垄断资本主义的形成不是偶然的,它是科技进步和生产社会化程度进一步提高的产物,是资本主义基本矛盾进一步尖锐化的必然结果。一是社会生产力的发展,要求资本主义生产资料在更大范围内被支配,从而促进了国家垄断资本主义的产生;二是经济波动和经济危机的深化,要求国家对经济生活进行干预,促使了国家资本主义的产生;三是缓和社会矛盾、协调利益关系,要求国家垄断资本主义的产生。

(3)国家垄断资本主义的形式

国家垄断资本主义的主要形式有四种:一是国家所有并直接经营的企业;二是国家与私人共有、合营的企业;三是国家通过多种形式参与私人垄断资本的再生产过程;四是宏观调节和微观规制。宏观调节主要是国家运用财政政策、货币政策等经济手段,对社会总供给和总需求进行调节,以实现经济快速增长、充分就业、物价稳定和国际收支平衡的基本目标。微观规制主要是国家运用法律手段规范市场秩序,限制垄断,保护竞争,维护社会公众的合法权益。

（4）对国家垄断资本主义的评价

国家垄断资本主义是垄断资本主义的新发展，它对资本主义经济的发展产生了积极的作用。但是，国家垄断资本主义在本质上是资产阶级国家力量同垄断组织力量结合在一起的垄断资本主义，它并没有从根本上消除资本主义的基本矛盾。国家垄断资本主义的出现并没有根本改变垄断资本主义的性质。

（三）垄断资本在世界范围的扩展

（1）垄断资本主义向世界范围扩展的经济动因

资本主义向世界范围扩展反映了资本主义发展的必然逻辑，也反映了资本主义发展的本质。其主要经济动因是：第一，将国内过剩的资本输出，以便在国外谋求高额利润。第二，将部分非要害的技术转移到国外，以取得在别国的垄断优势，攫取高额垄断利润。第三，争夺商品销售市场。第四，确保原材料和能源的可靠来源。

这些经济上的动因与垄断资本主义政治上、经济上、文化上、外交上的利益紧密联系在一起，交织发挥作用，共同促进了垄断资本主义向世界范围的扩展。

（2）垄断资本主义向世界扩展的基本形式

垄断资本向世界范围扩展的基本形式有三种：借贷资本输出；生产资本输出；商品资本输出。商品资本的输出在自由竞争资本主义阶段占主导地位，借贷资本和生产资本的输出则在垄断资本主义阶段占主导地位。从输出资本的来源看，主要是两类：一类是私人资本输出，另一类是国家资本输出。

（3）垄断资本向世界范围扩展的后果

从资本输出国和资本输入国两个方面来看待这一后果。对于资本输出国来讲，第一，资本输出为其带来了巨额利润，加速了资本积累。第二，资本输出带动和扩大了商品输出，巩固和扩大了垄断资本的销售市场和投资场所。第三，大大改善了国际收支状况。第四，对发展中国家的经济命脉形成控制，进一步巩固和扩大了垄断优势地位。

对于资本输入国来讲，第一，吸收了经济发展所需的资金，为经济发展提供了条件。第二，引进了比较先进的机器设备和工艺技术，同时培训了一批适应现代化生产需要的技术人员、熟练工人和企业管理干部。第三，利用外资和技术，建立一批现代工业，改造老企业和旧设备，优化了产业结构。第四，利用外资扩大生产，增加产品产量，提高了产品质量，扩大出口，促进了对外贸易的发展。第五，推动了经济的发展，增加了就业机会，提高了收入水平。但资本输入也给发展中国家带来了一定的不利影响，如付出了较大的经济代价以及环境污染代价，冲击本国的民族工业，对国际资本的依赖性增强等。

（4）国际垄断同盟的形式

当代国际垄断同盟的形式以跨国公司和国家垄断资本主义的国际联盟为主。

第一，跨国公司是国际垄断同盟的重要形式之一。跨国公司也称为多国公司、国际公司，最初是在发达资本主义国家中建立的大型企业。这些企业的特点是对外进行直接投资，在国外设立子公司或分支结构，进行跨国的或者说国际间的生产、销售或金融等各种经营活动，以获取高额垄断利润。

第二，国家垄断资本主义的国际联盟，是国际垄断同盟的高级形式。它主要是由一些资本主义国家的政府出面缔结协定所组成的国际经济集团。国家垄断资本主义的国际联盟使各国经济的一体化程度大大增强，在一定程度上促进了生产和资本的集中，刺激了生产的发展,使各国间有可能保持和平与稳定的关系。

第三,国际经济协调机制的建立。国际垄断资本还建立起国际经济调节机制,以加强国际协调。国际经济协调的具体形式包括各种国际经济、国际经济协议以及地区性的经济组织和集团等。

二、经济全球化及其后果

(1)经济全球化及其表现

第一,经济全球化的含义。经济全球化是指在生产不断发展、科技迅速进步、社会分工和国际分工不断深化、生产的社会化和国际化程度不断提高的情况下,世界各国、各地区的经济活动越来越超出一国和地区的范围而相互联系、相互依赖的一体化过程。

第二,经济全球化的表现。①生产的全球化。在国际分工和跨国公司的基础上,世界各国的生产日益联系在一起。②贸易的全球化。国际贸易迅速扩大,服务贸易迅速发展,参与贸易的国家急剧增加。③金融的全球化。国际债券市场、基金市场迅速成长,金融市场高度一体化。④企业经营的全球化。跨国公司成为世界经济的主体。

(2)经济全球化的动因

第一,科学技术的进步和生产力的发展。科学技术的进步和生产力的发展,为经济全球化提供了坚实的基础,特别是信息技术革命,加快了信息传送的速度,推动了经济全球化的迅速发展。第二,跨国公司的发展。跨国公司为经济全球化提供了适宜的企业组织形式,促进了国际分工,推动了经济全球化进程。第三,各国经济体制的变革,为国际资本的流动、国际贸易的扩大、国际生产的大规模进行提供了适宜的体制环境和政策条件,促进了经济全球化的发展。

(3)经济全球化的后果

经济全球化是一把双刃剑。一方面,经济全球化对发达国家和发展中国家都具有积极效应。另一方面,经济全球化也会产生消极的后果。

积极效应。第一,经济全球化的过程是生产社会化程度不断提高的过程。在经济全球化进程中,社会分工得以在更大的范围内进行,资金、技术等生产要素可以在国际社会流动和优化配置,由此可以带来巨大的分工利益,推动世界生产力的发展。第二,由于发达资本主义国家在经济全球化进程中占据优势地位,在制定贸易和竞争规则方面具有更大的发展权,控制一些国际组织,所以发达资本主义国家是经济全球化的主要受益者。第三,经济全球化对发展中国家也具有积极的影响。发展中国家可以利用这一机会引进先进技术和管理经验,增强经济的竞争力;可以通过吸引外资,扩大就业,使劳动力资源的优势得以充分发挥;可以利用不断扩大的国际市场解决产品销售问题,以对外贸易带动本国经济的发展;可以借助投资自由化和比较优势组建大型跨国公司,积极参与经济全球化进程。

消极后果。经济全球化是一个充满矛盾的进程,它在产生积极效应的同时,也会产生消极的后果。主要表现是:第一,发达国家与发展中国家之间的差距扩大。第二,在经济增长中忽视社会进步,环境恶化与经济全球化可能同时发生。第三,各国特别是相对落后国家原有的体制、政府领导能力、社会设施、政策体系、价值观念和文化都面临着全球化的冲击,国家内部和国际社会都出现不同程度的治理危机。第四,经济全球化使各国的产业结构调整变成了一种全球行为,它既为一国经济竞争力的提高提供了条件,同时也存在对别国形成依赖的危险。

三、当代资本主义的新变化

（一）当代资本主义经济政治的新变化

第一，生产资料所有制的变化。第二次世界大战后，资本主义所有制发生了新的变化，这就是国家资本所有制形成并发挥重要作用；法人资本所有制崛起并成为居主导地位的资本所有制形式。体现了资本剥削雇佣劳动的关系。资本主义所有制形式的变化，标志着资本占有的社会化程度大大提高。

第二，劳资关系和分配关系的变化。随着科学技术的进步和社会生产力的发展，特别是随着工人阶级反抗力量的不断壮大，资本家及其代理人开始采取一些缓和劳资关系的激励制度，促使工人自觉地服从资本家的意志。这些制度主要有：职工参与决策制度；终身雇佣制度；职工持股计划；社会福利制度。当代西方国家在分配领域的这些变化，是资本主义发展到国家垄断资本主义阶段对于其分配关系的新调整，资本主义国家工人阶级的生活状况由此得到较大的改善。

第三，社会阶级、阶层结构的变化。在当代资本主义生产关系中，阶级、阶层结构发生了新的变化。主要表现是：传统的资本家的地位和作用已经发生很大变化；高级职业经理成为大公司经营活动的实际控制者；知识型和服务型劳动者的数量不断增加，劳动方式发生了新变化，实现了从传统劳动方式向现代劳动方式的转变。

第四，经济调节机制和经济危机形态的变化。二战结束以来，资产阶级国家对经济的干预不断加强。它与市场机制相辅相成，共同推动着资本主义经济的运动和发展。在经济调节机制变化的同时，经济危机形态也发生了变化，金融危机对整个经济危机的影响加强。

第五，政治制度的变化。主要表现是：国家行政机构的权限不断加强；政治制度出现多元化的趋势，公民权利有所扩大；重视并加强法制建设；改良主义政党在政治舞台上的影响日益扩大，成为战后西方资本主义国家政治生活中非常引人注目的现象。

（二）当代资本主义新变化的原因和实质

（1）当代资本主义新变化的原因

第一，科学技术革命和生产力的发展，是资本主义变化的根本推动力量。第二，工人阶级争取自身权力和利益斗争的作用，是推动资本主义变化的重要力量。第三，社会主义制度初步显示的优越性对资本主义产生产生了一定影响。第四，主张改良主义的政党对资本主义制度的改革，对资本主义的变化发挥了重要作用。

（2）当代资本主义新变化的实质

第一，当代资本主义发生的变化从根本上说是人类社会发展一般规律和资本主义经济规律作用的结果。第二，当代资本主义发生的变化是在资本主义制度基本框架内的变化，并不意味着资本主义生产关系的根本性质发生了变化。

四、资本主义的历史地位和发展趋势

（一）资本主义的历史地位

第一，资本主义的历史进步性。与封建社会相比，资本主义显示了巨大的历史进步性。①资本主义将科学技术转变为强大的生产力。②资本追求剩余价值的内在动力和竞争的外在压力推动了社会生产力的迅速发展。③资本主义的意识形态和政治制度作为上层建筑在战胜封建社会自给自足的小生产的生产方式,保护、促进和完善资本主义生产方式方面起着重要作用,从而推动了社会生产力的迅速发展,促进了社会进步。

第二,资本主义的局限性。资本主义的历史进步性并不能掩盖其自身的局限性。同一切以私有制为基础的生产方式一样,资本主义生产资料的私人占有对生产社会化的进一步发展造成了严重障碍,这一矛盾是资本主义生产方式固有的,正是这一矛盾决定了资本主义的经济、政治、文化和社会各个领域以及全球范围内的冲突、动荡和危机。资本主义的这种局限性在资本主义生产方式范围内是不可能根本消除的,它决定了资本主义生产方式的历史过渡性。

(二) 资本主义为社会主义所代替的历史必然性

(1) 资本主义的内在矛盾决定了资本主义必然被社会主义所代替

第一,资本主义基本矛盾"包含着现代的一切冲突的萌芽"。资本主义生产方式越是占统治地位,越是发展,"社会的生产和资本主义占有的不相容性,也必然也更加鲜明地表现出来。"只有用社会主义生产方式取而代之,才能根本解决资本主义生产方式的基本矛盾。

第二,资本积累推动资本主义基本矛盾不断激化并最终否定资本主义自身。从资本主义积累过程来看,当资本主义基本矛盾及其派生的各种矛盾在资本积累中不断发展、激化到资本主义制度自身无法使之释放时,公有制取代私有制、社会主义取代资本主义就将成为不可避免的结果。这是资本主义积累过程所具有的客观历史趋势。

第三,国家垄断资本主义是资本社会化的更高形式,将成为社会主义的前奏。到了国家垄断资本主义阶段,生产社会化、资本社会化和管理社会化都到了资本主义生产方式的更高程度,从而为全社会共同占有生产资料和共同组织社会化生产准备了充分的物质条件和经济条件,是社会主义的最充分的物质准备,是社会主义的前阶。

第四,资本主义社会存在着资产阶级和无产阶级两大阶级。随着资本主义经济的巨大发展,资产阶级由生产力的解放者变成阻碍者。随着生产社会化水平的不断提高和无产阶级队伍的不断壮大,无产阶级必将彻底推翻资本主义和资产阶级的统治,逐渐建立消灭一切阶级、确保人人得以自由发展的联合体。

(2) 从资本主义向社会主义过渡是一个长期的历史过程

马克思说:"无论哪一个社会形态,在它所能容纳的全部生产力发挥出来以前,是决不会灭亡的;而新的更高的生产关系,在它的物质存在条件在旧社会的胎胞里成熟以前,是决不会出现的。"根据"两个决不会"理论来看资本主义社会,资本主义社会不可能在短期内自行消亡。也就是说,从资本主义向社会主义过渡是一个长期的历史过程。

第一,资本主义制度目前还能为生产力的发展提供一定的空间,资本主义发展不平衡性决定了过渡的长期性。

第二,当代资本主义的发展,还显示出生产关系对生产力容纳的空间,说明资本主义为社会主义所代替尚需长期的过程。

第三,目前发达资本主义国家还处于科技发达、经济相对繁荣的时期,它们在科技、经济、军事等方面具有显著的优势,各主要垄断资本主义国家的经济和政治合作有所加强。与之相比,社会主义国家的经济发展水平还比较低,社会主义自身的发展还需要走比较长的路,这意味着社会主义最终取代资本主义是一个长期的历史过程。

第六章 社会主义社会及其发展

一、社会主义制度的建立

19世纪中叶,社会主义从空想发展到科学。20世纪初,社会主义从理论发展到建立社会主义制度的实践。这是社会主义发展史上的两次飞跃。

(一)社会主义从空想到科学的发展

第一,空想社会主义的产生。空想社会主义产生于16世纪初。与资本主义生产方式发展所经历的家庭手工业、手工工场和及其大工业三个阶段相适应,空想社会主义思潮也经历了三个历史发展阶段,即16~17世纪的早期空想社会主义、18世纪的空想平均共产主义、19世纪初期批判的空想社会主义。19世纪初期以圣西门、傅里叶、欧文为代表的空想社会主义是科学社会主义的直接思想来源。

第二,空想社会主义的局限性。①空想社会主义者只看到了资本主义必然灭亡的命运,却未能揭示资本主义必然灭亡的经济根源。②他们要求埋葬资本主义,却看不到埋葬资本主义的力量。③他们憧憬取代资本主义的理想社会,却找不到通往理想社会的现实道路。④空想社会主义"提供了启发工人觉悟的极为宝贵的材料",但不是科学的思想体系。

第三,科学社会主义的创立。马克思、恩格斯在新的历史条件下创立了唯物史观和剩余价值学说,揭示了人类历史发展的规律和资本主义剥削的秘密,论证了无产阶级的历史使命,把争取无产阶级和全人类解放的建立在社会发展客观规律的基础上,从而超越了空想社会主义,创立了科学社会主义。1848年2月,马克思、恩格斯为世界上第一个无产阶级政党"共产主义者同盟"所写的党纲《共产党宣言》的发表,标志着科学社会主义的产生。

(二)社会主义从理论到实践

(1)无产阶级革命与社会主义制度的建立

第一,无产阶级革命的特点、形式。无产阶级革命是迄今人类历史上最广泛、最彻底、最深刻的革命,是不同于以往一切革命的最新类型的革命。从理论上说,无产阶级革命有暴力的与和平的两种形式,其中暴力革命是主要的基本的形式。马克思主义在强调暴力革命这一主要的基本的形式的同时,也并不完全排除和平过渡到社会主义的可能性。

第二,俄国十月革命的胜利。19世纪末20世纪初,自由资本主义发展到垄断资本主义阶段即帝国主义阶段,资本主义世界的政治经济情况发生了新的变化。资本主义各国经济政治发展不平衡的状况进一步加剧和尖锐化。列宁认真总结了当时变化了的新情况,集中了俄国布尔什维克党的智慧,立足于资本主义发展不平衡的规律,提出帝国主义时代的无产阶级社会主义革命,将是由一国或数国首先胜利,然后波浪式地发展为全世界的胜利。在这一理论的基础上,列宁根据对俄国国内革命形势和国际状况的科学分析,进一步提出了社会主义可能在经济文化相对落后的俄国首先取得胜利的结论,并且将这一理论付诸实践,在革命形势成熟的条件下,领导了俄国十月革命并取得了伟大的胜利。

（2）苏维埃俄国对社会主义的探索及苏联模式

第一，列宁领导的苏维埃俄国对社会主义的探索。列宁领导的苏维埃俄国对社会主义道路的探索，大体经历了三个时期：即进一步巩固苏维埃政权时期（从1917年11月到1918年春天）、外国武装干涉和国内战争即战时共产主义时期（从1918年夏天到1921年春天）、由战时共产主义转变为新经济政策时期（从1921年开始，1921年3月俄共（布）召开十大）。

第二，苏联模式（斯大林模式）。1928年10月，苏联开始实行以优先发展重工业为中心建立社会主义大工业的第一个五年计划，1932年底完成。1936年12月，在苏维埃第八次非常代表大会通过的宪法中，宣布苏联已经建成了社会主义。在这个过程中，苏联模式得以形成并最终确立。

苏联模式的基本特征：①从经济方面来看，主要是单一的生产资料公有制形式和过度集中的指令性计划经济模式。②从政治方面来看，主要表现为过度集权的党和国家领导体制，自上而下的干部任命制，软弱而低效的监督机制等。

苏联模式是在特定的历史条件下产生的，在一定的历史条件下发挥了其巨大的优越性，但随着历史条件的变化其固有的弊端逐步显现，并最终成为社会经济发展的桎梏。社会主义发展的历史证明，苏联模式是特定历史条件下的产物，它并不是社会主义的唯一模式。

（3）社会主义从一国到多国的发展

第二次世界大战结束后，社会主义在世界范围内获得发展，先后有一批国家走上社会主义道路，形成了一个强大的社会主义阵营。社会主义从一国发展到多国实践，是社会主义发展进程中的又一次历史性的飞跃。

第一，社会主义首先在经济文化相对落后的国家取得胜利的原因。①经济文化相对落后的国家可以先于发达资本主义国家进入社会主义，是由革命的客观形势和条件所决定的。②经济文化相对落后的国家可以先于发达资本主义国家进入社会主义，并不违背生产关系一定要适合生产力状况的规律。经济文化相对落后的国家率先进入社会主义，也是历史发展规律作用的结果。

第二，社会主义制度对人类历史发展的巨大贡献。①社会主义开始作为一种新的社会制度发挥出历史作用。②社会主义国家的存在及其在经济、政治、外交、军事上的影响，改变了世界的政治格局，在很大程度上遏制了资本主义和霸权主义在全世界的扩张。③社会主义力量坚定地支持被压迫民族和被压迫人民，推动着世界和平与发展的时代潮流。④社会主义在当代引导着世界人民的前进方向。

社会主义在20世纪取得了举世瞩目的辉煌成就，但是在发展中也显示出在许多方面尚不成熟。

（4）无产阶级专政和社会主义民主

无产阶级专政和社会主义民主是科学社会主义的核心内容。坚持无产阶级专政是建立和发展社会主义的政治保证。建设高度的社会主义民主，是工人阶级执政党为之奋斗的崇高目标和根本任务。

第一，无产阶级专政。无产阶级专政是新型民主和新型专政的国家。在阶级本质上，它是对少数剥削者实行专政，对无产阶级和广大劳动人民实行广泛的民主。无产阶级专政是以工农联盟为阶级基础的国家政权,它的最终目标是要消灭剥削、消灭阶级,进入无阶级社会。为了实现这一伟大目标,无产阶级专政担负着繁重的历史任务。

社会主义国家必须坚持无产阶级专政。这是因为:①社会主义时期还存在着一定范围的阶级斗争。②无产阶级专政的根本任务是不断巩固、发展无产阶级政权和社会主义制度,全面改造旧社会,发展社会生产力,增强社会主义的物质基础,建设社会主义文明,实现向无阶级社会的过渡。③无产阶级专政是建设社会主义民主的需要。

第二,社会主义民主。社会主义民主是人类最高类型的民主。与以往剥削阶级占统治地位的社会少数人的民主在性质上根本不同,社会主义民主是绝大多数人的民主,它的本质和核心是人民当家作主。人民民主是社会主义的生命。

要实现建设高度的社会主义民主的目标,需要经过长期的努力。这是因为:①肃清封建专制主义和资本主义的影响需要一个历史过程。②社会经济文化的发展和社会成员素质的普遍提高需要一个过程。③同建设高度的社会主义民主密不可分的社会主义法制建设,同样需要一个过程。

二、社会主义在实践中的发展和完善

(一)在实践中深化对社会主义基本特征的认识

(1)马克思主义经典作家对社会主义基本特征的认识

第一,马克思恩格斯对社会主义基本特征的认识。马克思、恩格斯根据当时的历史条件,以社会主义是在发达资本主义基础上建立的为前提,认为共产主义社会的第一阶段应具有以下基本特征:生产资料归全社会所有;根据社会的需要,有计划地调节生产;在对社会总产品作了各项扣除之后,对个人消费品实行各尽所能、按劳分配;没有商品生产,没有货币交换;没有阶级对立和阶级差别,无产阶级专政的国家开始消亡等。

第二,列宁对社会主义基本特征的认识。列宁对社会主义基本特征的认识分两个阶段,即在领导俄国向社会主义过渡的时期和晚年的认识。列宁在领导俄国向社会主义过渡的实践中,所形成的对社会主义特征的认识主要有:实行全面所有制经济和集体所有制合作经济;存在商品生产和商品交换;具有高度发达的生产力和资本主义更高的劳动生产率;建立工人阶级和劳动人民的政权及其民主制度等。列宁晚年对十月革命以来所走过的道路进行深入的思考,提出了建设社会主义的新构想。这些思想主要包括:用合作社的形式将农民引向社会主义道路;发展大工业,实现工业化和电气化;学习和利用资本主义一切有价值的东西;进行文化改革,大力发展文化教育事业;进行党和国家机构的改革,努力提高干部的素质和能力;必须反对官僚主义,健全社会主义民主和法制;维护党的团结,特别是党中央领导核心的团结等。

第三,中国共产党人对社会主义基本特征的认识。中国共产党人在探索社会主义建设道路的过程中,对"什么是社会主义、怎样建设社会主义"的问题作了深入的思考,形成了新的认识。这些认识集中体现在中国特色社会主义理论体系中:社会主义的本质是解放生产力,发展生产力,消灭剥削,消除两极分化,最终达到共同富裕。

(2)对社会主义基本特征的认识在实践中深化和发展

根据已有的社会主义各国的实践经验,特别是根据中国建设社会主义的实践经验,可以对社会主义的基本特征作如下概括:

解放和发展生产力,创造高度发达的生产力和比资本主义更高的劳动生产率;建立和完善生产资料公有制,逐步消灭剥削,消除两极分化,达到共同富裕;对个人消费品实行"各尽所能、按劳分配"制度。生产资料所有制关系决定分配关系;在马克思主义政党领导下,建立工人阶级和劳动人民的政权,即无产阶级专政或人民民主专政,发展社会主义民主政治,建设社会主义政治文明;以马克思主义为指导,发展社会主义文化,建设社会主义精神文明;以人为本,构建和谐社会。

社会主义基本特征的诸方面是一个互相联系的有机整体,是社会主义制度优于资本主义制度的本质表现。

(二)社会主义建设

(1)社会主义建设的艰巨性和长期性

无产阶级及其政党在经济文化比较落后的国家取得政权,"超越"了资本主义充分发展阶段,建立起了崭新的社会主义制度,这是历史的巨大进步。但是,由于受到生产力发展状况,经济基础和上层建筑发展状况的制约,受到国际环境的严峻挑战等,这些国家建设社会主义必然具有艰巨性和长期性。主要原因是:首先生产力发展状况的制约;其次,经济基础和上层建筑发展状况的制约;再次,国际环境的严峻挑战;最后,马克思主义执政党对社会主义发展道路的探索和对社会主义建设规律的认识,需要一个长期艰苦的过程。

(2)社会主义发展道路的多样性

第一,社会主义发展道路多样性的原因。社会主义的发展道路不是单一性的,而是多样性的。社会主义在发展过程中,由于各国国情的特殊性,即经济、政治、思想文化的差异性,生产力发展水平的不同,无产阶级政党自身成熟程度的不同,阶级基础与群众基础的构成状况的不同,革命传统的不同,以及历史和现实的、国内和国际的各种因素的交互作用,社会主义的发展道路必然呈现出多样性的特点。

第二,努力探索适合本国国情的社会主义发展道路。探索社会主义发展道路,①必须坚持以马克思主义为指导,最重要的是坚持马克思主义对于研究未来社会制度的科学方法。②必须以当时当地的历史条件为转移,坚持"走自己的路"。③探索社会主义发展道路,必须充分吸收人类一切文明成果。

(3)社会主义建设的前进性和曲折性

同任何事物的发展不会一帆风顺一样,社会主义的发展也会发生曲折,是前进性与曲折性相统一的过程。

第一,社会主义在曲折中前进的客观性。社会主义在曲折中发展是由以下因素决定的:①社会主义作为新生事物,其成长不会一帆风顺。②社会主义的基本矛盾推动社会发展,是作为一个过程而展开的,人们对它的认识也有一个逐渐发展的过程。③经济全球化对于社会主义的发展既有机遇又有挑战。社会主义在国际交往中,只能是一个把握机遇、趋利避害、因势利导、曲折前进的过程。

第二,社会主义在自我发展和完善中走向辉煌。社会主义在曲折中前进是任何力量都不能扭转的历史趋势。原因在于:①社会主义制度从根本上克服了生产资料所有制对生产力发展的束缚,为生产力的发展提供了广阔的前景。②社会主义符合广大人民的利益和愿望,能够得到人民的拥护和支持。③社会主义能够在改革中不断实现自我发展和自我完善。

第三,社会主义改革。社会主义改革根源于社会主义社会的基本矛盾,是社会主义基本矛盾运动发展的内在要求。社会主义建设与改革是联系在一起的。从已有的社会主义实践中,我们发现,社会主义改革必须坚持几个方面:①要坚持改革的正确方向。②要选择正确的改革方式和步骤。③要妥善处理改革、发展与稳定的关系。

三、马克思主义政党在社会主义事业中的地位和作用

(一)马克思主义政党的产生条件和性质

第一,马克思主义政党产生的条件。马克思主义政党是工人阶级或无产阶级反对资产阶级的斗争发展到一定阶段的产物。马克思主义政党的产生需要两个条件:一是工人运动的发展,二是科学社会主义理论的传播。前者是马克思主义政党产生的阶级基础,后者是马克思主义政党产生的思想基础。

第二,马克思主义政党的性质。马克思主义政党是工人阶级的先锋队,这是对马克思主义政党的性质所作的最简要最明确的表述。

(二)马克思主义政党的根本宗旨和组织原则

第一,马克思主义政党的根本宗旨。马克思主义政党代表着最广大人民的根本利益,以服务人民群众、为人民群众谋利益作为自己的根本宗旨。

第二,马克思主义政党的组织原则。马克思主义政党的组织原则是民主集中制。民主集中制是民主基础上的集中和集中指导下的民主相结合,是民主与集中的统一。

(三)马克思主义政党的领导作用

第一,马克思主义政党是社会主义革命的领导核心。在社会主义革命中,马克思主义政党的坚强领导作用主要体现在:

① 马克思主义政党在革命斗争中起着思想领导的作用。

② 马克思主义政党在革命斗争中起着政治领导的作用。

③ 马克思主义政党在革命斗争中起着组织领导的作用。

第二,马克思主义政党是社会主义建设的领导核心。

第三,坚持和改善马克思主义政党的领导。在社会主义革命、建设和改革的不同时期,都不能离开马克思主义政党的领导。为了胜利地推进社会主义事业,必须始终坚持和不断改善党的领导。

在党的思想领导方面,有一个不断学习和掌握马克思主义,特别是不断提高运用和发展马克思主义能力的问题。①只有在思想上做到解放思想、实事求是、与时俱进,马克思主义政党才能在不同的条件下,实现对国家和群众正确的思想领导。②在政治领导方面,也有一个不断提高领导水平,提高执政能力的问题。只有这样,才能应对不断变化的国内外形势的挑战。③在组织领导方面,要根据形势和条件的不同,探索符合时代特点、切实有效的组织形式,以实现马克思主义政党更好的组织管理和领导。

第七章　共产主义是人类最崇高的社会理想

一、马克思主义经典作家对共产主义社会的展望

（一）马克思主义经典作家预见未来社会的科学立场和方法

在展望未来社会的问题上，是否坚持科学的立场、观点和方法是能够正确预见未来的基本前提，也是马克思主义与空想社会主义的根本区别。马克思主义经典作家站在科学的立场上，提出并自觉运用了预见未来社会的科学方法。这些方法是：

① 在揭示人类社会发展一般规律的基础上指明社会发展的方向。

② 在剖析资本主义社会旧世界中阐发未来新世界的特点。

③ 立足于揭示未来社会的一般特征，而不作空想的详尽描绘。

④ 坚持发展观点，把对未来社会的科学预见视为一个不断丰富发展的认识过程。

（二）马克思主义经典作家勾画的共产主义宏伟蓝图

第一，物质财富极大丰富，消费资料按需分配。

① 社会生产力高度发展，产品极大丰富，是共产主义社会实现的必要条件。

② 在共产主义社会，个人消费品的分配方式"各尽所能，按需分配"。

第二，社会关系高度和谐，人们精神境界极大提高。

第三，每个人自由而全面的发展，人类从必然王国向自由王国的飞跃。

二、共产主义是历史发展的必然趋势

（一）共产主义实现的必然性和长期性

（1）共产主义实现的必然性

第一，共产主义理想一定会实现，是以人类社会发展规律以及资本主义社会的基本矛盾为依据的。

第二，马克思主义不仅从社会形态教条规律上对共产主义理想实现的必然性做了一般性的历史观论证，而且通过对资本主义社会的具体剖析，做了具体实证的证明。

第三，现实中的社会主义国家还在继续发展中，这种发展持续的时间越长，取得的成就就越大，就为共产主义高级阶段的到来提供着更多更有利的条件，也提供着更加有力的实践证明。

（2）共产主义实现的长期性

共产主义一定要实现，共产主义一定能够实现。但是，共产主义的实现是一个很长的历史过程。

第一，社会主义社会的充分发展和向共产主义社会过渡需要很长的历史时期。

第二，当代资本主义灭亡和向社会主义、共产主义的转变是一个长期的过程。

（二）"两个必然"和"两个决不会"的关系

（1）"两个必然"和"两个决不会"

马克思、恩格斯在《共产党宣言》中提出："资产阶级的灭亡和无产阶级的胜利是同样

不可避免的。"这就是我们常说的"两个必然"。

马克思在《＜政治经济学批判＞序言》中提出："无论哪一个社会形态，在它所能容纳的全部生产力发挥出来以前，是决不会灭亡的；而新的更高的生产关系，在它的物质存在条件在旧社会的胎胞里成熟以前，是决不会出现的。"这就是我们常说的"两个决不会"。

（2）"两个必然"和"两个决不会"的内在关系

"两个必然"和"两个决不会"是对资本主义灭亡和共产主义胜利必然性以及这种必然性实现的时间和条件的全面论述。"两个必然"讲的是资本主义灭亡和共产主义胜利的客观必然性，是根本的方面。"两个决不会"讲的是这种必然性实现的时间和条件，它告诫我们，"两个必然"的实现需要相应的客观条件，而在这个条件具备之前绝不会成为现实。

全面准确地学习和把握"两个必然"和"两个决不会"，既有利于人们坚定资本主义必然灭亡、共产主义必然胜利的信心，同时也有利于人们坚持科学态度，充分尊重客观规律，在当前艰苦的实践中坚定地为共产主义的实现而奋斗。

三、在建设中国特色社会主义的进程中为实现共产主义而奋斗

（一）共产主义的发展阶段

第一，实现共产主义是一个长期的循序渐进的过程。马克思主义者并不期望在一个早晨突然进入理想境界，而是把实现最终理想看做一个有着不同历史阶段的过程。马克思把共产主义社会划分为第一阶段和高级阶段，列宁分别把这两个阶段称为社会主义社会和共产主义社会。

第二，正确把握社会主义和共产主义的关系。社会主义和共产主义之间具有内在联系和本质上的一致性，它们总体上同属于一个类型的社会形态。同时，也要看到这两个阶段在发展程度和成熟程度上的重大区别。建设社会主义是一个长期艰苦的过程，试图跳过社会主义阶段而直接进入共产主义社会，是不可能实现的。而试图人为地缩短社会主义时期，急于向共产主义过渡，不使社会主义有充分的自我发展，则是有害的。

（二）共产主义远大理想与中国特色社会主义的关系

走中国特色社会主义之路，是中华民族为了实现自身的伟大复兴作出的重大抉择，是中国社会主义革命和建设事业的经验总结，是中华民族最终走向共产主义的必由之路和康庄大道。

在走中国特色社会主义道路的过程中，我们党始终坚持最高纲领是实现共产主义，最低纲领是建设中国特色社会主义，最高纲领和最低纲领相统一。也就是说，我们始终把共产主义远大理想与中国特色社会主义共同理想结合起来，最终实现共产主义。

第二篇　毛泽东思想与中国特色社会主义理论体系概论

第一章　马克思主义中国化

一、马克思主义中国化的提出

李大钊及党的其他早期领导人曾经提出要把马克思主义应用到中国的实践中去的思想。

1938年,毛泽东在党的六届六中全会上作《论新阶段》的报告,最先提出了"马克思主义中国化"的命题。

1935年1月,遵义会议确立了毛泽东在全党的实际领导地位,开始从理论上系统地总结中国革命的历史经验。

经过延安整风,马克思主义中国化思想成为全党的共识。

刘少奇在党的七大上作的关于修改党章的报告中,进一步从理论上阐述了马克思主义中国化的思想。毛泽东思想是马克思主义中国化的第一个重大理论成果,是"中国化的马克思主义"。

二、马克思主义中国化的科学内涵

就是要使马克思主义和中国现实结合,使马克思主义具有中国的民族特点和民族形式,成为指导中国人民革命和建设的理论。这种具有中国作风和中国气派的中国化马克思主义,既是马克思主义的东西,又完全是中国的东西。具体说:

第一,马克思主义中国化就是运用马克思主义解决中国革命、建设和改革的实际问题。

第二,马克思主义中国化就是把中国革命、建设和改革的实践经验和历史经验提升为理论。

第三,马克思主义中国化就是把马克思主义根植于中华民族优秀的思想文化之中,实现马克思主义和民族的特点相结合,并经过一定的民族形式表现出来。

三、马克思主义中国化的历史进程和重要意义

马克思主义中国化历史进程:马克思主义的基本原理同中国的具体实际日益结合的过程。

第一,以毛泽东为主要代表的中国共产党人,把马列主义的基本原理同中国革命和建设的具体实际结合起来,创立了毛泽东思想,第一次实现了马克思主义的中国化。

第二,以邓小平为主要代表的中国共产党人,在总结国内外社会主义建设的历史经验特别是改革开放以来的新鲜经验的基础上,以搞清楚"什么是社会主义,怎样建设社会主义"为首要的基本理论问题,逐步形成了建设中国特色社会主义的路线、方针、政策,阐明

了在中国建设社会主义、巩固和发展社会主义的基本问题,创立了邓小平理论,推进了马克思主义的中国化。

第三,以江泽民为主要代表的中国共产党人,根据国内外形势和党的历史方位的新变化,深化了对中国特色社会主义的认识,创立了"三个代表"重要思想,实现了党的指导思想的又一次与时俱进,从而进一步推进了马克思主义的中国化。

第四,以胡锦涛为总书记的党中央紧密结合新世纪新阶段国际国内形势的发展变化,提出了科学发展观、构建社会主义和谐社会、建设社会主义新农村、建设创新型国家、树立社会主义荣辱观、推动建设和谐世界、加强党的先进性建设等重大战略思想和任务,继续推动着马克思主义中国化的发展历程。

马克思主义中国化的重要意义:

第一,马克思主义中国化的理论成果指引着党和人民的伟大事业不断取得胜利。

第二,马克思主义中国化的理论成果提供了凝聚全党和全国各族人民的强大精神支柱。

第三,马克思主义中国化倡导和体现了对待马克思主义的科学态度和优良学风,不断开拓着马克思主义在中国发展的新境界。

四、毛泽东思想的科学内涵和活的灵魂

毛泽东思想是马克思列宁主义在中国的运用和发展,是被实践证明了的关于中国革命和建设的正确的理论原则和经验总结,是中国共产党集体智慧的结晶。毛泽东思想的产生是近现代中国社会和革命运动发展的客观需要和必然产物。1945年5月党的第七次全国代表大会正式确认毛泽东思想为中国共产党的指导思想,并写入党章。

毛泽东思想具有多方面的内容。在以下六个方面,它以独创性的理论丰富和发展了马克思列宁主义:关于新民主主义革命;关于社会主义革命和社会主义建设;关于革命军队的建设和军事战略;关于政策和策略;关于思想政治工作和文化工作;关于党的建设。毛泽东思想活的灵魂是贯穿于上述各个方面的立场、观点和方法。它有三个基本方面,就是实事求是、群众路线、独立自主。

五、毛泽东思想形成的社会历史条件和过程

马克思列宁主义在中国的传播,为毛泽东思想的形成准备了思想理论条件。新的社会生产力的增长和工人运动的发展,为毛泽东思想的形成提供了物质基础。党领导的人民革命是毛泽东思想形成的实践基础。20世纪前中期世界和中国的政局的变动,是毛泽东思想产生和形成的时代条件和国际环境。

毛泽东思想的形成过程:

第一,毛泽东思想萌芽于中国共产党的创立和大革命时期。毛泽东发表的《中国社会各阶级的分析》和《湖南农民运动考察报告》等文章,集中代表了中国共产党人在这个时期理论探索的成果,因而成为毛泽东思想萌芽的标志。

第二,毛泽东思想的形成。土地革命战争前期和中期,是毛泽东思想的形成阶段。1928~1930年,毛泽东发表《中国的红色政权为什么能够存在》、《井冈山的斗争》、《星星

之火,可以燎原》、《反对本本主义》等文章,初步提出了农村包围城市武装夺取政权的基本思想,成为毛泽东思想形成的标志。

第三,毛泽东思想的成熟。在土地革命战争后期和抗日战争时期,毛泽东思想得到系统的总结和多方面的展开而达到成熟,并被确立为党的指导思想。这期间,毛泽东发表《〈共产党人〉发刊词》、《中国革命和中国共产党》、《新民主主义论》等文章,进一步揭示了中国革命的特殊规律,科学总结了革命斗争正反两方面的经验,形成了系统的理论体系。

第四,毛泽东思想的发展。毛泽东思想随着中国革命决定性胜利的实践和国际关系的变化得到丰富和发展。在解放战争时期,毛泽东先后发表了《抗日战争胜利后的时局和我们的方针》、《关于重庆谈判》、《和美国记者安娜·路易斯·斯特朗的谈话》、《目前形势和我们的任务》、《在中国共产党第七届中央委员会第二次全体会议上的报告》、《论人民民主专政》等文章。

建国后,毛泽东思想又得到了新的发展。在社会主义改造时期,毛泽东提出了一系列社会主义改造的路线、方针和政策。

在社会主义建设时期,毛泽东写了《论十大关系》、《关于正确处理人民内部矛盾的问题》等著作,晚年又提出了"三个世界"划分的理论。刘少奇、周恩来、朱德、陈云、邓小平作为第一代领导集体的重要成员,也从不同的层面上对建设中国特色社会主义道路作出了艰辛的探索,提出了许多重要思想,使毛泽东思想在建国后得到继续发展。

六、邓小平理论形成的时代背景和社会历史条件

(一)邓小平理论形成和发展的时代背景、理论基础和社会历史条件

邓小平理论是在和平与发展成为时代主题的历史条件下,在我国改革开放和现代化建设的实践中,在总结我国社会主义胜利和挫折的历史经验并借鉴其他社会主义国家兴衰成败历史经验的基础上,逐步形成和发展起来的。

第一,马克思列宁主义、毛泽东思想是邓小平理论形成的理论依据。

第二,当代国际局势的新发展,和平与发展成为时代主题,是邓小平理论形成的时代依据。

第三,我国社会主义建设正反两方面的历史经验和世界上其他社会主义国家兴衰成败的历史经验,是邓小平理论形成的历史依据。

第四,我国改革开放和现代化建设的实践,是邓小平理论形成的现实依据。

(二)邓小平理论提出的过程

1982年9月,党的十二大正式提出"把马克思主义的普遍真理同我国的具体实际结合起来,走自己的路,建设有中国特色的社会主义"的思想,即正式提出了"建设有中国特色的社会主义"的科学命题。

1987年,党的十三大正式提出"建设有中国特色社会主义的理论"。

1992年,邓小平的南方谈话是邓小平理论的集中体现。

1992年10月,党的十四大提出"邓小平建设有中国特色社会主义理论"的科学命题。

1997年党的十五大把建设中国特色社会主义的理论直接命名为邓小平理论,并确定为党的指导思想,并写进了党章。

(三)邓小平理论是马克思主义在中国发展的新阶段

(1)邓小平理论是当代中国的马克思主义

马克思主义是发展的科学。邓小平理论之所以能够成为马克思主义在中国发展的新阶段,是因为:

第一,邓小平理论开拓了马克思主义的新境界。

第二,邓小平理论把对社会主义的认识提高到了新的科学水平。

第三,邓小平理论对时代特征和国际形势作出了新的科学判断。

第四,邓小平理论形成了中国特色社会主义理论新的科学体系。

总之,上述"新境界"、"新水平"、"新判断"、"新体系"这四个"新",充分表明邓小平理论是马克思主义在当代中国发展的新阶段。

(2)邓小平理论是对马克思列宁主义、毛泽东思想的继承、坚持和发展、创新

邓小平理论与马克思列宁主义、毛泽东思想是一脉相承的科学体系。马克思列宁主义、毛泽东思想和邓小平理论,尽管创立于不同的历史时期,面对着不同的时代课题,但从本质上看,它们是一脉相承的。

首先,它们的思想基础是一致的。解放思想、实事求是,是马克思列宁主义、毛泽东思想的精髓,也是邓小平理论的精髓。

其次,它们的基本立场是一致的。它们都视人民的利益高于一切,具有完全相同的价值取向。

再次,它们都坚持把马克思主义作为自己的行动指南,具有完全相同的与时俱进的理论品质。

最后,对根本任务的认识上是一致的。它们都认为,生产力的高度发展是实现共产主义的物质前提。

七、"三个代表"重要思想的形成和发展

"三个代表"重要思想形成的社会历史条件。

第一,党所处的地位和环境、党所肩负的历史任务、党的自身状况的重大变化是"三个代表"重要思想形成的现实基础。

首先,横向看世情,"三个代表"重要思想产生于国际形势的新发展。当今国际总体形势是经济全球化、政治格局多极化、科学技术信息化。

其次,纵向看国情,"三个代表"重要思想产生于国内社会生活的新变化。改革开放以来,我国社会生活发生了巨大深刻的变化:一是经济成分多样化;二是经济利益多样化;三是社会组织多样化;四是社会生活多样化;五是就业岗位多样化;六是就业形式多样化。概括起来就是,改革进入攻坚阶段,发展进入关键时期,稳定面临新的矛盾。

再次,内向看党情,"三个代表"重要思想产生于党所面临的新形势。党内最大的问题就是腐败问题,随着改革开放的不断深入,腐败现象呈现四大特点:腐败案件不断增加;腐败程度日益严重;犯罪职务和级别不断升高;腐败发生的领域越来越广,范围也越来越大。

总之,新世纪、新阶段,新的世情、国情和党情,向我们党提出一系列重大而严肃的时

代课题,所以"三个代表"重要思想就是回应时代和历史要求的理论产物。

第二,马克思列宁主义、毛泽东思想、邓小平理论是"三个代表"重要思想形成的理论基础。

第三,中国共产党成立以来的历史经验是"三个代表"重要思想形成的历史基础。

第四,改革开放以来特别是十三届四中全会以来党和人民建设中国特色社会主义的伟大实践,是"三个代表"重要思想形成的实践基础。

八、"三个代表"重要思想的科学体系和主要内容

(一)"三个代表"重要思想的科学内涵

第一,始终代表中国先进生产力的发展要求,"就是党的理论、路线、纲领、方针、政策和各项工作,必须努力符合生产力发展的规律,体现不断推动社会生产力的解放和发展的要求,尤其要体现推动先进生产力发展的要求,通过发展生产力不断提高人民群众的生活水平。"

第二,始终代表中国先进文化的前进方向,"就是党的理论、路线、纲领、方针、政策和各项工作,必须努力体现发展面向现代化、面向世界、面向未来的,民族的科学的大众的社会主义文化的要求,促进全民族思想道德素质和科学文化素质的不断提高,为我国经济发展和社会进步提供精神动力和智力支持。"

第三,始终代表中国最广大人民的根本利益,"就是党的理论、路线、纲领、方针、政策和各项工作,必须坚持把人民的根本利益作为出发点和归宿,充分发挥人民群众的积极性、主动性和创造性,在社会不断发展进步的基础上,使人民群众不断获得切实的经济、政治、文化利益。"

(二)"三个代表"重要思想的主要内容

建立社会主义市场经济体制的思想;社会主义初级阶段基本经济制度的思想;社会主义初级阶段分配制度的思想;全方位对外开放战略的思想;物质文明、政治文明和精神文明协调发展的思想;发展是党执政兴国的第一要务的思想;正确处理改革、发展和稳定关系的思想;建设社会主义法治国家的思想;依法治国和以德治国相结合的思想;走中国特色的精兵之路的思想;巩固党的阶级基础和扩大党的群众基础的思想。

九、科学发展观是马克思主义中国化最新理论成果

科学发展观是对马列主义、毛泽东思想、邓小平理论和"三个代表"重要思想关于发展思想的继承和发展,是在准确把握世界发展趋势,认真总结我国发展经验、深入分析我国发展阶段性特征的基础上提出来的,是对经济社会发展一般规律性认识的深化,是马克思主义关于发展的世界观和方法论的集中体现。

(一)科学发展观的提出

2003年10月,党的十六届三中全会通过的《中共中央关于完善社会主义市场经济体制若干问题的决定》指出:"坚持以人为本,树立全面、协调、可持续的发展观,促进经济社会和人的全面发展。"这是我们党的文件中第一次提出科学发展观。党的十七大把科学发展观确立为社会主义现代化建设必须长期坚持的重大战略思想。

（二）科学发展观的主要内容

科学发展观，第一要义是发展，核心是以人为本，基本要求是全面协调可持续，根本方法是统筹兼顾。

（三）科学发展观的核心和基本要求

以人为本是科学发展观的核心。

第一，以人为本是以最广大人民的根本利益为本。

第二，以人为本体现了立党为公、执政为民的本质要求。

第三，坚持发展为了人民、发展依靠人民、发展成果由人民分享。

第四，把促进经济社会发展与促进人的全面发展统一起来。

全面协调可持续发展是科学发展观的基本要求。

第一，科学发展观强调全面发展。全面发展，就是以经济建设为中心，全面推进经济建设、政治建设、文化建设和社会建设，实现经济发展和社会全面进步。

第二，科学发展观要求协调发展。协调发展，就是要努力做到"五个统筹"，即统筹城乡发展、统筹区域发展、统筹经济社会发展、统筹人与自然和谐发展、统筹国内发展和对外开放。

第三，科学发展观主张可持续发展。可持续发展，就是要促进人与自然的和谐，实现经济发展和人口、资源、环境相协调，坚持走生产发展、生活富裕、生态良好的文明发展道路，保证一代接着一代地持续发展。

第二章　马克思主义中国化理论成果的精髓

一、实事求是思想路线的形成和确立

思想路线，也称认识路线，指人的认识和实践所遵循的方向、途径、原则和方法。思想路线问题是一个哲学问题，是世界观和方法论的问题。它回答和解决的核心问题是主观和客观、认识和实际、理论和实践的关系问题。它是思维和存在的关系这一哲学根本问题在实际工作中的运用。

1941 年 5 月，毛泽东在《改造我们的学习》一文中指出："'实事'就是客观存在着的一切事物，'是'就是客观事物的内部联系，即规律性，'求'就是我们去研究"。中共七大把毛泽东倡导的实事求是确立为全党的思想路线。党的七大以后，党的实事求是的思想路线在中国革命和建设的实践中继续发展与丰富。

一切从实际出发，理论联系实际，实事求是，在实践中检验真理和发展真理。这是实事求是思想路线的基本内容。

二、解放思想的内涵

解放思想包括两方面的内涵：①解放思想就是冲破传统思想、习惯势力和主观偏见的束缚，摆脱本本主义、教条主义和僵化的思想状态；②解放思想是根据社会发展的实际进程研究新情况，解决新问题，探索解决问题的新方法。即是"使我们的思想从那些被实践证明为不合乎中国实际、不合乎时代进步、不合乎经济和社会发展客观规律的条条框框中解放出来"。

解放思想的基本要求：①从不合时宜的观念、做法和体制中解放出来，从对马克思主义错误和教条式的理解中解放出来；从主观主义和形而上学的桎梏中解放出来。②解放思想和实事求是辩证统一的整体。③解放思想是在坚持实事求是的基础上大胆探索，摆脱原有条条框框的束缚，在实践中寻找解决问题的新方法、新途径。

三、与时俱进的基本内涵

与时俱进，就是党的全部理论和工作要体现时代性，把握规律性，富于创造性。

体现时代性是与时俱进的鲜明标志，就是要抓住时代精神，把握时代特征，适应时代要求，找准"历史方位"，既不落后于时代，又不超越阶段，不断研究新情况，解决新问题，形成新认识，开辟新境界。

把握规律性是与时俱进最本质的要求，就是要深入研究和科学把握事物的内在联系和本质，使我们的思想理论正确地反映事物的固有规律，使我们的实践活动在科学理论的指导下进行，避免误入歧途和劳而无获。要深刻认识和把握"三大规律"：一是共产党执政的规律；二是社会主义建设的规律；三是人类社会发展的规律。

四、解放思想、实事求是、与时俱进的内在统一

实事求是是中国共产党思想路线的核心。

实事求是是中国化马克思主义的出发点和根本点。它贯穿于中国化马克思主义的三个历史阶段、三大理论成果。是中国共产党思想路线的核心，也是中国共产党最根本的思想方法和工作方法，是党的生命线和一切工作的准则。

解放思想是实事求是的内在要求和前提，观念僵化和思想保守永远不可能达到实事求是。实事求是是解放思想的目的和归宿，两者统一于改革开放和现代化建设的伟大实践。

与时俱进是解放思想、实事求是的必然要求，解放思想无止境，实事求是要一贯，它们结合在一起就是要与时俱进。与时俱进的本质是解放思想和实事求是的结合和统一。解放思想、实事求是、与时俱进，是马克思主义的精髓。

五、实事求是是马克思主义中国化理论成果的精髓

实事求是之所以是马克思主义的精髓，是因为实事求是来源于马克思主义的基本观点。①实事求是来源于唯物论的观点。②实事求是来源于反映论的观点。③实事求是来源于辩证法的观点。辩证法本质上具有革命的、批判的精神。

实事求是又是毛泽东思想的精髓。①它是正确对待马克思主义理论与中国实际关系的一种根本立场和态度，是反对主观主义、经验主义、教条主义的产物。②它是同对中国式革命道路的探索联系在一起的，是中国革命胜利的精神武器。③它是同毛泽东哲学思想的形成过程，同中国共产党基本理论建设过程联系在一起的。实事求是思想路线形成的过程，也就是中国特色的革命道路以及毛泽东哲学思想的形成过程。

实事求是是邓小平理论的精髓。邓小平对马克思主义精髓问题的巨大贡献，不仅在于他恢复了党的实事求是的历史传统，肯定了实事求是是马克思主义的精髓，更突出地体

现在他扩展和深化了马克思主义精髓的内涵,把实事求是与解放思想有机地结合起来,形成解放思想、实事求是相统一的新的马克思主义精髓观。

以江泽民为代表的中国共产党人坚持并发展了解放思想、实事求是的马克思主义精髓观,形成了解放思想、实事求是、与时俱进相统一的新的马克思主义精髓观。

党的十六大以来,胡锦涛同志进一步贯彻这个精髓,以科学发展观统领经济社会发展全局,推动经济社会又好又快发展;坚持以解决人民群众最关心、最直接、最现实的利益问题为着力点,扎扎实实推进和谐社会建设;坚持以搞好先进性教育活动为重点,进一步加强和改进党的建设,全面推进党的建设新的伟大工程。

第三章　新民主主义革命理论

一、近代中国国情和中国革命的时代特征

(一)近代中国社会是半殖民地半封建社会

自从 1840 年鸦片战争后,一个独立的封建的中国逐步变成了一个半殖民地半封建的中国。一方面,由于外国资本主义的入侵,使本来领土完整、主权独立的中国,沦为表面上独立、实际上受帝国主义列强共同支配的半殖民地国家;西方列强的入侵,绝不是为了给中华民族带来文明和发展,把封建的中国变成资本主义的中国。另一方面,外国资本主义的入侵,使封建经济解体,使资本主义在中国有了初步发展,但在整个经济中不占主导地位。

(二)半殖民地半封建社会的基本特点

第一,封建时代自给自足的自然经济的基础被破坏了,但封建剥削制度的根基在中国经济生活中占有明显的优势。第二,民族资本主义有了某些发展,但它没有成为中国社会经济的主要形式,它的力量很软弱。第三,皇帝和贵族的专制政权被推翻了,代之而起的先是地主军阀的统治,接着是地主阶级和大资产阶级联盟专政。第四,帝国主义不但操纵了中国的财政和经济命脉,而且控制着中国的政治和军事力量,是中国社会发展的主要障碍。第五,由于帝国主义在中国实行分裂剥削政策,造成中国实际上长期不统一,政治、经济、文化的发展极端的不平衡。第六,由于帝国主义和封建主义的双重压迫,中国人民贫困和不自由的程度是世界上罕见的。

(三)半殖民地半封建社会的主要矛盾

帝国主义与中华民族的矛盾、封建主义与人民大众的矛盾,是近代中国社会的主要矛盾;而帝国主义与中华民族的矛盾乃是最主要的矛盾。

(四)近代中国革命的任务

近代以来中华民族面临的两大历史任务。这两大历史任务:一是求得民族独立和人民解放;二是实现国家繁荣富强和人民共同富裕。这两大任务不能互相替代,但又互相关联着。前一个任务为后一个任务扫清障碍,创造必要的前提;后一个任务是前一个任务的最终目的与必然要求。

（五）中国革命的时代特征

近代中国的社会性质和主要矛盾,决定了中国革命是资产阶级民主主义性质的革命。中国的资产阶级民主革命可以区分为旧民主主义革命和新民主主义革命两个阶段。从鸦片战争到辛亥革命,中国人民的反帝反封建斗争属于旧民主主义革命的范畴。1917年俄国十月革命胜利后,建立了世界上第一个无产阶级专政的社会主义国家,开创了人类历史的新纪元,使中国革命有了新的国际环境。以1919年爆发的五四运动为开端,近代中国革命告别了旧民主主义革命阶段,进入了新民主主义革命阶段。

二、新民主主义革命的总路线

总路线是相对于具体路线而言的根本指导路线。新民主主义革命的总路线包括中国革命的对象、动力、领导力量、依靠力量和发展前途。1948年4月毛泽东的《在晋绥干部会议上的讲话》,完整地提出了中国共产党新民主主义革命的总路线。这就是无产阶级领导的,人民大众的,反对帝国主义、封建主义和官僚资本主义的革命。

（一）新民主主义革命的对象

帝国主义和封建主义是新民主主义革命的主要对象,官僚资本主义也是新民主主义革命的对象。

帝国主义是中国革命的首要对象,是近代中国贫困落后和一切灾祸的总根源。

封建主义是阻碍中国发展的主要障碍。

民族革命和民主革命是两个基本任务。

官僚资本主义也是中国革命的对象。

不同的时期集中反对的主要敌人有所不同。

（二）新民主主义革命的动力

新民主主义革命的动力包括无产阶级、农民、小资产阶级和民族资产阶级。无产阶级是基本动力。农民是中国革命的主力军,小资产阶级是中国革命的基本动力,具有两面性的民族资产阶级也是中国革命的动力之一。

（三）新民主主义革命的领导

领导权问题是中国革命的中心问题。

中国新民主主义革命必须由无产阶级领导。因为在中国社会各阶级中只有无产阶级是最有觉悟、最有远见、最有革命性的阶级,具有三大特点和优点。

无产阶级的领导通过自己的政党,要建立统一战线,坚持武装斗争,加强党的建设。

（四）新民主主义革命性质和前途

新民主主义革命是新式的、特殊的资产阶级革命。它与旧民主主义革命虽然都属于资产阶级民主主义革命,但两者之间有着原则区别。一是革命领导权不同;二是时代条件不同;三是革命的指导思想不同;四是革命的目标与前途不同。新民主主义革命也不同于社会主义革命。

中国共产党领导的中国革命必须分两步走:第一步,改变半殖民地半封建的社会形态,使中国成为一个独立的新民主主义国家,建立新民主主义社会;第二步,使革命向前发展,建立一个社会主义社会。新民主主义革命是社会主义革命的必要准备,社会主义革命是新民主主义革命的必然趋势。

"左"倾教条主义是"一次革命论",混淆两个革命的界限就会犯"左"倾错误;割裂两个革命之间的衔接,中间横插一个资本主义社会,即所谓"二次革命论",就犯了右倾错误。

三、新民主主义的基本纲领

新民主主义的基本纲领是新民主主义革命总路线的具体展开和体现,为新民主主义革命指明了具体奋斗目标。1940年毛泽东在《新民主主义论》中作了阐述,1945年在《论联合政府》中作了进一步具体阐述。

(一)新民主主义的政治纲领

新民主主义的政治纲领是推翻帝国主义和封建主义的压迫,建立无产阶级领导的各革命阶级联合专政的民主共和国。

新民主主义的国体是无产阶级领导的,以工农联盟为基础的,包括小资产阶级、民族资产阶级和其他反帝反封建的人们在内的几个革命阶级的联合专政。

新民主主义的政体是民主集中制的人民代表大会制度。

新民主主义共和国是一种过渡性质的,但又在一定历史时期必须采取的国家形式。

(二)新民主主义的经济纲领

新民主主义的经济纲领是没收封建地主阶级的土地归农民所有,没收四大家族为首的垄断资本归新民主主义国家所有,保护民族工商业。

没收地主土地归农民所有,是新民主主义革命的中心内容。

没收官僚资本,是新民主主义革命的题中应有之义,具有双重性质。

保护民族工商业最具特色。

新民主主义的五种经济成分是社会主义国营经济、半社会主义性质的合作社经济、私人资本主义经济、个体经济、国家资本主义经济。

新民主主义经济建设的方针是"公私兼顾、劳资两利、城乡互助、内外交流。"

(三)新民主主义的文化纲领

新民主主义的文化是无产阶级领导的、人民大众的、反帝反封建的文化,是以共产主义思想为指导的、民族的、科学的、大众的文化。

四、新民主主义革命的道路

(一)对中国革命道路的艰难探索

中国共产党成立初期,工作重心在城市。到1928年底,提出工农武装割据的思想。1930年,形成以乡村为中心的思想。到陕北后,论述了长期性和不平衡性。1938年最后确立农村包围城市武装夺取政权的革命道路。

(二)农村包围城市、武装夺取政权道路的依据及其内容

必要性:第一,没有民主的国情决定了中国革命必须以长期武装斗争为主要形式。武装斗争是中国革命的主要形式,在中国革命中具有极端的重要性,这是由中国国情决定的,同时武装斗争是中国革命的特点和优点之一。

第二,绝大多数的农民决定了中国的武装斗争实质上是无产阶级领导的农民战争。

一则农民是中国革命的主要力量,是中国革命最广大的动力,是中国革命的主力军;二则农民是中国军队的来源;三则中国革命进行长期的武装斗争,主要是中国共产党领导之下的农民游击战争。

第三,农村是反动统治的薄弱环节。

可能性:中国革命能够走农村包围城市的道路的原因:一是中国是几个帝国主义国家间接统治的政治、经济发展不平衡的半殖民地半封建的大国;二是有第一次国内革命战争的影响;三是全国革命形势的继续向前发展;四是相当力量的正式红军的存在;五是共产党组织的有力量和它的政策正确。

"工农武装割据"是实现农村包围城市的必由之路。"工农武装割据"的基本内容是:在中国共产党领导下,以土地革命为基本内容,以武装斗争为主要斗争形式,以农村革命根据地为战略阵地,三者密切结合。

(三)中国革命道路理论的意义

中国革命道路的理论揭示了中国革命发展的客观规律,实践上指明了中国革命的正确方向,指出了大革命失败后中国革命走向胜利的正确道路;理论上丰富和发展了马克思主义关于革命的学说,为殖民地、半殖民地国家的人民解放斗争提供了重要经验,是中国共产党人创造性地把马克思主义的基本原理同中国革命的具体实际相结合的重要成果,对于推进马克思主义中国化具有重要的方法论意义。

五、新民主主义革命的基本经验

正确理解和处理了统一战线、武装斗争、党的建设这三个问题及其相互关系,就等于正确地领导了全部中国革命。

(一)统一战线

建立新民主主义革命统一战线的必要性和可能性。

必要性:首先,中国革命中敌人的力量在相当长的时期内是远远超过革命力量,中国又是一个"两头小、中间大"的社会。其次,由于中国的政治经济发展不平衡,产生革命发展的不平衡,以及由中国革命的长期性、艰巨性所决定。

可能性:首先,中国是一个半殖民地半封建的国家,广大人民长期处在帝国主义和封建主义的压迫下,我国无产阶级可以组成全民族绝大多数人在内的最广泛的统一战线。其次,无产阶级同资产阶级建立或被迫分裂革命的统一战线,是中国革命过程中的一个基本特点。

统一战线的两个联盟及其关系。

中国革命中的统一战线包含着两个联盟:一个是劳动者之间的联盟;一个是劳动者和非劳动者之间的联盟。两个联盟的关系是:第一个联盟是主要的,是统一战线的基础;同时也要注意巩固和发展第二个联盟。

无产阶级及其政党要实现自己对同盟者的领导必须具备两个条件:一是率领同盟者向共同的敌人作坚决的斗争,并取得胜利;二是对同盟者给以物质福利,至少不损害其利益,同时要给以政治教育。

统一战线中的独立自主原则和对资产阶级又联合又斗争的方针。

中国共产党在统一战线中坚持独立自主原则,实质就是坚持无产阶级领导权,保持自己在思想上、政治上、组织上的独立性。在统一战线中既讲统一性又讲独立性,才有利于合作,否则就会将合作变为"混一",无产阶级和共产党就会变成资产阶级的尾巴。在同资产阶级建立统一战线时,必须对他们实行又联合、又斗争、以斗争求团结的政策;在被迫同资产阶级主要是同大资产阶级分裂时,要敢于同大资产阶级进行坚决的武装斗争,同时要继续争取民族资产阶级的同情或中立。

中国共产党关于抗日民族统一战线的总政策,是综合团结和斗争两方面的政策。发展进步势力,争取中间势力,孤立顽固势力,是抗日民族统一战线的策略总方针。

新民主主义统一战线最根本的历史经验是无产阶级要正确处理好同资产阶级的关系。

(二)武装斗争

武装斗争是中国革命的特点和优点之一。

人民军队建设的基本原则:第一,坚持中国共产党对人民军队的绝对领导。第二,全心全意为人民服务是人民军队的唯一宗旨。第三,政治工作是人民军队的生命线。

人民战争的战略战术:人民军队作战的基本方针是积极防御;作战的基本指导思想是着眼于消灭敌人的有生力量;战胜敌人的最好办法是集中优势兵力,各个歼灭敌人;作战的主要形式是游击战、运动战。人民战争的思想和人民战争的战略战术,是毛泽东等对马克思列宁主义军事理论的杰出的贡献。

(三)党的建设

中国共产党要领导革命取得胜利,必须不断加强党的思想建设、组织建设和作风建设。尤其要从思想上建党,把思想建设放在党的建设的首位;党在领导新民主主义革命过程中,把党的建设作为一项"伟大的工程",逐步形成了三大优良作风。

总之,统一战线、武装斗争,是战胜敌人的两个基本武器,党是掌握这两个武器以战胜敌人的英勇战士。统一战线、武装斗争和党的建设是中国革命的主要法宝,三大法宝是有机地联系在一起、缺一不可的。

六、新民主主义革命理论的意义

(一)理论意义

新民主主义革命理论,解决了在一个以农民为主体的、落后的半殖民地半封建的东方大国里进行革命的一系列理论问题,科学地回答了近代中国革命向何处去的问题,正确地解决了中国革命的发展阶段问题,揭示了近代中国革命的发展规律,极大地丰富了马克思主义的理论宝库。新民主主义革命理论是马克思主义中国化的重要理论成果,开辟了马克思主义中国化的发展道路。

(二)实践意义

在新民主主义革命理论的指导下,中国共产党领导中国人民取得了新民主主义革命的伟大胜利,结束了中国几千年来封建地主阶级奴役中国人民的历史,建立了中华人民共和国。劳动人民成为国家和社会的主人,实现了中国人民社会政治地位的根本变化,开创了中国历史的新纪元。

(三)世界意义

中国新民主主义革命的伟大胜利,是 20 世纪继俄国十月社会主义革命以后改变世界面貌的伟大历史事件,有力地鼓舞和推动了世界上被压迫民族和被压迫人民反抗帝国主义、殖民主义的斗争,极大地增强了他们反抗帝国主义斗争的信心,有力地支持了世界人民反对帝国主义的斗争,增强了世界人民争取世界和平的力量。

第四章　社会主义改造理论

一、新民主主义社会是一个过渡性的社会

（一）新民主主义社会的过渡性质

从中华人民共和国的成立到社会主义改造基本完成,是我国从新民主主义到社会主义过渡的时期。这一时期,我国的社会性质是新民主主义社会。新民主主义社会不是一个独立的社会形态,而是由新民主主义到社会主义转变的过渡性的社会形态。

新民主主义社会是一个过渡性质的社会,属于社会主义体系,它在经济、政治、文化各个方面既有社会主义因素,又有资本主义因素,这两种因素不断地碰撞、冲突和较量,其发展的总趋势是,社会主义因素日益发展壮大,资本主义因素不断被削弱、被限制。最终在条件具备时,新民主主义将过渡到社会主义。因此它属于社会主义体系,并必然过渡到社会主义社会。

新民主主义社会是近代中国由半殖民地半封建社会走向社会主义社会历史进程中不可缺少的中介和桥梁。

（二）新民主主义社会的主要特征

新民主主义社会是一个过渡性质的社会。它在政治、经济和文化上都具有既不同于资本主义社会,也不同于社会主义社会的特征。

第一,政治上:新民主主义的政权是无产阶级领导的(通过共产党)各革命阶级联合专政的人民民主专政。它以工农联盟为基础,包括城市小资产阶级、民族资产阶级和其他爱国民主人士。

第二,经济上:新民主主义社会是多种所有制经济并存的社会。五种经济成分包括了社会主义性质的国营经济、具有社会主义成分的合作社经济、具有社会主义因素的国家资本主义经济、私人资本主义经济和个体经济。

主要的经济成分三种:社会主义经济(国营经济,国家的经济命脉,领导地位);个体经济(比例上占绝对优势);资本主义经济。

第三,文化上:实行马克思主义指导下的新民主主义文化,即民族的、科学的、大众的文化。

（三）新民主主义社会的主要矛盾

国内主要矛盾:三种基本的经济成分及与之相应的三个基本的阶级力量之间(工人阶级、农民阶级和其他小资产阶级、民族资产阶级)的矛盾,就集中地表现为社会主义道路和资本主义道路、无产阶级和资产阶级之间的矛盾;在外部是中国和帝国主义国家的矛盾。

二、党在过渡时期总路线

（一）新民主主义向社会主义过渡的设想

关于如何实现从新民主主义向社会主义的转变，毛泽东曾有两种不同的设想，即"将来突变论"和"现在渐变论"。

建国前夕，党的七届二中全会即提出了由农业国向工业国转变，由新民主主义向社会主义转变的思想。

建国前后，在多次党的会议上，毛泽东、刘少奇、周恩来都说过，到底什么时候搞社会主义，估计至少要 10 年，多则 15 年或 20 年。

当时的大致想法是，不要急于过渡，必须经过一个相当长的历史时期，等新民主主义的政治、经济、文化条件得到充分发展，经过许多必要的准备步骤之后，根据中国人民的意愿，才能在中国实行社会主义制度。这也是当时全党的共识。

1952 年 9 月，毛泽东提出新的设想，即从现在开始要用 10 年到 15 年的时间基本完成社会主义的过渡，而不是等到 10 年或 15 年以后再采取突变的方式实现过渡。

（二）过渡时期总路线

（1）过渡时期总路线的内容

1953 年 6 月，毛泽东第一次论述了过渡时期的总路线和总任务。同年 12 月形成关于过渡时期总路线的完整表述：从中华人民共和国成立，到社会主义改造基本完成，这是一个过渡时期。党在这个过渡时期的总路线和总任务，是要在一个相当长的时期内，逐步实现国家的社会主义工业化，并逐步实现国家对农业、对手工业和对资本主义工商业的社会主义改造，即"一化三改"。

1954 年 9 月，一届人大通过的《宪法》，把这条总路线作为国家在过渡时期的总任务写入总纲。

（2）过渡时期总路线的主要特点

过渡时期总路线是创立中国社会主义制度的划时代纲领和历史性宣言。

社会主义建设和社会主义改造同时并举。社会主义工业化和社会主义改造的紧密结合，解放生产力与发展生产力，变革生产关系与发展生产力的有机统一。

对经济制度的改造和对阶级（人）的改造同时并举的新思路，是马列主义与中国实际相结合的产物，是我国走社会主义道路的最佳选择。

两个"逐步"体现了时间与速度的关系。

毛泽东强调要处理好改造、建设与稳定的三者关系。

以改造促建设发展，以建设发展巩固和创造新的稳定，以稳定保证改造和建设发展。这开启了新中国注重在重大的社会改革中保持稳定保持生产力持续发展的治国思想传统。

（三）过渡时期的总路线反映了历史的必然

（1）工业化的必要性：只有实现社会主义工业化，国家才能独立和富强

过渡时期总路线反映了中国人民要求走社会主义道路，迅速发展国民经济，摆脱贫困，实现中华民族伟大复兴的强烈愿望，反映了当时中国先进生产力发展的客观要求和最广大人民的根本利益。它符合中国的客观实际，反映了中国由新民主主义向社会主义转

变的历史必然;发展是硬道理;国家的社会主义工业化是实现中华民族伟大复兴的物质基础和先决条件。

(2)三大改造的必要性

只有对农业、手工业和资本主义工商业进行社会主义改造,才能在中国确立社会主义制度,继续解放和发展生产力,为实现工业化创造必要条件。对资本主义工商业进行社会主义改造,是根本解决无产阶级和资产阶级的矛盾、解放生产力的社会革命的必然要求,是迅速实现国家工业化和推动经济发展的需要。对个体农业、手工业进行社会主义改造,是引导个体农民和手工业者走共同富裕道路,发展社会生产力的需要,也是工业化对农业发展的需要。

(3)过渡时期总路线实现的可能性

国营经济的强大:我国已有了相对强大和迅速发展的社会主义国营经济,这为党提出向社会主义过渡的总路线提供了物质基础。

农民的要求:土地改革完成,初步开展的农业互助合作运动,实际上已成为对个体农业进行改造的最初开端。这也为党提出向社会主义过渡的总路线提供了重要依据。

对资本主义工商业的利用和限制:利用和限制资本主义工商业所取得的成功,实际上已成为对资本主义经济进行社会主义改造的最初步骤。这也成为党提出向社会主义过渡的总路线又一重要因素。

国际环境的有利:当时的国际环境也有利于中国向社会主义过渡。国际环境和苏联过渡时期的理论与实践,也对中共中央提出过渡时期总路线产生重要影响。抗美援朝运动的胜利,保卫了朝鲜民主共和国的独立和新中国的安全,维护了世界和平;沉重打击了美帝国主义的气焰,提高了新中国的国际威望;为我国经济建设赢得了相对稳定的国际环境。

三、适合中国特点的社会主义改造道路

(一)农业、手工业的社会主义改造:走合作化道路

基本原则:自愿互利、典型示范和国家帮助。

过渡形式:互助组,初级社,高级社。

农业:农业互助组,初级农业合作社,高级农业合作社。

手工业:手工业小组,手工业供销合作社,手工业生产合作社。

到1956年底,参加高级社的农户占全国农户总数的87.8%,参加合作社的手工业已占其总数的91.7%,产值占全国手工业总产值的93%,全国基本上实现了农业、手工业合作化,农业、手工业的社会主义改造基本完成。

(二)资本主义工商业的社会主义改造

第一,改造的方针:"和平赎买"。

第二,改造的道路:国家资本主义。

第三,改造的步骤:

1949.10～1953.底	初级形式国家资本主义
1954.1～1955.上	个别行业公私合营
1955.下～1956.底	全行业公私合营

初级形式的国家资本主义,基本上仍然是资本主义经济,但企业具有了社会主义因素。企业的盈余,实行"四马分肥"。进入高级形式的国家资本主义,在个别行业公私合营阶段,企业利润分配依然是"四马分肥",但企业属于半社会主义性质。

第四,改造的内容上:两个方面即对企业的、制度的改造和对人的改造。对资本家实行团结、教育、改造的方针,使他们成为自食其力的劳动者。

第五,实现对中国资产阶级实行和平改造的依据。这是由我国特定的历史条件决定的。

① 是中国民族资产阶级具有两面性。在民主革命时期,它既有革命性又有妥协性;在社会主义革命时期,它既有剥削工人取得利润的一面,又有拥护宪法愿意接受社会主义改造的一面。

② 是我国经济落后,生产力水平低下,需要资本主义工商业发挥其有利于国计民生的一面。

③ 是大多数工商业者都具有较高的科学文化知识和经营管理经验,和平改造有利于他们发挥自己的才能,为社会主义事业服务。

④ 是无产阶级和资产阶级在历史上就形成了盟友关系。至1956年底,我国基本上完成了对资本主义工商业的社会主义改造。

四、社会主义改造的历史经验

在我国社会主义改造的历史上,有两个事实是世界历史上各种革命大变动中罕见的:一是在一个几亿人口的大国中比较顺利地实现了如此复杂、困难和深刻的社会变革,不仅没有造成生产力的破坏,反而促进了工农业和整个国民经济的发展;二是这样的变革没有引起巨大的社会动荡,反而极大地加强了人民的团结,是在人民普遍拥护的情况下完成的。

20世纪中叶,在中国社会主义改造的伟大实践中,以毛泽东为代表的中国共产党人创造性地将马克思关于社会主义革命的原理运用于中国社会主义革命的实践,形成了一条具有鲜明中国特色的社会主义改造道路。他们在实践中探索和总结出来的关于社会主义改造的理论原则和主要经验,是构成毛泽东思想科学体系的重要内容之一。

第一,以和平的方法进行改造。

第二,以渐进的方式推进改造。

第三,把对所有制的改造和对人的改造结合起来同时进行。

第四,社会主义工业化建设与社会主义改造同时并举。

第五,社会主义改造在指导思想上始终围绕发展生产力这个中心。

五、社会主义改造的历史局限性

1981年6月,《关于建国以来党的若干历史问题的决议》指出:"在1955年夏季以后,农业合作化以及对手工业和个体商业的改造要求过急,工作过粗,改变过快,形式也过于简单划一,以致在长期间遗留了一些问题。"

第一,"要求过急","改变过快",就是说社会主义改造在1955年下半年后明显地过急过快,农村由初级社向高级社转变过急过快,城市资本主义工商业全行业公私合营的时间过于短促。

第二,"工作过粗",就是说在社会主义改造高潮期间,一些行之有效的工作原则、工作方法被搁置一边,出现了"一窝蜂"的局面。

第三,"简单划一",就是指社会主义改造在模式选择上存在着问题。农村几乎是清一色的高级社,城市几乎是清一色的全行业的公私合营。

六、正确认识社会主义改革和社会主义改造的关系

(一)社会主义改造与社会主义改革是一脉相承的

第一,社会主义改革是在坚持社会主义改造的主要成果即社会主义制度的前提下进行的。

第二,社会主义改造与社会主义改革的目标是相同,都是为了解放和发展生产力。

(二)社会主义改革是对社会主义改造理论和实践的进一步发展

第一,家庭联产承包责任制是对农业合作化理论与实践的创造性发展。

第二,允许和鼓励非公有制经济成分发展,是对所有制结构认识的深化和发展。

第三,实行股份制、股份合作制,是对公有制实现形式认识的深化和发展。

(三)社会主义改革不是要退回到新民主主义社会

第一,家庭联产承包责任制与"分田单干"有着本质区别。

第二,现阶段允许和鼓励个体经济和私营经济的存在与发展不是退回到新民主主义社会。

七、确立社会主义基本制度的重大意义

第一,社会主义制度的确立是中国历史上最深刻最伟大的社会变革,是20世纪中国划时代的历史性巨变。新中国成立后,我们党创造性地完成由新民主主义到社会主义的过渡,实现了中国历史上最伟大最深刻的社会变革,开始了在社会主义道路上实现中华民族伟大复兴的历史进程,成为新中国一切进步和发展的基础。

第二,社会主义制度的确立,为中国的现代化建设创造了制度条件。

第三,社会主义制度的确立,使广大劳动人民真正成为国家的主人和社会生产资料的主人。

第四,社会主义制度的确立,不但根本改变了中国的命运,也改变了世界的形势,的确是一次具有深远意义的历史性巨变。它使在占世界人口近四分之一的东方大国进入社会主义社会,这是世界社会主义运动史上又一个历史性的伟大胜利。它进一步改变了世界的政治经济格局,增强了社会主义力量,对维护世界和平产生了积极影响。

第五,社会主义制度的确立,不仅证明了马克思主义的真理性,而且以独创性的理论原则和实践经验,丰富和发展了马克思主义的科学社会主义理论。

第五章 社会主义的本质和根本任务

一、中国特色社会主义建设道路初步探索的理论成果

社会主义改造基本完成后,开始了全面的社会主义建设。以毛泽东为核心的第一代中央领导集体就开始探索马克思主义与中国实际的"第二次结合",走出中国自己的社会主义建设道路。这场探索取得的主要理论成果如下:

第一,以苏联经验为鉴戒,走中国自己的社会主义建设道路。(从"走俄国人的路"到探索走自己的路)

第二,调动一切积极因素,建设社会主义伟大国家。(社会主义建设的基本方针)

第三,正确处理经济建设和社会发展中的一系列重大关系。

第四,提出社会主义社会基本矛盾和两类矛盾的学说,强调了要严格区分和正确处理两类不同性质的矛盾,特别要正确处理人民内部矛盾。

第五,鉴于我国社会主要矛盾的变化,强调党的中心工作和主要任务转为集中力量发展生产力,实现国家工业化。

第六,探索适合中国国情的工业化道路,并提出发展工业必须同发展农业同时并举的工业化方针。

处理好农业、轻工业、重工业的发展关系;"以工业为先导、以农业为基础"的国民经济发展的总方针;以农、轻、重为序安排国民经济。

第七,在经济建设中,搞好国民经济的综合平衡。

重点反保守、反冒进;建设规模必须同国力相适应;经济建设中最基本的平衡关系:财政收支平衡、物质供需平衡、银行信贷平衡。

二、党对社会主义认识的曲折发展

社会主义改造完成后,党领导全国人民开始转入全面的大规模的社会主义建设,在探索中,党对建设社会主义缺乏深刻全面的认识,从而探索中国自己的社会主义建设道路的历程是迂回曲折的,往往是清醒与迷惘、正确与错误、成功与挫折相互渗透和交织在一起。

第一,在总结"大跃进"以来我国社会主义建设经验教训的基础上继续探索,提出了一些重要观点:

① 在领导纠正"大跃进"和人民公社化运动中的错误时提出不能剥削农民,不能超越阶段。

② 提出区别"建成"社会主义与建立社会主义制度,认为社会主义可以区分为"不发达的社会主义"和"比较发达的社会主义"两个阶段。

③ 关于经济体制和经济关系的"三个主体和三个补充"的思想。

陈云就所有制、生产和流通方面提出了"三个主体、三个补充"的思想。即以全民、集体所有制为主体,以个体劳动者为补充;以计划生产为主体,以自由生产为补充;以国营市场为主体,以自由市场为补充。这种重要表述,从理论上和实践上突破了苏联高度集中统一的单一的指令性计划经济模式,是在当时条件下对新的社会主义经济体制所作的创造性的构思。

④ 发展社会主义商品生产,重视商品生产、商品交换和价值规律的作用。

⑤ 探讨对社会主义公有制经济占优势的前提下允许非公有制经济成分存在的问题,提出在社会主义经济占优势的条件下"可以消灭资本主义,又搞资本主义"。

⑥ 在管理体制的初步探索上提出要调动中央和地方两个积极性,要重视调动和发挥工矿企业内部工人积极性。

⑦ 大兴调查研究之风。

⑧ 社会主义建设的艰难性、复杂性和长期性。

⑨ 要防止和反对帝国主义的"和平演变",保证马克思主义政党的先进性和永不变质的思想。

⑩ 提出中国社会主义现代化发展"两步走"战略设想。

这些观点,都为十一届三中全会以后的经济体制改革,提供了有益的启示。

第二,在"文化大革命"期间,毛泽东提出了一些比较正确的思想观点:

党际关系不应影响国家关系;提出"两个中间地带"和"三个世界划分"的战略构想;提出我国永不称霸的重要思想。党在十一届三中全会以前,在社会主义建设的探索过程中遭受了重大挫折,但从总体上看,所取得的成就仍是巨大的。初步探索及其所取得的成果,成为以后邓小平提出"搞清什么是社会主义"的前提和条件,为中国共产党实现马克思主义基本原理和中国具体实际相结合的第二次历史性飞跃提供了基础。

三、社会主义本质理论的形成和重要意义

(1) 社会主义本质理论的形成过程

第一阶段:改革的起步和社会主义本质论断的萌芽;"社会主义是一个很好的名词,但是如果搞不好,不能正确理解,不能采取正确的政策,那就体现不出社会主义本质。"

第二阶段:改革的展开和社会主义两大原则的提出。"社会主义财富属于人民,社会主义的致富是全民共同致富。社会主义的原则,第一是发展生产,第二是共同致富。""社会主义的最大优越性就是共同富裕,这是体现社会主义本质的一个东西"。

第三阶段:改革的深化和社会主义本质论断的概括。邓小平从实际出发,通过否定(什么不是社会主义)达到肯定(什么是社会主义)的思维方法来揭示社会主义的本质。指出:贫穷不是社会主义,发展太慢也不是社会主义;平均主义不是社会主义,两极分化也不是社会主义,社会主义的最终目标是实行共同富裕;计划经济不等于社会主义,市场经济不等于资本主义,社会主义也可以搞市场经济。

(2) 社会主义本质理论的科学内涵

1992 年,邓小平在南方谈话中,明确提出了社会主义本质的著名论断:"社会主义的本质是解放生产力,发展生产力,消灭剥削,消除两极分化,最终达到共同富裕。"

邓小平对社会主义所作的概括,一方面强调必须集中力量解放和发展生产力;另一方面指出了解放和发展生产力的手段和目的。这一概括既坚持了马克思主义的科学社会主义,同时又赋予了社会主义以新的含义和时代内容。基本内涵包括以下三个方面:

第一,把解放生产力和发展生产力纳入社会主义本质。强调解放和发展生产力在社会主义本质中的地位,是邓小平在科学社会主义理论与社会主义建设实践内在统一的基础上认识社会主义的一个创造。解放生产力,发展生产力是科学社会主义的根本点。生

产力的高度发展是社会主义其他原则实现的前提。发展生产力是社会主义的根本任务和评价、检验社会主义制度及其方针、政策的客观依据。

第二，突出强调消灭剥削，消除两极分化，最终达到共同富裕。

社会主义本质论包含的基本原则。消灭剥削，消除两极分化就是在解放和发展生产力的基础上，要避免形成严重的两极分化现象。努力做到这一点是社会主义生产关系性质的体现，是实行公有制和按劳分配的必然结果，是社会主义本质论包含的基本原则。

第三，突出强调社会主义的最终目标是实现共同富裕。共同富裕是社会主义的根本目标。从社会主体所追求的价值目标角度揭示了社会主义的本质。共同富裕不是同时富裕，它是一个历史发展过程和努力方向。在走向共同富裕的过程中既要防止出现严重的两极分化，又要克服平均主义倾向。

（3）社会主义本质理论认识的深化

党的十六大以来，以胡锦涛为总书记的党中央以马列主义、毛泽东思想、邓小平理论和"三个代表"重要思想为指导，按照科学发展观的扼要求。提出构建社会主义和谐社会的战略任务，作出"社会和谐是中国特色社会主义的本质属性"的重大判断。在十六届六中全会上通过了《中共中央关于构建社会主义和谐社会若干重大问题的决定》（简称《决定》），提出建设社会主义和谐社会。从一个新的角度和方位进一步阐述了中国特色社会主义的目标、特征和任务，对社会主义的认识达到一个新的高度，新的境界。

《决定》指出："社会和谐是中国特色社会主义的本质属性，是国家富强、民族振兴、人民幸福的重要保证"。"社会和谐是中国特色社会主义的本质属性，是科学社会主义的应有之义，是我们党不懈奋斗的目标。"（三个"是"）"把社会和谐明确为中国特色社会主义的本质属性，有利于更全面地坚持科学社会主义的基本原理，有利于更全面地体现党的奋斗目标和全国各族人民的共同理想，从而也有利于更好地建设中国特色社会主义，更好地实现最广大人民的根本利益。"（三个"有利于"标准）

（4）社会主义本质理论的重要意义

① 社会主义本质理论把我们对社会主义的认识提高到了一个新的科学水平。

② 社会主义本质理论对探索怎样建设社会主义具有重要的实践意义。

③ 丰富和发展了科学社会主义理论。

④ 奠定了有中国特色社会主义理论的基石。

⑤ 指明了改革开放和现代化建设的方向。

四、发展才是硬道理，发展是党执政兴国的第一要务

1992 年邓小平提出了"发展才是硬道理"的著名论断。

第一，发展才是硬道理，把发展生产力作为社会主义的根本任务，是巩固和发展社会主义制度的必然要求。

第二，发展才是硬道理，是对社会主义实践经验教训的深刻总结。

第三，发展才是硬道理，是适应时代主题变化的需要。

第四，发展是速度和效益的统一。

发展是党执政兴国的第一要务是江泽民对"发展是硬道理"思想的发展。

（1）把发展作为执政兴国的第一要务是中国共产党在新世纪的使命的要求。

这是由中国共产党的执政地位所决定的,是对执政规律认识的深化,也是党实现对所承担的历史责任的需要。

第一,只有紧紧抓住发展这个执政兴国的第一要务,党才能实现自己在新世纪新阶段的历史使命,承担起自己的历史责任。

第二,只有把发展作为主题,才能从根本上把握人民的愿望,不断巩固和发展执政党的群众基础,把中国特色社会主义事业不断推向前进。

第三,只有靠发展,才能说服那些不相信社会主义的人,坚定对社会主义和祖国未来前途的信念和信心。

第四,解决社会主义初级阶段的各种社会矛盾和问题,都要依靠发展。能不能解决好发展的问题,直接关系人心相背、事业兴衰。

(2) 把发展作为执政兴国的第一要务是社会主义本质的要求。

(3) 把发展作为执政兴国的第一要务是对执政党兴衰成败的经验教训作出的科学总结。

(4) 把发展作为执政兴国的第一要务是"三个代表"重要思想的体现。

五、代表中国先进生产力的发展要求

历史证明始终代表中国先进生产力的发展要求,大力促进先进生产力的发展,是中国共产党站在时代前列,保持先进性的根本体现和根本要求。

(1) 怎样理解先进生产力

第一,要看到生产力的发展是随着需求的变化而变化。

第二,生产力的发展是建立在科技不断进步的基础上。科技可以促进需求,反过来又能促进生产力本身。不然会出现生产过剩。

第三,生产力有一个社会化的规律,就是生产力的各种要素必须优势组合,必须把本地区的优势和其他地区的优势结合起来,才能变成一流的生产力。

第四,生产力发展的快慢还会受到环境的制约。比如生态的破坏、人口的爆炸、环境的污染等都会制约生产力的发展。

(2) 怎样代表先进生产力的发展要求

第一,中国共产党是以中国先进生产力的代表走上历史舞台的。

党领导人民进行革命、建设和改革,都是为了促进生产力的解放和发展。

第二,始终代表中国先进生产力的发展要求,总的目标是改造落后生产力,提升传统生产力,发展先进生产力,最终整体达到发达生产力的水平。

第三,始终代表中国先进生产力的发展要求,就要使生产关系和上层建筑的各个方面不断体现先进生产力的发展要求。

第四,始终代表中国先进生产力的发展要求,就必须充分发挥全体人民的积极性、主动性、创造性,不断提高工人、农民、知识分子和其他劳动群众以及全体人民的思想道德素质和科学文化素质,不断提高他们的劳动技能和创造才能。

第五,始终代表中国先进生产力的发展要求,必须大力推进科技进步和创新,努力实现生产力的跨越式发展。

六、科学技术是第一生产力

（1）科学技术是第一生产力的内涵

1978年3月28日至30日，中共中央在北京举行全国科学大会。邓小平在会上明确提出"科学技术是第一生产力"这一著名论断。

科学技术是生产力中最重要的因素，是决定现代生产力发展的第一要素。

科学技术的功能决定了它的第一生产力的地位。科学技术作为生产力，是通过渗透、融合并武装生产力的全部要素，使其发生重大变化，进入生产过程的方式转化为直接的生产力的。

科学技术是第一生产力思想的意义。

继承和发展了马克思主义关于科学技术是生产力的理论；为科教兴国战略的实施奠定了理论基础；有助于增强广大劳动者的科技素质和全民族科技意识；为实现社会主义的根本任务指明了现实途径；有利于造成尊重知识、尊重人才的社会氛围。

（2）科教兴国战略和人才强国战略

科教兴国战略的基本含义：是指全面落实科学技术是第一生产力的思想，坚持教育为本，把科技和教育摆在经济、社会发展的重要位置，增强国家的科技实力及向现实生产力转化的能力，提高全民族的科技文化素质，把经济建设转移到依靠科技进步和提高劳动者素质的轨道上来，加速实现国家的繁荣强盛。

人才强国战略的基本含义是：在建设中国特色社会主义事业中，把人才作为推进事业发展的关键因素，努力造就数以亿计的高素质劳动者、数以千万计的专门人才和一大批拔尖创新人才，积极参与国际人才竞争，通过人才的培养、吸引和使用，建设一支规模宏大、结构合理、素质较高的人才队伍，发挥各类人才的积极性、主动性、创造性，开创人才辈出、人尽其才的局面，把我国由人口大国转化为人力资源强国。

进入21世纪，中央提出建设创新型国家的决策。

第六章　社会主义初级阶段理论

一、社会主义初级阶段理论的形成和发展

社会主义初级阶段理论是在总结第一个社会主义国家建立以来的历史发展、特别是中国社会主义建设曲折发展的历史经验和教训的基础上逐步形成的。提出"社会主义初级阶段"这一具有特定内涵的新概念，在马克思主义发展史上是第一次。

第一，马克思主义认为未来社会大体要经历从资本主义社会到共产主义社会的革命转变时期、共产主义社会的第一阶段、共产主义社会的高级阶段。但对作为共产主义社会第一阶段的社会主义社会，在其历史发展过程中将会经历哪些发展阶段，马克思恩格斯没有作出进一步的判断。

第二，在社会主义思想发展史上，最早提到社会主义发展阶段的是列宁。列宁认为，在经济落后的俄国，只能建成"初级形式的社会主义"，而不能立即建成"发达的社会主

义"。这里包含着社会主义社会也要有一个由低级到高级、由不完备到比较完备的发展过程的思想。

第三,斯大林在1936年苏联确立了社会主义制度之后不久,没有从实际出发深入研究社会主义的发展阶段问题,就提出了向共产主义过渡的设想。第二次世界大战结束后,经过一段时间的经济重建,1952年又宣布党的主要任务是从社会主义过渡到共产主义。这种脱离实际、急于过渡的思想,对苏联和其他社会主义国家的发展,造成了消极的影响。

第四,我国社会主义制度确立后,毛泽东曾比较正确地提出我国社会主义发展的阶段问题,他曾明确地提出,我国社会主义制度只是"刚刚建立",还没有"完全建成"的思想。20世纪50年代末60年代初,毛泽东在读苏联《政治经济学教科书》时提出"社会主义这个阶段",又可能分为两个阶段,第一个阶段是不发达的社会主义,第二个阶段是比较发达的社会主义。后一阶段可能比前一阶段需要更长的时间。

第五,党的十一届三中全会以后不久,邓小平就提出,底子薄、人口多、生产力落后,这是中国的现实国情。

党的十三大召开前夕,邓小平强调指出:"党的十三大要阐述中国社会主义是处在一个什么阶段,就是处在初级阶段,是初级阶段的社会主义。社会主义本身是共产主义的初阶段,而我们中国又处在社会主义的初级阶段,就是不达的阶段。一切都要从这个实际出发,根据这个实际来制订规划。"这个论述,第一次把社会主义初级阶段作为事关全局的基本国情加以把握,明确了这一问题是制定路线、政策的出发点和根本依据。

当我国人民生活总体上达到小康水平后,党的十六大再次强调,我国正处于并将长期处于社会主义初级阶段,现在达到的小康还是低水平的、不全面的,发展很不平衡的小康,巩固和提高目前达到的小康水平,还需要进行长时期的艰苦奋斗。

正是由于我们对于社会主义初级阶段的基本国情有了一个科学认识和正确把握,我们才得以成功地走出了一条建设中国特色社会主义道路,使社会主义在中国显示出蓬勃生机和活力,使社会主义现代化建设在中国取得了举世瞩目的巨大成就。

二、社会主义初级阶段的科学含义和主要特征

(一)社会主义初级阶段的科学含义

党的十三大明确指出社会主义初级阶段包括两层含义:第一,我国社会已经是社会主义社会。我们必须坚持而不能离开社会主义。第二,我国的社会主义社会还处在初级阶段。我们必须从这个实际出发,而不能超越这个阶段。前一层含义阐明的是初级阶段的社会性质,后一层含义则阐明了我国现实中社会主义社会的发展程度。

社会主义初级阶段的两层基本含义既相对区别,又紧密联系,构成了一个具有特定内涵的新概念。这里所说的初级阶段,不是泛指任何国家进入社会主义都会经历的起始阶段,而是特指我国在生产力发展水平不高、商品经济不发达条件下建设社会主义必然要经历的特定历史阶段。江泽民指出,社会主义初级阶段是整个建设中国特色社会主义的很长历史过程中的初始阶段,表明了社会主义初级阶段与建设中国特色社会主义历史进程的内在联系。

(二)社会主义初级阶段的基本特征

一是逐步摆脱不发达状态,基本实现社会主义现代化的历史阶段;二是由农业人口占

很大比重、主要依靠手工劳动的农业国,逐步转变为非农业人口占多数、包含现代农业和现代务业的工业化国家的历史阶段;三是由自然经济半自然经济占很大比重,逐步转变为经济市场化程度较高的历史阶段;四是由文盲半文盲人口占很大比重、科技教育文化落后,逐步转变为科技教育文化比较发达的历史阶段;五是由贫困人口占很大比重、人民生活水平比较低,逐步转变为全体人民比较富裕的历史阶段;六是由地区经济文化很不平衡,通过有先有后的发展,逐步缩小差距的历史阶段;七是通过改革和探索,建立和完善比较成熟的充满活力的社会主义市场经济体制、社会主义民主政治体制和其他方面体制的历史阶段;八是广大人民牢固树立建设有中国特色社会主义共同理想,自强不息,锐意进取,艰苦奋斗,勤俭建国,在建设物质文明的同时努力建设精神文明的历史阶段;九是逐步缩小同世界先进水平的差距,在社会主义基础上实现中华民族伟大复兴的历史阶段。

（三）科学认识和准确把握社会主义初级阶段的意义

建设中国特色社会主义必须从我国的实际出发,从我国现在处于并将长期处于社会主义初级阶段这一最大的实际出发,而不能从主观愿望出发,不能从这样那样的外国模式出发,不能从对马克思主义著作中个别论断的教条式理解和附加到马克思主义名义下的某些错误观点出发。

社会主义初级阶段理论的提出具有重大的理论和实践意义。它是马克思主义关于社会主义发展阶段的新论断,是党制定和执行正确路线、方针、政策的基本依据。在坚持社会主义的问题上,只讲性质和方向,不讲程度和水平,或者只讲程度和水平,不讲性质和方向,都会使人们陷入盲目、不清醒的状态,发生"左"的或"右"的错误,使社会主义事业遭受挫折和损失。

三、我国社会主义初级阶段的长期性和主要矛盾

（一）社会主义初级阶段的长期性

从1956年生产资料私有制的社会主义改造基本完成算起,到21世纪中叶社会主义现代化的基本实现,社会主义初级阶段至少需要100年时间。初级阶段的长期性,从根本上说是由中国进入社会主义的历史条件和建成社会主义所需要的物质基础所决定的。

牢固树立社会主义初级阶段长期性的观点,有助于我们从根本上克服急躁情绪,克服各种超越阶段的错误观念和政策,坚持党在现阶段的基本路线、基本纲领、基本经验和各方面的方针政策,埋头苦干、脚踏实地地完成初级阶段的各项任务,不断推进社会主义现代化建设。

（二）社会主义初级阶段的主要矛盾

揭示社会主义初级阶段的主要矛盾,反映基本矛盾运动规律的要求,是制定社会主义初级阶段基本路线的客观依据。在社会主义初级阶段,我国经济、政治、文化和社会生活各方面存在着种种相互联系的矛盾,但主要的矛盾是人民日益增长的物质文化需要同落后的社会生产之间的矛盾。

社会主义初级阶段的主要矛盾,贯穿于这个阶段的整个过程和社会生活的各个方面。

在社会主义初级阶段,由于国际和国内的因素,阶级矛盾和阶级斗争仍将在一定范围内长期存在,在某种条件下还有可能激化。对此,我们一定要有清醒的认识,采取正确的态度和方法去解决。但是,阶级斗争已经不再是支配和影响其他矛盾的主要矛盾。

四、社会主义初级阶段基本路线的主要内容

党的基本路线是党在一定历史时期为解决社会主要矛盾而制定的行动纲领,是总揽全局的根本指导方针。党在社会主义初级阶段的基本路线,是在总结过去制定和贯彻基本路线的经验和教训的基础上,在改革开放和社会主义现代化建设实践的过程中逐步形成的。

第一,建设"富强民主文明的社会主义现代化国家"。这是基本路线规定的党在社会主义初级阶段的奋斗目标,体现了社会主义社会的经济、政治、文化和社会全面发展的要求。

第二,"一个中心、两个基本点"。这是基本路线最主要的内容,是实现社会主义现代化奋斗目标的基本途径。"一个中心、两个基本点"是一个统一整体,集中体现了我国社会主义现代化建设的战略布局,揭示了中国特色社会主义的客观规律和发展道路。

第三,"领导和团结全国各族人民"。这是实现社会主义现代化奋斗目标的领导力量和依靠力量。

第四,"自力更生,艰苦创业"。这是我们党的优良传统,也是实现社会主义初级阶段奋斗目标的根本立足点。

在整个社会主义初级阶段,我们必须毫不动摇地坚持党的基本路线,邓小平反复强调:"基本路线要管一百年,动摇不得。只有坚持这条路线,人民才会相信你,拥护你。"

坚持党的基本路线不动摇必须做到:

第一,坚持党的基本路线不动摇,社会主义现代化战略目标的实现就有了根本保证,中华民族的复兴就有了希望。

第二,坚持党的基本路线,必须以辩证唯物主义和历史唯物主义的立场、观点和方法,正确处理改革开放和四项基本原则的关系,把两者在建设中国特色社会主义的实践中统一起来。

第三,坚持四项基本原则和改革开放两个基本点的统一,必须旗帜鲜明地反对资产阶级自由化。

第四,毫不动摇地坚持党的基本路线,把以经济建设为中心同四项基本原则、改革开放这两个基本点统一于建设中国特色社会主义的伟大实践,这是改革开放以来"我们党最可宝贵的经验,是我们事业胜利前进最可靠的保证。"

五、社会主义初级阶段的基本纲领

党在社会主义初级阶段的基本纲领,是对十一届三中全会以来特别是十四大以来我国改革开放和现代化建设主要经验的科学总结。

(一)社会主义初级阶段的基本纲领的内容

第一,建设中国特色社会主义经济,就是在社会主义条件下发展市场经济,不断解放和发展生产力。保证国民经济持续快速健康发展,人民共享经济繁荣成果。

第二,建设中国特色社会主义政治,就是在中国共产党领导下,在人民当家作主的基础上,依法治国,发展社会主义民主政治。实现社会安定、政府廉洁高效、全国各族人民团结和睦、生动活泼的政治局面。

第三,建设中国特色社会主义文化,就是以马克思主义为指导,以培育有理想、有道德、有文化、有纪律的公民为目标,发展面向现代化、面向世界、面向未来的,民族的、科学的、大众的社会主义文化。建设立足中国现实、继承历史文化优秀传统、吸取外国文化有益成果的社会主义精神文明。

第四,中国特色社会主义的经济、政治、文化三个方面是相互联系、相互作用、有机统一、不可分割的整体。建设中国特色社会主义的经济,是建设中国特色社会主义政治、文化的前提和基础,其核心是解放生产力,同时改革和完善生产关系,以适应和促进生产力的发展。建设中国特色社会主义政治和文化,对建设中国特色社会主义的经济具有巨大的反作用,它们是保持我国经济持续、快速、健康发展并且不断提高人民物质文化生活水平的根本保证。

(二)党的最高纲领和最低纲领的统一

实现社会主义初级阶段基本纲领,必须正确认识和处理最高纲领和最低纲领之间的辩证统一关系。共产主义是共产党人的理想信念和精神支柱,实现共产主义是无产阶级政党的最高纲领。但共产主义的实现是一个历史过程,需要通过若干阶段的具体目标,有步骤、分阶段地向前推进。在每个不同的发展阶段,都需要提出符合实际的理论、路线、方针、政策和策略,形成阶段性的行动纲领。中国共产党制定的民主革命的纲领、向社会主义过渡的纲领、建设中国特色社会主义的纲领,都是党在特定历史阶段的最低纲领。

最高纲领与最低纲领既有区别,又有联系,辩证统一于为实现共产主义奋斗的全部历史过程。共产主义既是一个伟大的社会理想和科学的理论体系,又是一个现实的运动。我们今天进行的社会主义建设,归根结底都是在为共产主义的实现创造条件。最高纲领为最低纲领的制定指明前进方向;最低纲领为最高纲领的实现准备必要的条件。坚持最高纲领与最低纲领的统一,就是坚持理想与现实的统一、方向和道路的统一、目的和过程的统一、不断发展和发展阶段的统一、革命精神和科学态度的统一。

在处理最高纲领与最低纲领关系方面,我国既有成功的经验,也有失误的教训。

科学阐明和正确处理最高纲领和最低纲领之间的辩证关系,是中国共产党在理论上政治上清醒和成熟的重要标志。

在整个社会主义初级阶段,我们必须坚持最低纲领和最高纲领的统一,毫不动摇地贯彻党在社会主义初级阶段的基本路线,致力于实现党在现阶段的基本纲领,不断把中国特色社会主义事业推向前进。

六、"三步走"的发展战略

(一)"四个现代化"目标的选择和确立

实现社会主义现代化是中国共产党和中国人民梦寐以求的愿望。新中国成立前夕,在党的七届二中全会提出了把我国由农业国转变为工业国,实现国家现代化的构想。

1964 年周恩来在三届人大一次会议的政府工作报告中第一次宣布:"从第三个五年计划开始,我国的国民经济发展,可以按两步来考虑:第一步,建立一个独立的比较完整的工业体系和国民经济体系;第二步,全面实现农业、工业、国防和科学技术的现代化,使我国经济走在世界的前列。"并把它作为在 20 世纪内奋斗的目标。1975 年,周恩来在四届人大一次会议的政府工作报告中重申了这一目标,极大地振奋了全国人民的精神,鼓舞了人民的斗志。

1979年10月,邓小平在谈到实现现代化时第一次明确提出要修改原来关于现代化的具体目标。同年12月,他第一次使用了"小康"的概念。党的十二大正式提出分两步走,20世纪末在不断提高经济效益的前提下,工农业总产值翻两番,实现小康社会的经济发展战略,并确定了我国经济建设的战略目标、战略重点、战略步骤和一系列正确方针。

1987年2月,邓小平更切合实际地把接近发达国家水平改为,到21世纪中叶我们建成中等发达水平的社会主义国家。1987年4月,他在会见西班牙客人时,第一次使用"第一步"、"第二步"、"第三步"这样的提法,明确了分三步走、基本实现现代化的战略。根据邓小平的思想,1987年10月,党的十三大把邓小平"三步走"的发展战略构想确定下来。

(二)分"三步走"基本实现现代化的战略设想的内容

我国经济发展战略部署大体分"三步走":第一步,从1981年到1990年实现国民生产总值比1980年翻一番,解决人民的温饱问题;第二步,从1991年到20世纪末,使国民生产总值再翻一番,达到小康水平;第三步,到21世纪中叶,国民生产总值再翻两番,达到中等发达国家水平,基本实现现代化。然后在这个基础上继续前进。

(三)党的十五大与"新三步走"发展战略

我国在提前实现了"三步走"战略的第一步和第二步战略目标之后,为了把第二步战略和第三步战略很好地衔接起来,根据邓小平关于分阶段、有步骤实现我国现代化的战略思想,党的十五大把"三步走"战略的第三步进一步具体化,提出了三个阶段性目标:21世纪第一个10年,实现国民生产总值比2000年翻一番,使人民的小康生活更加富裕,形成比较完善的社会主义市场经济体制;再经过10年的努力,到建党100周年时,使国民经济更加发展,各项制度更加完善;到21世纪中叶建国100周年时,基本实现现代化,建成富强、民主、文明的社会主义国家,从而使"三步走"的战略和步骤更加具体明确。

从"两步走"到"三步走"的发展战略的确定,突出地体现了我们党对我国国情认识的深化,体现了中国共产党人一切从实际出发、实事求是、坚持在实践中检验真理和发展真理的品格。我国"三步走"的现代化发展战略,是党的第二代和第三代中央领导集体参考了国外现代化发展的历史经验,总结我国历史经验的基础上提出的,是对中国国情和时代特征的深刻把握,对现代化客观规律的正确反映。这一发展战略从社会主义初级阶段实际出发,坚持了雄心壮志与实事求是的统一;把经济发展和提高人民生活水平结合起来,坚持了经济发展和实现社会主义本质要求的统一;明确提出了把我国建设成为富强、民主、文明的社会主义现代化国家,坚持了经济与社会的全面协调发展,是指导全党和全国人民建设中国特色社会主义的行动纲领。

第七章 社会主义改革和对外开放

一、毛泽东关于社会主义社会基本矛盾的理论

我国社会主义改造完成以后,毛泽东以中国的实践经验为基础,运用马克思主义基本原理,全面阐述了社会主义社会的矛盾问题,并形成了比较系统的理论。

第一，指出社会主义社会仍然存在着矛盾，正是这些矛盾推动着社会主义社会向前发展。社会主义社会的基本矛盾仍然是生产关系和生产力之间的矛盾、上层建筑和经济基础之间的矛盾，它们不但表现在社会生活的各个方面，而且贯穿于社会主义社会的始终，是推动社会主义社会不断前进的根本动力。

第二，阐明了社会主义社会基本矛盾的性质和特点。社会主义社会的基本矛盾，同旧社会的基本矛盾具有根本不同的性质和情况，它们具有"又相适应又相矛盾"的特点，是在基本适应条件下的矛盾，是在人民根本利益一致基础上的矛盾，因而不是对抗性而是非对抗性的矛盾。

第三，提出了通过社会主义制度本身解决社会基本矛盾的思想。毛泽东是在与资本主义社会基本矛盾解决途径的对比中阐明这一观点的。他指出，社会主义社会的矛盾不是对抗性的，它的解决不需要像资本主义社会那样采取剧烈的阶级斗争的方式，它可以依靠社会主义自身的力量，通过对生产关系和生产力、上层建筑和经济基础不相适应的方面进行调整得到解决。

第四，在阐明中国社会主义社会基本矛盾状况和性质的基础上，进一步分析了中国的社会矛盾。毛泽东指出，我国存在着两种不同性质的矛盾，即敌我矛盾和人民内部矛盾，正确处理人民内部矛盾是国家政治生活的主题。

二、邓小平对社会主义社会基本矛盾理论的丰富和发展

党的十一届三中全会以后，邓小平充分肯定了毛泽东关于社会主义社会基本矛盾的理论，他说："关于基本矛盾，我想现在还是按照毛泽东同志在《关于正确处理人民内部矛盾的问题》一文中的提法比较好。"同时，又进一步指出："当然，指出这些基本矛盾，并不就完全解决了问题，还需要就此作深入的具体的研究。"他在总结历史经验教训的基础上，对社会主义社会的基本矛盾，特别是社会主义初级阶段的主要矛盾状况进行了深入思考，在新的实践中丰富和发展了这一理论，为社会主义改革提供了理论基础。其主要内容有：

第一，判断一种生产关系和生产力是否相适应，要从实际出发，具体问题具体分析，主要看它是否适应当时当地生产力的要求，能否推动生产力发展。

第二，提出在社会主义社会依然有解放生产力的问题。邓小平突破了长期以来把解放生产力只是同一个阶级推翻另一个阶级的革命联系在一起的认识，明确提出社会主义制度建立后仍然有一个解放生产力的问题，从而为改革开放提供了坚实的理论基础。

第三，把社会主义社会基本矛盾、主要矛盾和根本任务统一起来。邓小平在明确肯定社会主义社会基本矛盾的基础上，强调了解决社会主要矛盾和确立根本任务的一致性。他指出，生产力发展水平低，远远不能满足人民和国家的需要，是社会主义初级阶段的主要矛盾，解决这个主要矛盾的途径是发展生产，为此，必须把党和国家工作的重点转移到以经济建设为中心上来。

第四，指出了解决社会主义初级阶段主要矛盾的途径是改革。邓小平继承了毛泽东关于社会主义社会基本矛盾必须通过社会主义制度自身的不断完善加以解决的正确主张，并从历史经验教训出发，找到了社会主义社会发展的基本形式，即改革是解放和发展生产力的必由之路。

三、改革是社会主义社会发展的直接动力

(一) 改革是一场新的革命,是社会主义制度的自我完善和发展

邓小平在总结社会主义建设的历史经验尤其是"文化大革命"的教训的基础上,多次强调不改革不行;不制定新的政治的、经济的、社会的政策,就会葬送我国的现代化事业和社会主义事业;不改革只有死路一条。

改革是解放生产力,是一场新的革命。它不是原有经济体制的细枝末节的修补,而是对原有经济体制的根本性变革。它的实质和目标,是要从根本上改变束缚我国生产力发展的经济体制,建立充满生机和活力的社会主义新经济体制,同时相应地改革政治体制和其他方面的体制,以实现中国的社会主义现代化。

改革是一场革命,但它不是一个阶级推翻另一个阶级意义上的革命,不是也不允许否定和抛弃我们已经建立起来的社会主义基本制度,它是社会主义制度的自我完善和发展。

根据国际国内社会主义发展的正反两方面经验,可以得出两条结论:一是不改革没有出路,必须坚持社会主义改革;二是以改革为名,改变社会主义性质也没有出路,必须坚持改革的社会主义方向。

(二) "三个有利于"是判断改革和一切工作是非得失的标准

1992年,在南方谈话中,邓小平明确地提出了"三个有利于"的标准,即要以是否有利于发展社会主义社会的生产力、是否有利于增强社会主义国家的综合国力、是否有利于提高人民生活水平作为判断改革得失成败的标准。

"三个有利于"标准是对生产力标准的坚持和发展,在"三个有利于"标准中处于基础地位的是生产力标准,综合国力的增强是生产力发展的宏观表现,人民生活水平的提高是生产力发展的结果和体现。"三个有利于"标准体现了从实际出发和从人民的根本利益出发的真理标准和价值标准的统一。

邓小平提出"三个有利于"的标准,强调的是对于改革开放的一些具体政策措施,必须从抽象的姓"社"姓"资"的争论中摆脱出来,放开手脚,大胆地试,大胆地闯,把注意力放到研究用什么手段和方法才能有利于发展社会主义社会的生产力、有利于增强社会主义国家的综合国力和有利于提高人民的生活水平。

四、改革是全面的改革

中国的改革是全面的改革,这是由改革的任务决定的。邓小平认为,实现社会主义现代化,是一场根本改变我国经济和技术落后面貌,巩固社会主义制度的伟大革命。这场革命既然要大幅度地改变落后的生产力,就必然要多方面地改变生产关系中不适应生产力发展的部分,改变上层建筑中不适应经济基础变化的部分,改变一切不适应生产力发展的管理方式、活动方式和思想方式,使之适应于现代化大经济的需要。

在全面改革中,经济体制改革是重点。因为通过经济体制改革,解放生产力,把国民经济搞上去,对当代中国来说是最根本最急迫的任务。经济体制改革需要政治体制及其他体制改革的配合,因此,在经济体制改革不断深化的进程中,政治体制改革也在不断推进。与经济体制和政治体制改革相适应,科技、教育、文化、卫生体制等各个领域的改革也都有步骤、有秩序地全面展开,改革触及了社会生活的各个方面和各个层面。

目前，我国改革处于攻坚阶段，要在体制创新方面取得重大进展，从根本上消除束缚经济社会发展的体制性障碍，努力在经济体制、政治体制、教育体制、科技体制、文化体制、卫生体制等方面的改革迈出新的步伐，还必须解决不少难度很大的深层次问题。改革是一项全新的事业，我们只能在实践中摸索，不断总结经验、吸取教训，把改革推向前进，为落实科学发展观、全面建设小康社会提供体制保障。

五、正确处理改革、发展、稳定的关系

发展是硬道理，中国解决所有问题的关键要靠自己的发展。改革是经济和社会发展的强大动力，是社会主义制度的自我完善和发展，它的决定性作用不仅在于解决当前经济和社会发展中的一些重大问题，推进社会生产力的解放和发展，还要为我国经济的持续发展和国家的长治久安打下坚实的基础。稳定是改革和发展的前提，改革和发展必须要有稳定的政治和社会环境。没有稳定的政治和社会环境，一切无从谈起。实践表明，改革、发展、稳定三者关系处理得当，就能总揽全局，保证经济社会的顺利发展；处理不当，就会吃苦头，付出代价。

中国目前正处于从低水平的、不全面的、发展很不平衡的小康，向全面小康过渡的阶段，这是发展的关键时期，也是改革的攻坚阶段。在这一时期处理改革、发展、稳定关系的任务极其艰巨。因此，要以科学发展观为指导，遵循改革开放以来党在处理改革、发展、稳定关系方面积累起来的经验和主要原则。

第一，保持改革、发展、稳定在动态中的相互协调和相互促进。

第二，把改革的力度、发展的速度和社会可以承受的程度统一起来。

第三，把不断改善人民生活作为处理改革、发展、稳定关系的重要结合点。

六、中国的发展离不开世界

改革和开放紧密相连，邓小平一方面把十一届三中全会以来的改革开放政策都称为改革，另一方面，又把改革政策也称为开放政策，他说实际上我们制定了两个开放政策，即对外开放和对内开放。不仅如此，他还把两者放在同等重要的地位，他说："搞社会主义现代化建设，没有这两个开放不行。"对外开放和改革一起成为新时期中国最鲜明的特征。

实行对外开放是充分发挥社会主义制度优越性的需要。社会主义要赢得与资本主义相比较的优势，就必须以积极的态度学习和吸收人类文明的一切优秀成果，吸收和借鉴当今世界各国包括资本主义发达国家的一切反映现代社会化生产规律的先进经营方式、管理方法。

实行对外开放要处理好对外开放与独立自主、自力更生的关系。我们始终要把独立自主、自力更生作为立足点，这是我国革命和建设的基本经验和重要原则。当今世界，人类社会步入了一个科技创新不断涌现的重要时期，坚持独立自主、自力更生，把增强自主创新能力作为国家战略，贯穿到现代化建设各个方面，建设创新型国家，对不断巩固和发展中国特色社会主义伟大事业，是极其重要的。但独立自主、自力更生不是闭关自守、盲目排外。坚持独立自主、自力更生同对外开放是相辅相成的。独立自主、自力更生是实行对外开放的基础，只有增强独立自主、自力更生的能力，才能在国际上获得较高的信誉，吸引更多的合作者，才能不断扩大对外开放的深度和广度；对外开放是为了增强独立自主、自力更生的能力，在对外开放过程中积极利用外国的投资、先进技术与管理经验，取得更

好的经济和社会效益,可以加快本国经济发展,增强经济实力和综合国力。坚持独立自主、自力更生,积极实行对外开放,都是为了更好更快地推进社会主义现代化建设。

七、对外开放是全方位、多层次、宽领域的开放

党的十一届三中全会以后,我国开始了对外开放的历史进程,随着经济特区的建立、沿海城市的开放,引进外资、对外经济技术交流与合作的迅速扩大,我国经济摆脱了原来的封闭半封闭状态,逐步形成了全方位、多层次、宽领域的对外开放格局。

所谓全方位,就是不论对资本主义国家还是社会主义国家,对发达国家还是发展中国家都实行开放政策。所谓多层次,就是根据各地区的实际和特点,通过经济特区、沿海开放城市、经济技术开发区、沿海经济开放区、开放沿边和沿江地区以及内陆省区等不同开放程度的各种形式,形成全国范围内的对外开放。所谓宽领域,就是立足于我国国情,对国际商品市场、国际资本市场、国际技术市场、国际劳务市场的开放,把对外开放拓宽到能源、交通等基础产业以及金融、保险、房地产、科技、教育、文化、服务业等。

经过长达 15 年的谈判,2001 年 12 月我国正式成为世界贸易组织的成员国。加入世界贸易组织,标志着我国对外开放进入了一个新的阶段,对我们来说既是机遇,也是挑战。

八、不断提高对外开放水平

30 余年的对外开放取得了卓越的成就,在我国经济实现持续高速增长与发展中,对外开放战略发挥了重大的作用。但是随着我国参与经济全球化程度的加深,对外开放面临着一系列新的问题和挑战。

我国的对外开放逐步进入了由较小范围和有限领域的开放,转变为更大范围和更多领域的开放;由以试点为特征的政策主导下的开放,转变为法律框架下可预见的开放;由单方面为主的自我开放,转变为与世贸组织成员之间的相互开放。为此,必须适应经济全球化趋势的新发展,以更加积极的姿态走向世界,更好地实施"引进来"和"走出去"同时并举、相互促进的开放战略,努力在"走出去"方面取得明显进展,更好地利用国际国内两个市场、两种资源,在激烈的国际竞争中掌握主动权,不断提高对外开放水平。

第一,转变对外贸易增长方式,提高对外贸易效益。

第二,提高利用外资水平,加强对外资的产业和区域投向引导,促进国内产业优化升级。

第三,切实维护国家安全。

第八章　建设中国特色社会主义经济

一、中国社会主义经济体制的选择过程

我国社会主义制度建立后,建设社会主义应当实行什么样的经济体制,有一个历史的探索过程,经历了从传统的计划经济体制向社会主义市场经济体制的转变过程。

第一,传统的计划经济体制:社会经济资源配置方式以行政计划配置为主。它的特点是国家运用指令性计划,直接掌握、控制人力、物力、财力和土地等经济资源,权力主要集中在中央,所有的经济活动都在计划规定的范围内进行。

第二,传统计划经济体制的形成及其弊端。

我国原有的经济体制是在 20 世纪 50 年代第一个五年计划期间逐步形成的。其形成有客观条件和主观条件:从客观条件看,我国的生产力水平十分低下,国民经济实力十分薄弱,现代工业很少;计划经济是苏联第一个实行的,当时取得了巨大的成功,苏联的工业产量迅速跃居为欧洲第一、世界第二,20 世纪 30 年代资本主义发生大危机时,全世界只有苏联一枝独秀;当时我国经济结构简单、科技水平不高、社会利益关系相对单纯。从主观条件看,当时在理论上普遍把计划经济视为社会主义区别于资本主义的重要特征。

不可否认,这种高度集中的计划经济体制在我国社会主义经济建设中曾经起过一定的积极作用。156 个重大项目的建设为后来我国工业化的发展奠定了重要基础。

但是,随着经济规模不断扩大,经济联系日益复杂,技术进步步伐加快,人民生活要求提高,这种高度集中的计划经济体制的弊端逐渐暴露出来,而且越来越明显。主要弊端是:①政企不分,条块分割,国家对企业统得过多过死;②忽视商品生产、价值规律和市场的作用;③分配中存在着严重的平均主义现象;④经济形式和经营方式单一化。这就造成了企业缺乏应有的自主权,企业吃国家的"大锅饭",职工吃企业的"大锅饭",严重压抑了企业和职工的积极性、主动性和创造性,使本来应该生机盎然的社会主义经济在很大程度上失去了活力。随着我国社会主义经济建设条件的变化,传统的计划经济体制已越来越不适应生产力的发展要求。

20 世纪 50 年代以后,几乎所有的实行计划经济体制的国家都在探索怎样进行改革的问题。

二、中国社会主义市场经济理论的形成和发展

我国对适合要求的社会主义经济体制的探索,20 世纪 50 年代中期以来一直没有停止过,其核心是寻求解决正确处理计划与市场的关系的方法。改革开放后,在总结实践经验的基础上,邓小平冲破了传统观念的束缚,创造性地提出了社会主义市场经济的理论,为我国经济体制改革指明了方向。

第一,社会主义市场经济的理论形成和发展的过程:概括起来,可以分为三个阶段。

第一阶段,突破了完全排斥市场调节的大一统的计划经济观念,形成了"计划经济为主,市场调节为辅"的思想。这一时期,在占主体地位的国有经济内大体上保持计划经济的基本架构,不采取重大的改革步骤,而把改革的重点放到国有经济以外的部门去,即在集体经济、个体经济、私营经济和外资经济等非国有经济中开辟市场经济的新园地作为补充,建立市场导向的新体制。

第二阶段,确认社会主义经济是建立在公有制基础上的有计划的商品经济,突破了长期以来把计划经济同商品经济对立起来的传统观念,重新解释了计划经济的内涵。十二届三中全会通过的《中共中央关于经济体制改革的决定》,确认社会主义经济是公有制基础上的有计划的商品经济。党的十三大强调计划和市场的作用范围都是覆盖全社会的,新的经济运行机制,总体上应当是国家调节市场,市场引导企业的机制,是计划与市场内在统一的体制。

第三阶段,从根本上破除了把计划经济和市场经济看作属于社会基本制度范畴的思想束缚,确认建立社会主义市场经济体制的改革目标。邓小平在 1992 年初视察南方时,

直截了当地阐述了他对于计划与市场问题的基本观点,即"计划多一点还是市场多一点,不是社会主义与资本主义的本质区别。计划经济不等于社会主义,资本主义也有计划;市场经济不等于资本主义,社会主义也有市场。计划和市场都是经济手段。"党的十四大明确把建立社会主义市场经济体制作为我国经济体制改革的目标,使我们党在社会主义经济理论上实现了又一次重大突破。党的十四届三中全会进一步明确了建立社会主义市场经济体制的基本框架。

第二,邓小平关于社会主义市场经济理论的主要内涵。

邓小平是社会主义市场经济理论的奠基人。

①计划经济和市场经济不是区分社会主义和资本主义的标志,它们不具有经济制度本质属性,而是经济手段。

②计划和市场作为经济调节的两种手段,它们对经济活动的调节各有自己的优势和长处,也都有自身的不足和缺陷。

③市场经济与社会主义相结合而形成的经济体制必须体现社会主义基本制度的特征。

三、社会主义市场经济体制的基本特征

市场经济体制在不同的社会制度下,既有其共性,又有其特殊性。社会主义市场经济体制是社会主义基本制度与市场经济的结合,一方面它具有市场经济的一般特征,另一方面,它又必然体现社会主义制度特征。

(一)市场经济的一般特征

第一,经济关系市场化。所有经济活动主体都通过市场发生联系,一切经济活动都直接或间接地处于市场关系之中,全部生产要素都进入市场,市场机制是推动生产要素流动和促进资源优化配置的基本运行机制。

第二,企业行为自主化。所有企业都具有进行商品生产经营所拥有的全部权利,从而自觉地面向市场,自主地开展市场经营活动。

第三,宏观调控间接化。政府部门不直接干预企业生产和经营的具体事务,而是通过财政、税收、价格、金融等政策和各种经济杠杆以及法律手段和必要的行政手段调节、规范和引导企业生产经营活动。

第四,经营管理法制化。一切经济活动方式和关系都以法律形式来规范,所有经营活动都按照一套法规体系来进行,整个经济运行有一个比较健全的法制基础。

第五,保障制度社会化。这是现代市场经济平稳运行的支撑和保障体系,市场竞争的规则要求对市场竞争的失败者和需要照顾的老弱病残给予社会保障。这种保障制度不是企业的,而是社会化的。

(二)社会主义市场经济体制的基本特征

社会主义市场经济体制,是同社会主义基本经济制度、政治制度和精神文明紧密结合在一起的。因此,社会主义市场经济体制除了具有市场经济的一般特征外,还具有自己的特征。其主要表现是:

第一,在所有制结构上,以公有制经济为主体,多种所有制经济共同发展,各类不同的企业都进入市场公平竞争,国有大中型企业在市场运行中发挥主导作用。

第二,在分配制度上,坚持按劳分配为主体、多种分配方式并存的制度。把按劳分配与按生产要素分配结合起来,确立劳动、资本、技术和管理等生产要素按贡献参与分配的原则,坚持效率优先,兼顾公平,既鼓励先进,促进效率,合理拉开收入差距,又缓解社会分配不公,防止两极分化,逐步实现共同富裕。

第三,在宏观调控上,社会主义国家对市场的调控具有较雄厚的物质基础,牢固的政治基础和广泛的群众基础,对市场的宏观调控能力可以较资本主义国家强得多,能够把人民的当前利益与长远利益、局部利益和整体利益结合起来,更好地发挥计划和市场两种手段的长处,把市场调节与宏观调控结合起来。

四、社会主义初级阶段基本经济制度的确立

(一)以公有制为主体、多种经济成分共同发展的所有制结构的确立

社会主义初级阶段的基本经济制度,不是笼统地讲社会主义基本经济制度。社会主义初级阶段是社会主义进程中一个特定的阶段,有它特殊的历史背景。

社会主义初级阶段的基本经济制度问题,实质上就是所有制问题。在所有制结构问题上,过去很长一段时间,存在错误的认识,盲目追求"一大二公三纯",实行了一些超越我国社会发展阶段的错误政策,如重全民、轻集体、排挤个体、消灭私营、急于过渡、盲目求纯,几乎形成公有制一统天下的局面,严重地阻碍了社会生产力的发展。

党的十一届三中全会以后,我们党在解放思想、实事求是思想路线的指引下,提出了以公有制为主体、多种经济成分共同发展的方针。党的十五大第一次明确提出,公有制为主体、多种所有制经济共同发展,是我国社会主义初级阶段的一项基本经济制度,非公有制经济是我国社会主义市场经济的重要组成部分。

之所以在很长的一段时间里对社会主义初级阶段基本经济制度没有正确的认识,根本原因在于我们长期以来只是抽象地从社会主义一般原理出发,而没有切实从我国社会主义初级阶段的实际和生产力发展水平出发,思考所有制结构问题。社会主义建设实践的经验与教训使我们深刻认识到,判断一种所有制是否有它存在的合理性,是否具有优越性,不能从概念出发,而必须从我国的具体国情出发。

(二)确立社会主义初级阶段基本经济制度的基本依据

1997年党的十五大报告第一次明确提出:"公有制为主体、多种所有制经济共同发展,是我国社会主义初级阶段的一项基本经济制度。这一制度的确立,是由我国社会主义性质和初级阶段国情决定的。"具体表现有三点:

第一,社会性质。我国是社会主义国家,必须坚持公有制作为社会主义经济制度的基础。

第二,社会发展程度。生产关系一定要适应生产力的发展水平和要求,这是历史唯物主义的必然结论。社会主义初级阶段是生产力还不发达的阶段。

第三,一切符合"三个有利于"的所有制形式都可以而且应该用来为社会主义服务。

(三)如何看待非公有制经济的性质

社会主义初级阶段基本经济制度,包括公有制经济和非公有制经济两个方面,就其经济性质来说是有区别的:一方面,作为主体的公有制经济,是社会主义性质的经济成分,是社会主义经济制度的基础;另一方面,各种非公有制经济不属于社会主义性质的经济成

分,但它们与作为主体的公有制经济相联系,并在社会主义国家宏观调控下发展。

中国特色社会主义的特色,就在于社会主义初级阶段的经济兼有社会主义和非社会主义两种不同的经济。既不能因为公有制以外的其他经济成分不属于社会主义性质的经济,而将它们排除在基本经济制度以外,也不能因为它们属于基本经济制度而认为它们也是社会主义性质的经济。

五、坚持公有制经济的主体地位

(一)公有制经济的含义

长期以来,对公有制的理解局限为只有全民所有制和集体所有制两种形式,这种理解是同改革开放以前过于单一的所有制结构相适应的。党的十五大报告明确指出:公有制经济不仅包括国有经济和集体经济,还包括混合所有制经济中的国有成分和集体成分。

所谓国有经济,是指由全体社会成员共同占有生产资料的公有制形式。它同较高的社会化生产力相适应,基本上实现了劳动者在生产资料所有制关系上的平等,消灭了剥削。

所谓集体经济,是指由部分劳动群众共同占有生产资料的一种社会主义公有制形式。它是劳动群众根据自愿互利原则组织起来的,实行独立经营、自负盈亏的合作经济组织。集体所有制经济是社会主义公有制经济的重要组成部分,在我国国民经济发展中起着极其重要的作用。

所谓混合所有制经济,是指由不同所有制经济以控股、参股等不同方式投资形成法人财产,由企业法人进行经营的企业。在我国,"混合经济"已成为经济生活中的亮点。多种经济成分通过股份制、公司制等现代企业制度互为交融,你中有我、我中有你。近年来,外资、个体、私营经济与公有制经济出现相互渗透、相互融合的趋势,促进了混合所有制的形成。

(二)公有制经济的主体地位

在社会主义初级阶段所有制结构中,必须坚持以公有制为主体。这是由公有制的性质和它在国民经济中的地位和作用决定的。具体来说:第一,公有制是与社会化大生产相适应的,同社会发展方向一致。第二,公有制是社会主义制度的基本经济特征,是社会主义经济制度的经济基础。第三,公有制经济是社会主义国家进行宏观调控的主要物质基础。坚持和完善公有制为主体,是实现社会主义国家整体利益、社会利益和长远利益的保证。第四,公有制是实行按劳分配原则的经济前提,也是实现劳动人民经济上政治上的主人翁地位和全体社会成员共同富裕不可缺少的物质保证。更重要的是实践证明它是中国社会主义现代化建设的保证。

对公有制的主体地位要有全面的认识。公有制的主体地位主要体现在两个方面:其一,公有资产在社会总资产中占优势。其二,国有经济控制国民经济命脉,对经济发展起主导作用。国有经济控制国民经济命脉,主要是指控制那些能够影响和制约整个国民经济运行的产业,如金融、交通、邮电、电力及基础性原材料等,这些产业中相当一部分带有较强的天然垄断性。

(三)公有制实现形式

公有制经济与其实现形式是两个不同层次的问题。公有制经济的性质体现在所有权的归属上,坚持公有制的性质,根本的是坚持国家和集体对生产资料的所有权。所有制作为生产关系的基础,有公有制与私有制、社会主义与资本主义的区别。而所有制的实现形式是采取怎样的经营方式和组织形式问题,它不具有"公"与"私"、"社"与"资"的区分。同样的所有制可以采取不同的实现形式,而不同的所有制可以采取相同的实现形式。

能否找到好的公有制实现形式,直接关系到公有制优越性的发挥及其在市场竞争中的地位和作用。在过去相当长的时期内,我国公有制采取了国有国营、集体所有集体统一经营的单一形式,从而扼杀了微观经济主体的活力,挫伤了劳动者的积极性。改革开放后,从农村推行家庭联产承包责任制,到企业进行租赁、承包、联合、兼并以及股份制、股份合作制等试点,我国出现了公有制实现形式的多样化。

党的十五大报告指出,公有制的实现形式可以而且应当多样化。一切反映社会化社会规律的经营方式和组织形式都可以大胆利用。要努力寻找能够极大促进生产力发展的公有制实现形式。

正确认识社会主义市场经济条件下的股份制和股份合作制,是我们探索公有制实现形式的一个重要问题。

股份制是所有制的一种具体实现形式,是现代企业的一种资本组织形式。它虽然产生和发展于资本主义社会,但并不是只存在于资本主义社会。它的一些优点,如有利于所有权和经营权的分离,有利于融资,有利于提高企业和资本的运作效率等,反映的是现代社会化生产和市场经济的客观规律,资本主义可以用,社会主义也可以用。股份制不能笼统地说公有还是私有,判断我国股份制企业的性质,关键看控股权掌握在谁的手中。由国家和集体控股,就具有明显的公有性质,发展这种股份制企业,有利于扩大公有资本的支配范围,放大国有资本功能,增强国有经济的控制力、影响力和带动力,增强公有制的主体地位。

股份合作制是我国经济体制改革中出现的新事物,是群众创造的、具有中国特色的一种新型企业组织形式。它是兼股份制和合作制的特点为一体的一种公有制实现形式,是以劳动者的劳动联合和劳动者的资本联合为主的集体经济,既不同于股份制,又不同于合作制。目前城乡大量出现的股份合作制,有多种形式,还不够规范,应积极支持和鼓励其发展,加强引导,并不断总结经验,使之逐步完善。

六、鼓励、支持和引导非公有制经济发展

(一)非公有制经济的含义

社会主义初级阶段的非公有制经济主要包括个体经济、私营经济、混合所有制经济中的非公有制成分等。

(二)发展非公有制经济的原因

最根本的是由我国社会主义初级阶段的低水平,多层次,不平衡的生产力发展状况决定的,同时也是发展社会主义市场经济以及缓解我国现代化建设中的各种矛盾的需要。

第一,非公有制经济的发展在构建社会主义市场经济微观主体方面有重要的作用。市场经济发展的前提是市场主体的多元化、决策的分散化,单一的公有制经济与市场经济发展要求相悖。非公有制经济的存在,可以与公有制经济形成一种竞争态势,促进公有制经济的发展。

第二,非公有制经济的发展,特别是外资经济的进入,可以为探索公有制经济实现形式提供借鉴,也可以为发展公有制经济多种实现形式提供空间和机会。

第三,我国是发展中国家,在现代化建设中有很多困难和矛盾,其中资金短缺和就业压力是比较大的难题。因此,从我国实际出发,发展非公所有制经济,有利于调动多方面积极性,充分利用社会资金及引进外资,弥补建设资金不足,多渠道增加就业岗位,扩大就业。

（三）非公有制经济的地位和作用

非公有制经济是我国社会主义市场经济的重要组成部分。

第一,它们已经成为国民经济发展的一个增长点。

第二,它们为社会提供了大量的物质产品和劳务,在满足人民需要方面发挥了重要作用。

第三,它们增加了社会资本和国家的财政收入。

第四,它们吸纳了大量人员就业,为社会稳定作出了贡献。

第五,它们促进了公有制经济的改革,促进了社会主义市场经济体制的建立。

七、坚持按劳分配的主体地位

（一）社会主义初级阶段分配制度的理论基础

社会主义初级阶段的基本经济制度决定了与此相联系的个人收入分配实行的是按劳分配为主体、多种分配方式并存的制度。

其理论基础就是马克思主义关于生产和分配相互关系的原理。马克思主义认为,分配方式是由生产方式决定的,有什么样的生产方式,就有什么样的分配方式。因为消费资料的任何一种分配,都不过是生产条件本身分配的结果。而生产条件的分配具体体现为生产资料的所有制。社会主义初级阶段存在多种所有制形式,决定了收入分配领域必然实行按劳分配为主体、多种分配方式并存的制度。

（二）按劳分配的内容及其客观必然性

按劳分配的内容是:凡是有劳动能力的人都应尽自己的能力为社会劳动,社会以劳动作为分配个人消费品的尺度,按照劳动者提供的劳动数量和质量分配个人消费品,等量劳动获取等量报酬,多劳多得,少劳少得,不劳动者不得食。

社会主义社会个人消费品实行按劳分配原则,是由其客观经济条件决定的:

第一,生产资料的社会主义公有制是实行按劳分配的前提条件。

第二,社会主义初级阶段生产力水平还很低,这是必须实行按劳分配的物质条件。

第三,劳动还是谋生的手段,旧的社会分工所带来的劳动差别,是按劳分配存在的直接经济原因。

（三）按劳分配主体地位的体现

第一,在整个社会收入分配中按劳分配是主体。

第二,在公有制经济内部,按劳分配是主体的分配原则。

第三,公有制经济中劳动者的个人收入以按劳分配收入为主。

按劳分配是人类历史上一种崭新的分配制度,是社会主义公有制在个人消费品分配上的实现形式。

坚持按劳分配为主体地位的重要意义在于它直接关系着公有制的巩固和发展。公有制、按劳分配两个"主体"地位,共同构成社会主义基本经济制度的基础。

八、多种分配方式并存

在社会主义初级阶段,按劳分配以外的就是按生产要素分配。就其内容可以分为三种类型:

一是以劳动作为生产要素参与分配。

二是劳动以外的生产要素所有者参与分配。主要包括资本所有者在生产经营活动中凭借资本所取得的利润;生产要素的所有者将自有的货币或资本借给他人经营或存入金融机构所取得的利息;以实物形态资本租借给他人经营或使用而取得的租金等。

三是管理和知识产权类的生产要素参与分配。如科技发明、创造、信息、专利等参与分配。

马克思主义历来认为,生产方式决定分配方式,生产资料所有制结构决定收入分配结构。社会主义初级阶段多种分配方式并存的基本依据,就是存在着多种所有制形式。同时,我国是市场经济国家,是以市场作为配置资源的基础性手段,在社会主义市场经济条件下,一切生产要素(包括资本、劳动力、土地、技术、管理和信息等)都要通过市场来配置,一切生产要素的投入和使用都要遵循市场经济规律进行等价补偿。各种生产要素在创造财富的过程中都具有各自的无法替代的作用,只有使劳动、资本、技术和管理等生产要素能够按贡献参与分配,才能调动广大劳动者的积极性和创造性,才能激发广大科技人员和管理工作者的创业精神和创新活力,才能让一切生产要素的活力竞相迸发,让一切创造财富的源泉充分涌流,以造福于社会,造福于人民。

确立按生产要素分配原则,同劳动价值论不矛盾。劳动价值论讲的是价值创造的源泉,确立按生产要素分配的原则是一种分配方式,分配方式不涉及价值是由什么创造的,它所涉及的只是由劳动创造出来的价值怎样进行分配。确立按生产要素分配的原则,不是因为它参与了价值的创造,而是因为它既被垄断地占有又是财富生产不可缺少的因素,不可能无偿地提供社会使用。它同劳动价值论之间不存在任何逻辑关系,因此既不能因为肯定劳动价值论而否定按生产要素分配,也不能因为肯定按生产要素分配而否定劳动价值论。

九、深化分配制度改革,健全社会保障体系

(一)深化分配制度改革

第一,正确认识"先富"与"后富"的关系。

改革开放之初,邓小平指出:"我的一贯主张是,让一部分人、一部分地区先富起来,大原则是共同富裕。"

邓小平的允许一部分地区和一部分人先富起来,最终实现共同富裕的思想包含三层含义:首先,允许一部分地区一部分人先富起来;其次,先富起来的手段是诚实劳动、合法经营,不能用非法手段牟取暴利;再次,大原则是共同富裕,提倡先富要帮助和带动后富,防止收入差距过分悬殊,最终实现共同富裕。

社会主义初级阶段收入差距存在的经济依据是:①这是实行按劳分配原则的必然结

果。按劳分配不承认任何阶级差别,因为每个人都像其他人一样只是劳动者,但它默认不同等的个人天赋,默认不同等的工作能力是天然特权。由于劳动者的体力、智力不同,勤奋程度不同,家庭负担不同,以及在社会主义市场经济条件下所在企业的经营成果不同,而出现富裕程度的差别。②这是实行多种所有制经济和多种分配方式的必然结果。不同社会成员之间由于所有制及其实现形式和相应的分配方式的不同所产生的收入差别更大。③这是发展社会主义市场经济的必然结果。市场经济是竞争经济,优胜劣汰是市场经济的无情法则,竞争的结果反映在个人收入分配上就是收入差距的拉大。④城乡差别、地区差别和不同产业的差别,也会导致社会成员之间的收入不同。实现共同富裕,不可能是全体人民同时富裕和同步富裕,更不是靠平均主义能够实现的,它同样有一个不平衡的发展过程。

允许和鼓励一部分地区、一部分人先富起来,是为了带动和帮助越来越多的人富裕起来,实现共同富裕的目标。共同富裕是社会主义的目标和根本原则,一部分地区、一部分人先富起来既有客观必然性,也会通过一定的途径和方式促进共同富裕目标的实现。一部分地区、一部分人依靠诚实劳动和合法经营先富起来,势必产生巨大的示范作用、通过榜样的力量影响左邻右舍,并通过各种途径和措施,帮助和带动落后地区和还没有走上致富道路的人们走向共同富裕的道路。这样,就会使整个国民经济不断地波浪式地向前发展,最终使全体人民都比较快地富裕起来。因此,"先富"能够促进"共富","先富"是"达到共同富裕的捷径",让一部分地区、一部分人先富起来是实现共同富裕的必由之路。

第二,注重社会公平,防止两极分化。

"允许和鼓励一部分地区、一部分人先富起来",实行这个大政策除了坚持只能允许以诚实劳动和合法经营的手段富裕起来外,还需要解决一个富裕程度差别的扩大不能导致社会产生两极分化的问题。

邓小平在提出大政策的同时,就不断强调要防止产生两极分化。他指出,社会主义与资本主义不同的特点就是共同富裕,不搞两极分化。共同富裕是体现社会主义本质的一个东西。如果搞两极分化,情况就不同了,民族矛盾、区域间矛盾、阶级矛盾都会发展,相应地中央和地方的矛盾也会发展,就可能出乱子。直到晚年还在关注这个问题,我们讲要防止两极分化,实际上两极分化自然出现。要利用各种手段、各种方法、各种方案来解决这个问题。

党的十六届五中全会针对当前收入分配领域存在的矛盾比较突出的问题,以科学发展观为指导,提出要在经济发展的基础上,更加注重社会公平,合理调整国民收入分配格局,加大调节收入分配的力度使全体人民都能享受到改革开放和社会主义现代化建设的成果。

主要是规范收入分配秩序,将收入差距保持在合法和适度的范围。所谓合法,就是来自诚实劳动和守法经营而产生的收入差距;所谓适度,就是使收入差距保持在合理的范围之内不使因收入差距扩大而形成的社会矛盾发展到尖锐对立的地步。为此必须取缔非法收入,整顿不合理收入,调节过高收入。

(二)健全社会保障体系

社会保障指国家和社会通过立法对国民收入进行分配和再分配,对社会成员特别是生活有特殊困难的人的基本生活权利给予保障的社会安全制度。

社会保障体系包括社会保险、社会救济、社会福利、优抚安置和社会互助、商业保险与慈善事业等。

建立健全社会保障体系作用:第一,社会保障是社会稳定的"安全网"、经济运行的"调节器",是构建社会主义和谐社会的重要内容;第二,对调节收入分配、促进社会公平,扩大国内需求、拉动经济增长具有重要作用;第三,建立和完善社会保障体系,是国家长治久安、人民生活幸福、经济持续增长的重要基础。

现阶段,我国社会保障体系主要加强如下方面建设:

第一,完善城镇职工基本养老保险制度。

第二,建立健全失业保障制度。

第三,全面落实城市居民最低生活保障。

第四,积极推进医疗保险体制改革。

第五,探索建立农村养老,医疗保险和最低生活保障制度。

第六,合理确定社会保障范围,标准和水平。

现阶段,健全社会保障体系的重点:确保发放、扩大覆盖和完善制度。

十、走新型工业化的道路

党的十六大报告指出:实现工业化仍是我国现代化进程中艰苦的历史任务。我国要坚持以信息化带动工业化,以工业化促进信息化,走出一条科技含量高、经济效益好、资源消耗低、环境污染少、人力资源优势得到充分发挥的新型工业化路子。

(一)新型工业化道路的特点

新型工业化道路之所以新,是相对于发达国家以往走过的传统工业化道路和我国过去的工业化道路而言的。它具有如下特点:

第一,科技含量高,经济效益好。

第二,环境污染少。

第三,人力资源优势得到充分发挥。

(二)走新型工业化道路的必然性

走新型工业化道路是全面总结国内外工业化经验教训作出的重大决策,是充分考虑我国人口数量大、人均资源不足、劳动力供给大于需求的矛盾突出的基本国情得出的正确结论,更是在经济全球化条件下求生存、求发展,顺应世界科技经济发展趋势的必然选择。

十一、建设社会主义新农村

没有农村的现代化,就没有整个国家的现代化;只有建设好社会主义新农村,才能实现全面建设小康社会的宏伟目标。建设社会主义新农村,是当前全党全社会面临的重大而紧迫的战略任务,是未来五年经济社会发展的重中之重。

(一)建设社会主义新农村的目的和要求

党的十六届五中全会提出建设"生产发展、生活宽裕、乡风文明、村容整洁、管理民主"的社会主义新农村的目标,全面体现了新形势下农村经济、政治、文化和社会发展的要求。

生产发展:是新农村建设的中心环节,是实现其他目标的物质基础。

生活宽裕:是新农村建设的目的,也是衡量我们工作的基本尺度。

乡风文明:是农民素质的反映,体现农村精神文明建设的要求。乡风文明包括文化、风俗、社会治安等诸多方面。

村容整洁:是展现农村新貌的窗口,是实现人与自然和谐发展的必然要求。

管理民主:是新农村建设的政治保证。加强农村基层的党的组织建设,能够让农村基层的党组织真正成为带领农民建设新农村的领导力。

(二) 为什么提出建设社会主义新农村

第一,建设新农村是对我们党"三农"政策的继承和发展,是解决"三农"问题的现实选择。

第二,建设新农村体现了国家发展战略的转变。

第三,建设新农村是在新的时代背景下提出的。建设社会主义新农村是在我国已经进入了"工业反哺农业、城市支持农村"的新阶段这一新的大背景下提出来的。在党的十六届四中全会的重要讲话中,胡锦涛总书记曾作出了"两个趋向"的科学判断——"纵观一些工业化国家发展的历程,在工业化初始阶段,农业支持工业、为工业提供积累是带有普遍性的趋向;但在工业化达到相当程度以后,工业反哺农业、城市支持农村,实现工业与农业、城市与农村协调发展,也是带有普遍性的趋向。"应当说,这样的判断是有科学依据的。

十二、推进自主创新,建设创新型国家

建设创新型国家,是以胡锦涛为总书记的党中央,从全面建设小康社会、开创中国特色社会主义事业新局面的全局出发,综合分析世界发展大势和我国所处历史阶段,作出的重大决策。

创新型国家,一般来说,是指将科技创新作为国家基本战略,大幅度提高科技创新能力,从而形成强大的国家竞争优势。

建设创新型国家,必须坚持自主创新、重点跨越、支撑发展、引领未来的指导方针。

加强自主创新是我国科技发展的战略基点。自主创新,一是要加强原始性创新,努力获得更多的科学发现和技术发明;二是要加强集成创新,使各种相关技术有机融合,形成具有市场竞争力的产品和产业;三是要在引进国外先进技术的基础上,积极促进消化吸收和再创新。

实现重点跨越是加快我国科技发展的有效途径。重点跨越,就是坚持有所为、有所不为,选择具有一定基础和优势、关系国计民生和国家安全的关键领域,集中力量、重点突破,实现跨越式发展。

支撑发展是我国科技发展的现实要求。支撑发展,就是从现实的紧迫需求出发,着力突破重大关键、共性技术,支撑经济社会的持续协调发展。

引领未来是我国科技发展的长期根本任务。引领未来,就是着眼长远,超前部署前沿技术和基础研究,创造新的市场需求,培育新兴产业,引领未来经济社会的发展。

我国建设创新型国家的总体目标是:到2020年,我国科学技术发展的总体目标是:自主创新能力显著增强,科技促进经济社会发展和保障国家安全的能力显著增强,为全面建设小康社会提供强有力的支撑;基础科学和前沿技术研究综合实力显著增强,取得一批在世界具有重大影响的科学技术成果,进入创新型国家行列,为在本世纪中叶成为世界科技强国奠定基础。

加快建设国家创新体系,促进科技成果向现实生产力转化,是建设创新型国家的一项重要任务。

十三、统筹区域发展

第一，意义：改革开放以来，各地区都有很大发展，但地区发展的差距也在不断扩大。统筹区域发展，缩小区域间的发展差距，不仅是经济问题，也是政治问题，不仅关系现代化建设的全局，也关系社会稳定和国家长治久安。

第二，总体战略：我国区域经济的协调发展，主要是处理好东部和中西部的关系、沿海和内地的关系。

第三，具体措施：

① 继续实施区域发展总体战略，深入推进西部大开发，全面振兴东北老工业基地，大力促进中部地区崛起，积极支持东部地区率先发展。

② 加强国土规划，按照形成主体功能区的要求，完善区域政策，调整经济布局。

③ 遵循市场经济规律，突破行政区划界限，形成若干带动力强、联系紧密的经济圈和经济带。

④ 加大对革命老区、民族地区、边疆地区、贫穷地区发展扶持力度。帮助资源枯竭地区实现经济转型。更好发挥经济特区、上海浦东新区、天津滨海新区在改革开放和自主创新中的重要作用。

⑤ 走中国特色城镇化道路，按照统筹城乡、布局合理、节约土地、功能齐全、以大带小的原则，促进大中城市和小城镇协调发展。以增强综合承载力为重点，以特大城市为依托，形成辐射作用大的城市群，培育新的经济增长级。

十四、建设资源节约型、环境友好型社会

建设资源节约型、环境友好型社会，是根据我国国情和可持续发展要求作出的正确选择。

第一，含义：建设资源节约型社会，是指以能源资源高效率利用的方式进行生产、以节约的方式进行消费为根本特征的社会。

环境友好型社会，是人与自然和谐发展的社会，通过人与自然的和谐来促进人与人、人与社会的和谐。

第二，要求：建设资源节约型、环境友好型社会，必须处理好经济建设、人口增长与资源利用、生态环境保护的关系，要充分考虑人口承载力、资源支撑力、生态环境承受力，正确处理经济发展与人口、资源、环境的关系，统筹考虑当前发展和长远发展的需要，不断提高发展的质量和效益，走生产发展、生活富裕、生态良好的文明发展道路。为此必须转变关于发展的传统观念，要发展循环经济，保护生态环境。

第九章 建设中国特色社会主义政治

一、人民民主专政

第一，人民民主专政是马列主义无产阶级专政理论同我国革命具体实践相结合的产物，是党和毛泽东的一个创造。在新民主主义革命时期，人民民主专政是以工人阶级为领

导、工农联盟为基础的各革命阶级的联合专政。社会主义制度建立后,人民民主专政成为我国的国体。

第二,我国人民民主专政的实质:无产阶级专政。

① 人民民主专政是以工人阶级(经过共产党)为领导,以工农联盟为基础的国家政权。

② 人民民主专政是新型民主新型专政的国家政权,是绝大多数人享有民主权利而对极少数敌人实行专政。

③ 人民民主专政的国家政权在过渡时期担负着社会主义改造的任务,社会主义制度建立后承担着保卫社会主义制度,领导和组织社会主义建设的任务。

第三,人民民主专政具有显著的中国特色。

① 从政权组成的阶级结构和专政的对象来看,过渡时期,参加国家政权的有工人农民小资产阶级和民族资产阶级;进入社会主义之后,民族资产阶级消失,被专政的对象只是极少数敌对分子。

② 从党派之间的关系看,实行共产党领导的多党合作。

③ 从概念的表述上看,人民民主专政符合我国国情,具有突出优点。在我国,包括知识分子在内的工人、农民阶级和一切拥护社会主义和祖国统一的爱国者,都属于人民范畴,在最广大人民内部实行民主。

新时期,邓小平坚持和发展了人民民主专政理论。邓小平把坚持人民民主专政列为四项基本原则中的一项,并予以特别强调。

第四,现阶段,要坚持巩固和完善人民民主专政的国体。

① 必须看到,阶级斗争在一定范围内长期存在,各种违法犯罪活动,国际敌对势力等,只有坚持人民民主专政才能保卫和巩固社会主义制度。

② 坚持人民民主专政,一定要立足于我们党对我国现阶段主要矛盾和中心任务的科学分析。

③ 坚持人民民主专政必须同健全法制相结合,要依法行政,依法治国,对违法犯罪分子要依法审理。

二、人民代表大会制度

第一,人民代表大会制度的性质和地位。

人民代表大会制度是我国人民民主专政的政权组织形式,是我国的根本政治制度。

中华人民共和国的一切权力属于人民。人民行使国家权力的机关是全国人民代表大会和地方各级人民代表大会。

全国人民代表大会和地方各级人民代表大会都由民主选举产生,对人民负责,受人民监督。国家行政机关、审判机关、检察机关都由人民代表大会产生,对它负责,受它监督。

全国人民代表大会是最高国家权力机关;地方各级人民代表大会是地方国家权力机关。

第二,人民代表大会制度与"三权分立"。

所谓"三权分立",就是把国家的立法、行政、司法三种权力,分别由议会、政府和法院独立行使,同时又互相制约,维持权利均衡。这种制度有利于调整资产阶级内部各集团、派别之间的利益矛盾,有助于维护资产阶级的民主制度和保持整个资本主义社会的稳定,适应于对付国内其他阶级和国外斗争的需要。但它使国家的权力难以完全集中，相当一部分力量在互相牵制中被抵消，常常造成议而不决、决而不行，缺乏效率和稳定的政策。

"三权分立"不适应我国国体的要求。我国以社会主义公有制为主体的所有制结构和全国人民根本利益的一致性，决定了人民可以统一行使自己的国家权力，我们人民民主专政的国家只能实行"议行合一"的民主集中制，我国的立法、行政、司法也有必要的分工，也分设了三种机关各司其职，但它们之间不是"三权分立"，全国人民代表大会是国家最高权力机关，行政、司法均从属于它。全国人民代表大会体现国家权力的统一，保证一切权力属于人民，我国人民代表大会制度的优点和长处，就在于它符合人民民主专政的政权性质。

第三，改善和加强人大制度的新规定。

① 扩大全国常委会的职权。

② 赋予省级地方人大及其常委会制定地方性法规的权力。

③ 在县级以上地方各级人大设立常委会，加强其对国家机关的监督作用。

④ 改革和完善选举制度。

第四，各级人大及其常委化的组织和制度建设仍须进一步加强，选举制度需要进一步健全，已有的制度也需要加以巩固和贯彻。

三、中国共产党领导的多党合作和政治协商制度

第一，中国共产党领导的多党合作和政治协商制度，是中国的一项基本政治制度。

第二，除了执政的中国共产党外，在中国大陆还有八个民主党派：中国国民党革命委员会、中国民主同盟、中国民主建国会、中国民主促进会、中国农工民主党、中国致公党、九三学社、台湾民主自治同盟。

第三，多党合作的历程：

1941年，毛泽东提出对党外人士实行民主合作。1949年，民主党派参加了中国人民政协会议。1956年，毛泽东提出"长期共存，互相监督"的方针。1978年以后，多党合作进入新时期。1982年，十二大确立了多党合作的基本方针是"长期共存、互相监督、肝胆相照、荣辱与共"。十三大提出多党合作和政治协商制度是我国的基本政治制度。1989年，党提出坚持和完善这一制度。

第四，多党合作的主要方式：各民主党派和无党派人士参加人大、政协参与管理国家和参政议政；共产党与各民主党派通过多渠道实行政治协商和民主监督；吸收各民主党派和无党派人士中的优秀人才到国家机关担任领导职务，实行多党合作共事。全国人大常委会2007年4月决定任命中国致公党中央副主席万钢为中华人民共和国科技部部长。万钢成为中国改革开放以来国务院各部委中，首位来自民主党派的部长。

政治协商是共产党领导的多党合作和政治协商制度的一项重要内容，也是社会主义民主的一种重要形式。

进行政治协商的主要组织形式是中国人民政治协商会议。

第五，多党合作和政治协商制度与两党制、多党制的区别：

① 共产党是执政党，民主党派是参政党，不是在野党和反对党。

② 坚持中共的领导，坚持四项基本原则是多党合作的政治基础。

③ 各民主党派参加国家政权,参与国家事务的管理,参与国家大政方针的制定执行。

④ 共产党和民主党派都以宪法为根本活动准则,各民主党派受宪法保护,享有宪法规定的政治自由组织独立和法律平等。

第六,多党合作和政治协商制度是我国政治制度的一大优势。它从根本上克服了西方政党制度的弊病,能够保证集中领导与广泛民主、充满活力与富有效率的有机统一。它有利于维护国家政局的稳定,增进人民的团结,有利于促进经济和社会的发展。

四、民族区域自治制度

第一,含义:民族区域自治制度,是指在中央政府统一领导下,各少数民族聚居的地方实行区域自治,设立自治机关,行使自治权的一种制度。

第二,核心:保障少数民族当家作主,管理本民族、本地方事务的权利。实行这种制度体现了我国坚持实行各民族平等、团结和共同繁荣的原则。

第三,实行民族区域自治制度是由我国国情决定的:

① 中国自古以来就是一个统一的多民族国家。

② 中国各民族的发展在地区上是相互交错的,早已经形成了以汉族为主体的各民族大杂居、小聚居的局面。

③ 中国的社会主义现代化建设需要在一个统一的多民族国家内,各民族互相支持、互相帮助,优势互补,共同繁荣。

第四,民族区域自治制度,是党和各族人民的一个伟大创举。它既能保障少数民族实现当家作主的权利,又能维护国家统一和增强各民族的团结,有利于巩固和发展平等、团结、互助的社会主义民族关系,有利于充分发挥各民族进行社会主义现代化建设的积极性和创造性,促进各民族共同繁荣与进步。

五、依法治国是党领导人民治理国家的基本方略

第一,我国长期存在着"人治"现象。

第二,邓小平的法治思想:

邓小平提出民主制度化、法律化。

社会主义民主和社会主义法制是不可分割的,民主是法制的前提和政治基础,法制是民主的体现和保障。

邓小平全面概括社会主义法制原则:有法可依,有法必依,执法必严,违法必究。

邓小平的法治思想为我们党提出依法治国方略奠定了理论基础。

第三,依法治国的内涵依法治国,就是广大人民群众在党的领导下,依照宪法和法律的规定,通过各种途径和形式管理国家事务,管理经济文化事务,管理社会事务,保证国家各项工作都依法进行,逐步实现社会主义民主的制度化,法律化,使这种制度和法律不因领导人的改变而改变,不因领导人的看法和注意力的改变而改变。

第四,实行依法治国的重大历史意义:

① 依法治国是共产党执政方式的重大转变,有利于加强和改善党的领导。

② 依法治国是发展社会主义民主,实现人民当家作主的根本保证。

③ 依法治国是发展社会主义市场经济和扩大对外开放的客观需要。

④ 依法治国是社会文明进步的标志。

⑤ 依法治国是国家长治久安的重要保障。

六、坚持党的领导、人民当家作主和依法治国的有机统一

没有民主就没有社会主义,就没有社会主义的现代化。但是,任何民主都不是抽象的,而是具体的,是一定社会阶段经济、政治、文化、历史等综合因素的产物。在当代中国,发展社会主义民主政治,最根本的是要坚持党的领导、人民当家作主和依法治国的有机统一。

坚持党的领导、人民当家作主和依法治国的有机统一,是由当代中国民主政治的社会主义方向所决定的。中国近代以来的历史早已证明,只有社会主义才能救中国。而当今世界南北差距不断拉大的现实表明,如果走资本主义道路,中国只能成为西方发达国家的附庸。也就是说,只有走中国特色社会主义道路,才能实现中华民族的伟大复兴。在当代中国,发展民主政治,首要的就是坚持社会主义方向。

党的领导是人民民主和依法治国沿着中国特色社会主义道路循序渐进的根本保证和动力。中国共产党是中国特色社会主义事业的领导核心,人民当家作主和依法治国是中国特色社会主义事业的组成部分,人民当家作主和依法治国是发展社会主义民主政治的题中应有之义。首先,人民民主离不开党的领导。人民群众是划分为阶级、阶层的,阶级通常是由政党来领导的。民主是党调整各种利益关系、进而实现人民当家作主的重要手段。在社会经济成分、组织形式、就业方式、利益关系和分配方式日益多样化的今天,妥善处理各方面的利益关系,把一切积极因素充分调动和凝聚起来,离不开党的领导。同样,依法治国也要靠党的领导。党的政策是法律的灵魂,法律是党的政策的稳定化。党从不同社会阶层的各种要求中,提炼出人民的根本利益要求,形成政策,经过法定程序上升为国家意志——法律,然后再通过执政优势、组织优势和思想政治工作优势来确保法律的实施。

人民当家作主是社会主义民主政治的本质要求,是坚持党的领导和依法治国的基础与目标。资本主义民主是少数富豪凭借金钱操纵的民主,是少数人对多数人实行统治的资产阶级政权的本质体现。而社会主义民主是人类历史上第一个实现最大多数人有序政治参与的民主,是人民民主专政的本质体现。因此,社会主义方向决定了中国现行民主政治的性质与方向。同时,人民当家作主是坚持党的领导和依法治国的基础。因为党的宗旨就是全心全意为人民服务,没有人民当家作主作基础,党就会变质;依法治国的主体是人民,没有人民当家作主,法律就会变成少数人的专制工具。人民当家作主还是坚持党的领导和依法治国所要实现的目标。共产党执政就是领导和支持人民当家作主;依法治国就是要使社会主义民主制度化、法律化,做到不因领导人的改变而改变,不因领导人看法和注意力的改变而改变。

社会主义法制是对以权大于法为主要特征的前资本主义法制和以钱大于法为主要特征的资本主义法制的超越,如果偏离社会主义方向,依法治国就会变质。同时,依法治国还是坚持党的领导和人民当家作主的重要途径与手段。所谓重要途径,是指党的领导主要通过依法执政来实现,人民当家作主也必须在法治轨道上实现。所谓重要手段,是指我

国宪法规定了人民代表大会制度是我国的根本政治制度,中国共产党领导的多党合作和政治协商制度是我国的基本政治制度;依法治国既保护公民民主权利不受非法侵犯,同时还防止某些人滥用民主权利制造动乱。

坚持党的领导、人民当家作主和依法治国的有机统一,是社会主义民主政治实践经验的科学总结。原苏联、东欧一些国家的共产党在执政过程中,不同程度地发生践踏社会主义民主和法制的问题,最终导致变"改革"为"改向",在照搬西方政治制度的过程中丧失了政权。"踢开党委闹革命"的"文化大革命",也曾给我国带来十年动乱。从 20 世纪 70 年代末开始,我们党总结历史经验教训,把党的领导、人民当家作主和依法治国逐步有机统一于建设中国特色社会主义的实践中,取得了举世公认的成就。历史经验表明:不坚持党的领导,照搬西方政治制度,只能导致社会动荡,国家四分五裂;不加强和改善党的领导,不支持人民当家作主,不依法治国,同样会给社会主义事业带来极大的破坏。

由此可见,党的领导、人民当家作主和依法治国是有机统一的整体。在三者之中,党的领导居于核心地位。能否坚持、加强和改善党的领导,是三者能否有机统一的关键。这是发展社会主义民主政治、建设社会主义政治文明的前提。不坚持党的领导,中国将出现分裂、内乱、贫弱的局面,民主和法制就无从谈起;不改善党的领导,不支持人民当家作主和不依法治国,党的领导就无法实现,甚至会失去领导地位。

七、在坚持四项基本原则的前提下积极稳妥地推进政治体制改革

江泽民同志在十六大报告中强调,必须在坚持四项基本原则的前提下,继续积极稳妥地推进政治体制改革。江泽民同志这一论述,为我国民主政治的发展和政治文明的建设指明了方向。

政治体制改革是社会主义民主政治建设的重要途径。社会主义民主政治作为一种新型的民主政治,是一个在改革中逐步完善的历史过程。要真正实现高度的社会主义民主,就需要不断进行体制改革特别是政治体制的改革,完善党内民主和人民民主的具体制度。

我国的改革是社会主义制度的自我完善和发展,是在坚持四项基本原则的前提下进行的。坚持社会主义道路,坚持人民民主专政,坚持党的领导,坚持马列主义、毛泽东思想,是中国人民的历史选择。四项基本原则,是我们的立国之本;改革开放,是我们的强国之路。发展社会主义民主政治,必须坚持和改善党的领导,保证人民当家作主,巩固社会主义国家政权,完善社会主义政治制度;必须坚持工人阶级领导的、工农联盟为基础的人民民主专政,坚持人民代表大会制度和共产党领导的多党合作、政治协商制度以及民族区域自治制度;必须坚持马列主义、毛泽东思想、邓小平理论的指导,全面贯彻"三个代表"重要思想的要求。这是我们党领导人民在长期奋斗中取得和发展起来的伟大政治成果,也是社会主义民主的核心内容。在任何时候任何情况下,这些根本的东西都不能动摇。党的十一届三中全会以来,我们党领导人民坚持以经济建设为中心,坚持四项基本原则,坚持改革开放,使我国的经济社会发展取得了巨大成就。四项基本原则不能丢,丢了就丧失了根本,迷失了方向;改革开放不能动摇,不改革开放,党和国家就会失去活力。

八、社会主义社会的民主、自由和人权

民主、自由和人权,是人类孜孜以求的美好目标。新中国的建立和社会主义制度的实

行,为中国人民的民主、自由和人权的实现,开辟了宽广道路。江泽民同志系统阐述了关于人权的基本观点。社会主义与尊重和保障人权有着内在的本质联系。只有社会主义,才能为实现真正的、全面的人权提供制度的、物质的和思想文化的支持和保障。江泽民同志指出,对中国来说,确保人民的生存权和发展权,是首要的也是最大的人权保障。中国是世界上人口最多的发展中国家,这就决定了实现和保障广大人民群众的生存权和发展权,是中国维护人权最基础、最首要的工作。在生存权和发展权得到保障的同时,中国人民也充分享有与社会发展程度相适应的各种政治、经济、文化等权利。针对国际上有人提出的"人权高于主权"、"人权无国界"、"国家主权有限"等新干涉主义论调,江泽民同志义正词严地指出,国家主权是一国人民充分享受人权的前提和保障。这两者不是相互对立的,而是相辅相成的。人权要靠主权来保护,不是人权高于主权,而是没有主权就没有人权。他强调,人权是历史发展的产物,是具体的、相对的,"在一个国家里,实现民主、自由和人权的根本途径是社会的进步、稳定和经济的发展。"我们反对借口人权干涉一个国家的内政,也反对把人权作为实现对别国的某种政治企图的工具。国际社会应在平等和相互尊重的基础上进行合作,共同推进世界人权事业。

第十章　建设中国特色社会主义文化

一、始终代表中国先进文化的前进方向

文化是一个内涵十分丰富的范畴。一般来说,广义的文化,是指人类在改造自然和改造社会的过程中所创造的物质财富和精神财富的总和。狭义的文化,是指作为观念形态的、与经济、政治并列的,有关人类社会生活的思想理论、道德风尚、文学艺术、教育和科学等方面的内容。在当今世界,文化与经济和政治相互交融,在综合国力竞争中的地位和作用越来越突出。文化的力量,深深熔铸在民族的生命力、创造力和凝聚力之中。

和谐文化,是以社会主义意识形态为核心,以构建社会主义核心价值体系为根本,以崇尚和谐,追求和谐为价值取向的思想文化,它融思想观念、思维方式、行为规范、社会风尚为一体,反映着人们对和谐社会的总体认识、基本理念和理想追求。和谐文化既是和谐社会的重要特征,也是实现社会和谐的精神动力。

建设中国特色社会主义文化的重要意义:

第一,中国特色社会主义文化是现代化建设的重要内容。

第二,中国特色社会主义文化是凝聚和激励全国各族人民的重要力量,是综合国力的重要标志。

第三,中国特色社会主义文化为现代化建设提供智力支持、精神动力和思想保证。

——精神文明建设的目标。全民族的思想道德素质、科学文化素质和健康素质明显提高,形成比较完善的国民教育体系、科技和文化创新体系、全民健身和医疗卫生体系。人民享有接受良好教育的机会,基本普及高中阶段教育,扫除文盲。形成全民学习、终身学习的学习型社会,促进人的全面发展。

——实现可持续发展的目标。可持续发展能力不断增强,生态环境得到改善,资源利

用效率显著提高,促进人与自然的和谐,推动整个社会走上生产发展、生活富裕、生态良好的文明发展道路。

全面建设小康社会,是我国在 21 世纪前 20 年的奋斗目标。这一目标是中国特色社会主义经济、政治、文化全面发展的目标,是与推进现代化相统一的目标。

二、中国特色社会主义文化建设的根本任务

建设中国特色社会主义文化的根本任务,就是以马克思列宁主义、毛泽东思想、邓小平理论和"三个代表"重要思想为指导,全面贯彻科学发展观、着力培育有理想、有道德、有文化、有纪律的公民,切实提高全民族的思想道德素质和科学文化素质。把培养"四有"公民作为建设中国特色社会主义文化的根本任务,符合马克思主义基本原理,是中国特色社会主义伟大实践的必然要求。

第一,培育有理想、有道德、有文化、有纪律的社会主义公民,是建设社会主义先进文化对公民素质提出的综合要求。

第二,培育有理想、有道德、有文化、有纪律的社会主义公民,提高全体公民的素质,是促进人的全面发展的需要。

第三,培育有理想、有道德、有文化、有纪律的社会主义公民,是一个复杂的系统工程,是我国文化建设面临的一项长期而艰巨的任务。

三、中国特色社会主义文化建设的基本方针

我们党在领导文化建设的长期实践中,不断深化对文化发展规律的认识,积累了宝贵的经验:

第一,坚持以马克思主义为指导,为人民服务、为社会主义服务。

第二,坚持百花齐放、百家争鸣的方针。

第三,坚持贴近实际、贴近生活、贴近群众,不断推进文化创新。

第四,坚持立足当代又继承民族优秀文化传统,立足本国又充分吸取世界优秀文化成果。

第五,坚持一手抓繁荣,一手抓管理。

四、社会主义核心价值体系是建设和谐文化的根本

党的十六届六中全会提出:要建设社会主义核心价值体系,形成全民族奋发向上的精神力量和团结和睦的精神纽带。这是党中央适应我国社会思想道德建设的新形势,向全党提出的重要任务,对于巩固马克思主义在意识形态领域的指导地位,对于团结、引领全体社会成员在思想上、道德上共同进步,具有重大意义。

第一,提出建设社会主义核心价值体系,是巩固全党全国人民团结奋斗的共同思想基础的需要。

第二,提出建设社会主义核心价值体系,有利于引导全社会在思想道德上共同进步。

第三,提出建设社会主义核心价值体系,抓住了和谐文化建设的根本。

社会主义核心价值体系的基本内容包括马克思主义指导思想、中国特色社会主义共同理想、以爱国主义为核心的民族精神和改革创新为核心的时代精神、社会主义荣辱观。

这四个方面的内容,相互联系,相互贯通,相互促进,是一个有机统一的整体。

五、坚持马克思主义指导思想

马克思主义指导思想是社会主义核心价值体系的灵魂。建设社会主义核心价值体系,最根本的是坚持马克思主义的指导地位。我国是社会主义国家,中国共产党是中国特色社会主义事业的领导核心,马克思主义是我们党的根本指导思想,这就决定了马克思主义是社会主义意识形态的旗帜。马克思主义指导思想决定了社会主义核心价值体系的性质和方向,是社会主义核心价值体系的灵魂。只有用马克思主义的立场、观点、方法来正确认识经济社会发展大势,正确认识社会思想意识中的主流和支流,才能在错综复杂的社会现象中看清本质、明确方向。我们必须始终高举马克思主义的旗帜,始终坚持用马克思主义中国化的最新成果武装全党、教育人民,不断巩固和发展社会主义意识形态。

坚持马克思主义的指导地位,是我们立党立国的根本,也是社会主义文化建设的根本,决定着我国文化事业的性质和方向。意识形态是文化的核心部分,提供世界观、价值观,影响整个文化的发展。建设中国特色社会主义文化,必须坚持马克思主义在意识形态领域的指导地位,必须正确处理指导思想一元化和文化多元化的关系,反对在文化建设领域搞指导思想的"多元化"、"模糊化"、"边缘化"等错误观点和错误倾向。

坚持马克思主义在意识形态领域内的指导地位。其主要原因是:

第一,坚持马克思主义在意识形态领域的指导地位,是由中国共产党和工人阶级在国家政权中的领导地位和思想文化建设的性质决定的。

第二,坚持马克思主义在意识形态领域的指导地位,是由意识形态本身的特点和社会功能所决定的。

第三,坚持马克思主义在意识形态领域的指导地位,繁荣发展以马克思主义为指导的社会主义意识形态,是积极应对意识形态领域新的挑战的需要。

第四,坚持和巩固马克思主义在意识形态领域的指导地位,从根本上说,是因为马克思主义是科学,是被实践证明了的科学真理。

六、树立中国特色社会主义共同理想

理想是一个民族、一个社会的灵魂所系。理想决定行动。理想是有层次的。对于共产党人来说,最高理想是实现共产主义。在现阶段,建设中国特色社会主义是我们全社会的共同理想。这个共同理想,把党在社会主义初级阶段的目标,国家的发展、民族的振兴与个人的幸福紧密联系在一起,把各个阶层、各个群体的共同愿望有机结合在一起,经过实践的检验,有着广泛的社会共识,具有令人信服的必然性、广泛性和包容性,具有强大的感召力、亲和力和凝聚力。在全社会树立和弘扬这一共同理想,是和谐文化建设的根本任务。

七、弘扬民族精神和时代精神

一个民族没有优秀的精神品格,就不可能屹立于世界先进民族之林;一个国家,没有凝聚人心的民族精神和与时俱进的时代精神,就不会有旺盛的生命力、强大的凝聚力和卓越的创造力。

建设社会主义核心价值体系,一个重要方面,就是要树立在全社会得到广泛认同的精神旗帜，铸就民族奋发向上的精神支撑，激发引领全体人民共同奋斗的精神力量，不断增强我们民族的凝聚力、向心力、创造力。民族精神和时代精神，是在历史的发展中形成的、为大多数社会成员认同和信守的思想品格和价值准则。大力弘扬民族精神和时代精神，使全体人民始终保持昂扬向上的精神风貌，是和谐文化建设的主旋律。把握了这一点，就把握了社会主义核心价值体系的精髓。

民族精神是民族文化最本质、最集中的体现。在五千年的历史演进中，中华民族形成了以爱国主义为核心的团结统一、爱好和平、勤劳勇敢、自强不息的伟大民族精神。作为一个民族漫长历史的积淀与升华，以爱国主义为核心的伟大民族精神，已经深深地融入我们的民族意识、民族品格、民族气质之中，成为各族人民团结一心、共同奋斗的价值取向。

时代精神是一个民族精神风貌的鲜明展现。以改革创新为核心的时代精神，是马克思主义与时俱进的理论品格、中华民族富于进取的思想品格与改革开放和现代化建设实践相结合的伟大成果，已经深深地融入我国经济、政治、文化、社会建设的各个方面，成为各族人民不断开创中国特色社会主义事业新局面的强大精神力量。

千百年来，无论面对多少困难挫折，面临多少艰难险阻，中华民族都始终高擎民族精神和时代精神的火炬。中华民族生生不息、薪火相传、奋发进取，靠的就是这样的精神；中华民族抵御外来侵略、赢得民族独立和解放，靠的就是这样的精神；在新的历史时期，抓住机遇，加快发展，由贫穷走向富强，靠的也是这样的精神；建设社会主义和谐社会，促进经济又好又快发展，实现全面建设小康社会的宏伟目标，还是要靠这样的精神。这样的精神是中华民族克服艰难险阻、战胜内忧外患、创造幸福生活的强大精神支撑，是当代中国人民不断创造崭新业绩的力量源泉。

历史证明，以爱国主义为核心的民族精神和以改革创新为核心的时代精神，是凝聚中华民族的重要思想基础，是各族人民团结和睦、共同奋斗的精神纽带。今天，构建社会主义和谐社会，建设富强民主文明和谐的现代化国家，实现中华民族的伟大复兴，这是中华儿女的共同愿望，也是前无古人的伟大事业。伟大的事业呼唤伟大的精神。大力弘扬民族精神和时代精神，牢牢把握社会主义核心价值体系的精髓，唱响和谐文化建设的主旋律，才能传承中华民族历经磨难而不倒、饱经风霜而弥坚的精神实质，不断拓展我们民族自强不息、团结奋进的精神内涵，不断增强我们民族的自尊心、自信心和自豪感，使各族人民始终凝聚在爱我中华、振兴中华的旗帜下。

民族精神和时代精神，寄托着民族的希望，昭示着国家的未来。用民族精神和时代精神凝聚力量、激发活力，让伟大的民族精神和时代精神相互激荡、相互砥砺，必将壮大我们民族进步的血脉，增强我们国家发展的动力，激励亿万中国人民继往开来，开拓创新，成就伟业。

八、树立社会主义荣辱观

荣辱观具有鲜明的阶级性，不同社会、不同阶级的褒贬尺度和荣辱观是不同的，正如恩格斯指出的："每个社会集团都有他自己的荣辱观。"社会主义荣辱观回答的是，在社会主义社会里什么是光荣、什么是耻辱。在我国全面建设小康社会、加快推进社会主义现代化的新的发展阶段，胡锦涛同志创造性地把社会主义荣辱观概括为"八荣八耻"，精辟而寓意深刻。

"八荣八耻"，贯穿爱国主义、集体主义、社会主义思想，体现了正确的世界观、人生观、价值观。从内容上看，以热爱祖国为荣、以危害祖国为耻，以服务人民为荣、以背离人民为耻，以崇尚科学为荣、以愚昧无知为耻，以辛勤劳动为荣、以好逸恶劳为耻，这"四荣四耻"体现的是为人民服务的人生观，是以集体主义为原则的社会主义道德的"五爱"的基本要求，也是每个公民应当承担的义务。以团结互助为荣、以损人利己为耻，以诚实守信为荣、以见利忘义为耻，以遵纪守法为荣、以违法乱纪为耻，这"三荣三耻"体现的是家庭生活、职业生活、社会公共生活中公民应当遵循的基本准则。以艰苦奋斗为荣、以骄奢淫逸为耻，这"一荣一耻"体现的是以改革创新为核心的时代精神的根本要求。由此可见，"八荣八耻"是对社会主义国家公民应当遵守的基本思想道德规范的高度概括，也是从总体上对社会主义社会主导价值体系的生动表述。

"八荣八耻"，坚持中华民族的传统美德与时代精神的统一，体现了"依法治国"和"以德治国"的有机结合。在我国传统道德中，荣辱观主要体现在对于辱的认识上，大多数思想家都是通过对耻辱的论述来阐释荣辱观的。孟子最早将"荣"和"辱"作为一对对立的概念来使用。他说："仁则荣，不仁则辱"。在我国一些古代思想家那里，知耻乃做人之本。朱熹说，人只有"耻于不善"，才能"至于善"。管子更从关系国家兴亡的高度来看待"耻"，他说：国有四维，一曰礼，二曰义，三曰廉，四曰耻。顾炎武进而指出："四者之中，耻为尤要。"因此，我国传统道德教育思想尤为强调教人以知耻，传统道德中的这种以教民知耻为主要内容的荣辱观深深积淀在人们的心灵深处，融入在人们的道德实践之中。"八荣八耻"，继承了中华民族的传统美德，同时注入了时代的特点和实践的要求，使社会主义荣辱观充满生机和活力，富有民族性、感染力和吸引力。在表现形式上，它突破了我国传统道德中主要以"耻"来阐述荣辱观的局限，把"荣"与"耻"这两个古老的传统道德概念切实对应了起来；在具体内涵上，它突破了我国传统文化中把荣辱观仅仅作为道德范畴的局限，从社会主义价值观总体要求的高度，丰富、拓展了荣辱观的内涵和外延。

"八荣八耻"，弘扬了中国共产党人的优良传统，是对我们党关于社会主义道德建设思想的继承和发展。中国共产党人历来重视正确荣辱观在革命、建设和改革中的重要作用。毛泽东同志指出："共产党员无论何时何地都不应以个人利益放在第一位，而应以个人利益服从于民族的和人民群众的利益。因此，自私自利，消极怠工，贪污腐化，风头主义等等，是最可鄙的；而大公无私，积极努力，克己奉公，埋头苦干的精神，才是可尊敬的。"邓小平同志指出："中国人民有自己的民族自尊心和自豪感，以热爱祖国、贡献全部力量建设社会主义祖国为最大光荣，以损害社会主义祖国利益、尊严和荣誉为最大耻辱。"江泽民同志指出："提倡共产主义思想道德，同时把先进性要求和广泛性要求结合起来，鼓励一切有利于国家统一、民族团结、经济发展、社会进步的思想道德。"在新的历史条件下，胡锦涛同志提出的"八荣八耻"继承和发展了我们党关于社会主义道德建设的思想，全面系统地论述了社会主义荣辱观。

九、加强思想道德建设

思想道德建设，解决的是整个中华民族的精神支柱和精神动力问题。

依法治国和以德治国相辅相成。要建立与社会主义市场经济相适应、与社会主义法律规范相协调、与中华民族传统美德相承接的社会主义思想道德体系。深入进行党的基本理论、基本路线、基本纲领和"三个代表"重要思想的宣传教育,引导人们树立中国特色社会主义共同理想,树立正确的世界观、人生观和价值观。认真贯彻公民道德建设实施纲要,弘扬爱国主义精神,以为人民服务为核心、以集体主义为原则、以诚实守信为重点,加强社会公德、职业道德和家庭美德教育,特别要加强青少年的思想道德建设,引导人们的遵守基本行为准则的基础上,追求更高的思想道德目标。加强和改进思想政治工作,广泛开展群众性精神文明创建活动。

第一,加强思想道德建设,是发展社会主义先进文化,建设和谐文化的重要内容。

第二,要加快建立和完善社会主义思想道德体系。

第三,要着力培育文明道德风尚。

第四,要把先进性同广泛性要求结合起来。

第五,要进一步加强和改进思想政治工作。

十、发展教育和科学

教育是发展科学技术和培养人才的基础,在现代化建设中具有先导性全局性作用,必须摆在优先发展的战略地位。全面贯彻党的教育方针,坚持教育为社会主义现代化建设服务,为人民服务,与生产劳动和社会实践相结合,培养德智体美全面发展的社会主义建设者和接班人。坚持教育创新,深化教育改革,优化教育结构,合理配置教育资源,提高教育质量和管理水平,全面推进素质教育,造就数以亿计的高素质劳动者、数以千万计的专门人才和一大批拔尖创新人才。加强教师队伍建设,提高教师的师德和业务水平。继续普及九年义务教育。加强职业教育和培训,发展继续教育,构建终身教育体系。加大对教育的投入和对农村教育的扶持,鼓励社会力量办学。完善国家资助贫困学生的政策和制度。制定科学和技术长远发展规划。加强科学基础设施建设。普及科学知识,弘扬科学精神。坚持社会科学和自然科学并重,充分发挥哲学社会科学在经济和社会发展中的重要作用。在全社会形成崇尚科学、鼓励创新、反对迷信和伪科学的良好氛围。

第一,教育和科学是中国特色社会主义文化建设的重要内容。

第二,教育和科学是加强文化建设,推进改革开放和现代化建设的重要条件。

第三,教育是提高人民科学文化素质和思想道德素质的基本途径。

第四,教育涉及千家万户,惠及子孙后代。

十一、深化文化体制改革,大力发展文化事业和文化产业

发展各类文化事业和文化产业都要贯彻发展先进文化的要求,始终把社会效益放在首位。国家支持和保障文化公益事业,并鼓励它们增强自身发展活力。坚持和完善支持文化公益事业发展的政策措施,扶持党和国家重要的新闻媒体和社会科学研究机构,扶持体现民族特色和国家水准的重大文化项目和艺术院团,扶持对重要文化遗产和优秀民间艺术的保护工作,扶持老少边穷地区和中西部地区的文化发展。加强文化基础设施建设,发展各类群众文化。发展文化产业是市场经济条件下繁荣社会主义文化、满足人民群众精神文化需求的重要途径。完善文化产业政策,支持文化产业发展,增强我国文化的整体

实力和竞争力。

发展社会主义先进文化,建设和谐文化,必须适应社会主义市场经济的要求,遵循社会主义精神文明建设的规律,不断深化文化体制改革。

十六大以来,党中央高度重视文化体制改革,明确提出了深化文化体制改革的任务。

第一,深化文化体制改革,要坚持以发展为主题,以改革为动力,以创造生产更多更好适应人民群众需求的精神文化产品为目标,促进文化事业全面繁荣和文化产业快速发展。

第二,深化文化体制改革,要坚持一手抓公益性文化事业,一手抓经营性文化产业。

第三,深化文化体制改革,要坚持以体制机制创新为重点,在关键环节上实现新突破。

第十一章　构建社会主义和谐社会

一、构建社会主义和谐社会的科学含义

第一,提出:构建社会主义和谐社会,是党的十六大和十六届三中、四中全会提出的重大任务。党的十六大在阐述全面建设小康社会的宏伟目标时,把社会更加和谐作为我们党要为之奋斗的一个重要目标明确提出来,这在我们党历次代表大会的报告中是第一次。党的十六届四中全会进一步提出了构建社会主义和谐社会的任务,并明确了构建社会主义和谐社会的主要内容。2005年2月19日,胡锦涛在中央党校省部级主要领导干部提高构建社会主义和谐社会能力专题研讨班开班式发表重要讲话,从国际国内形势和我们党所肩负的历史使命的高度,从马克思主义关于社会主义社会建设理论的高度,深刻阐述了构建社会主义和谐社会的重大意义,精辟概括了构建社会主义和谐社会的基本特征,明确提出了构建社会主义和谐社会的重要原则和主要工作,并就加强和改善党对构建社会主义和谐社会各项工作的领导提出了具体要求。

第二,科学含义:构建社会主义和谐社会,内涵十分丰富。我们所要建设的社会主义和谐社会,应该是民主法治、公平正义、诚信友爱、充满活力、安定有序、人与自然和谐相处的社会。这些基本特征是相互联系、相互作用的,需要在全面建设小康社会的进程中全面把握和体现。

① 民主法治,就是社会主义民主得到充分发扬,依法治国基本方略得到切实落实,各方面积极因素得到广泛调动。发展社会主义民主政治的实质就是保证人民当家作主。共产党执政就是领导和支持人民当家作主,最广泛地动员和组织人民群众依法管理国家和社会事务,管理经济和文化事业,确保人民安居乐业,全力维护社会稳定,努力实现人民群众的根本利益。依法治国基本方略得到切实落实。

② 公平正义,就是社会各方面的利益关系得到妥善协调,人民内部矛盾和其他社会矛盾得到正确处理,社会公平和正义得到切实维护和实现。促进社会公平和正义,是构建社会主义和谐社会的一个重要基础。

③ 诚信友爱,就是全社会互帮互助、诚实守信,全体人民平等友爱、融洽相处。全社会互帮互助、诚实守信,这是社会主义和谐社会的重要特征。建立与社会主义市场经济相适应、与社会主义法律规范相协调、与中华民族传统美德相承接的社会主义思想道德体

系,要以诚实守信为重点。这是对多年来我国思想道德建设实践经验的科学总结,对建立社会主义的思想道德体系具有深远的指导意义。

④ 充满活力,就是能够使一切有利于社会进步的创造愿望得到尊重,创造活动得到支持,创造才能得到发挥,创造成果得到肯定。我们党提出要最广泛最充分地调动一切积极因素,其着眼点就是要从政策上促进、从制度上保证整个社会的创造活力。

⑤ 安定有序,就是社会组织机制健全,社会管理完善,社会秩序良好,人民群众安居乐业,社会保持安定团结。

⑥ 人与自然和谐相处,就是说,构建社会主义和谐社会必须努力促进人与自然和谐发展。地球是人类共同的家园。没有和谐稳定的生态文明,就不可能构建社会主义和谐社会。我们要认真总结人类在认识自然、改造自然过程中出现的经验教训,实施可持续发展战略,正确处理经济发展同人口、资源、环境的关系,坚持走生产发展、生活富裕、生态良好的文明发展道路,促进人与自然的和谐,促进人与社会的和谐和全面发展。

二、构建社会主义和谐社会的重要意义

第一,提出构建社会主义和谐社会,是对人类社会发展规律认识的深化。是中国共产党人顺应当代人类社会文明发展的新潮流,对马克思主义关于社会主义社会建设理论的新发展和人类追求美好社会理想的新贡献。20 世纪六七十年代以来,随着世界范围内社会问题的日益突出,人们开始探索经济发展与社会进步之间的内在联系。继联合国先后提出《人类环境宣言》和"人类发展指数"之后,一些国家也提出了"社会和谐"的理念。可以说,实现社会和谐是人类孜孜以求的共同理想。我国是一个拥有 13 亿人口的国家,我国提出构建和谐社会,努力使当代人类 1/5 以上的人口进入和谐状态,这无疑具有世界意义。更重要的是,我国从社会主义初级阶段的国情出发,探求构建社会主义和谐社会的内在机理和实现途径,不仅将对丰富和发展马克思主义社会主义社会建设理论作出新贡献,而且也将对当代人类追求美好社会理想作出新贡献。

第二,提出构建社会主义和谐社会,是对社会主义建设规律认识的深化。是中国共产党顺应历史发展变化,为推进中国特色社会主义伟大事业做出的重大战略举措,是我国处于体制转轨、社会转型这一特殊历史时期经济社会发展的必然要求,是满足人民群众不断增长的物质文化需要的必然要求,是巩固党的执政的社会基础,实现党的执政的历史任务的必然要求,是我们党对什么是社会主义、怎样建设社会主义的又一次理论升华。

第三,提出构建社会主义和谐社会,是对共产党执政规律认识的深化,反映了中国共产党执政理念的成熟。现在,我国进入了一个重要战略机遇期,既面临着良好的发展机遇,也面临着严峻的挑战。党中央及时提出科学发展观和构建社会主义和谐社会的执政目标,把和谐社会建设放在同经济建设、政治建设、文化建设并列的突出位置,从而使我们党关于全面建设小康社会、开创中国特色社会主义新局面的奋斗目标,由发展社会主义市场经济、社会主义民主政治和社会主义先进文化这样三位一体的总体布局,扩展为包括社会主义和谐社会在内的四位一体的总体布局。党的执政理念的提升,对于巩固党的执政地位,推进中国特色社会主义事业发展意义十分重大。

三、构建社会主义和谐社会的指导思想和基本原则

我们要构建的社会主义和谐社会,是在中国特色社会主义道路上,中国共产党领导全体人民共同建设、共同享有的和谐社会。必须坚持以马克思列宁主义、毛泽东思想、邓小平理论和"三个代表"重要思想为指导,坚持党的基本路线、基本纲领、基本经验,坚持以科学发展观统领经济社会发展全局,按照民主法治、公平正义、诚信友爱、充满活力、安定有序、人与自然和谐相处的总要求,以解决人民群众最关心、最直接、最现实的利益问题为重点,着力发展社会事业、促进社会公平正义、建设和谐文化、完善社会管理、增强社会创造活力,走共同富裕道路,推动社会建设与经济建设、政治建设、文化建设协调发展。

第一,必须坚持以人为本,始终把最广大人民的根本利益作为党和国家工作的根本出发点和落脚点,在经济发展的基础不断满足人民群众日益增长的物质文化需要,促进人的全面发展。坚持以人为本,维护和实现广大人民群众的根本利益,努力构建社会主义和谐社会,体现了科学发展观的本质要求,是做好经济和社会发展各项工作的一个必须遵循的重要原则。

第二,必须坚持科学发展,树立和落实科学发展观,坚持以经济建设为中心,坚持"五个统筹",促进社会主义物质文明、政治文明、精神文明建设与和谐社会建设全面发展。科学发展观是我们党对长期发展实践的经验总结和理论升华,是全面建设小康社会和推进现代化建设始终要坚持的重要指导思想。我们要的发展是以经济建设为中心的全面发展,经济发展是各方面发展的基础,只有坚持以经济建设为中心,不断解放和发展生产力,才能为全面发展形成坚实的基础。坚持"五个统筹",才能真正把发展这个第一要务落到实处,也才能保证经济持续、快速、协调、健康发展。

第三,必须坚持改革开放,这是构建社会主义和谐社会的主要动力。构建社会主义和谐社会必须坚持社会主义市场经济的改革方向,适应社会发展要求,推进经济、政治、文化和社会体制的改革和创新,进一步扩大对外开放。

第四,必须坚持民主法治,注重社会公平,正确反映和兼顾不同方面群众的利益,正确处理人民内部矛盾和其他社会矛盾,妥善协调各方面的利益关系。公平与正义是社会稳定的基础,维护和实现社会公平,涉及最广大人民群众的根本利益,是我们党立党为公、执政为民的必然要求,也是社会主义制度的本质要求。

第五,必须坚持正确处理改革发展稳定的关系,坚持把改革的力度、发展的速度和社会可以承受的程度统一起来,使改革发展稳定相互协调、相互促进,确保人民群众安居乐业,确保社会政治稳定和国家长治久安。

第六,必须坚持在党的领导下全社会共同建设,坚持科学执政、民主执政、依法执政,发挥党的领导核心作用,维护人民群众的主体地位,团结一切可以团结的力量,调动一切积极因素,形成促进和谐人人有责、和谐社会人人共享的生动局面。

这六条原则分别从不同的角度体现了构建社会主义和谐社会的内在要求。第一条"必须坚持"以人为本",讲的是工作的根本出发点和落脚点问题。坚持以人为本,是我们党的根本宗旨和执政理念的集中体现,是科学发展观的核心,也是和谐社会建设的主线。第二条"必须坚持科学发展",讲的是工作方向问题。坚持科学发展,把经济社会发展切实转入全面协调可持续发展的轨道,是科学发展观的基本要求,也是构建社会主义和谐社会

必须牢牢把握的正确方向。第三条"必须坚持改革开放",讲的是工作动力问题。改革开放是强国之路,也是促进社会和谐的根本动力。第四条"必须坚持民主法治",讲的是工作保证问题。发展社会主义民主、健全社会主义法制,是构建社会主义和谐社会的内在要求和重要保证。第五条"必须坚持正确处理改革发展稳定的关系",讲的是工作条件问题。维护改革发展稳定的大局,是构建社会主义和谐社会的基本条件。第六条"必须坚持在党的领导下全社会共同建设",讲的是领导核心和依靠力量问题。我们要构建的社会主义和谐社会,是在中国特色社会主义道路上,中国共产党领导全体人民共同建设、共同享有的和谐社会,是为中国最广大人民谋幸福的和谐社会。必须坚持和谐社会建设为了人民,建设和谐社会依靠人民,等等。

四、构建社会主义和谐社会的目标任务和主要举措

(一)构建社会主义和谐社会的目标任务

到 2020 年,构建社会主义和谐社会的目标和主要任务是:

① 社会主义民主法制更加完善,依法治国基本方略得到全面落实,人民的权益得到切实尊重和保障。

② 城乡、区域发展差距扩大的趋势逐步扭转,合理有序的收入分配格局基本形成,家庭财产普遍增加,人民过上更加富足的生活。

③ 社会就业比较充分,覆盖城乡居民的社会保障体系基本建立。

④ 基本公共服务体系更加完备,政府管理和服务水平有较大提高。

⑤ 全民族的思想道德素质、科学文化素质和健康素质明显提高,良好道德风尚、和谐人际关系进一步形成。

⑥ 全社会创造活力显著增强,创新型国家基本建成。

⑦ 社会管理体系更加完善,社会秩序良好。

⑧ 资源利用效率显著提高,生态环境明显好转。

⑨ 实现全面建设惠及十几亿人口的更高水平的小康社会的目标,努力形成全体人民各尽其能、各得其所而又和谐相处的局面。

(二)构建社会主义和谐社会的主要举措

(1)坚持协调发展,加强社会事业建设

发展是当今世界的主题,也是当代中国的主题。解决我国经济社会发展面临的许多矛盾和问题,包括构建社会主义和谐社会面临的许多矛盾和问题,关键还是要靠发展。发展是以经济建设为中心的发展,但发展并不等于 GDP 的增长,也不只是经济的发展,而是社会各个方面的全面、协调、可持续的发展。只有实现这样的发展,我们才能更好地促进经济社会协调发展,才能形成更完善的分配关系和社会保障体系,才能创造更多就业机会,才能不断满足人民群众多方面的需求。

贯彻落实科学发展观,我国经济社会发展才能不断迈上新台阶。科学发展观摆脱并超越了只片面追求经济增长的局限,突出了人自身发展的地位,凸显了各方面协调发展的特征。只有贯彻落实科学发展观,实现经济增长方式由过度消耗自然资源的粗放式向依靠知识、技能和创造的集约式的根本转变,才能推进人与自然的全面、协调、可持续发展;同时,发展必须坚持以人为本,推进包括人的需要、人的素质和人的能力在内的各种关系

和存在方式的全面发展,注重宏观调控和统筹兼顾,才能促进经济社会、城乡、区域和各阶层之间关系的全面、协调和可持续发展。

(2)加强制度建设,保障社会公平正义

和谐社会必然是法治社会。我们要坚持依法治国,牢牢树立依法执政的观念,充分发挥法治在促进、实现、保障社会和谐方面的重要作用。要加强和改进立法工作,制定和完善发展社会主义民主政治、保障公民权利、促进社会全面进步、规范社会建设和管理、维护社会安定的法律。要坚持严格执法、公正执法、文明执法,建设法治政府,建立有权必有责、用权受监督、违法要追究的监督机制。要加强法制宣传教育,传播法律知识,弘扬法治精神,增强全社会的法律意识,形成法律面前人人平等、人人自觉守法用法的社会氛围。要加强社会治安综合治理和依法惩处各种违法犯罪行为,有效地维护社会的和谐。

(3)建设和谐文化,巩固社会和谐的思想道德基础

一个社会是否和谐,一个国家能否长治久安很大程度取决于全体社会成员的思想道德素质。我们必须坚持马克思主义在意识形态领域的指导地位,牢牢把握社会主义先进文化的先进方向,加强对群众的教育引导,坚持把解决思想问题和解决实际问题结合起来,做到既联系群众、服务群众,又宣传群众、教育群众,起到凝聚人心、理顺情绪、化解矛盾、稳定社会的作用,在全社会建立起团结互助、平等友爱、共同前进的社会氛围和和谐的人际关系,保持和促进社会的稳定与发展。

(4)完善社会管理,保持社会安定有序

随着我国改革发展进入关键时期,我国社会存在的一些人民内部矛盾出现了多发多样的状况。在这样一个时期,妥善协调各种关系,解决各种社会矛盾,特别是正确处理好人民内部矛盾,是关系党和国家长治久安的全局性重大问题。所以,我们要妥善协调各方面的利益关系,正确反映和兼顾不同方面群众的利益;要正确处理好个人利益和集体利益、局部利益和整体利益、当前利益和长远利益的关系;要高度重视和维护人民群众最现实、最关心、最直接的利益,坚决纠正各种损害群众利益的行为;要建立健全社会利益协调机制,引导群众以理性合法的形式表达利益要求,解决利益矛盾。同时要注意研究新形势下的人民内部矛盾的主要类型、基本特征、形成机理和发展趋势,尤其要研究探索各类群体性事件的形成规律和化解办法,以维护社会的安定团结。

(5)激发社会活力,增进社会团结和睦

贯彻落实科教兴国战略和人才强国战略,增强全社会的创造活力。要牢固树立人才资源是第一资源、人人都可以成才的观念,坚持德才兼备原则,把品德、知识、能力和业绩作为衡量人才的主要标准,努力形成谁勤于学习、勇于投身时代创业的伟大实践,谁就能获得发挥聪明才智的机遇,就能成为对国家、对人民、对民族有用之才的社会氛围,创造人才辈出的生动局面。要牢固树立以人为本的观念,把促进人才健康成长和充分发挥人才作用放在首要位置,努力营造鼓励人才干事业、支持人才干成事业、帮助人才干好事业的社会环境,放手让一切劳动、知识、技术、管理和资本的活力竞相迸发,让一切创造社会财富的源泉充分涌流,以造福于人民。要摒弃重物质资源,轻人力资源;重物质产品,轻人才培养使用的观念。要进一步推进科教兴国战略,通过发展教育促进人的全面发展,实现从传统人向现代人的转变,将巨大的人口压力转化为人力资源优势,将人口大国逐步转化为人才强国。

第十二章　祖国完全统一的构想

一、台湾问题的由来和实质

台湾在第二次世界大战之后，不仅在法律上而且在事实上已归还中国。之所以又出现台湾问题，与随后中国国民党发动的反人民内战有关，但更重要的是外国势力的介入。

（一）台湾问题是中国国内战争遗留的问题

中国抗日战争期间，在中国共产党和其他爱国力量的推动下，中国国民党与中国共产党建立了抗日民族统一战线，抗击日本帝国主义的侵略。抗日战争胜利后，两党本应继续携手，共肩振兴中华大业，唯当时以蒋介石为首的国民党集团依仗美国的支持，置全国人民渴望和平与建设独立、民主、富强的新中国的强烈愿望于不顾，撕毁国共两党签订的《双十协定》，发动了全国规模的反人民内战。中国人民在中国共产党领导下被迫进行了三年多的人民解放战争，终于推翻了南京的"中华民国"政府。1949 年 10 月 1 日成立了中华人民共和国，中华人民共和国政府成为中国的唯一合法政府。国民党集团的一部分军政人员退据台湾。他们在当时美国政府的支持下，造成了台湾海峡两岸隔绝的状态。

（二）台湾问题实质是中国的内政问题

1895 年日本通过侵略战争从中国割占台湾、澎湖列岛。第二次世界大战期间的《开罗宣言》、《波茨坦公告》等有关国际条约明确规定将台湾、澎湖列岛归还中国。1945 年日本无条件投降后，台湾回归中国，中国政府恢复对台湾行使主权。1949 年 10 月 1 日，中华人民政府宣告成立，取代中华民国政府成为全中国的唯一合法政府和在国际上的唯一合法代表。这是在同一国际法主体没有发生变化的情况下新政权取代旧政权，中国的主权和固有疆域并未由此而改变，中华人民共和国政府理所当然地完全享有和行使中国的主权，其中包括对台湾的主权。

尽管国际因素也长期困扰着台湾问题的解决，但它纯属中国内政，是国家从分裂走向统一的问题。因此，实现两岸统一最好的办法，就是要两岸中国人通过和平谈判的方式达成一致，谋求和平统一，任何外来势力的插手都不可能真正解决问题。

（三）美国政府的责任

第二次世界大战后，在当时东西方两大阵营对峙的态势下，美国政府基于它的所谓全球战略及维护本国利益的考虑，曾经不遗余力地出钱、出枪、出人，支持国民党集团打内战，阻挠中国人民革命的事业。然而，美国政府最终并未达到它自己所希望达到的目的。

中华人民共和国诞生以后，当时的美国政府本来可以从中国内战的泥潭中拔出来，但是它没有这样做，而是对新中国采取了孤立、遏制的政策，并且在朝鲜战争爆发后武装干涉纯属中国内政的海峡两岸关系。造成了台湾海峡地区长期的紧张对峙局势，台湾问题自此亦成为中美两国间的重大争端。

自 20 世纪 70 年代末开始，国际国内形势发生了一些重要变化：中美建立外交关系，实现了关系正常化；与此同时，海峡两岸的中国人、港澳同胞以及海外侨胞、华人，都殷切期望两岸携手合作，共同振兴中华。在这样的历史条件下，中国政府提出了"和平统一、一国两制"的方针。

1978年12月，美国政府接受了中国政府提出的建交三原则，即：美国与台湾当局断交、废除《共同防御条约》以及从台湾撤军。中美两国于1979年1月1日正式建立外交关系。自此，中美关系实现正常化。

但遗憾的是，中美建交不过三个月，美国国会竟通过了所谓《与台湾关系法》，并经美国总统签署生效。这个《与台湾关系法》，以美国国内立法的形式，做出了许多违反中美建交公报和国际法原则的规定，严重损害中国人民的权益。美国政府根据这个关系法，继续向台湾出售武器和干涉中国内政，阻挠台湾与中国大陆的统一。

由上可见，台湾问题直到现在还未得到解决，美国政府是有责任的。美国至今仍有人不愿看到中国的统一，制造种种借口，施加种种影响，阻挠台湾问题的解决。

除了美国外，日本也是海峡两岸统一的障碍。尤其是20世纪90年代以来，日本明显提升与台湾的关系，在对华战略上频频打"台湾牌"，把台湾问题纳入"日美安保体系"，借以牵制中国。日本少数亲台势力企图突破日台关系框架，发展同台湾的官方关系，以造成海峡两岸分裂永久化，使台湾问题成为日本迈向政治大国地位的重要途径。这一切使得台湾问题在中日关系中的地位上升，成为未来影响中日关系发展的不稳定和不确定因素。

尽管存在着阻碍两岸统一的种种不利因素，但无论在两岸统一的进程中会遇到多少困难，海峡两岸最终一定要实现统一，也一定能够实现统一。

二、武力解放台湾的方针

由于中国人民解放军在1948年9月开始、1949年1月结束的辽沈、淮海、平津三大战役中相继取得胜利，国民党政府的失败已成定局。此时，中共中央已估计到国民党将把最后的落脚点放在台湾。

1949年3月15日，新华社发表题为《中国人民一定要解放台湾》的评论，首次提出了"解放台湾"口号。

1949年12月，中共中央发表《告前线将士和全国同胞书》，明确提出1950年的任务就是解放海南岛、台湾和西藏，全歼蒋介石集团的最后残余势力。

1950年已做了解放台湾的军事部署，后因朝鲜战争发生而延迟。

1954年7月，中国共产党和中国政府再次提出解放台湾的任务，表示不能承认美国军事干涉和占领台湾。

1954年9月3日，人民解放军开始炮击金门，向国际社会，特别是向美国表明中国人民解放台湾的决心和立场。

1954年12月美国政府与蒋介石集团签订了《共同防御条约》，把台湾、澎湖列岛置于美国的"保护伞"下，阻挠中国统一。对此，周恩来总理于12月8日发表声明，指出所谓《共同防御条约》"根本是非法的，无效的"，强调"一切关于所谓台湾'独立国'、台湾'中立化'和'托管'台湾的主张实际上都是割裂中国领土，侵犯中国主权和干涉中国内政，都是中国人民绝对不能同意的"，指出中国人民一定要解放台湾，完成自己祖国的完全统一。1955年1至2月间，人民解放军发动渡海战役，解放了一江山岛和大陈岛。

三、和平解放台湾的方针

大陈岛战役结束后,国共两党对沿海岛屿的争夺战基本结束,武力对抗有所缓和。鉴于美国插手台湾事务,出现台湾问题复杂化、国际化的倾向,中国共产党及时调整了对美对台的政策,提出了和平解放台湾的主张。

中国共产党此时提出和平解放台湾的方针,与当时国际国内形势的发展是密切相关的。从国际上看,和平共处五项原则提出后,国际形势由紧张转趋缓和。朝鲜战争、印度支那战争给人民带来的痛苦使人记忆犹新。由于美国干涉中国内政,台海局势有国际化的可能。世界爱好和平的人们希望和平,不希望中美再起战端。从国内情况看,大陆的主要矛盾正在发生深刻的变化,发展生产力成为当务之急,不能因为国共对立影响经济的发展。而且,尽管蒋介石在海峡对岸叫嚷与共产党势不两立,但每当涉及台湾地位问题时,他都能坚持一个中国立场,与大陆表现出惊人的一致。这表明,和平解放台湾的可能性在增加。针对新的情况,我们党及时调整了对台政策,提出了和平解放台湾的主张,并从两个方面开展工作。一是敦促美国政府与中国政府谈判。二是向台湾当局提出和平解放台湾的倡议。

1956年4月,毛泽东提出"和为贵"、"爱国一家"、"爱国不分先后"等政策主张。

1958年10月,毛泽东向新加坡《南洋商报》的一位撰稿人表示:台湾如果回归祖国,照他们(指蒋介石等)自己的方式生活。

1963年,周恩来将我们党提出的一系列和平解决台湾问题的思想、政策和主张归纳为"一纲四目"。"一纲"与"四目"已经可以说蕴涵了"一国两制"的思想。"一纲"即台湾必须统一于中国。"四目"为:(a)台湾回归祖国后,除外交必须统一于中央外,所有军政大权、人事安排等悉委于蒋(介石),陈诚、蒋经国亦悉由蒋意重用;(b)所有军政及建设经费不足之数悉由中央拨付(当时台湾每年赤字约8亿美元);(c)台湾的社会改革可以从缓,必俟条件成熟并征得蒋之同意后进行;(d)互约不派特务,不做破坏对方团结之举。

毛泽东一再表示,台湾当局只要一天守住台湾,不使台湾从大陆分裂出去,大陆就不改变目前的对台政策。1963年1月,周恩来通过由张治中致函陈诚的方式,将"一纲四目"告知台湾当局。

四、"和平统一、一国两制"基本方针的形成和确立

党的十一届三中全会以后,随着国际形势出现新变化和解放思想、实事求是思想路线的重新确立,在考虑和平解放台湾问题进而扩展到解决香港问题过程中,邓小平集中全党智慧,逐步形成了"一国两制"的战略构想。"和平统一、一国两制"构想形成和发展过程经历了三个阶段:

(1)1978年底至1981年8月,是"和平统一、一国两制"构想的萌芽阶段

1978年11月,邓小平在同缅甸总统的会谈中,初步表述了"和平统一、一国两制"的构想:在解决台湾问题时,我们会充分尊重台湾的现实。比如,台湾的某些制度可以不动,美日在台湾的投资可以不动,那边的生活方式可以不动,但是要统一。

1978年12月,党的十一届三中全会公报首次以"台湾回到祖国怀抱,实现统一大业"

来代替"解放台湾"的提法。

1979年元旦，全国人大常委会发表《告台湾同胞书》，郑重宣布关于台湾回归祖国、实现国家统一的大政方针，标志着我们党对台方针政策的重大转变。

（2）1981年9月～1982年9月，是"和平统一、一国两制"构想正式提出阶段

1981年9月30日，全国人大常委会委员长叶剑英对新华社记者发表了《关于台湾回归祖国实现和平统一的方针政策》谈话，进一步阐述了实现祖国和平统一的九条方针。内容主要是：建议举行国共两党对等谈判，实行第三次合作，共同完成祖国统一大业；建议双方共同为通邮、通商、通航、探亲、旅游以及开展学术、文化、体育交流提供方便，达成有关协议；国家实现统一后，台湾可作为特别行政区，享有高度的自治权，可保留军队，中央政府不干预台湾地方事务；台湾现行社会、经济制度不变，生活方式不变，同外国的经济、文化关系不变，私人财产、房屋、土地、企业所有权、合法继承权和外国投资不受侵犯；台湾当局和各界代表人士，可担任全国性政治机构的领导职务，参与国家管理等。

1982年1月10日，邓小平在接见来华访问的美国华人协会主席李耀滋时第一次使用了"一国两制"的概念。他说："九条方针是以叶副主席的名义提出来的，实际上就是一个国家两种制度，两种制度是可以允许的，他们不要破坏大陆的制度，我们也不要破坏他那个制度。"

1982年9月，邓小平在会见撒切尔夫人时，全面阐述了中国政府解决香港问题的三个基本立场。表明"一国两制"的构想已经成熟。

（3）1982年9月至1993年，是"一国两制"逐步系统化、法制化阶段

1982年12月公布的《中华人民共和国宪法》，增加了设立特别行政区规定，为"一国两制"的实施提供了法律依据。1984年和1987年中英联合声明和中葡联合声明分别签订。1990年和1993年通过的香港和澳门特别行政区基本法，贯彻了"一国两制"的精神，使"一国两制"进一步法制化。

五、"和平统一、一国两制"伟大构想的基本内容和重大意义

第一，"和平统一、一国两制"伟大构想的基本内容。

"和平统一、一国两制"是在祖国统一的前提下，国家的主体坚持社会主义制度，同时台湾、香港、澳门保持生活方式长期不变。

① 一个中国。即坚持世界上只有一个中国，台湾、香港、澳门都是中国的一部分。中国的主权和领土完整不容分割。承认在国际上代表全中国人民的唯一合法政府，只能是中华人民共和国。

② 两制并存。即在统一的中华人民共和国内，作为国家主体的大陆地区坚持社会主义制度，台湾、香港、澳门保持原有的资本主义制度不变；两种制度长期并存、和平共处，共同为国家的繁荣和民族的振兴作贡献。

③ 高度自治。祖国和平统一后，依法在台湾、香港、澳门设立特别行政区。

④ 尽最大努力争取和平统一，但不承诺放弃使用武力。和平统一，有利于两岸的共同发展，有利于统一后台湾的长期繁荣稳定，也有利于维护亚太地区的和平与稳定。不承诺放弃使用武力，则是针对外国势力干涉中国统一和台湾分裂势力搞"台湾独立"图谋的。

⑤ 解决台湾问题，实现祖国的完全统一，寄希望于台湾人民。台湾同胞具有光荣的

爱国主义传统,是发展两岸关系的重要力量。

⑥ 积极促谈,争取通过谈判实现统一。以和平的方式实现祖国统一就需要借助谈判的这种手段。

⑦ 积极促进两岸"三通"和各项交流,增进两岸同胞的相互了解和感情,密切两岸经济、文化关系,为实现和平统一创造条件。

⑧ 坚决反对任何"台湾独立"的言行。"台独"将使台湾沦为外国附庸。决不允许任何人以任何方式把台湾从中国分割出去。

⑨ 坚决反对外国势力插手和干涉台湾问题。解决台湾问题是中国的内政,任何国家无权干涉。

⑩ 集中力量搞好经济建设,是解决国际国内问题的基础,也是实现国家统一的基础。中国解决所有问题的关键靠自己的发展。解决台湾问题,实现祖国统一仍是如此。

第二,"和平统一、一国两制"构想对于祖国和平统一和民族振兴,对于世界的和平与发展,具有重要的理论意义和实践意义。

① "和平统一、一国两制"构想是和平共处原则的创造性运用。

20 世纪 50 年代,中国政府提出了和平共处五项原则,作为处理国家之间相互关系的准则,在国际社会得到了广泛的认同。把它用于解决一国内部两种不同社会制度的地区之间的问题,解决一国的统一问题,这是一个伟大的创举。

② "和平统一、一国两制"构想创造性地发展了马克思主义的国家学说。

按照"和平统一、一国两制"构想,实现国家统一后,在一个统一的国家内部,两种性质根本不同甚至对立的社会制度可以长期并存,并且通过宪法和法律确立下来,突破了在一个国家内部只有一种社会制度及其相应的政权组织形式,而不允许另一种根本不同的社会制度及其相应的政权组织形式与之长期共存的认识,突破了单一制国家中地方政府的传统权力范围,是带有复合制某些特征的单一制国家结构形式,是对马克思主义国家学说的重大发展。

③ "和平统一、一国两制"构想是原则的坚定性和策略的灵活性完美结合的典范,有利于祖国的和平统一。

首先,它体现了邓小平在坚持祖国统一、维护国家主权和领土完整这一原则问题上的坚定性;其次,"一国两制"构想又充分照顾了有关各方的历史实际和现实可能,体现了高度的灵活性。解决台湾问题、香港问题和澳门问题,必须考虑到台湾、香港和澳门的现实情况和历史情况,考虑到中国、英国、葡萄牙和国际的实际情况,使所提出的解决问题的办法能够为有关各方接受。"一国两制"是各方都能接受的实现祖国统一的最佳方案。

④ "一国两制"构想有利于促进我国社会主义现代化建设,有利于保持香港、澳门和台湾的繁荣与稳定,从而有利于中华民族的富强和全面复兴。

我国社会主义现代化建设需要稳定的国内环境与和平的国际环境。按照"和平统一、一国两制"构想实现祖国统一,既有利于台湾、香港和澳门的稳定,又有利于地区和世界和平,从而必将促进社会主义现代化建设。"和平统一、一国两制"又是香港、澳门和台湾繁荣与稳定的重要保证。

⑤ "和平统一、一国两制"构想为解决国际争端和历史遗留问题提供了一个成功范例,有利于世界的和平与发展。

实行"和平统一、一国两制",有利于建设有中国特色的社会主义,有利于祖国和民族的振兴,同时"和平统一、一国两制"构想为解决国际争端和历史遗留问题提供了新的思路、新的途径和新的范例,有利于世界的和平和发展。

⑥"和平统一、一国两制"构想和实践创造性运用和发展了我党统一战线理论,把我党统一战线的范围和内容扩展到空前广阔和宏大的程度。

从政治上、制度上明确地把不赞成社会主义制度但拥护祖国统一的爱国者包括在统一战线之内,扩大了统一战线的范围,增加了统一战线工作的对象,丰富了统一战线的内容,壮大了新时期爱国统一战线的力量。

六、"一国两制"在香港、澳门的成功实践

香港和澳门回归祖国标志着"一国两制"的巨大成功。

第一,香港问题是历史上殖民主义侵略遗留下来的问题,属于中国和英国之间的问题。

1982年9月,中英开始关于香港前途问题的谈判。会谈中,邓小平充分阐明了我们对香港问题的基本立场:一是主权问题;二是1997年后中国采取什么方式来管理香港,继续保持香港繁荣;三是中英两国政府如何使香港在过渡期不出现大的波动。这构成了中英会谈的基础,成为会谈成功的指导思想。1984年12月,中英双方正式签署《中华人民共和国政府和大不列颠及北爱尔兰联合王国政府关于香港问题的联合声明》,确认中国政府于1997年7月1日对香港恢复行使主权。1990年4月,全国人民代表大会通过了《中华人民共和国香港特别行政区基本法》,使"一国两制"的思想法律化。1997年7月1日,饱经百年沧桑的香港回到伟大祖国的怀抱,这为实现祖国完全统一树立了一个重要的里程碑。

第二,澳门问题与香港问题一样,都是由近代历史上帝国主义对中国的侵略造成的。

澳门自古以来是中国领土,在适当时机收回这一地区,是中华人民共和国政府的一贯立场。中国政府按照"一国两制"方针开始解决香港问题不久,即着手解决澳门问题。中葡两国政府于1987年4月签署了《关于澳门问题的联合声明》。1993年3月,全国人民代表大会通过了《中华人民共和国澳门特别行政区基本法》。1999年12月20日,澳门顺利回归,中华民族又迎来实现祖国统一的道路上的一大盛事。

七、江泽民的八项主张是解决台湾问题、实现和平统一的纲领

1995年1月30日江泽民发表了题为《为促进祖国统一大业的完成而继续奋斗》的重要讲话。为现阶段发展两岸关系、推进祖国和平统一进程提出了八项主张。包括:①坚持一个中国的原则,是实现和平统一的基础和前提;②对于台湾同外国发展民间性经济文化关系,我们不持异议;③进行海峡两岸和平统一谈判,是我们的一贯主张;④努力实现和平统一,中国人不打中国人;⑤面向21世纪经济的发展,要大力发展两岸经济交流与合作,以利于两岸经济共同繁荣,造福整个中华民族;⑥两岸同胞要共同继承和发扬中华文化的优秀传统;⑦尊重台湾同胞的生活方式和当家作主的愿望,保护台湾同胞的一切正当权益;⑧欢迎台湾当局的领导人以适当的身份前来访问,我们也愿意接受台湾方面的邀请,前往台湾。

2002年11月,中国共产党召开第十六次全国代表大会。江泽民在对台工作的论述

中高度概括了台湾局势和两岸关系形势的重大变化和主要特征,提出了今后一个时期对台工作的指导思想和总体要求,宣示了全党和全国人民完成祖国统一大业的坚定决心。

这些重要论述,体现了中央对台方针政策的一贯性、连续性和在新形势下的重大发展,展现了中国共产党和中国政府发展两岸关系、促进祖国统一的决心和诚意。江泽民的重要讲话,是解决台湾问题、实现和平统一的纲领性文件,创造性地丰富和发展了"和平统一、一国两制"的重要思想。

第一,明确提出坚持一个中国原则是实现和平统一的基础和前提,坚定地维护一个中国原则。

第二,在坚持和平统一、不承诺放弃使用武力的基础上,提出"文攻武备"的总方略。

第三,首次提出进行海峡两岸和平统一谈判,创造性地发展了关于两岸谈判的主张。

第四,将做好台湾人民工作提升到"完成祖国统一的重要基础"的战略高度,努力扩大两岸经济文化交流和人员往来。

第五,指出台湾问题不能无限期地拖延下去。早日完成祖国统一,是中国各族人民的共同心愿。

第六,从国家发展战略高度阐述了解决台湾问题与经济建设的辩证关系,强调解决台湾问题的关键在于增强综合国力。

八、胡锦涛就新形势下发展两岸关系提出的四点意见("四个决不")

进入新世纪,党的十六大在坚持"和平统一、一国两制"基本方针和"八项主张"的基础上,以胡锦涛为总书记的党中央,根据台海局势的新变化、新情况、新特点,作出了关于新形势下对台工作的一系列重大决策和部署,创造性地提出了具有鲜明时代特色的新论述、新主张,采取了一系列新举措。集中表现为2005年3月胡锦涛就新形势下发展两岸关系提出的四点意见:一是坚持一个中国原则决不动摇;二是争取和平统一的努力决不放弃;三是贯彻寄希望于台湾人民的方针决不改变;四是反对"台独"分裂活动决不妥协。

"四个决不"是一个整体,其中坚持一个中国原则决不动摇是大前提,在此前提下,尽力争取和平统一,但不承诺放弃武力统一。"四点意见"主要强调以切实可行的措施推动现阶段两岸关系的和平发展。

第一,明确提出反对和遏制"台独"是新形势下两岸同胞最重要、最紧迫的任务。第二,提出两岸关系现状的定义,丰富了坚持一个中国原则的内涵。第三,提出构建和平稳定发展的两岸关系,和平发展理应成为两岸关系发展的主题。第四,强调和平统一工作也要体现以民为本,为民谋利。第五,制定反分裂国家法,将中央对台方针政策法律化。

九、第十届全国人民代表大会第三次会议通过了《反分裂国家法》

2005年3月14日,第十届全国人民代表大会第三次会议通过了《反分裂国家法》。主要包括:本法律制定的根据是宪法,其目的是为了维护国家主权和领土完整,维护中华民族的根本利益;强调维护国家主权和领土完整是包括台湾同胞在内的全中国人民的神圣职责;坚持一个中国原则,是实现祖国和平统一的基础;国家采取各种措施,维护台湾海峡地区和平稳定,依法保护台湾同胞的权利和利益;主张通过台湾海峡两岸平等的协商和谈判,实现和平统一。

《反分裂国家法》还明确规定："台独"分裂势力以任何名义、任何方式造成台湾从中国分裂出去的事实，或者发生将会导致台湾从中国分裂出去的重大事变，或者和平统一的可能性完全丧失，国家得采取非和平方式及其他必要措施，捍卫国家主权和领土完整；在采取非和平方式及其他必要措施并组织实施时，国家尽最大可能保护台湾平民和在台湾的外国人的生命财产和其他正当权益，减少损失，同时国家依法保护台湾同胞在中国其他地区的权利和利益。

《反分裂国家法》不是针对台湾人民的一部法律，而是反对和遏制"台独"势力的法律；不是一部战争的法律，而是和平统一国家的法律；不是一部改变两岸同属一个中国现状的法律，而是有利于台海地区和平与稳定的法律。

由此可知，党和政府在对待台湾的问题上，政策的灵活性越来越强，力度也越来越大。尽管不同时期的提法不一，但都突出了实现祖国完全统一战略构想的核心是一个中国。

第十三章 国际战略和外交政策

一、和平与发展是当今时代的主题

第一，毛泽东对第二次世界大战后国际形势的分析：战争与和平问题的分析；两个中间地带和三个世界的划分的战略；反帝反霸的国际统一战线战略；两手准备的战略。

第二，邓小平对时代主题的新判断：对战争与和平的新的判断；1987年党的十三大确认和平与发展为当今世界的两大主题。邓小平准确地把握了时代的脉搏，深刻地考察了时代的要求，科学地概括了时代发展的新特点和内容，从而对战后世界形势的新变化，提出了新的理论概括。他在20世纪80年中期就多次提出，和平与发展是当今世界的两大主题。

和平问题，是指在较长时期内维护世界和平，防止新的世界大战的问题，其中也包括用和平手段解决国际争端和制止局部战争的问题。现在虽然在较长时期内防止新的世界大战的爆发是可能的，但是人类仍然面临着战争的威胁。和平问题是一个事关全人类的带全球性的战略问题。

发展问题，不仅是发展中国家的问题，而且是整个世界的发展问题。我们应当把发展问题提到整个人类的高度来认识，要从这个高度去观察问题和解决问题。

发展问题成为当今时代主题的核心，根本原因在于长期以来通行的不公正、不合理的国际经济旧秩序，使许多发展中国家经济形势恶化，贫困差距扩大。和平与发展的关系，两者相互联系、相互依存、相互促进，又相互制约，是辩证统一的关系。其中，和平是发展的前提和保障，只有保持和平稳定的国际环境，人类才有可能集中力量求发展；发展是和平的基础和根本途径，只有各国经济的不断发展特别是广大发展中国家的经济发展，才能更加有力地反对霸权主义，消除诱发战争的种种不利因素，争取和维护世界和平。发展要在和平环境下才能顺利实现。和平离不开发展，广大发展中国家发展起来，和平力量才能不断壮大，才能避免世界大战。

第三,当中国领导人对时代主题的认识。

江泽民认为的和平与发展仍是当今的时代主题,影响和平与发展的不确定因素在增加;正如江泽民同志所指出的:和平与发展是相辅相成的。世界和平是促进各国共同发展的前提条件,各国的共同发展则是保持世界和平的基础。和平与发展的核心问题是南北问题。当今世界的头等大事,就是在和平稳定中谋求发展。中国是一个发展中的国家,正在为把我国建设成为一个富强民主文明的社会主义现代化国家而奋斗。中国的改革开放和现代化建设,需要一个长期的国际和平环境,需要同各国发展友好合作关系。争取和平,为社会主义现代化建设服务,是我国对外工作的首要任务。中国外交政策的宗旨,是维护世界和平,促进共同发展。

胡锦涛认为和平与发展仍是当今的时代主题,全球总体上保持和平稳定,要和平、促发展、谋合作是时代的主旋律,但是世界还不安宁,世界和平与发展这两大问题还没得到根本解决。

二、世界多极化和经济全球化趋势在曲折中发展

(一)世界多极化在曲折中发展

(1)当今世界的格局:一超多强

美国拥有世界上最强大的综合国力,是当今唯一的超级大国。

日本是世界第三大经济强国,在保持经济大国地位的基础上正在谋求政治大国地位。

欧洲一体化进程加快,由 26 国组成的欧洲联盟,实力不断增强。

俄罗斯仍然是一个世界强国,具有巨大的经济、科技潜力和强大的军事力量。

中国拥有日益发展的经济力量,综合国力位居世界前列,国际地位显著提高,在维护世界和平、促进经济发展方面发挥着重要的作用。

发展中国家总体实力逐步增强,地位上升,成为国际舞台上不容轻视的一支重要力量。

(2)世界多极化发展趋势的原因

多极化趋势最根本的原因是战后世界各国综合实力发展的不平衡改变了世界政治力量的平衡。多极化趋势的出现不是偶然的,它孕育于两极格局的演变之中,两极格局终结后,大国之间的关系经历着重大而深刻的调整,国际格局向多极化发展。

多极化趋势发展的根本原因在于各国为了维护自己的国家利益,决不牺牲或放弃自己的国家利益,屈服于别国利益,从而导致世界向多极化发展。多极化趋势是在反对霸权主义的斗争中发展起来的。冷战结束后,霸权主义搞单极的图谋尽管没有改变,但是越来越多国家的支持和赞同世界多极化的发展。

(3)世界多极化发展趋势的意义

世界走向多极化,是时代进步的要求,符合各国人民的利益,有利于避免世界大战的爆发;世界走向多极化,有利于抑制和削弱霸权主义强权政治,促进世界的和平与发展;世界走向多极化,有利于推动建立公正、合理的国际政治经济秩序;世界走向多极化,有利于实现各国人民对和平、稳定、繁荣的新世界的美好追求;世界走向多极化,有利于广大发展中国家抓住机遇、发展自己。

(4)世界多极化是一个漫长、曲折、复杂的过程

（二）经济全球化趋势深入发展

经济全球化是指在现代科学技术进步加快、社会分工和国际分工不断深化的情况下，把世界的生产、贸易、金融等活动紧密联系在一起，使各国各地区之间的经济活动相互依存、相互开放。经济全球化的特点主要有如下几个方面：

第一，经济全球化表现为高度的流动性和高度的开放性。这主要体现在人才流、物流、信息流、资本流和知识流在世界范围的涌动日益广泛，已不可逆转。高科技和信息网络化，也支持了经济全球化的这种高度流动性。世界上越来越多的国家和地区，由闭关自守，从不自觉到自觉地打开国门，汇入经济全球化的洪流。不论是发达国家、发展中国家乃至最落后的国家，势必都将被经济全球化浪潮所席卷。

第二，经济全球化表现为高度的渗透性和高度的互补性。这主要体现在人才流、物流、信息流、资本流和知识流的时空约束减少、成本降低及资源互补，发达国家的资本、技术、管理、文化等将迅速向发展中国家及落后国家渗透，使世界经济呈现出一体化特征资本、知识、资源等也将在全球市场流动并趋向合理配置。这有助于不同国家和地区在资本、知识、资源等互补，从而有助于全球化问题的缓解以及全球性行动的协调，使人类的可持续发展成为可能。

第三，经济全球化表现为高度的集约性和高度的垄断性。这主要体现在经济全球化的基本单元和行为主体跨国公司及国际金融机构的经营业绩。一个跨国公司的销售额大约相当于一个中等发达国家的国内生产总值。跨国公司及国际金融机构的经营活动几乎涉及世界经济生产活动的所有领域，而且大约控制了世界上 80％的新技术、新工艺专利，70％的国际直接投资，60％的世界贸易，30％的国际技术转移。

第四，经济全球化表现为高度的依赖性和高度的异步性。这主要体现为世界上不同国家和地区之间的经济、技术、资源的依赖性增强。发达国家通过控制核心技术，可以有选择地输出先进技术、先进管理和先进设备，甚至直接将纯物质生产外壳转移到发展中国家，进一步强化其对输出资本的控制，从而形成不对称的依赖性。发达国家资本、技术的流向首先是工业化基础条件、资源条件、环境条件、市场条件相对较好的国家及地区，尤其是流向国的沿海地区和中心城市，从而在一定时期内出现发展的严重不平衡；同时，也表现为资本、技术流入国家及地区首先进行经济响应，而在政治、文化诸方面的响应和变革相对滞后。经济全球化的高度异步性，使世界在一定时期内会出现后工业社会、工业社会、农业社会乃至原始社会并存现象。

第五，经济全球化表现为高度的风险性。这主要体现在资本、技术、管理的快速流动和思想、文化的渗透，给发展中国家带来程度不一的经济安全、信息安全、科技安全、政治安全等问题。20 世纪 90 年代后期的亚洲金融危机从一个侧面表明了这一点。经济发达国家资本、技术、管理流向的选择性，势必使一部分发展中国家处于边缘化.甚至经济发达国家也不乏对经济全球化的反对之声，其原因也在于经济全球化的高度风险性。经济全球化是一把双刃剑。

（三）经济全球化对世界经济的正面影响

首先，经济全球化加速国际竞争，促进全球经济的增长。由于经济全球化使各国在空间上的距离大大缩短，任何一个国家都失去了地理上的优势，都成为彼此潜在的竞争对手。面对日益短缺的自然资源、资金以及市场，各国都参与到了激烈的竞争中来，利用自己本国的比较优势,制定相应的政策措施,努力开发新技术,开拓新市场,促进了全世界生产力的提高,因而全球经济也得到了长足的增长。

其次,经济全球化促进了国际贸易的增长,贸易结构也发生了变化。20 世纪 90 年代以来,国际贸易量的平均增长率超过世界经济平均增长率。其中,服务贸易的增长速度明显高于商品贸易的增长速度,显示出强劲的发展势头。在制成品贸易中,技术密集型产品增长速度和所占的比重都高于劳动密集型产品。这些都依赖于以技术发展为基础的经济全球化这一大背景。

再次,经济全球化促进国际资本流动加快,并呈多元化趋势。国际投资不仅表现为直接投资,还表现为间接投资,如购买外国公司的股票及进行证券投资、信贷等。随着西方发达国家日益放宽对金融的管制,国际资本流动的规模更加扩大。

最后,经济全球化有利于世界和平发展。由于经济全球化带来了激烈的国际竞争,因此各国政府把较多的精力从军事上转移到了经济建设上,从而大大降低了引发世界性军事战争的可能性,促进了世界和平与发展。

(四) 经济全球化对世界经济的负面影响

首先,经济全球化加剧了国际间的不平等。从本质上来看,经济全球化是西方发达国家追求全球利益的产物,它是由发达国家所制定的制度和政策所推动的,因此经济全球化充满了不平等。发展中国家在财富分配中处于严重不利的地位。

其次,经济全球化导致国际经济波动风险加大,其中最明显的便是金融领域。由于各国金融业的对外开放,金融业已呈全球化趋势,并逐渐成为一个相对独立的经济系统。在国际外汇交易中,大量的资金用来投机牟利,加上金融衍生工具的产生,加速了全球范围内投机资金的形成和流动。另一方面,随着各国经济联系的加强,每一个对外开放参与国际分工的国家的国内经济随时都会受到外部各种因素的冲击,那些国内的劣势企业和产业可能会面临更多被淘汰的经营风险,即使是具备优势的企业,由于国际竞争加剧,所要考虑的风险因素也会增多。

再次,经济全球化引起全球范围内的生产过剩。在国际间贸易中,发展中国家的产品优势在于劳动密集型产品、初级产品和原材料。但随着加入全球化浪潮的发展中国家越来越多,产品制造业的生产率不断提高,劳动密集型产品价格下降。而发达国家凭借它们在技术上的优势生产技术密集型产品,为保证这种比较优势,它们不会将新技术转让给发展中国家。这种技术密集型产品价格高,绝大多数发展中国家都难以承受,从而造成了发达国家的高科技产品过剩,事实上,也造成了全球的生产过剩、社会动荡、失业量猛增,经济萧条也将随之而来。

最后,经济全球化使全球生态系统遭到破坏。长期以来对地球资源的过度开采、环境保护的不到位、大量污染产业的排污量达不到环保标准,造成了资源短缺,环境严重污染,制约着世界经济的发展。一些发达国家将高度污染的产业转移到发展中国家应进一步扩大了环境污染的范围。

经济全球化不是主观人为推动的,它是社会生产力和科学技术发展的客观要求和必然结果,随着社会生产力的不断发展而发展。20 世纪 90 年代以来,经济全球化不断加快,在推动生产力发展的同时,也加剧了世界发展不平衡的矛盾。经济全球化不仅加剧发展中国家之间、发达国家与发展中国家之间在资金、技术、市场和资源方面的竞争,也加剧了一些国家内部的贫富矛盾,引发社会冲突。一个发展很不平衡的世界,是不可能长期安宁的。

三、独立自主和平外交政策的形成和发展

(一)独立自主和平外交政策的形成

独立自主的原则是中国外交政策的根本原则。在新中国诞生前夕,毛泽东就庄严宣告:中国必须独立,中国必须解放,中国的事情必须由中国人民自己作主张,自己来处理,不容许任何帝国主义国家再有一丝一毫的干涉。

1949年9月21日,中国人民政治协商会议第一届全体会议通过的《中国人民政治协商会议共同纲领》对新中国在国际事务中应该遵循的基本原则和立场作了明确规定,基于上述总政策和基本原则,以及国内外形势的特点,新中国决定实施三大具体方针和政策措施,即另起炉灶、打扫干净屋子再请客、一边倒。这三大方针符合实现国家安全、独立和维护世界和平的根本利益,为独立自主的新中国外交关系奠定了基础,这并不意味着放弃独立自主的原则。

1953年12月,周恩来接见印度代表团时首次提出的和平共处五项原则在1955年万隆国际会议上为许多亚洲国家所接受。后进一步完整表述为:互相尊重主权和领土完整、互不侵犯、互不干涉内政、平等互利、和平共处。和平共处五项原则成为我国处理对外关系的基本准则。

20世纪60年代,针对当时以美国为代表的西方对中国实施的孤立、封锁和禁运,以及社会主义阵营内部发生的重大变化的情况,我国外交政策由一边倒调整为同时反对美苏两个超级大国的全球扩张。同时积极支持民族解放运动,坚持睦邻友好的原则,维护中国的主权和领土完整,维护实际的进步与和平。

20世纪70年代,两极争霸出现了苏攻美守的态势,中国果断决定打开中美关系的大门,提出了"一条线"的外交战略,即从东边起,日本、中国、欧洲国家和美国,加上一条线上的第三世界各国,共同对付苏联的霸权主义。这一战略调整为缓解我国的紧张局势,维护世界和平稳定,保障了中国和世界人民的根本利益发挥了重要作用。

(二)独立自主和平外交政策的发展

自20世纪70年代中后期以后,邓小平根据世界各种势力的实力对比消长与变化,根据世界经济、科学技术的发展趋势和走向以及由此产生的新问题、新矛盾,对国家形势作了一系列的新判断。

十一届三中全会以后,我们党对国际形势进行了实事求是的科学分析,对战争与和平问题作出了新的判断。邓小平说:"过去我们的观点一直是战争不可避免,而且迫在眉睫。""这几年我们仔细地观察了形势,……由此得出结论,在较长时期内不发生大规模的世界战争是有可能的,维护世界和平是有希望的。""对于总的国际局势,我的看法是,争取比较长期的和平是可能的,战争是可以避免的。"

20世纪80年代末、90年代初,东欧剧变,苏联瓦解,世界局势发生急剧变化。苏联解体标志着美苏两极格局的终结,旧格局已经打破,新格局尚未形成。邓小平强调反对霸权主义,维护世界和平,为我国社会主义现代化建设争取一个较长时期的国际和平环境;坚持在和平共处五项原则的基础上发展同所有国家的友好合作关系;高度重视第三世界国

家的战略地位和作用强调加强同他们的团结合作；主张积极推动建立和平稳定、公正合理的国际政治经济新秩序；强调了坚定不移地实行对外开放政策；确定了冷静观察、稳住阵脚、沉着应付、韬光养晦、有所作为、善于守拙、决不当头的方针；确立党际关系四项原则，开创党的工作新局面；强调中国是维护世界和平与稳定的重要力量要对人类进步事业作出更大贡献。

正如江泽民指出：当今世界正处在大变动的历史时期。两极格局已经终结，各种力量重新分化组合，世界正朝着多极化方向发展。多极化趋势的发展有利于世界的和平、稳定与繁荣。

胡锦涛认为和平与发展仍是当今的时代主题，全球总体上保持和平稳定，要和平、促发展、谋合作是时代的主旋律，但是世界还不安宁，世界和平与发展这两大问题还没得到根本解决。认为应该尊重各国自主选择社会制度和发展道路的权利，相互借鉴而不是刻意排斥，取长补短而不是定于一尊，推动各国根据本国国情实现振兴和发展；应该加强不同文明的对话和交流，在竞争比较中取长补短，在求同存异中共同发展，努力消除相互的疑虑和隔阂，使人类更加和睦，让世界更加丰富多彩；应该以平等开放的精神，维护文明的多样性，促进国际关系民主化，协力构建各种文明兼容并蓄的和谐世界。

新中国60多年的实践表明，独立自主不论是对于指导中国的外交实践，促进本国的经济建设，还是对于我们坚持反对霸权主义、维护世界和平，都具有十分重要的意义。

（三）独立自主和平外交政策的基本原则

第一，坚持独立自主地处理一切国际事务的原则。

第二，坚持和平共处五项原则为指导国家间关系的基本准则。

第三，坚持同发展中国家加强团结与合作的原则。

第四，坚持爱国主义与履行国际义务相统一的原则。

（四）维护世界和平，促进共同发展

建设有中国特色的社会主义，需要争取和平的国际环境。在新旧格局交替动荡时期，我们外交工作的根本目标是，进一步巩固和发展有利于我的和平国际环境，特别是和平的周边环境，为我国的改革开放和经济建设服务，为祖国的统一大业服务。归根到底就是一句话，外交工作要坚定不移地维护我们国家和民族的最高利益。

维护世界和平，促进共同发展，作为我国外交政策的宗旨，是由中国的社会主义性质、中国的国际地位和切身利益所决定的。①中国在近代曾经饱受帝国主义列强的侵略和奴役，中国人民从自己的遭遇中体会到和平的珍贵。这样的经历和认识促使中国外交追求和平与发展的目标。②中国是个社会主义国家，决不会发动战争去侵略和奴役别国人民，也决不愿像过去那样受别国的奴役和压迫。③中国处在社会主义初级阶段，我们需要和平的外交环境来实现社会主义现代化，和平是中国发展繁荣的前提。④和平与发展是当今世界的两大突出问题。从优化国际环境，维护中国的安全、领土完整和巩固社会主义制度方面出发，也要把维护世界和平，促进共同发展作为外交政策的宗旨。

第一，要反对霸权主义和强权政治，维护世界和平与发展。历史表明，霸权主义和强权政治从来就是造成世界局势紧张、造成地区冲突和战争的主要根源。

第二，维护世界多样性，促进国际关系民主化和发展模式多样化。世界上的各种文明、不同社会制度和发展道路应彼此尊重，在竞争中取长补短，在求同存异中共同发展。

第三,树立新的安全观念,努力营造长期稳定的国际和平环境。冷战时期,大国间的军备竞赛,特别是核军备竞赛,是造成国际紧张局势的重要根源,严重威胁了世界和平。新安全观的核心是互信、互利、平等和协作。和平共处五项原则以及其他公认的国际关系准则,是维护和平的政治基础;互利合作、共同繁荣,是维护和平的经济保障;平等对话、协商和谈判,是解决争端、维护和平的正确途径。

第四,推动建设持久和平与共同繁荣的和谐世界。建设持久和平与共同繁荣的和谐世界,要坚持民主平等、实现协调合作,坚持和睦互信、实现共同安全,坚持公正互利、实现共同发展,坚持包容开放、实现文明对话。

因此,各国在政治上,应相互尊重、共同协调;在经济上,应相互促进,共同发展;在文化上,相互借鉴,共同繁荣;在安全上,应相互信任,共同维护,树立互信、互利、平等和协作的新安全观,用对话和合作解决争端。

第十四章　中国特色社会主义事业的依靠力量

一、工人、农民和知识分子是建设中国特色社会主义事业的根本力量

在当代中国,一切赞成、支持和参加中国特色社会主义建设的阶级、阶层和社会力量,都属于人民的范畴,都是建设中国特色社会主义事业的依靠力量。包括知识分子在内的工人阶级、农民阶级,始终是推动我国先进生产力、先进文化发展和社会全面进步的根本力量。

(一) 工人阶级是国家的领导阶级

(1) 建设中国特色社会主义必须坚持全心全意依靠工人阶级的方针

一是由我们党和国家的性质决定的。

二是由中国工人阶级的性质和特点决定的。

三是由工人阶级在中国特色社会主义建设中的历史地位决定的。

(2) 改革开放以来我国工人阶级队伍出现的新特点

一是队伍迅速壮大。

二是内部结构发生重大变化。特别是进城就业的农民已成为我国产业工人的重要组成部分。据 2006 年 4 月国务院研究室发布的《中国农民工调研报告》显示,农民工在我国第二产业从业人员中占 58%,在第三产业从业人员中占 52%,已成为支撑我国工业化发展的重要力量。

三是岗位流动加快。

(3) 这些变化没有改变中国工人阶级作为国家主人的地位

工人阶级仍然是社会主义现代化的主要建设者、社会财富的主要创造者、先进生产力的代表者,仍然是人民民主专政国家的领导阶级。工人阶级先进性的最根本体现在于它是先进生产力的代表。工人阶级作为我国的领导阶级,其领导地位和主人翁地位,是由宪法规定的,工人阶级始终是推动中国社会发展的基本力量。

（二）农民是人数最多的基本依靠力量

（1）我国的国情决定了各个时期农民都是最基本的依靠力量

广大农民不但是我国新民主主义革命的主力军,而且是我国社会主义现代化建设和改革开放中人数最多、最基本的依靠力量。

（2）"三农"问题的重要决定了建设中国特色社会主义必须依靠农民

要高度重视"三农"问题,减轻农民负担,增加农民收入,扎实稳步推进新农村建设。要大规模开展农村劳动力技能培训,提高农民素质,倡导健康文明新风尚,培养推进社会主义新农村新建设的新型农民。

（三）知识分子是中国工人阶级的一部分

（1）历史上的知识分子

在民主革命中,先进的知识分子是首先觉悟的部分。在当代中国,知识分子是先进生产力的开拓者和发展教育科学文化事业的基本力量。

（2）科学技术的重要性决定了知识分子的重要作用

二、新的社会阶层是中国特色社会主义事业的建设者

第一,新的社会阶层构成:民营科技企业的创业人员和技术人员;受聘于外资企业的管理技术人员;个体户;私营企业主;中介组织的从业人员;自由职业人员。

第二,新的社会阶层产生的原因:一是制度基础。二是生产力的发展和经济结构的变化。三是产业结构的变化。

第三,新的社会阶层的地位和作用:一是推动了经济发展,增加了国家税收。二是扩大了就业门路,缓解了就业压力。三是为社会公益事业做出贡献。

我们把新的社会阶层中的广大人员作为中国特色社会主义的建设者,没有也不会否认工人、农民、知识分子在建设中国特色社会主义事业中的主体地位。

三、尊重劳动、尊重知识、尊重人才、尊重创造

第一,"四个尊重"的含义:劳动、知识、人才、创造是具有内在联系的统一整体,劳动居于核心和基础地位,核心是尊重劳动。

第二,贯彻"四个尊重"的意义:①是时代发展对党和国家工作提出的新要求;②是中国共产党代表中国先进生产力发展要求的具体体现;③目的在于最广泛最充分地调动一切积极因素,使党获得取之不尽的力量源泉;④有利于增强全社会的创造活力,形成万众一心共创伟业的生动局面。

四、新时期爱国统一战线的内容和基本任务

新时期的统一战线是工人阶级领导的,以工农联盟为基础的,全体社会主义劳动者、社会主义事业的建设者、拥护社会主义的爱国者、拥护祖国统一的爱国者的最广泛联盟。

第一,内容。

两个范围的联盟:一个是大陆范围内,以爱国主义和社会主义为政治基础的团结全体劳动者、建设者和爱国者的联盟,这是统一战线的主体和基础。一个是大陆范围以外,以爱国和拥护祖国统一为政治基础的团结台湾同胞、港澳同胞和海外侨胞的联盟,这是统一

战线的重要组成部分。

第二,基本任务:①坚持党的领导;②高举爱国主义旗帜;③坚持十六字方针;④充分发挥作用。

五、正确贯彻党的民族政策和宗教政策

第一,全面贯彻党的民族政策,正确处理民族问题:①社会主义时期民族问题的实质是各民族人民的内部矛盾;②社会主义时期处理民族问题的基本原则;③民族平等;④民族团结;⑤各民族的共同繁荣。

第二,全面贯彻党的宗教政策,正确处理宗教问题

必须全面贯彻党的宗教政策,尊重和保护公民的宗教信仰自由权利。只有这样才能大大加强广大信教和不信教群众的团结,把力量凝聚到建设中国特色社会主义事业这个共同目标上来。

 # 第十五章　中国特色社会主义事业的领导核心

一、中国共产党的性质和宗旨

(一)中国共产党是工人阶级先锋队

第一,始终坚持工人阶级先锋队的性质,为保持自身的先进性奠定了坚实的阶级基础。

第二,中国工人阶级是近代以来我国社会发展特别是社会化大生产发展的产物,具有严格的组织性纪律性和革命的坚定性彻底性等优秀品格,代表先进生产力和生产关系,代表全体人民的根本利益。

第三,以马克思主义为理论基础和行动指南。

(二)中国共产党是中国人民和中华民族的先锋队

第一,作为中国工人阶级先锋队的中国共产党,在领导中国人民进行革命、建设和改革的过程中,不仅代表了中国工人阶级的根本利益,同时也深深扎根在中华民族之中,肩负着实现中华民族伟大复兴的庄严使命,代表了中国人民和中华民族的根本利益。

第二,是马克思主义执政党的内在要求。

第三,是党实现民族振兴的必然选择。

党的性质的新表述,切合我们党的历史发展和现实状况,符合时代要求,有利于最广泛地调动广大党员的积极性、主动性和创造性,有利于团结和带领广大人民群众共同建设中国特色社会主义。有利于不断增强党的阶级基础,扩大党的群众基础,提高党在全社会的影响力,永葆党的先进性。

(三)全心全意为人民服务

党除了工人阶级和最广大人民的利益,没有自己的特殊利益。一切从人民的利益出发,全心全意为人民服务,是中国共产党的本质特征。立党为公,执政为民,是党的根本宗旨的体现。

二、中国共产党的执政地位是历史和人民的选择

（一）中国近现代历史发展的必然

鸦片战争后，为了国家的复兴和民族的独立，中国人民进行了英勇不屈的斗争。但是，无论是旧式的农民战争、资产阶级改良派的变法维新运动，还是资产阶级革命派领导的辛亥革命以及西方资本主义的其他种种方案，都没有完成救亡图存的民族使命和反帝反封建的历史任务。

中国共产党成立后，以毛泽东为代表的中国共产党人，坚持把马克思主义普遍真理同中国革命的具体实际相结合，找到了适合中国国情的革命道路，团结和领导全国人民，经过艰苦卓绝斗争，建立了中华人民共和国。

新中国成立后，我们党成为执政党，领导全国各族人民顺利实现了从新民主主义革命到社会主义的转变，迅速恢复了国民经济，基本上完成了对生产资料私有制的社会主义改造，确立了社会主义基本制度。随后，我国进入了全面建设社会主义时期，在探索建设社会主义道路的历史进程中取得了重要成果。

十一届三中全会以来，中国共产党的领导全国人民开创了建设有中国特色的社会主义的崭新事业。经过 30 多年改革开放，使中国的面貌发生了巨大变化，取得了令世人瞩目的伟大成就。

事实充分说明，只有中国共产党才能领导中国人民取得民族独立、人民解放和社会主义的胜利。"没有共产党，就没有新中国。有了共产党，中国的面貌就焕然一新。"这是中国人民从长期奋斗历程中得到的最基本最重要的结论。

（二）新的历史条件下仍然需要中国共产党的领导

第一，坚持中国现代化建设的正确方向，需要中国共产党的领导。

第二，维护国家统一、社会和谐稳定，需要中国共产党的领导。

第三，正确处理各种复杂的社会矛盾，把亿万人民凝聚起来，共同建设美好未来，需要中国共产党的领导。

第四，应对复杂的国际环境的挑战，需要中国共产党的领导。

三、坚持党的领导必须改善党的领导

（一）原因

第一，从世情看，自从《共产党宣言》发表 150 多年来，世界政治、经济、文化、科技等发生了重大变化。资本主义国家经历两次世界大战以后采取了一系列改良和自我调节措施，出现了许多新情况。尤其是进入 21 世纪前后，世界局势发生了并且继续在发生着历史性的大转折。和平与发展已经成为时代的主题。在新科技革命的推动下，经济全球化趋势正以不可阻挡之势推进着，以经济和科技为基础的综合国力的竞争日趋激烈，从而对各国执政党都提出了严峻的挑战。世纪之交，一批大党老党失去政权，就是一个警告和教训。不仅是苏联、东欧一大批共产党失去了政权，而且像墨西哥革命制度党、印度国大党、印尼专业集团等民族主义政党，日本自民党等大资产阶级政党，奥地利社会民主党、法国社会党等社会党也失去政权或独立执政的地位。这种政治现象应该引起我们关注和重视，从中引出教训以巩固我们党的执政地位。江泽民同志 2000 年 6 月在进行党建调研的

时候,曾经深刻地指出:时代在进步,形势在发展,我们要紧跟时代发展进步的潮流,巩固党的执政地位,就必须始终代表中国先进生产力的发展要求、中国先进文化的前进方向、中国最广大人民的根本利益,解决党内存在的突出问题。提出"三个代表"要求,其出发点和着眼点就在这里。

第二,从国情看,我国社会主义建设发生了重大变化。尤其是党的十一届三中全会以来,我国开始了历史性的大转折。全党工作重点从以阶级斗争为纲转变到以经济建设为中心,我国社会主义事业的发展进入了新时期。为了搞好经济建设,实现社会主义现代化的宏伟目标,我们又从传统的计划经济转变到社会主义市场经济,从封闭半封闭状态转变到对外开放。这一切转变,标志着中国开始了新的革命。这场革命的广度和深度是前所未有的,它不仅要从根本上改变几千年中国历史形成的重农抑商和专制主义等传统,而且会在很大程度上改变我们在革命战争年代形成的管理制度和思维方式。我们已经注意到,在改革开放过程中形成的经济成分、组织形式、就业方式和利益关系的多样化,一方面使我们的社会增加了活力和创造力,另一方面又对我们传统的领导方式和执政方式提出了严峻的挑战。正是在这样的背景下,江泽民同志提出了要建设同社会主义市场经济相适应的法制体系和道德体系,建设有中国特色社会主义的经济、政治、文化。也正是在这样的背景下,江泽民同志提出了要按照"三个代表"的要求,全面加强和改进党的建设。

第三,从党情看,我们党和广大党员干部所处的地位、环境和所承担的任务发生了变化。我们党已经从一个领导人民为夺取全国政权而奋斗的党,转变为领导人民掌握着全国政权并长期执政的党,已经从一个在外部封锁状态下领导国家建设的党,转变为在全面改革开放条件下领导国家建设的党。正因为这样,我们党现在面临着两大考验,一是执政,二是改革开放。也正因为这样,我们现在党的建设要解决两大历史性课题。一是提高党的执政水平和领导能力,二是增强党的拒腐防变和抵御风险的能力。为了解决这样重大的问题,党中央已经确定并开始实施新时期党的建设新的伟大工程,从思想建设、组织建设、作风建设等各个方面全面推进党的建设,并且把制度建设贯穿其中。江泽民同志提出的"三个代表"重要思想,进一步把党的建设同中国先进生产力的发展要求、中国先进文化的前进方向、中国最广大人民的根本利益联系起来,明确了新世纪党的建设的根本方向,确立了新世纪党的建设的伟大纲领。

(二)怎样改善党的领导

第一,要正确处理党的领导和依法治国的关系。

第二,要改革、完善党和国家的领导制度。

第三,要进一步解决提高党的领导水平和执政水平、提高拒腐防变和抵御风险能力这两大历史性课题。

四、保持党同人民群众的血肉联系

马克思主义执政党的根本政治立场。

坚持尊重社会发展规律和尊重人民历史主体地位的一致性。

相信谁、依靠谁、为了谁,是否始终站在最广大人民的立场上,是区分唯物史观和唯心史观的分水岭。

第一,执政后党群关系面临新问题:党执政后容易脱离群众。

第二,党群关系关系到党的生死存亡。

为了群众、相信群众、依靠群众,是马克思主义政党的本质要求。

保持的同人民群众的血肉联系,是党能否长期执政的关键所在。

始终保持同人民群众的血肉联系,是中国共产党战胜各种困难和风险、不断取得事业成功的根本保证。

第三,反对腐败才能保持同人民群众的血肉联系。

五、实现好、维护好、发展好最广大人民的根本利益

第一,根本立足点是考虑并满足最大多数人的利益要求,制定和实施符合最广大人民根本利益的方针、政策和措施。

第二,以人为本,统筹兼顾和妥善处理各方面的利益。

第三,切实解决好事关人民群众利益的实际问题。

六、党的建设是一项伟大的工程

(一)历代领导人重视党的建设

无论革命战争年代还是和平建设时期,党的建设都是党的事业取得胜利的一个主要法宝。进入新世纪新阶段,我们要开创建设有中国特色社会主义事业新局面,必须按照"三个代表"要求,全面深入地加强和改进党的建设,使我们党在世界形势深刻变化的历史进程中始终走在时代前列,在应对国内外各种风险考验的历史进程中始终成为全国人民的主心骨,在建设中国特色社会主义的历史进程中始终成为坚强的领导核心。

(二)新时期党的建设的主要内容

政治建设。

思想建设——党的各项建设的基础。

组织建设——党的建设的重要环节。

作风建设——党的作风建设是党的建设的重要组成部分,核心是保持党同人民群众的血肉联系。

制度建设——党的各项建设的重要保证。

(三)为什么新时期党的建设的重点是加强党的执政能力建设和先进性建设

党完成历史使命的现实需要。经验教训给我们的历史警示。党提高领导水平和执政水平的迫切需要。

七、加强党的执政能力建设

(一)党的执政能力的含义

十六届四中全会通过的《中共中央关于加强党的执政能力建设的决定》指出,党的执政能力,就是党提出和运用正确的理论、路线、方针、政策和策略,领导制定和实施宪法和法律,采取科学的领导制度和领导方式,动员和组织人民依法管理国家和社会事务、经济和文化事业,有效治党治国治军,建设社会主义现代化国家的本领。

(二)加强党的执政能力建设的主要任务

不断提高驾驭社会主义市场经济的能力;不断提高发展社会主义民主政治的能力;不

断提高建设社会主义先进文化的能力；不断提高构建社会主义和谐社会的能力；不断提高应对国际局势和处理国际事务的能力。

八、加强党的先进性建设

（一）先进性建设的含义

加强党的先进性建设，就是要通过推进党的思想建设、组织建设、作风建设和制度建设，使党的理论和路线方针政策顺应时代发展的潮流和我国社会发展进步的要求、反映全国各族人民的利益和愿望，使各级党组织不断提高创造力、凝聚力、战斗力、始终发挥领导核心和战斗堡垒作用，使广大党员不断提高自身素质、始终发挥先锋模范作用，使我们党永葆与时俱进的品质、始终走在时代前列，不断提高执政能力、巩固执政地位、完成执政使命。

（二）加强党的先进性建设的宝贵经验

第一，必须准确把握时代脉搏，保证党始终与时代发展同步伐。

第二，必须把实现好维护好最广大人民的根本利益作为党的全部工作的出发点和落脚点，保证党始终与人民群众共命运。

第三、必须使党的理论和路线方针政策不断与时俱进，保证党的全部工作始终符合实际和社会发展规律。

第四，必须围绕党的中心任务来进行，保证党始终引领中国社会发展进步。

第五，必须坚持党要管党、从严治党，保证党始终具有蓬勃生机和旺盛活力。

（三）如何加强党的先进性建设

保持党员队伍的先进性；紧紧围绕党的历史使命和中心任务；以改革的精神推进。

第三篇　中国近现代史纲要

第一章　反对外国侵略的斗争

一、中国封建社会的特点

自公元前 5 世纪的战国时代到 1840 年鸦片战争,中国的封建社会前后延续了两千多年。中国的封建社会有以下基本特点:

第一,经济:封建地主土地所有制占主导地位。基本生产结构是以个体家庭为单位并与家庭手工业相结合的小农经济,自给自足的自然经济占主要地位,重农抑商,限制商品经济发展。

第二,政治:高度中央集权的封建君主专制制度。

第三,文化:以儒家思想为核心。三纲五常为伦理道德规范,儒家还与佛教、道教相互吸收、融合,共同为维护封建统治服务。

第四,社会结构:族权和政权相结合的封建宗法等级制度。核心是宗族家长制,君权父权夫权占主导地位。

封建社会的经济、政治、文化、社会结构,具有两方面的特性:一方面巩固和维系了中国封建社会的稳定和延续;另一方面使社会前进缓慢甚至迟滞,造成自身不可克服的周期性的政治经济危机。

二、鸦片战争前的中国——封建社会由盛转衰

乾隆朝后期,清王朝由盛转衰。其主要表现是:

第一,经济上:土地兼并严重,赋税繁重,农民生活困苦。封建生产关系严重阻碍了生产力的发展。

第二,政治上:中央集权进一步强化,官僚机构膨胀,各级官吏贪污成风,营私舞弊,巧取豪夺。

第三,文化上:厉行专制主义,大兴文字狱。

第四,阶级关系:阶级矛盾尖锐,农民起义不断。

第五,军事上:军力衰败,军备废弛。

第六,对外关系上:实行闭关锁国政策,严格限制对外贸易,是中国处于与世隔绝的状态。

到了鸦片战争前夜的嘉庆、道光年间,清王朝衰相尽显,潜伏着许多危机。此时的中国已经远远落后于西方资本主义国家。

三、鸦片战争前的世界——资本主义发展与殖民扩张

16世纪至19世纪初,正当中国还处于封建社会晚期的兴衰更替之时,西方资本主义已经开始产生、发展,西方殖民主义势力也随之向外扩张。东西方的历史走向出现巨大的反差。

第一,14至15世纪,欧洲地中海沿岸出现了最早的资本主义萌芽,16至18世纪,资本主义的原始积累为资本主义生产方式的产生创造了条件。

第二,1640年,英国爆发资产阶级革命,标志着世界历史开始进入资本主义时代。至18世纪,英国、美国、法国等先后通过资产阶级革命,建立了资产阶级政权,为资本主义的发展创造了政治上的前提和保证。

第三,18世纪中叶至19世纪初,从英国开始推广到欧美各国的工业革命,使大机器生产取代了工场手工业,这为资本主义的发展创造了经济上的保证。在资产阶级革命和工业革命的双重作用下,资本主义制度终于在欧美确立起来。

第四,15世纪末至16世纪初,西方冒险家远渡重洋的环球航行和随之而来的征服掠夺,揭开了近代殖民扩张的序幕。

西方工业革命后,资产阶级要求更广阔的国外市场和原料供应地,推动了西方列强向世界急剧扩张,殖民主义世界体系开始形成。

西方殖民主义势力来到东方,并不是为了使东方国家成为独立的资本主义社会,而是为了把它们纳入资本主义的世界体系,成为殖民地、半殖民地,成为自己在经济上、政治上的附庸。

西方资本主义的发展及其向东方的殖民扩张,使古老的中国遇到了空前严重的挑战,面临着极其深刻的生存危机。

四、鸦片战争——中国近代史的开端

1840年中英鸦片战争之所以成为中国近代史的开端,是因为鸦片战争清政府失败后签订了中国近代史上第一个不平等条约《南京条约》,后来陆续签订了一系列不平等条约,通过一系列不平等条约,西方列强在中国攫取了大量侵略特权。中国的社会性质、主要矛盾、历史任务、革命性质发生了质的变化。其中,社会性质的变化居于核心地位。

社会性质:鸦片战争前中国是一个主权独立的封建国家;鸦片战争后中国被迫签订了一系列不平等条约,国家主权遭到破坏,中国由主权独立的封建社会,逐步成为半殖民地半封建社会。社会性质发展了质的变化。

主要矛盾:随着社会性质的演变,社会的主要矛盾由封建社会地主阶级与农民阶级的矛盾,演化为两对矛盾:封建主义与人民大众的矛盾,帝国主义与中华民族的矛盾。

主要任务:主要矛盾决定主要任务,近代中国社会的两大任务是:争取民族独立和人民解放,实现国家的富强和人民的富裕。

革命性质:鸦片战争后中国逐渐开始了反帝反封建的资产阶级民主革命。

五、如何理解半殖民地半封建社会

认识中国近代社会的性质,就是认识近代中国的基本国情。这是认识中国近代一切

社会问题和革命问题的最基本的依据。

中国的半殖民地半封建社会,是近代以来中国在外国资本主义势力的入侵及其与中国封建主义势力相结合的条件下,逐步形成的一种从属于资本主义世界体系的畸形的社会形态。

鸦片战争前的中国社会是封建社会。中国封建社会内的商品经济的发展,已经孕育着资本主义的萌芽。如果没有外国资本主义的影响,中国也将缓慢地发展到资本主义社会。鸦片战争以后,随着外国资本-帝国主义的入侵,中国社会发生了两个根本性的变化:其一,独立的中国逐步变成半殖民地的中国;其二,封建的中国逐步变成半封建的中国。

(一)中国由独立中国变成半殖民地中国的原因

第一,鸦片战争以后,西方列强通过发动侵略战争、强迫中国签订一系列不平等条约,这些条约破坏了中国的领土主权、领海主权、关税主权、司法主权等,并一步一步地控制中国的政治、经济、外交和军事。中国已经丧失了完全独立的地位,在相当程度上被殖民地化了。

第二,西方列强侵略中国的目的,是要把它变成自己的殖民地。但由于中国人民顽强、持久的反抗,同时帝国主义列强间争夺中国的矛盾无法协调,使得它们中的任何一个国家无法单独征服中国,也使得它们不可能共同瓜分中国。近代中国尽管在实际上已经丧失拥有完整主权的独立国的地位,但是仍然维持着独立国家和政府的名义,还有一定的主权。由于它与连名义上的独立也没有、而由殖民主义宗主国直接统治的殖民地尚有区别,因此称为半殖民地。

(二)中国由封建社会变成半封建社会的原因

第一,外国资本主义列强用武力打开中国的门户,把中国卷入世界资本主义经济体系和世界市场之中。随着外国资本主义的入侵,洋纱、洋布等商品在中国大量倾销,逐渐使中国的农业与家庭手工业分离,一方面,破坏了中国自给自足的自然经济的基础,破坏了城市的手工业和农民的家庭手工业;又一方面,则促进了中国城乡商品经济的发展,给中国资本主义的产生造成了某些客观条件。破产的农民和手工业者成了产业工人的后备军。一批官僚、买办、地主、商人投资兴办新式工业。中国出现了资本主义生产关系。中国已经不是完全的封建社会了。

第二,西方列强并不愿意中国成为独立的资本主义国家。它们利用获取的政治、经济特权,在中国倾销商品,经营轻工业和重工业,对中国的民族工业进行直接的经济压迫。中国的民族资本主义经济虽然有了某些发展,但是并没有也不可能成为中国社会经济的主要形式。而在中国的资本主义经济中,外国资本及依附于它的官僚资本居于主要和支配的地位。在中国农村中,地主剥削农民的封建生产关系,在社会经济生活中依然占着显然的优势。这样,中国的经济既不再是完全的封建经济,也不是完全的资本主义经济,而成为半殖民地半封建的经济了。

半殖民地半封建中国的社会性质,体现在近代中国政治、经济、文化和社会的各个领域,两者是密切结合,相互联系的统一整体。

六、近代中国半殖民地半封建社会的基本特征

第一,资本-帝国主义侵略势力不但逐步操纵了中国的财政和经济命脉,而且逐步控制了中国的政治,日益成为支配中国的决定性力量。

第二,中国的封建势力日益衰败并同外国侵略势力相勾结,成为资本-帝国主义压迫奴役中国的社会基础和统治支柱。

第三,中国自然经济的基础虽然遭到破坏,但是封建剥削制度的根基即封建地主的土地所有制依然在广大地区内保持着,成为中国走向现代化和民主化的严重障碍。

第四,中国新兴的民族资本主义经济虽然已经产生,并在政治、文化生活中起了一定的作用,但是在帝国主义和封建主义的压迫下,它的发展很缓慢,力量很软弱,而且它的大部分与外国资本-帝国主义和本国封建主义都有或多或少的联系。

第五,由于近代中国处于资本-帝国主义列强的争夺和间接统治之下,加上中国地域广大,以及在地方性的农业经济的基础上形成的地方割据势力的存在,近代中国各地区经济、政治和文化的发展是极不平衡的。后来,帝国主义国家还分别支持不同的政治势力以分裂中国,使中国处于不统一状态。

第六,在资本-帝国主义和封建主义的双重压迫下(后来还加上官僚资本主义,形成"三座大山"),中国的广大人民尤其是农民日益贫困化以至大批地破产,过着饥寒交迫和毫无政治权利的生活。

中国半殖民地半封建社会及其特征,是随着资本-帝国主义侵略的扩大,资本-帝国主义与中国封建势力结合的加深而逐渐形成的。它有一个演变的过程,而且在不同历史阶段和不同地区有所差别。在某些时期,中国的某些地区甚至沦为帝国主义直接统治的殖民地。

七、近代中国社会阶级关系的变动

随着近代中国从封建社会逐步演变为半殖民地半封建社会,中国社会的阶级关系也发生了深刻的变动,不仅旧的阶级发生了变化,还有新的阶级产生出来。

(一)地主阶级内部发生变化

旧的封建统治阶级即地主阶级地主阶级继续占有大量的土地,掌握着国家政权,对人民实行专制统治。同时,内部也发生变化,出现了一批因军功而升迁的官僚地主。他们在兼并土地和剥削农民方面,比一般地主要厉害得多。由于城市的发展,农民战争的冲击和乡村社会的动荡,一些地主从乡村迁往城市成为城居地主。一部分地主将土地剥削所得投资于资本主义工商业,有的附股外资企业,有的入股洋务企业,有的直接创办或参股民营企业,转化为资本家。

(二)农民阶级的分化

旧的被统治阶级即农民阶级,仍是近代中国社会人数最多的被剥削阶级。由于土地兼并的加剧,不少自耕农失去土地,向贫农或雇农转化。有些农民破产或失去土地流入城市,成为产业工人的后备军。近代中国农民社会地位低下,受剥削严重,生活状况极度恶化,具有强烈的革命要求,是中国民主革命的主力军。

(三)工人阶级——新兴阶级

近代中国诞生的新兴的被压迫阶级是工人阶级。它的来源主要是城乡破产失业的农民、手工业者和城市贫民。中国工人阶级最早出现于 19 世纪 40 至 50 年代外国资本主义在华企业中,它先于中国的资产阶级产生。在洋务派创办的企业以及 19 世纪 70 年代以后的中国民族企业中,又雇佣了一批工人。早期中国工人阶级人数不多,却是中国新生产力的代表。它身受帝国主义、封建势力、资产阶级三重压迫,工资低、劳动时间长、劳动条件恶劣,受剥削最深,革命性最强,而且它还有组织纪律性强、集中、团结、与广大农民有着天然联系等优点,因此是近代中国最革命的阶级,中国革命的领导阶级。

(四) 资产阶级——新兴阶级

中国资产阶级也是近代中国新产生的阶级。它是在外国资本主义入侵的影响和刺激下,主要由一些买办、商人、地主、官僚投资新式企业转化而成。从19世纪70年代开始,中国民族资本兴办的新式企业逐步发展起来。

中国资产阶级的来源不同,构成比较复杂。其中有一部分是官僚买办资产阶级(革命的对象)。另一部分是民族资产阶级(革命的动力)。

中国的民族资产阶级在政治上表现出两面性。他们与外国资本主义和本国封建主义既有矛盾、斗争的一面,又有依赖、妥协的一面。

八、近代中国的主要矛盾及其关系

近代中国的主要矛盾:帝国主义和中华民族的矛盾(最主要),封建主义和人民大众(农民阶级,工人阶级,民族资产阶级,城市小资产阶级)的矛盾。

封建主义以帝国主义为靠山,帝国主义以封建主义为支柱,为社会基础。中国近代社会的这两大主要矛盾互相交织在一起,这两对主要矛盾及其斗争贯穿整个中国半殖民地半封建社会的始终,并对中国近代社会的发展变化起着决定性的作用。

中国近代社会的发展演变,是上述两对主要矛盾互相交织和交替作用的结果。近代以来伟大的中国革命,是在这些主要矛盾及其激化的基础之上发生和发展起来的。

九、近代中国的两大历史任务及其关系

近代以来中华民族面临的两大历史任务:争取民族独立和人民解放(革命),实现国家的富强和人民的富裕(现代化)。

这两大历史任务既互相区别又紧密联系的。前一个任务是从根本上推翻半殖民地半封建的统治秩序,改变落后的生产关系和上层建筑;后一个任务是要改变近代中国经济、文化落后的地位和状况,发展社会生产力,实现中国现代化。前一个任务是为后一个任务扫清障碍,创造必要的前提,后一个任务是前一个任务的最终目的和必然要求。

十、资本—帝国主义对中国的侵略

军事侵略:发动侵略战争,屠杀中国人民

　　　　　侵占中国领土,划分势力范围

　　　　　勒索赔款,抢掠财富

政治控制:控制中国的内政、外交

　　　　　镇压中国人民的反抗

　　　　　扶植、收买代理人

经济掠夺:控制中国的通商口岸

　　　　　剥夺中国的关税自主权

　　　　　实行商品倾销和资本输出

　　　　　操控中国的经济命脉

文化渗透：披着宗教外衣，进行侵略活动

　　　　　　 为侵略中国制造舆论

十一、如何看待资本——帝国主义的入侵给中国带来的影响

　　资本-帝国主义对中国的侵略是产生近代中国社会基本矛盾和各种社会矛盾的主要根源，也是近代中国社会落后贫困的根本原因。

　　第一，从主观动机与客观效果。资本-帝国主义列强侵略中国的主观动机也是要掠夺、压迫中国，企图把中国变成其殖民地或半殖民地，这完全是由他们"极卑鄙的利益所驱使的"，而绝不是为了给中国带来"近代文明"，帮助中国变成独立富强的现代化国家。但是同时，它在实现其利益和目的的过程中不得不带来的客观效果，如瓦解中国的封建自然经济，把中国卷入世界市场和世界资本主义经济体系，传播了西方资本主义生产方式和物质文明，并客观上为中国资本主义的发展和中国资产阶级、无产阶级、新型知识分子的产生创造了物质前提。这就是马克思所说的殖民主义充当了"历史的不自觉的工具"，并具有破坏性和建设性的"双重使命"。

　　第二，从正义和非正义、是非善恶的道德判断角度。资本-帝国主义列强侵略中国是非正义的。它们向中国走私毒品鸦片，贩卖人口，发动战争，运用各种手段掠夺、屠杀、压迫、剥削中国人民，这些都是极其野蛮的、可耻的、不道德的罪行。因此决不能因其有"双重使命"的客观效果而替资本-帝国主义侵略辩护、美化甚至评功摆好。

　　第三，从生产力与生产关系的角度。即使殖民主义有所谓的"建设性使命"，为中国资本主义创造了物质前提，但这也使中国人民付出了极大牺牲和痛苦的代价，使中华民族遭受了"流血与污秽"，蒙受了"苦难与屈辱"。帝国主义的侵略正是近代中国落后贫困的根源，也是中国实现独立、民主、富强和现代化的最大障碍。资本-帝国主义为了其自身利益，在把西方资本主义生产方式传入中国的同时，又有意保留中国的封建生产关系，扶植中国封建势力，阻碍中国民族资本主义的发展，并使中国走上半殖民地经济畸形发展的道路。因此中国人民必须首先通过革命推翻帝国主义和封建主义的统治，争取独立和民主，否则是不可能真正实现中国的富强和现代化的。

十二、早期反抗外来侵略的斗争

（一）人民群众的反侵略斗争

　　第一，三元里人民的抗英斗争，是中国近代史上中国人民第一次大规模的反侵略武装斗争，显示了中国人民不甘屈服和敢于斗争的英雄气概。

　　第二，太平天国重创英法。

　　第三，台湾人民反抗美日。

　　第四，义和团抗击八国联军。

（二）爱国官兵的反侵略斗争

　　近代中国人包括统治阶级中的爱国人物在反侵略斗争中表现出来的爱国主义精神，铸成了中华民族的民族魂，他们是中华民族的脊梁。

十三、粉碎瓜分中国的图谋

帝国主义侵略中国的最终目的,是要瓜分中国、灭亡中国。19世纪70至90年代,自由竞争的资本主义向垄断资本主义即帝国主义过渡,出现了列强夺取殖民地的狂潮,1894年中日甲午战争爆发后帝国主义列强争夺和瓜分中国达到了高潮。1898年竞相租借港湾和划分势力范围,掀起了瓜分中国的狂潮。

帝国主义列强并没有能够实现瓜分中国的图谋。其原因为:

第一,帝国主义列强之间的矛盾和互相制约,是一个重要的原因。帝国主义列强之间的矛盾和妥协,并非是瓜分中国的阴谋破产的根本原因。

第二,最根本的原因,是中华民族进行的不屈不挠的反侵略斗争。

十四、1840年至1919年中国人民反抗外来侵略失败的主要原因和教训

(一)近代中国反侵略战争失败的主要原因

从1840年至1919年的80年间,历次的反侵略斗争,具有重大的历史意义,但是,历次的反侵略斗争,都是以中国失败、中国政府被迫签订丧权辱国的条约而告结束的。其原因,从中国内部因素来分析,主要有以下两个方面:一是社会制度的腐败(根本原因),二是经济技术的落后(重要原因)。正是由于社会制度的腐败,才使得经济技术落后的状况长期得不到改变。

(二)近代中国反侵略战争失败的历史教训

第一,改变社会制度。在近代中国,为了反对外国侵略、争得民族独立,必须充分动员和组织人民群众的力量,必须改变帝国主义、封建主义联合统治的半殖民地半封建的社会制度。

第二,改变中国经济技术落后的状况。要取得反侵略战争的胜利,必须改变中国经济技术落后的状况。需要在科学技术方面奋起直追,需要进行现代化建设。但现代化建设的前提是民族独立和人民解放,不推翻帝国主义对中国的民族压迫,就没有进行现代化的前提和条件,难以使国家真正强大起来。

十五、近代中国进行反侵略战争的历史意义

第一,沉重打击了帝国主义侵华的野心,粉碎了它们瓜分中国和把中国变成完全殖民地的图谋。

第二,中国人民反侵略战争的失败,从反面教育了中国人民,极大地促进了中国人民的思考、探索和奋起直追。振奋了中华民族的民族精神,鼓舞了人民反帝反封建的斗志,大大提高了中国人民的民族觉醒意识。

十六、民族意识的觉醒

帝国主义的侵略给中华民族带来了巨大的历史灾难。列强发动的侵华战争以及中国人民反侵略战争的失败,极大地促进了中国人的思考、探索和奋起。鸦片战争以后,先进的中国人开始睁眼看世界;中日甲午战争以后,中国人民的民族意识开始普遍地觉醒。

（一）地主阶级抵抗派主张（鸦片战争以后）

①林则徐可以算得是近代中国睁眼看世界的第一人。组织翻译《四洲志》。②魏源在其《海国图志》中提出了"师夷长技以制夷"的思想，主张学习外国先进的军事和科学技术，以期富国强兵，抵御外国侵略，开创了中国近代向西方学习的新风。

（二）早期维新思想（19世纪70年代以后）

王韬、薛福成、马建忠、郑观应等人不仅主张学习西方的科学技术，同时也要求吸纳西方的政治、经济学说。他们的共同特点，就是具有比较强烈的反对外国侵略、希望中国独立富强的爱国思想，以及具有一定程度反对封建专制的民主思想。

（三）救亡图存和振兴中华（中日甲午战争以后）

1895年，严复写《救亡决论》一文，响亮喊出"救亡"的口号。甲午战争后，严复翻译了《天演论》（1898年正式出版）。他用"物竞天择"、"适者生存"的社会进化论思想，为这种危机意识和民族意识提供了理论根据。

1894年，孙中山创立革命团体兴中会，喊出了"振兴中华"的最强音。

民族危机激发了中华民族的觉醒，救亡图存成了时代的主旋律。近代以来的仁人志士怀着强烈的危机感和民族意识，历尽千辛万苦，不怕流血牺牲，去探索挽救中华民族危亡的道路。

第二章　对国家出路的早期探索

一、太平天国农民战争的原因

第一，内因：地主阶级与农民阶级的矛盾激化。

第二，外因：西方资本主义的入侵。

二、太平天国农民战争的纲领

（一）《天朝田亩制度》（太平天国运动前期）

第一，性质：是以解决土地问题为中心的比较完整的社会改革方案，最能体现太平天国的社会理想和这次农民战争特点。

第二，目的：建立一个"四有两无"的社会，即"有田同耕，有饭同食，有衣同穿，有钱同使，无处不均匀，无人不饱暖"。

第三，评价：进步性——根本上否定了封建地主土地所有制，表现了广大农民要求平均分配土地的强烈愿望，是对以往农民战争中"均贫富"、"等贵贱"和"均平"、"均田"思想的发展和超越，具有进步意义。

局限性——没有超出农民小生产者的狭隘眼界，它所追求的小农业和家庭手工业相结合的生活方式仍然是落后的自然经济，这必然阻碍商品经济的发展，从而限制了资本主义的产生，而这与当时的历史的潮流资本主义经济相比是倒退。另外，绝对平均的思想在当时社会生产力低下的情况下只能是均贫，而不是均富。平均分配产品的方案，违背社会发展规律，无法调动农民的生产积极性，是根本无法实现的空想。对封建制度有否定意义,但无建设意义。

(二)《资政新篇》(太平天国运动后期)

第一,性质:具有资本主义的色彩。

第二,评价:进步性——带有鲜明的资本主义色彩的改革和建设方案,代表了历史的前进方向;局限性——未涉及农民问题和土地问题,所以不可能得到农民阶级的支持,这一致命弱点,决定了此方案从一开始就缺乏必要的阶级基础。限于当时的历史条件未能付诸实施。

三、太平天国农民战争的历史意义

国内影响:

第一,沉重打击了封建统治阶级,强烈撼动了清政府的统治根基。这次起义历时14载,转战18省,并建立了与清王朝对峙的政权。在太平天国的影响下,各地各族人民反清斗争风起云涌。这些斗争加速了清王朝的衰败过程。

第二,是中国旧式农民战争的最高峰,具有了不同于以往农民战争的新的历史特点。旧式农民战争的最高峰:提出了《天朝田亩制度》,比较完整地表达了千百年来农民对拥有土地的渴望。新的历史特点:《资政新篇》是中国近代历史上第一个比较系统的发展资本主义的方案,反映了太平天国某些领导人在后期试图通过发展资本主义来寻求出路的一种新努力。反映了历史发展的趋势,因此,太平天国起义具有了不同于以往农民战争的新的历史特点。

第三,冲击了孔子和儒家经典的正统权威,一定程度上削弱了封建统治的精神支柱。

第四,有力地打击了外国侵略势力。太平天国的领袖们拒绝承认不平等条约,严禁鸦片贸易。当中外反动势力勾结共同镇压太平天国运动时,太平天国将士们进行了英勇的斗争。

国际影响:鼓舞和推动了当时的亚洲民族解放运动,冲击了西方殖民主义者在亚洲的统治。

四、太平天国运动失败的原因和教训

失败的原因:

第一,客观原因:封建势力和资本-帝国主义勾结共同镇压。

第二,主观原因:农民阶级自身的局限性,具体表现:①政治上,没有科学的革命纲领,《天朝田亩制度》虽有强烈的革命性,但只是一种空想,根本无法实现,《资政新篇》反映了历史发展的趋势,但未反映农民的要求,起不到动员农民的作用。②指导思想上,利用宗教来组织和发动群众,拜上帝教教义不是科学的思想理论,不仅不能正确指导斗争,而且给农民战争带来了危害。③组织上,由于农民阶级的狭隘、自私的弱点,无法克服宗派主义和保持领导集团的长久团结,同时,无法制止统治集团自身腐败和封建等级思想的滋生,削弱了向心力和战斗力。④对外问题上,对外国资本主义列强侵华实质缺乏理性认识。

失败的教训:

太平天国起义及其失败表明,在半殖民地半封建的中国,农民具有伟大的革命潜力;但它自身不能担负起领导反帝反封建斗争取得胜利的重任。单纯的农民战争不可能完成争取民族独立和人民解放的历史任务。中国革命的胜利必须要有先进阶级的领导、农民阶级的参与才能取得胜利。

五、洋务运动的历史背景

第一,国内:19 世纪 60 年代初清政府镇压太平天国起义的过程和第二次鸦片战争结束后兴起。

第二,国际:西方国家对中国的入侵对中国社会的影响。

六、洋务运动的目的及指导思想

洋务运动的目的:①镇压太平天国起义(主要目的)。②抵御外国侵略。

洋务运动的指导思想:"中学为体,西学为用"(以中国封建伦理纲常所维护的统治秩序为主体,用西方的近代工业和技术为辅助,并以前者来支配后者),最先作出比较完整表述的是冯桂芬。

七、洋务运动的主要内容

第一,兴办近代企业:兴办军用工业以自强,兴办民用工业以求富。

第二,建立新式海陆军:建成福建水师、南洋水师和北洋水师,其中北洋水师是清政府的海军主力。

第三,创办新式学堂,派遣留学生。

八、洋务运动的历史作用

第一,在客观上促进了中国早期工业和民族资本主义的发展。

第二,开办了一批新式学堂,派出了最早的官派留学生,这是中国近代教育的开始。

第三,翻译西书传播了新知识,开阔了人们的眼界。

第四,引起了社会风气和价值观念的变化。

九、洋务运动失败的原因

第一,洋务运动具有封建性。洋务运动的指导思想是"中学为体,西学为用",洋务派企图以吸取西方近代生产技术为手段,来达到维护和巩固中国封建统治的目的,这就决定了它必然失败的命运。因为新的生产力是同封建主义的生产关系及其上层建筑不相容的,是不可能在封建主义的桎梏下充分地发展起来的。

第二,洋务运动对西方列强具有依赖性。洋务派官员一再主张对外"和戎",其所兴办的企业一切仰赖外国,他们企图依赖外国来达到"自强"、"求富"的目的,而西方列强并不希望中国真正富强起来。

第三,洋务企业的管理具有腐朽性。洋务派所创办的新式企业虽然具有一定的资本主义性质,但其管理却仍是封建衙门式的。

十、戊戌维新运动兴起的原因

第一,列强在华划分势力范围、民族危机急剧激化。

第二,中国民族资本主义的初步发展,民族资产阶级力量的不断壮大,他们迫切要求挣脱外国资本主义和国内封建势力的压迫和束缚。

第三，甲午战争中国的惨败，激发了新的民族觉醒。

十一、维新派与守旧派的论战

第一，要不要变法。

第二，要不要兴民权、设议院，实行君主立宪。

第三，要不要废八股、改科举和兴西学。

维新派和守旧派的论战，实质上是资产阶级思想与封建主义思想在中国的第一次正面交锋。通过这场论战，进一步开阔了知识分子的眼界，解放了思想，也开始改变了社会风气，为维新变法运动作了思想舆论的准备。

十二、戊戌维新运动的历史意义

第一，是一次爱国救亡运动。维新派在民族危亡的关键时刻，高举救亡图存的旗帜，要求通过变法，发展资本主义，使中国走上富强的道路。维新派的政治实践和思想理论，不仅贯穿着强烈的爱国主义精神，而且推动了中华民族的觉醒。

第二，是一场资产阶级性质的政治改革运动。维新派要用君主立宪制取代君主专制制度，其颁布的促进民族资本主义发展的若干措施虽未能实施，但仍在一定程度上冲击了封建制度。

第三，是一场思想启蒙运动。维新派大力宣传天赋人权、自由平等、社会进化等观念，批判封建君权和封建纲常伦理，有利于民主主义思想在中国的传播，也有利于人们的思想解放。以维新运动为起点，资产阶级新文化开始打破封建文化独占文化阵地的局面。维新派主张采用西方近代教育制度，兴办新式学堂，这对中国近代教育的发展起了积极的推动作用。京师大学堂的创设，更成为中国近代国立高等教育的发端。

第四，推动了社会风气的改变。维新派主张革除吸食鸦片及妇女缠足等陋习，主张"剪辫易服"，倡导讲文明、重卫生、反跪拜等。

十三、戊戌维新运动失败的原因及教训

戊戌维新运动失败的原因：

第一，客观：新旧力量对比悬殊。

第二，主观：资产阶级维新派自身的局限性。

① 对帝国主义、封建主义的妥协性。

② 维新派不掌握军队，脱离群众，依靠的皇帝没有实权。

③ 改制理论缺少说服力。

④ 缺乏政治策略，急于求成。

戊戌维新运动失败的教训：

戊戌维新作为中国民族资产阶级登上政治舞台的第一次表演，竟失败得这么快，这不但暴露了这个阶级的软弱性，同时也说明在半殖民地半封建的旧中国，面对腐朽反动又根深蒂固的封建统治，企图通过统治者走自上而下的改良的道路，是根本行不通的。自上而下的改良必然让位于自下而上的资产阶级民主革命。

第三章　辛亥革命与君主专制制度的终结

一、辛亥革命爆发的历史条件

第一，民族危机加深，社会矛盾激化。20 世纪初列强对中国的侵略日益扩大，民族危机加深。清政府为支付赔款，巧立名目搜刮人民，各级官吏又中饱私藏，民怨沸腾。在中外反动势力的共同严重压迫下，社会矛盾进一步激化。

第二，清末"新政"及其破产。1901 年《辛丑条约》的签订，标志着以慈禧太后为首的清政府已经彻底放弃了抵抗外国侵略者的念头，甘当"洋人的朝廷"；同时也使国人对清政府更为失望，国内要求变革的呼声日渐高涨。为了摆脱困境，清政府宣布实行"新政"。然而清政府改革的根本目的是为了延续其反动统治，不仅引起立宪派不满，而且加剧了统治集团内部的矛盾。所以预备立宪并没有能够挽救清王朝，反而激化了社会矛盾，加重了危机，清政府陷入了无法照旧统治下去的境地。

第三，资产阶级革命派的阶级基础和骨干力量。19 世纪末 20 世纪初，中国民族资本主义得到了初步发展。随着民族资本主义企业发展数量的增多和规模的扩大，民族资产阶级及与它相联系的社会力量也有了明显的发展。民族资产阶级为了冲破帝国主义、封建主义的桎梏，发展资本主义，需要自己政治利益的代言人和经济利益的维护者。这正是资产阶级革命派形成的阶级基础。资产阶级革命派的骨干是一批资产阶级、小资产阶级知识分子。这个知识分子接触到近代西方资本主义的思想文化，深感到民族危难的加深，在群众斗争的推动下，走向了清政府的对立面，开始探索救国救民的新道路。这些青年知识分子，成为辛亥革命的中坚力量。

二、资产阶级革命派的活动

（一）孙中山与资产阶级民主革命的开始

第一，1894 年，孙中山上书李鸿章，尝试采取和平的手段来推进中国的变革与进步，但遭受冷遇。

第二，1894 年，孙中山在檀香山组织了中国第一个资产阶级革命团体兴中会。提出"驱除鞑虏，恢复中华，创立合众政府"的口号。

第三，1895 年，孙中山策划进行广州起义，失败后流亡海外，继续从事反清活动。

第四，1904 年，孙中山发表《中国问题的真解决》一文，指出只有推翻清政府的统治，建立"中华民国"，才能真正解决中国问题。

（二）资产阶级革命派的宣传与组织工作

第一，宣传革命的书籍：1903 年，先后有章炳麟的《驳康有为论革命书》，倡导建立民主共和国。邹容的《革命军》，热情讴歌革命，阐述进行民主革命的必要性和正义性，号召人民推翻清朝统治，建立"中华共和国"。陈天华写了《猛回头》、《警世钟》，痛陈帝国主义侵略给中国带来的严重灾难，揭露清政府已成为洋人的朝廷，号召人民奋起革命。

第二，革命团体：华兴会、科学补习所、光复会、岳王会等革命团体成立。这些革命团成立为革命思想的传播及革命运动的发展提供了重要的组织力量。1905 年,中国同盟会成立大会在日本东京举行。中国同盟会成为中国第一个领导资产阶级革命的全国性政党,标志着中国资产阶级民主革命进入了一个新阶段。

三、孙中山三民主义学说的内容及意义

（1）三民主义学说的内容

同盟会的政治纲领是"驱除鞑虏,恢复中华,创立民国,平均地权"。1905 年 11 月,在同盟会机关报《民报》发刊词中,孙中山将同盟会的纲领概括为三大主义,即民族主义、民权主义、民生主义,后被称为三民主义。

第一,民族主义。民族主义包括"驱除鞑虏,恢复中华"两项内容。①要以革命手段推翻清朝政府,改变它一贯推行的民族歧视和民族压迫政策。②追求独立,建立"民族独立的国家"。

局限性:首先,没有明确的反帝主张,对帝国主义的本质认识不清,害怕帝国主义干涉,甚至幻想以承认不平等条约来换取帝国主义对自己的支持。其次,没有明确地把汉族军阀、官僚、地主作为革命对象,从而给了这部分人后来从内部和外部破坏革命以可乘之机。

第二,民权主义的基本内容是"创立民国",要推翻封建君主专制制度,建立资产阶级的民主共和制度。这是三民主义的核心。孙中山认为中国数千年来的君主制政体是"恶劣政治"的根本。仅有民族革命是不够的,民族革命与政治革命同时进行,建立资产阶级共和国。这无疑是顺应历史潮流,具有战斗力、号召力的纲领。

局限性:民权主义虽然强调了要建立民主共和国,却忽略了广大劳动群众在国家中的地位,因而难以使人民的民主权利得到真正的保证。

第三,民生主义。民生主义的内容为"平均地权"。基本方案是:核定地价,现有地价,仍属原主,涨价归公,国民共享,按价收买。

局限性:没有正面触及封建土地所有制,不能满足农民的土地要求,难以成为发动群众的理论武器。

（2）三民主义学说的意义

孙中山的三民主义学说,初步描绘出中国还不曾有过的资产阶级共和国方案,是一个比较完整而明确的资产阶级民主革命纲领。它的提出,对推动革命的发展产生了重大而积极的影响。

四、关于革命与改良的辩论

（一）论战内容

1906 年至 1907 年间,孙中山为代表的革命派以《民报》为阵地,康有为、梁启超为首的保皇派以《新民丛报》为阵地,双方进行了一场思想论战。论战主要集中在三个方面:

① 要不要以革命手段推翻清王朝(双方论战的焦点)。

② 要不要推翻帝制,实行共和。

③ 要不要社会革命,是维护还是改变封建土地所有制问题。

（二）论战评价

第一，积极性：意通过这场论战，划清了革命与改良的界限，传播了民主革命思想，提高了人们的民主主义觉悟，使一批资产阶级、小资产阶级知识分子走上民主革命的道路，促进了革命力量的壮大，推动革命形势的发展，为推翻清朝统治的革命斗争奠定了思想基础。

第二，局限性：论战暴露了革命派在思想理论方面的弱点。他们主张推翻清政府，但对"革命是否会招致帝国主义干涉"的问题不敢作出理直气壮的正面回答，只是希望通过"有秩序的革命"来避免动乱和帝国主义的干涉。他们所说的"国民"，主要还是指资产阶级及其知识分子，而不是广大的劳动群众。他们对封建地主土地所有制是否应该改革的问题也是语焉不详，并且反对贫苦农民"夺富人之田为己有"，从而无法真正解决农民土地问题。这些阶级和历史的局限不可避免地会影响辛亥革命的进程和结局。

五、武昌起义

1911 年 10 月 10 日，武昌起义爆发，武汉三镇光复，成立了湖北军政府。武昌起义能成功的主要原因是：

（一）湖北地理位置的优势

湖北，处于中国之中部；武汉，号称九省通衢。不仅仅是清廷一直着重控制的重地，也是西方列强争夺的地盘之一。社会矛盾日益激化，自发的反抗斗争迅速发展，为武昌起义奠定了基础。武汉地区也是中国民族资本主义的发源地之一，革命前为仅次于上海的中国近代第二大工商业中心，资产阶级民主思想传播有良好的社会条件。同盟会成立后一直把它作为国内活动的重要基地。

（二）武汉教育比较发达

辛亥革命前，武汉创办了数十所各级各类新式学堂，创立了领先全国的、比较完整的近代教育体系，培育出一批批具有时代性的青少年。他们受到西方资本主义政治思想的影响，同时深感祖国的落后，产生了强烈的改造国家的愿望。

（三）组织工作比较扎实

武汉地区是帝国主义侵华的重要据点和清政府的反动统治中心，也是资产阶级革命力量迅速发展的地区和各省革命党人联系的枢纽，反清思想广泛传播，原来的科学补习所"日知会"基础上发展起来的文学社和后来建立的"共进会"，长期在湖北新军和学界进行活动，产生了广泛的影响；新军中许多士兵参加了革命党，革命思想和民族主义情绪迅速增长，新军不但失去了保卫清王朝的功能，而且普遍推行反清革命，成为起义的主力军。

（四）四省保路风潮，造成湖北统治薄弱

四川保路运动的兴起，武昌地区清军的大部分力量调入四川，致使武昌地区清军的力量比较空虚，为这次起义提供了极为有利的机会。

六、封建帝制覆灭与中华民国的建立

（一）封建帝制覆灭

武昌起义引来了全国响应，掀起了辛亥革命的高潮。各省爆发了各种各样的武装起

义和群众自发斗争,清政府的统治土崩瓦解。1912年2月12日,清帝退位,在中国延续了两千余年的封建帝制终于覆灭。

在武昌起义和各省政权更迭的过程中,资产阶级革命派既表现出了革命性和勇敢精神,又暴露出了软弱性和妥协态度。各省独立的政权出现了复杂的情况。一是革命党人主动把权力让给立宪派或旧官僚、旧军官;二是政权被立宪派或旧官僚、旧军官篡夺;三是在一些省份,旧官僚和立宪派改头换面地维持着旧政权。四是有的地方虽是革命党人掌权,但这些人很快蜕变为新军阀、新官僚。这说明,革命虽然发展很快,但基础并不牢固,内外都潜伏着深刻的危机。

(二)中华民国的建立

1912年1月1日,孙中山在南京宣誓就职,改国号为中华民国,定1912年为民国元年,并成立中华民国临时政府。南京临时政府是一个资产阶级共和国性质的革命政权。主要体现在:第一,在人员构成上,资产阶级革命派在这个政权中占有领导和主体的地位。第二,在实行的各项政策措施上,集中体现了中国民族资产阶级的愿望和利益,也一定程度上符合广大中国人民的利益。第三,颁布的《中华民国临时约法》,是具有资产阶级共和国宪法性质的法典。《临时约法》就以根本大法的形式废除了两千年来的封建君主专制制度,确认了资产阶级共和国的政治制度。

南京临时政府的局限性。南京临时政府的《告友邦书》中,企图用承认清政府与列强所订的一切不平等条约和清政府所欠的一切外债,来换取列强承认中华民国。南京临时政府也没有提出任何可以满足农民土地要求的政策和措施,反而以保护私有财产为借口,去维护封建土地制度以及官僚、地主所占有的土地和财产。

七、封建军阀的专制统治

袁世凯窃夺辛亥革命的果实之后,建立了代表大地主、大买办阶级利益的北洋军阀反动政权,一步一步地实行其专制独裁统治。

在政治上,北洋政府实行军阀官僚的专制统治。破坏责任内阁制,解散国会,解散国民党,撕毁《临时约法》,炮制《中华民国约法》,用总统制取代内阁制。不久修改《总统选举法》,使大总统不仅可以无限期连任,而且可以推荐继承人。这样,袁世凯不仅可以终身独揽政权,而且还可以传子传孙。至此,中华民国只剩一块空招牌了。为了实现集权专制,还不惜投靠帝国主义。袁世凯统治时期,出卖路权、矿权,大肆借款,并签订众多的不平等条约。为了达到专制独裁的目的,军阀们公然进行帝制复辟活动。

在经济上,北洋政府竭力维护帝国主义、封建地主阶级和买办资产阶级的利益。军阀、官僚本身就是大地主,他们还以各种手段兼并土地。军阀与官僚还借助于政治势力,组成官僚买办资本集团,操纵、垄断财政金融和工业、运输业。

文化思想方面,北洋政府大搞尊孔复古活动。攻击民主共和,宣传封建伦常,甚至要求将孔教定为"国教"。

总之,北洋军阀政府从政治上、经济上和文化思想上对辛亥革命进行了全面的反攻倒算。中国落入了黑暗的深渊。孙中山本人沉痛地说过,当时中国"政治上社会上种种黑暗腐败比前清尤盛,人民困苦,日甚一日"。资产阶级革命派在中国建立一个独立、民主的资产阶级共和国的梦想破灭了。

八、挽救共和的努力及其受挫

辛亥革命失败后,孙中山等人采取了一系列挽救共和的努力:1913 年"二次革命",1915 年护国运动,1916 年护法运动。

孙中山具有顽强的革命精神,他首先喊出"振兴中华"的口号,不断地摸索救国救民的道路,并始终坚持奋斗,不愧是中国民主革命的伟大的先行者。他在领导人民推翻帝制,建立共和国的斗争中建立了历史功勋,是 20 世纪初期推动中国发生历史性巨变的主要代表。

但是,他并没有找到中国的真正出路。护法运动不仅是孙中山个人的失败,也标志着整个中国民族资产阶级领导的旧民主主义革命的终结。它表明,中国的旧民主主义革命已经陷入绝境,中国民族资产阶级再也不能领导中国革命前进了。

九、辛亥革命的历史意义

辛亥革命是资产阶级领导的以反对君主专制制度、建立资产阶级共和国为目的的革命,是一次比较完全意义上的资产阶级民主革命。在近代历史上,辛亥革命是中国人民为救亡图存、振兴中华而奋起革命的一个里程碑,它使中国发生了历史性的巨变,具有伟大的历史意义。

第一,推翻了清王朝的统治,沉重打击了中外反动势力。在这以后,帝国主义和封建势力在中国再也不能建立起比较稳定的统治,从而为中国人民斗争的发展开辟了道路。

第二,结束了统治中国两千多年的封建君王专制制度,建立了中国历史上第一个资产阶级共和政府,使民主共和的观念开始深入人心,并在中国形成了"敢有帝制自为者,天下共击之"的民主主义观念。正因为如此,当袁世凯、张勋先后复辟帝制时,均受到了社会舆论的强烈谴责和人民群众的坚决反抗。

第三,使人民在思想上得到了一次大解放。激发了人民的爱国热情和民族觉醒,打开了思想进步的闸门。

第四,促使社会经济、思想习惯和社会风俗等方面发生了新的积极变化。南京临时政府成立后,以振兴实业为目标,设立实业部,先后颁布了一系列有利于工商业发展的政策和措施,以推动民族资本主义经济的发展,使随后的几年成了资本主义发展的"黄金时代"。革命政府还提倡社会新风,扫除旧时代的"风俗之害"。这不仅改变了社会风气,也有助于人们的精神解放。

第五,不仅在一定程度上打击了帝国主义的侵略势力,而且推动了亚洲各国民族解放运动的高涨。

十、辛亥革命失败的原因及启示

(一)客观上:中外反动势力联合镇压革命

辛亥革命发生于帝国主义时代,而帝国主义决不容许中国建立一个独立、富强的资产阶级共和国,从而使自己失去这个占世界人口 1/4 的剥削、奴役的对象。因此,它们用政治、外交、军事、经济、财政等各种手段来破坏、干涉中国革命,扶植并支持它们的代理人袁世凯夺取政权。帝国主义与以袁世凯为代表的大地主大买办势力以及旧官僚、立宪派一起勾结起来,从外部和内部绞杀了这场革命。

(二)主观上:资产阶级革命派本身存在许多弱点和错误

第一,没有提出彻底的反帝反封建的革命纲领。

他们没有明确提出反帝的口号,甚至幻想以妥协退让来换取帝国主义对中国革命的承认和支持。他们只强调反满和建立共和政体,并没有认识到必须反对整个封建统治阶级,致使一些汉族旧官僚、旧军官也混入革命的营垒。受当时政治局势的左右和妥协退让思想的支配,革命党人最后甚至还把政权拱手让给了袁世凯。

第二,不能充分发动和依靠人民群众。

由于中国民族资产阶级同封建势力有千丝万缕的联系,因而不敢依靠反封建的主力军农民群众。在革命的过程中,资产阶级革命派虽然也曾经联合新军和会党,从而在一定程度上动员了群众的力量,但在清政府被推翻之后,他们便把群众抛弃了。他们不但不去领导农民进行反封建的斗争,反而指责农民"行为越轨",并派兵加以镇压。中国民主革命的主力军农民没有被动员起来,这个革命的根基就很单薄。"国民革命需要一个大的农村变动。辛亥革命没有这个变动,所以失败了。"

第三,不能建立坚强的革命政党。

作为团结一切革命力量的强有力的核心。同盟会内部的组织比较松懈,派系纷杂,缺乏一个统一和稳定的领导核心。甚至有人主张"革命军起,革命党消"。有的还另建党派,自立山头。孙中山指出:辛亥革命之所以失败,非袁氏兵力之强,乃同党人心之涣散。

资产阶级革命派的这些弱点、错误,根源于中国民族资本主义经济的脆弱,由此而产生的中国民族资产阶级的软弱性和妥协性。辛亥革命仅仅赶跑了一个皇帝,却没有能够改变封建主义和军阀官僚政治的统治基础,无法完成反帝反封建的根本任务。

辛亥革命的失败表明,资产阶级共和国的方案不能够救中国,先进的中国人需要进行新的探索,为中国谋求新的出路。

第四章　开天辟地的大事变

一、北洋军阀的统治

袁世凯窃取辛亥革命的果实后,统治中国的主要是北洋军阀控制的政府,时间是1912至1928年。

北洋军阀是指清朝末年由袁世凯建立起来的封建的买办的反动政治武装集团。他们以地主阶级和买办资产阶级作为自己的主要社会支柱,以外国帝国主义作为自己的主要靠山。许多军阀本身就是大地主,并直接经营一些官僚资本企业。

1912至1916年袁世凯当权时,北洋政府统治下的中国在形式上是统一的。在1916年袁称帝败亡之后,连这种形式上的统一也维持不住了,中国陷入了军阀割据的局面,军阀割据与混战的原因:一是由于中国主要是地方性的农业经济而没有形成统一的资本主义经济市场;二是由于帝国主义国家在中国采取划分势力范围的分裂剥削政策。这些割据称雄的各派系军阀之间,或者为了争夺中央政权,或者为了保持与扩大自己的地盘,进行连年不断的纷争,引发多次的战乱;三是中国地域辽阔,交通不便。

二、新文化运动兴起的历史背景

第一,近代以来,为了挽救国家的危亡,中国的先进分子曾经历尽千辛万苦,向西方国家寻找真理。但是,中国人学习西方的努力在实践中却一而再、再而三地碰壁。

第二,辛亥革命后随着民族资本主义的发展,资产阶级和无产阶级成长壮大,近代新型知识分子的形成。

第三,辛亥革命失败后,以袁世凯为首的北洋军阀继续利用封建专制思想禁锢民众的头脑,尊孔读经的复古逆流甚嚣尘上。一部分民主主义知识分子开始从思想文化方面反思辛亥革命,认为资产阶级共和国方案失败的根本原因在于缺乏一个彻底的思想文化革命。必须改造中国的国民性。他们决心发动一场新的启蒙运动,以期廓清蒙昧、启发理智,使人们从封建思想的束缚中即蒙昧状态中解放出来。在这种背景下,新文化运动应运而生。

三、新文化运动的兴起及性质

资产阶级领导的辛亥革命失败后,先进的知识分子在进行深刻的反思之后,认为辛亥革命之所以流产,在于只进行了政治革命,而没有进行伦理革命。于是,他们决定发动一场新的思想启蒙运动,以启发理智,把人民从封建思想的束缚中解放出来。这个运动就是后来被称为的新文化运动。

新文化运动,始自1915年9月陈独秀在上海创办《新青年》杂志。其又以1919年的五四运动为界,分为前、后两个时期。五四运动以前的新文化运动是资产阶级民主主义的性质,主要内容是宣传资产阶级民主主义思想,反对封建主义;五四运动以后的新文化运动,则为新民主主义革命性质,而此时新文化运动的发起者们自身也完成了从激进的民主主义者向具有初步共产主义思想知识分子的转变,他们由宣传民主、科学已转变为在社会上宣传马克思主义了。

四、新文化运动主要内容

第一,新文化运动开始的标志:1915年9月陈独秀在上海创办《青年》杂志(后改名为《新青年》)。

第二,新文化运动的主要阵地:北京大学和《新青年》编辑部。

第三,新文化运动的基本口号:民主和科学。

第四,提倡新道德反对旧道德,提倡新文学反对旧文学,提倡白话文反对文言文。

五、五四前新文化运动的积极性与局限性

五四前新文化运动的积极意义:

第一,它以资产阶级民主主义思想为武器,向封建专制主义发动了前所未有的攻击,增强了中国人民的民主自由的观念。

第二,它大力宣传民主和科学的思潮,启发了人们的理智和民主主义觉悟,将人们从封建专制主义所造成的蒙昧中解放出来,开启了思想解放的潮流。

第三,它对西方哲学社会科学思潮和自然科学知识的介绍,为马克思主义在中国的传播创造了有利条件。

第四,新文化运动在中国历史上首次提出了中国文化必须现代化的重要课题,反映了中国人民向西方学习从器物到思想文化层面的进步。

五四前新文化运动的局限性:

五四以前的新文化运动倡导者们所使用的武器是西方资产阶级的民主主义,其性质仍然是资产阶级民主主义的思想文化运动。因此运动的局限性是明显的,也存在着一些弱点。

第一,新文化运动的倡导者没有揭示封建专制主义得以存在的社会根源;把资产阶级共和国方案失败的根本原因归之于思想文化,是错误的。他们提倡的资产阶级民主主义,并不能为人们提供一种思想武器去认识中国,并有效地对中国社会进行改造。

第二,他们把改造国民性置于优先地位,但是又脱离改造产生封建思想的社会环境的革命实践,没有把运动普及到工农群众中去,仅仅依靠少数人的呐喊,其目标就难以实现。

第三,他们中不少人在思想方法上存在绝对肯定或绝对否定的形式主义偏向。这种形式主义地看问题的方法,影响了这个运动后来的发展。

但应该指出的是,在当时的先进分子中,有的人在宣传西方资产阶级民主主义时,就已经开始对它有所怀疑和保留了。这是因为:

第一,在帝国主义时代,资本主义制度的内在矛盾已经比较充分地暴露出来。

第二,1914年至1918年的第一次世界大战,以极端的形式进一步暴露了资本主义制度固有的不可克服的矛盾。

第三,中国人学习西方的努力屡遭失败的事实,更使他们对资产阶级共和国方案在中国的可行性产生了极大的疑问。国家的情况一天一天坏,环境迫使人们活不下去。怀疑产生了,增长了,发展了。

新文化运动左翼人士对资产阶级民主主义的怀疑,推动着他们去探索挽救危亡的新的途径,为他们以后接受马克思主义准备了合宜的土壤。

这样,后来新文化运动的发展就分成了两个潮流。一部分人(如李大钊等)继承了它的科学和民主的精神,并在马克思主义的基础上加以改造;另一部分人(如胡适等)则沿着资产阶级的道路继续走下去了。

六、十月革命对中国的影响

1917年俄国爆发的十月社会主义革命,推动中国的先进分子把目光从西方转向东方,从资产阶级民主主义转向社会主义。

第一,十月革命给予中国人的一个启示是:经济文化落后的国家也可以用社会主义思想指引自己走向解放之路。

第二,十月革命后,苏维埃俄国号召反对帝国主义,以新的平等姿态对待中国,推动了社会主义思想在中国的传播。

第三,十月革命中工人和士兵的广泛发动并由此赢得胜利的事实,昭示中国先进分子以新的方法开展革命。

十月革命后,中国思想界产生了一批赞成十月革命、具有初步共产主义思想的知识分子。李大钊最先由民主主义者转变为共产主义者,在中国大地率先举起马克思主义旗帜。

七、五四运动产生的历史条件

第一,新的时代条件。它发生在俄国十月革命所开辟的世界无产阶级社会主义革命的新时代。

第二,新的社会力量的成长、壮大。第一次世界大战期间,中国的民族资本主义经济得到短暂而又迅速的发展。中国的工人阶级和民族资产阶级的力量也进一步壮大起来。

第三,新文化运动掀起的思想解放潮流的推动,为五四运动准备了最初的群众基础和骨干力量。

第四,五四运动的直接导火线,是巴黎和会上中国外交的失败。

八、五四运动的历史特点

五四运动是在新的时代和新的社会历史条件下发生的,具有以辛亥革命为代表的旧民主主义革命所不具备的历史特点和历史意义。

第一,五四运动是中国近代史上一次彻底的反帝反封建的革命运动,表现了反帝反封建的彻底性。把中国人民反帝反封建的斗争提升到一个新的水平线上。

第二,五四运动广泛地动员和组织了群众,是一场真正的群众性的革命运动。青年学生起了先锋作用,中国工人阶级开始登上政治舞台,在运动后期发挥了主力军作用。

第三,五四运动促进了马克思主义在中国的广泛传播,促进了马克思主义同中国工人运动的结合,为中国共产党的成立作了思想和干部上的准备。

第四,五四运动是中国新民主主义革命的伟大开端。五四运动发生在俄国十月革命之后,中国革命逐渐成为世界无产阶级社会主义革命的一部分。五四运动以后,无产阶级逐渐代替资产阶级成为近代中国民族民主革命的领导者。

九、早期马克思主义者的队伍

中国早期接受、宣传马克思主义的主要是三类人:

一是五四运动前的新文化运动的精神领袖,其代表是李大钊、陈独秀。

二是五四运动中的左翼骨干,其代表是毛泽东、杨匏安、蔡和森、周恩来等。

三是一部分原中国同盟会会员、辛亥革命时期的活动家,以董必武、吴玉章、林伯渠等为代表。

中国早期马克思主义者的队伍,主要是由以上三种人组成的。其中李大钊、陈独秀属于先驱者和擎旗人,毛泽东等五四运动的左翼骨干则是其主体部分。

十、早期马克思主义思想运动

在早期马克思主义者的推动下,马克思主义开始在中国得到比较广泛的传播。主要表现为:一是马克思主义著作的翻译和出版;二是学习、研究和宣传马克思主义的社团纷纷涌现;三是大量进步刊物的创办。

早期研究、传播马克思主义思想运动有以下几个特点:

第一,重视对马克思主义基本理论的学习,明确地同第二国际的社会民主主义划清界线。中国的马克思主义思想运动一开始就坚持了马克思主义的革命原则和正确方向。

第二，注意从中国的实际出发，学习、运用马克思主义的理论。中国早期马克思主义者已经在实际上初步形成了马克思主义应当与中国实际相结合的思想，尽管在当时还没有明确提出这个命题。

第三，开始提出知识分子应当同劳动群众相结合的思想。李大钊主张知识分子要忠于民众、作民众的先驱，要到民间去，向农村去。

十一、中国共产党创建的历史条件

第一，思想条件——马克思主义在中国的广泛传播。

第二，阶级基础——工人阶级的成长壮大。

第三，组织准备——马克思主义的先进分子形成。

第四，外界条件——共产国际的帮助。

十二、中共"一大"

1921 年 7 月 23 日，中共"一大"召开，12 名代表，代表全国 50 多位党员。陈独秀、李大钊因分别在广州、北京有事，未出席会议。包惠僧受陈独秀派遣，出席了会议。出席会议的还有共产国际代表马林和尼科尔斯基。

会议内容：

第一，大会确定党的名称为中国共产党。党的纲领是：以无产阶级革命军队推翻资产阶级，采用无产阶级专政以达到阶级斗争的目的——消灭阶级，废除资本私有制，以及联合第三国际。

第二，大会的实际工作计划——决定首先集中精力组织工人。

第三，大会选举产生了由陈独秀、张国焘、李达组成的党的领导机构——中央局，以陈独秀为书记。

"一大"的意义："一大"正式宣告了中国共产党的成立。

十三、中国共产党成立的历史特点

第一，它成立于俄国十月革命胜利、第二国际修正主义破产之后，得到了列宁领导的共产国际代表的指导和帮助，以俄国布尔什维克为榜样，按照列宁的建党原则建立起来的。它所接受的是没有被修正主义阉割的马克思主义的完整的科学世界观和社会革命论，是在帝国主义和无产阶级革命时代发展了的马克思主义即列宁主义，是在斗争中同各种资产阶级、小资产阶级社会主义划清了界限的科学社会主义。

第二，它是在半殖民地半封建中国的工人运动基础上产生的。中国工人阶级具有坚强的革命性，在这个阶级中不存在欧洲那种工人贵族阶层，没有社会改良主义的基础。所以，中国共产党一开始就是一个以马克思列宁主义理论为指导思想的党，是一个区别于第二国际社会改良党的新型工人阶级革命政党。

十四、中国共产党成立的意义

中国共产党的成立是一个"开天辟地的大事变"。它给灾难深重的中国人民带来光明

与希望,具有划时代的伟大意义:

第一,它标志着中国革命终于有了一个坚强的领导核心。中国共产党不仅代表着中国工人阶级的利益,而且代表着中国人民和中华民族的利益。它的成立使中国革命有了可信赖的组织者和领导者,使中国工人阶级有了自己的司令部。

第二,中国革命从此有了一个科学的指导思想。中国共产党以马克思列宁主义基本原理观察和分析中国的问题,为中国人民指明了斗争的目标、革命的前途和走向胜利的道路。

第三,沟通了中国革命与世界革命的联系,把中华民族的解放运动同世界无产阶级社会主义革命运动相联结并成为其中一部分,使中国革命有了新的前途。

总之,正如毛泽东指出,自从有了中国共产党,中国革命的面目就焕然一新了。

十五、大革命前共产党的活动

(一)制定反帝反封建的民主革命纲领

1922年7月,中国共产党第二次全国代表大会在上海召开。中国共产党二大在中国近现代历史上第一次明确提出了反帝反封建的民主革命纲领。二大通过对近代中国经济政治状况的分析,揭示出中国社会的半殖民地半封建性质,革命的对象是帝国主义和封建军阀;现阶段中国革命的性质是民主主义革命,革命的基本动力是工人、农民、小资产阶级和民族资产阶级。

(二)发动工农群众开展革命斗争

在中国共产党的领导、推动、组织下,工农群众运动迅速开展起来。

工人运动方面:1921年8月,中国共产党在上海成立中国劳动组合书记部,这是党领导工人运动的专门机关。在各地党组织和劳动组合书记部的宣传、组织和领导下,从1922年1月香港海员罢工为起点到1923年2月京汉铁路工人罢工为终点,中国工人运动掀起第一个高潮。

中国共产党领导的工人斗争,显示了中国工人阶级坚定的革命性和坚强的战斗力,扩大了中国共产党在全国的政治影响。通过领导工人运动,中国共产党密切了同工人阶级的联系,在斗争中涌现出来的一批优秀人物,后来成为重要的领导骨干。

农民运动方面:1921年9月,浙江省萧山县衙前村成立了第一个农民协会,组织农民开展反抗地主压迫与剥削的斗争。这种新式的农会和农民运动,在中国共产党成立之前是不曾有过的。

十六、国共合作的形成

(一)国共合作形成的原因

共产党方面:1923年2月7日京汉铁路罢工遭到北洋政府的血腥镇压之后,中国的工人运动暂时转入了低潮。中国共产党由此认识到,中国无产阶级虽是一个最有觉悟性和最有组织性的阶级,但是如果单凭自己一个阶级的力量,是不能取得胜利的。而要胜利,他们就必须在各种不同的情形下团结一切可能的革命的阶级和阶层,组织革命的统一战线。所以在二七惨案之后,中国共产党决定采取更为积极的步骤去联合孙中山领导的国民党。

在国民党方面：1922 年 6 月陈炯明叛变后,孙中山受到极大打击,陷入困境。这一时期,中国共产党领导的一系列工农运动,孙中山认识到共产党是一支新兴的、生机勃勃的力量,下决心同其合作。

（二）国共合作的方式——"党内合作"

1922 年 7 月中共二大提出"党外合作"的方针,共产国际驻中国代表马林提出"党内合作",1923 年中共三大上,对国共合作的方针和办法作出了正式的决定。

（三）国共合作的正式形成

1924 年 1 月,中国国民党第一次全国代表大会在广州召开。大会通过的宣言对三民主义作了新的阐释。新三民主义和共产党在民主革命时期的纲领在基本原则上是一致的,成为国共合作的政治基础和革命统一战线的共同纲领。确立了联俄、联共、扶助农工三大政策。国民党一大的成功召开,标志着第一次国共合作的正式形成。

十七、大革命的兴起与发展

国共合作的形成,加快了中国革命前进的步伐。1924 年,工人运动开始复兴,农民运动也有了初步开展。国共合作创办了黄埔陆军军官学校,为未来的革命战争准备了军事力量的骨干。1925 年 5 月,以五卅运动为起点,掀起了全国范围的大革命高潮。1926 年 7 月,以推翻北洋军阀(吴佩孚、孙传芳和张作霖)统治为目标的北伐战争开始。基本上摧毁了北洋军阀吴佩孚、孙传芳的主力,中国形成了历史上空前广大的人民解放运动。广大农村掀起了大革命的风暴,工人运动迅速走向高涨。帝国主义、封建主义的统治受到严重的打击。

1925 年至 1927 年中国反帝反封建的革命,比之以往任何一次革命,包括辛亥革命和五四运动,群众的动员程度更为广泛,斗争的规模更加宏伟,革命的社会内涵更其深刻,因此被称作大革命。

十八、中国共产党在大革命中的作用

大革命是在国共合作的条件下进行的,没有国共合作,不会在短时间内掀起这样一场革命。在这场革命中,中国共产党起着独特的、不可代替的作用。没有中国共产党,不会有这场大革命。这是因为:

第一,中国共产党提出了反对帝国主义、反对军阀的政治口号。

第二,中国共产党是人民群众的主要发动者和组织者,大革命是近代中国历史上空前广泛而深刻的群众运动。这就为国民革命的发展、广东战争和北伐战争的胜利奠定了群众基础。

第三,共产党人不仅帮助和推动了国民革命军的建立,而且在军队中进行了卓有成效的政治工作,积极提高国民革命军的素质,增强它的凝聚力和战斗力;共产党员在战斗中更是身先士卒,起着先锋作用和表率作用。此外,共产党人还建立了一定数量的工农武装(工人纠察队、农民自卫军等),配合正规军作战。

十九、大革命的失败原因

北伐战争的胜利推进和工农运动的高涨,引起帝国主义和国内反动势力的恐慌。帝国主义干涉中国革命,不断制造事端,干涉中国革命,在帝国主义和国内大地主大资产阶级的支持下,蒋介石在上海发动"四一二"政变,汪精卫发动"七一五"政变,一次国共合作破裂,大革命失败。

国民革命失败的原因是复杂的,多方面的:

客观上:帝国主义和中国封建主义势力的联合力量大大超过刚刚兴起的革命联合力量,敌我力量悬殊太大。革命统一战线内部矛盾复杂多变,国民党内部不断分化,蒋介石、汪精卫先后分裂统一战线,使革命力量遭到严重损失。共产国际及其驻中国代表指导上的失误。

主观上:中国共产党处于幼年时期,以陈独秀为首的中共中央在领导上犯了右倾机会主义错误,放弃了革命的领导权,还不善于处理同资产阶级的复杂关系。

二十、大革命的经验教训

大革命的胜利和失败,为中国人民和中国共产党留下了极其宝贵的经验教训,主要有:

第一,国民革命时期的历史证明,国共合作的政策是完全正确的。国共两党关系的状况关系到中国革命的发展,关系到国家和民族的进步。第一次国共合作掀起了国民革命高潮,有力地打击了帝国主义和封建主义势力,国共两党合作,有利于国家的统一,民族的进步,有利于中国革命的发展,也有利于两党自身的发展。国共合作破裂,使中国革命遭到重大挫折。

第二,国民革命的历史证明,中国共产党要领导中国革命取得胜利,必须善于把马克思列宁主义的普遍原理同中国革命的具体实践结合起来,制定一条正确的政治路线。

第三,中国革命必须建立包括工人、农民、小资产阶级和民族资产阶级在内的广泛的革命统一战线。在统一战线中,必须坚持无产阶级的领导权,对资产阶级实行又联合又斗争的政策。这个时期的后期,由于陈独秀右倾投降主义的错误,放弃了无产阶级领导权,主张与资产阶级只联合不斗争的策略,使革命遭到严重挫折。

第四,实现无产阶级领导权的中心问题是农民问题。只有把广大农民充分地发动起来,才能从根本上动摇帝国主义和封建主义的统治基础,才能有力量去克服资产阶级的动摇性和不彻底性,并有效地对付资产阶级的叛变。

第五,中国革命的主要形式是武装斗争,主要的组织形式是军队。要实现无产阶级领导权,必须掌握革命的武装。正是由于缺少一支强有力的人民军队作为革命的坚强后盾,也就未能对资产阶级的叛变,组织及时和有效的反击。

二十一、大革命的历史意义

沉重打击了帝国主义和封建势力的统治,锻炼教育了各革命阶级,扩大了中国共产党在人民群众中的政治影响,推动了东方各国的民族解放运动和亚洲人民的觉醒。中国共产党开始探索马克思主义中国化的途径,初步提出了无产阶级领导的、人民大众的、反帝反封建的新民主主义革命的基本思想。开始懂得进行土地革命和掌握革命武装的重要性。

第五章　中国革命的新道路

一、国民党在全国统治的建立

1928年底,东北易帜,国民党在形式上实现了在全国的统治。国民党政权性质——代表地主阶级和买办性大资产阶级利益的一党专政和军事独裁的统治。

国民党政府如何实行一党专政和军事独裁统治?

第一,为了镇压人民和消灭异己力量,国民党建立了庞大的军队。

第二,为了镇压人民和消灭异己力量,国民党还建立了庞大的全国性特务系统。

第三,为了控制人民,禁止革命活动,国民党还大力推行保甲制度,规定十户为甲,十甲为保,分设甲长和保长。

第四,为了控制舆论,剥夺人民的言论和出版自由,国民党还厉行文化专制主义。

二、土地革命战争的兴起

1927~1937年,中国革命进入土地革命战争时期。

第一,八七会议:1927年8月7日,中共中央在汉口召开了紧急会议,会议彻底清算了大革命后期陈独秀右倾机会主义错误,确定了土地革命和武装反抗国民党反动派的方针,并选出了以瞿秋白为首的中央临时政治局。毛泽东在会上提出必须依靠农民和掌握枪杆子的思想。

八七会议使中国共产党在政治上大大前进了一步,开始了从大革命失败到土地革命战争兴起的转折。

第二,南昌起义:1927年8月1日南昌起义,打响了武装反抗国民党反动统治的第一枪。这是中国共产党独立领导革命战争、创建人民军队和武装夺取政权的开端,揭开了土地革命战争的序幕。8月1日后来被定为中国人民解放军的建军节。

第三,秋收起义:1927年9月9日,毛泽东等领导的湘赣边界秋收起义爆发。打出了"工农革命军"的旗帜,攻打长沙失败后,转战农村,开始了创建井冈山农村革命根据地的斗争。在江西永新县的三湾村,进行了著名的三湾改编,确立了人民军队建设的根本原则是党指挥枪。

第四,广州起义:1927年11月11日,中共广东省委根据中共中央的指示,决定举行广州武装起义。

三、中国革命新道路的开辟

1927年以后中国革命发展的客观规律要求,以农村为工作重点,到农村去发动农民,进行土地革命,开展武装斗争,建设根据地。农村包围城市,武装夺取政权,这是中国革命的新道路。这条新道路的开辟,依靠党和人民的集体奋斗,凝聚了党和人民的集体智慧。毛泽东是其中的杰出代表。

毛泽东不仅在实践中首先把革命的进攻方向指向了农村,而且从理论上阐明了武装斗争的极端重要性和农村应当成为党的工作中心的思想。从1928年10月至1930年1

月,毛泽东相继写成了《中国的红色政权为什么能够存在?》、《井冈山的斗争》两篇文章,阐述了共产党领导的土地革命、武装斗争与根据地建设三者之间的辩证统一关系,强调工农武装割据的思想。1930 年 1 月,毛泽东在《星星之火,可以燎原》一文中指出:红军、游击队和红色区域的建立和发展,是半殖民地中国在无产阶级领导之下农民斗争的最高形式。是半殖民地农民斗争发展的必然结果,是促进全国革命高潮的最重要因素。

农村包围城市,武装夺取政权的理论,是对 1927 年革命失败后中国共产党领导的红军和根据地斗争经验的科学概括。它是以毛泽东为主要代表的中国共产党人同当时党内盛行的把马克思主义教条化、把共产国际决议和苏联经验神圣化的错误码倾向作斗争的基础上逐步形成的。1930 年 5 月,毛泽东在《反对本本主义》一文中,阐明了坚持辩证唯物主义的思想路线即坚持理论与实际相结合的原则的极端重要性,提出了"没有调查,没有发言权"和"中国革命斗争的胜利要靠中国同志了解中国情况"的重要思想。表现了毛泽东开辟新道路、创造新理论的革命首创精神。

农村包围城市,武装夺取政权理论的提出,标志着中国化的马克思主义即毛泽东思想的初步形成。这是马克思主义在中国的创造性运用和发展。

四、反"围剿"与土地革命

(一)反围剿斗争

1930～1932 年,国民党对革命根据地进行了四次围剿,红军反围剿战争均得胜利,这是同土地革命的开展密切相关。

(二)土地革命

土地革命的目的是:消灭封建地主的土地私有制,实行农民的土地私有制,使广大农民在政治上得到翻身,农村生产力得到解放和发展。

土地革命的阶级路线和土地分配方法:坚定地依靠贫农,雇农,联合中农,限制富农,保护中小工商业者,消灭地主阶级,以乡为单位,按人口平分土地,在原耕地的基础上,实行抽多补少,抽肥补瘦。

毛泽东制定的土地法:

第一,1928 年 12 月,毛泽东在井冈山主持制定中国共产党历史上第一个土地法。首次肯定了广大农民以革命的手段获得土地的权利。不足在于:关于没收一切土地归苏维埃政府所有、禁止土地买卖等方面的规定,并不适合中国农村的实际。

第二,1929 年 4 月,毛泽东在兴国主持制定第二个土地法,将"没收一切土地"改为"没收一切公共土地及地主阶级的土地"。保护了中农的利益不受侵犯。

第三,1931 年 2 月,毛泽东进一步总结根据地土地革命的经验,要求各阶级工农民主政府发布公告,明确规定农民一经分得的田归农民个人私有,可以自主租借买卖,别人不得侵犯。生产的产品,除向政府缴纳土地税外,均归农民个人私有,任凭自由买卖。

土地改革,充分调动了广大农民发展生产和参军参战的积极性。

五、土地革命战争的发展及其挫折

(一)土地革命战争的发展

1931 年 11 月,中华苏维埃第一次全国工农兵代表大会在江西省瑞金县举行。大会通过了《中华苏维埃共和国宪法大纲》，成立了临时中央政府，毛泽东当选为主席。中华苏维埃共和国实行工农兵代表大会制度，这种制度体现了广大人民群众的根本利益和要求。在苏维埃政府领导下，根据地积极进行经济建设，发展文化教育事业，共产党领导的农村革命根据地呈现出生机勃勃的景象。

（二）土地革命战争的挫折

从1927年7月大革命失败到1935年1月遵义会议召开之前，"左"倾错误先后三次在党中央的领导机关取得统治地位。

第一次左倾错误：以瞿秋白为代表的"左"倾盲动。错误认为革命形势不断高涨，盲目要求创造总暴动的局面（1927.11～1928.4）。

第二次左倾错误，以李立三为代表的"左"倾冒险主义。错误认为中国和世界革命都进入高潮，盲目要求举行全国暴动和集中红军力量攻打中心城市（1930.6～1930.9）。

第三次左倾是以王明为代表的"左"倾教条主义。其主要错误是：

在革命性质和统一战线问题上，混淆民主革命与社会主义革命的界限，将反帝反封建与反资产阶级并列，将民族资产阶级视为中国革命最危险的敌人，一味排斥和打击中间势力。

在革命道路问题上，继续坚持以城市为中心，将准备城市工人的总同盟罢工和武装起义作为共产党最主要的任务；指令根据地的红军采取"积极进攻的策略"，配合攻打中心城市。

在土地革命问题上，提出坚决打击富农和"地主不分田，富农分坏田"的主张。

在军事斗争问题上，实行进攻中的冒险主义、防御中的保守主义、退却中的逃跑主义。

在党内斗争和组织问题上，推行宗派主义和"残酷斗争，无情打击"的方针。

这几次"左"倾错误，尤其是以王明为代表的"左"倾教条主义错误，使中国革命受到严重挫折。

六、中国共产党内屡次出现严重"左"倾错误的原因

第一，八七会议以后党内一直存在着浓厚的"左"倾情绪始终没有得到认真的清理。

第二，共产国际对中国共产党内部事务的错误干预和瞎指挥。

第三，党还处在幼年，马克思主义理论准备不足，理论素养不高，实践经验缺乏，不善于将马列主义与中国实际全面地正确地结合起来（主要原因）。

七、遵义会议

1934年10月中旬，中央机关和中央红军8.6万人撤离根据地，开始长征。长征过程中，红军和中央机关人员锐减到3万多人。在占领贵州遵义后，1935年1月15日至17日，在遵义召开中共中央政治局扩大会议（史称遵义会议）。

遵义会议集中解决了当时具有决定意义的军事问题和组织问题，增选毛泽东为中央政治局常务委员。成立了由周恩来、毛泽东、王稼祥组成的新三人团，全权负责红军的军事行动。

遵义会议结束了王明"左"倾教条主义在党中央的统治，开始确立了以毛泽东为核心的新的中央的正确领导，从而在极端危急的关头，挽救了红军，挽救了党，挽救了中国革

命。遵义会议是中共独立自主地运用马克思列宁主义原理,解决中国革命问题的一次极为重要的会议,是中国共产党历史上一个生死攸关的转折点。

八、长征的胜利

1936 年 10 月,红军三大主力胜利会师,长征胜利结束。

长征的伟大意义:

第一,中国工农红军的长征是一部伟大的革命英雄主义的史诗。

第二,长征保存了党和红军的骨干力量,锻炼了治党治国治军的人才,为人民军队的发展壮大创造了极其重要的条件。

第三,红军长征,铸就了伟大的长征精神。

第四,长征的胜利,是中国革命转危为安的关键。

九、抗日民族统一战线的策略

1935 年 12 月,毛泽东作了《论反对日本帝国主义的策略》的报告,阐明党的抗日民族统一战线的新政策,系统解决了党的政治路线上的问题。

1937 年夏,毛泽东在《实践论》、《矛盾论》中,从马克思主义认识论的高度,总结中国共产党的历史经验,揭露和批评党内的主观主义尤其是教条主义错误,论证了马克思列宁主义基本原理同中国具体实际相结合的原则,科学阐明了党的马克思主义的思想路线。

 # 第六章　中华民族的抗日战争

一、日本发动侵战争华残暴的殖民统治

(一)背景

国内:1868 年,日本明治维新,开始走上资本主义道路,并确定武力征服世界的方针,日本逐渐成为军国主义国家。日本军国主义势力主张:"惟欲征服支那,必先征服满蒙,如欲征服世界,必先征服支那。"日本成为亚洲战争的策源地。

国际:1929 年,由美国开始的经济危机席卷整个资本主义世界。为摆脱危机,日本军国主义者加快了发动侵华战争的步伐。

(二)过程

1931 年,九一八事变。

1935 年,华北事变。

1937 年,七七事变,全面侵华战争开始。

1945 年 8 月 15 日,日本天皇发表终战诏书。日本侵华战争最终遭到彻底失败。

(三)侵华日军的残暴统治及严重罪行

首先,制造惨绝人寰的大屠杀。

其次,疯狂掠夺中国的资源与财富。

再次,强制推行奴化教育。

最后，扶植傀儡政权，以华制华。

二、从局部抗战到全国性抗战

面对日本的野蛮侵略，中国人民毅然奋起，英勇抵抗。中国人民在九一八事变后开始的局部抗日战争，揭开了世界反法西斯战争的序幕。卢沟桥事变是中国全国性抗战的开始，中国在东方开辟了世界第一个大规模的反法西斯战场。

抗日战争是中华民族全民族的反侵略战争，是一场正义战争。全国各界民众以不同形式参加抗日民族统一战线，投入了全民族抗战。

在祖国存亡危急关头，中华儿女表现了空前的民族觉醒和民族团结，他们以自己的血肉之躯，筑成了捍卫祖国的钢铁长城。

三、国民党政府抗战态度的转变

从九一八事变到七七事变，随着日军侵略的加深，国民党政府对于抗战的态度也随之发生转变，由消极抗日到积极抗日。

九一八事变后，国民党政府提出"攘外必先安内"的方针，将大部分兵力用于围剿工农红军。但国民党军队中的部分爱国官兵也进行了局部抗战。

七七事变，特别是八一三事变后，国民党政府放弃"攘外必先安内"的方针，与共产党进行合作，全民族抗战形成。

抗战初期，在中国人民抗日情绪高涨的情况下，国民政府抗战是积极的。

抗战进入相持阶段，国民政府采取消极抗战。

四、战略防御阶段国民党正面战场的作战

在战略防御阶段，日本侵略者以国民党军队为主要作战对象。以国民党军队为主体的正面战场，担负了抗击日军战略进攻的主要任务。国民党军队组织了淞沪、忻口、徐州、武汉会战等一系列大战役。除台儿庄战役取得大捷，其他战役都以退却失败而告终。

失败原因：

客观：敌我力量对比上，日军占很大的优势；日本是东方头号帝国主义强国，又作了长时期的侵华准备，而中国是半殖民地半封建的弱国，加之国民党政府没有进行认真备战，敌我在军力、经济力和组织力的对比上，日本都占有较大的优势。

主观：国民党战略指导方针的失误：国民党采取片面抗战路线，蒋介石集团在进行抗战的同时，却又害怕群众的广泛动员可能危及自身的统治，因而不敢放手发动和武装民众，将希望单纯寄托在政府和正规军的抵抗上，因而缺乏强有力的力量。

在战略战术上，国民党军事当局没有采取积极防御的方针，而是进行单纯的阵地防御战。因此，处处陷于防守、被动挨打的境地。这几大会战的失败，军事上一个共同的错误，就是消极的分兵把守，固守一隅。由于兵力分散，又缺少强大的预备队，一旦被敌突破一道防线，就会引起全线动摇和崩溃。

国民党军队派系林立，各为己谋。在战斗中往往为了保存自己的实力，不能协同作战甚至互相倾轧，常常因援军不能及时赶到而贻误战机。再加上国民党军队纪律松弛，内部腐败，部分高级将领畏敌如虎，毫无斗志，闻敌即溃，弃职而逃。如山东的韩复榘、山西的

李复膺、河北的刘峙等,都是国民党内有名的长逃将军。

五、战略相持阶段国民党的正面战场

抗日战争进入相持阶段后,日本对国民党政府采取以政治诱降为主、军事打击为辅的方针。国民党在重申坚持久抗战的同时,其对内对外政策发生重大变化。1939年1月,国民党五届五中全会决定成立"防共委员会",确定了"防共、限共、溶共、反共"的方针。这标志着国民党由比较积极抗战逐步转变为消极抗战。

日军在对国民党进行政治诱降的同时,为了巩固占领区,继续对国民党军发动过若干次进攻性打击。国民党军也进行过几次较大的战役。在这些战役中,国民党军对日军进行了英勇的抗击,大体上保住了西南、西北大后方地区。但这时期国民党对抗战在全局上逐渐趋向上消极,基本上实行保守的收缩战略,以保存实力;同时又抽出相当多的兵力用来限制、打击共产党及领导的军队。

1941年12月,日军发动太平洋战争,美、英投入世界反法西斯战争。为了配合英、美打击日军,国民政府命令各战区发起攻击,给日军以沉重打击。但总体上,国民党军队的战斗力日益下降。

六、在抗战胜利前夕,国民党军队出现大溃退的原因及影响

这主要是由于国民党内部政治、经济腐败造成的。在抗战后期,国民党在后方大发国难财,四大家族官僚资本迅速膨胀,而前方将士忍饥挨饿,"前方吃紧,后方紧吃",因而将士不愿在前方卖命,国民党军队战斗力严重下降。

国民党蒋介石集团政治、经济和军事的腐败,不仅导致了豫湘桂战役的大溃败,也激起了大后方人民包括民族资产阶级的严重不满,他们对蒋介石集团感到失望,一步一步地选择了中国共产党。

七、共产党全面抗战的路线

与国民党实行的片面抗战路线不同,中国共产党一开始就主张实行人民战争的全面抗战路线。这两条不同的抗战路线的存在,"就是一切中国问题的关键所在"。

中国共产党实行全面抗战路线的原因:

毛泽东认为,兵民是胜利之本。战争之伟力最深厚的根源存在于民众之中,只有动员了全国的老百姓,才能陷敌于灭顶之灾的汪洋大海,才能弥补我之武器装备的缺陷与不足。日本帝国主义之所以敢于大举进攻中国,是因为日本看到中国虽然人多,但没有组织起来,一盘散沙。一旦中国人民组织起来,全国人民齐声吼,日本侵略者便犹如陷入泥潭,不能自拔。

在中国,农民是人民群众的主体。进行人民战争,首先和主要的,就是要发动和组织广大的农民,深入敌后,开展游击战争和群众工作,创建抗日民主政权,逐步把落后的农村建设成为先进的革命阵地。中国共产党的传统优势是宣传群众、组织群众、武装群众,有在农村建立革命根据地的经验。因此,中国共产党把工作的重点放在敌后农村,在新的抗日民族解放战争条件下,继续走农村包围城市的道路。

中国共产党由于坚决实行放手发动群众、壮大人民力量的抗战路线,因而牢牢地掌握

了历史的主动权,成为团结全民族抗战的中坚力量。

八、持久战的方针

1938 年,毛泽东发表了《论持久战》,提出了持久战的方针。其基本依据是:

一方面,日本是强国,中国是弱国,强国弱国的对比,决定了中国的抗日战争不能速胜。另一方面,日本是小国,发动的是退步的、野蛮的侵略战争,在国际上失道寡助;而中国是大国,进行的是进步的、正义的反侵略战争,在国际上得道多助。特别是中国已经有了代表中华民族和中国人民根本利益的、在政治上成熟的中国共产党及其领导的解放区和人民军队。因此,中国不会亡,最后的胜利必将属于中国。

九、敌后战场的开辟与游击战争的发展

为了贯彻执行全面抗战路线,共产党在敌后放手发动群众,对日寇展开了一场人民战争。中国共产党作出了开辟敌后战场的战略决策。在敌后战场,中共领导的军队主要开展游击战争,有力地配合了国民党的正面战场。

中共在敌后战场实行游击战争的原因:

第一,这是由日本人和共产党的力量差距过大的客观情况决定的。在这种情况下,共产党只能采取扰敌和疲敌战术,不时攻击敌人的后勤等,小规模的杀伤敌人,积少成多,让日本人防不胜防,疲惫不堪,应该说党的政策是比较成功的。另外,我方主张的人民战争,发动广大群众投入到保卫家园的斗争中,军民联合采用游击战可以有效打击侵略者。并且,在第一次国内革命战争中,我们积累了丰富的游击战经验。

第二,日军是异常强大的,国民党友军是昨日的敌人,虽然此时与共产党合作了,但总找机会限制、削弱乃至消灭共产党,因此,如果老是夹在日军和国民党军队之间打正规战,那是非常危险的。

第三,最主要的是日军虽然占领了一些城市和铁路沿线交通要道,而广大农村则是日军统治的薄弱环节,如果人民军队深入敌后农村,钻进日军的心脏地带,则能够给日军以最有效的打击。

十、游击战争的战略地位和作用

一般说来,战争的胜负主要取决于正规战,而游击战则处于辅助地位。但在中国抗日战争中,游击战具有重要的战略地位。

第一,在战略防御阶段,从全局看,国民党正面战场的正规战是主要的,敌后的游击战是辅助的。但是,游击战在敌后的广泛开展和敌后抗日根据地的开辟,迫使敌人不得不把用于进攻的兵力抽调回来保守其占领区,从而对停止日军的进攻、减轻正面战场压力、使战争转入相持阶段起了关键性的作用。

第二,在战略相持阶段,敌后游击战争成为主要的抗日作战方式。在此阶段,为了打击日本侵略者,人民军队在有利条件下也进行过运动战,但是,人民军队在大部分时间里所进行的,主要是游击战。削弱敌人、壮大自己,逐步改变敌强我弱的态势,这个任务主要是由人民军队进行的游击战来完成的。

第三,游击战还为人民军队进行战略反攻准备了条件。

相持阶段到来后,以国民党为主体的正规战争结束,以共产党为主体的游击战争上升到主要地位。

十一、抗日民族统一战线的建立

1931 年九一八事变日本侵占我国东北后,中国共产党为建立以国共合作为基础的抗日民族统一战线进行了长期不懈的努力。

1933 年 1 月,中国共产党发表宣言,愿意在立即停止进攻苏区红军、给予民众民主权利和武装工农三项条件下,准备同任何国民党部队订立共同抗日的协定。

1935 年 8 月,中国共产党又发表了的《八一宣言》,明确表示共产党和红军愿意与中国一切愿意参加抗日救国事业的各党派、各团体,包括国民党在内的一切地方军政机关进行谈判,共同筹组国防政府和抗日联军,并呼吁各党派和军队首先停止内战,以便集中一切国力去为抗日救国的神圣事业而奋斗。1935 年 12 月,中共中央召开了著名的瓦窑堡会议。会议从理论和政策上正式确立了中国共产党关于建立抗日民族统一战线策略的总路线,1936 年 5 月 5 日,中国共产党向国民党政府发出《停战议和一致抗日》通电,将"反蒋抗日"政策转变为"逼蒋抗日"。

1936 年西安事变的和平解决成为时局转换的枢纽,十年内战的局面由此结束,国内和平基本实现。

1937 年 2 月,中共中央致电国民党五届三中全会,提出了实现国共合作的五项要求和四项保证。其中第一条即是停止内战,一致对外。

1937 年 7 月 7 日,卢沟桥事变爆发第二天,中国共产党就通电全国,号召全中国同胞团结起来,筑成民族统一战线的坚固长城,抵抗日本的侵略。

1937 年 9 月 22 日,国民党中央通讯社发表《中国共产党为公布国共合作宣言》。23 日,蒋介石发表谈话,实际上承认了共产党的合法地位。至此,以国共两党第二次合作为基础的抗日民族统一战线正式形成。

十二、中共为巩固抗日民族统一战线的努力

在抗日民族统一战线中,共产党强调必须坚持独立自主原则,既统一,又独立。保持在思想上、政治上和组织上的独立性,放手发动群众,壮大人民力量;坚持对人民军队的绝对领导,冲破国民党的限制和束缚,努力发展人民武装和抗日根据地;对国民党采取又团结又斗争、以斗争求团结的方针。

抗日战争相持阶段到来以后,由于以蒋介石为代表的国民党亲英美派开始推行消极抗日、积极反共政策,团结抗战的局面发生严重危机,出现了中途妥协和内部分裂两大危险。针对这种情况,1939 年 7 月,中国共产党明确提出"坚持抗战到底,反对中途妥协"、"巩固国内团结,反对内部分裂"、"力求全国进步,反对向后倒退"三大口号,坚决揭露打击汪精卫集团的叛国投降活动,继续争取同蒋介石集团合作抗日,坚持、巩固和扩大抗日民族统一战线。

为了抗日民族统一战线的坚持、扩大和巩固,中国共产党总结反"磨擦"斗争的经验,制定了"发展进步势力,争取中间势力,孤立顽固势力"的策略总方针。

进步势力主要是指工人、农民和城市小资产阶级。他们是统一战线的基础,抗日战争

的主要依靠力量。

中间势力主要是指民族资产阶级、开明绅士和地方实力派。争取中间势力需要一定的条件：一是共产党要有充足的力量；二是尊重他们的利益；三是要同顽固派作坚决的斗争，并能一步一步地取得胜利。

顽固势力是指大地主大资产阶级的抗日派，即以蒋介石集团为代表的国民党亲英美派。他们采取两面政策，既主张团结抗日，又限共、溶共、反共并摧残进步势力。为此，共产党必须以革命的两面政策来对付他们，即贯彻又联合又斗争的政策。

中国共产党还提出了同顽固派作斗争的策略原则："有理"、"有利"、"有节"。"有理"是自卫的原则，人不犯我，我不犯人，人若犯我，我必犯人。"有利"是胜利的原则，不斗则已，斗则必胜。"有节"是休战的原则，适可而止，使斗争及时告一段落。

抗日民族统一战线的建立与巩固，以及中国共产党采取的行之有效的原则和方针，对于坚持全民族抗战到底，具有十分重大的意义。它有效遏制了妥协投降势力的发展，推动政府当局抗战到底。中国共产党这种顾全大局，维护民族利益的博大胸怀，有力地维护了全民族的坚强团结，成为全民族团结抗战的领导核心。

十三、抗日民族统一战线的历史意义

国共第二次合作为基础的抗日民族统一战线在抗日战争中具有重要的历史意义：

第一，因为有了抗日民族统一战线，国民党政府当局被迫暂时放弃了"攘外必先安内"、对日本侵略者不抵抗以及寄望于国际社会调停干涉等政策，开始走上抗日的道路。

第二，因为有了抗日民族统一战线，中国军队才能够一致对外，无数将士的爱国热情得以激发，他们才能在抗日战场上英勇杀敌，给侵略者以沉重打击。

第三，因为有了抗日民族统一战线，中华民族空前团结起来，一切爱国的力量集结在抗日的旗帜下，同仇敌忾，共赴国难，凝聚成反抗外来侵略的滚滚洪流，为坚持抗日战争奠定了最广泛、最深厚的民众基础。

第四，因为有了抗日民族统一战线，中国共产党可以运用抗日民族统一战线，在敌后广泛开展宣传、组织工作，放手发动群众，壮大人民武装，建立抗日根据地；在国统区推动抗日民主运动和进步文化工作的发展，进一步扩大党的影响。这不仅为保证党对抗战的领导，取得抗日战争的胜利创造了条件，而且为变抗日战争的胜利为人民革命的胜利，最后夺取民主革命在全国的胜利奠定了基础。

抗日民族统一战线形成后，中国国民党和中国共产党领导的抗日军队，分别担负着正面战场和敌后战场的作战任务，形成共同抗击日本侵略者的战略态势。全国各界民众包括中国工人、农民、知识分子和其他爱国人士，民族工商业者，各中间党派、各少数民族、台港澳同胞、海外华侨等，都以不同形式参加抗日民族统一战线，投入了全民族抗战。在祖国生死存亡的危急关头，中华儿女表现了空前的民族觉醒和民族团结，以自己的血肉之躯，筑成了捍卫祖国的钢铁长城。

十四、抗日民主根据地的建设

抗日根据地是认真贯彻和实现中国共产党全面抗战路线、坚持抗战和争取胜利的坚强阵地。在敌后开展抗日游击战争，必须同抗日根据地的建设结合起来。1940年，毛泽东发表《新民主主义论》等著作,提出了比较完整的新民主主义建设的基本纲领、基本政策,为各抗日根据地的建设指明了方向。1941年5月,中共中央批准颁布的《陕甘宁边区施政纲领》,全面地体现了中国共产党关于根据地建设的基本方针。

第一,政权建设:政权建设是根据地建设的首要和根本问题,抗日根据地的政权是抗日民主统一战线的政权,是一切赞成抗日又赞成民主的人们的政权,是几个革命阶级联合起来对于汉奸和反动派的民主专政。政权结构包括立法、行政和司法机关,人员组成上实行三三制。抗日民主政府在工作人员分配上实行"三三制"原则,即共产党员、非党的左派进步分子和中间派各占1/3。这样做,可以容纳各方面的代表,团结一切赞成抗日又赞成民主的各阶级、阶层。

第二,经济建设:由于根据地的首要任务是解决战争和生活需要,所以经济建设的主要任务是发展农业生产,实行减租减息的政策,提高农民参加生产和抗日斗争的积极性,同时注意发展工业生产和对内对外贸易,建立银行,发行货币。

第三,文化教育建设:在延安陆续创办了大批学校,积极发展干部教育,广泛吸收知识分子入党并到军队、学校、政府工作。文学、历史、新闻、艺术、自然科学方面都取得了重要成就。

十五、党的自身建设

第一,提出马克思主义中国化的命题。

1938年9月至11月,中国共产党在延安召开了扩大的六届六中全会。在这次全会上,毛泽东明确地提出了"马克思主义的中国化"这个命题。毛泽东提出"马克思主义的中国化"这个命题,为中国共产党的政治建设指明了方向,为克服党内马克思主义教条化的错误倾向奠定了理论基础。

第二,系统阐明新民主主义理论。在20世纪30年代后期和40年代初期,毛泽东撰写了《〈共产党人〉发刊词》、《中国革命和中国共产党》、《新民主主义论》等一批重要的理论著作。在这些著作中,毛泽东提出了中国革命必须分两步走(民主主义革命和社会主义革命),党在新民主主义革命阶段的政治、经济和文化纲领,党在中国革命中战胜敌人的三大法宝(统一战线,武装斗争,党的建设)等。

以毛泽东为主要代表的中国共产党人创立的新民主主义理论,是马克思主义基本原理同中国具体实际相结合的成果。这个理论从思想上武装了中国共产党人,使他们极大地增强了参加和领导抗日战争和新民主主义革命的自觉性。

第三,开展整风运动,确立实事求是的思想路线。

背景:党员成分复杂,许多出身农民及其他小资产阶级,在他们身上存在着各种非无产阶级思想。老党员要适应新形势,也需要进一步提高自己。党内的主观主义、教条主义还没有从思想上完全清理,带来许多危害。

目的:帮助广大党员,尤其是党的高级干部端正思想路线,提高党员的思想理论水平,增强党的凝聚力和战斗力。20世纪40年代前期,中国共产党以延安为中心,在全党范围内开展了一场整风运动。

进程:1941年,毛泽东作了《改造我们的学习》的报告,整风运动首先在高级干部中进行。1942年,毛泽东先后作了《整顿党的作风》、《反对党八股》的讲演,整风运动在全党范围内普遍展开。

内容:反对主观主义以整顿学风、反对宗派主义以整顿党风、反对党八股以整顿文风。其中,反对主观主义是整风运动最主要的任务。

意义:在整风运动中,全党党员,特别是党的高级干部,认真学习马克思主义著作和党的整风运动文献,联系党的历史,联系个人的思想实际和工作实际,开展批评与自我批评,端正了思想路线,增强了运用马克思主义的立场、观点、方法解决中国革命实际问题的自觉性和能力。

整风运动是一场伟大的思想解放运动。一切从实际出发、理论联系实际、实事求是的马克思主义思想路线,在全党范围确立了起来。

十六、抗日战争的胜利

1945 年 8 月 15 日,日本天皇裕仁宣布投降。9 月 2 日,日本外相重光葵代表天皇和政府,梅津美治郎代表日本大本营,在东京湾美军军舰密苏里号上向美、英、中、苏同盟国代表签署投降书。至此,中国人民抗日战争胜利结束,世界反法西斯战争也胜利结束。9 月 3 日,为中国抗日战争胜利纪念日。9 月 9 日,日本中国派遣军总司令官冈村宁次大将在南京向中国政府代表何应钦上将签署投降书。

10 月 25 日,中国政府在台北举行受降仪式。被日本占领 50 年之久的台湾以及澎湖列岛,由中国收回。这一天,被命名为"台湾光复日"。这是中国抗日战争取得完全胜利的重要标志。

中国的抗日战争是世界反法西斯战争的重要组成部分,是世界反法西斯战争的东方主战场。中国最早举起反法西斯斗争的义旗,并以举国奋战最早开创了二战反法西斯的亚洲战场,中国战场的积极作战钳制了日军的行动,使其南进计划被迫推迟,为亚洲各国的反法西斯斗争,创造了有利条件;同时中国战场的作战使日本北攻苏联的计划被迫搁置,避免了两线作战的严重威胁,集中力量与德国法西斯作战,可以说没有中国战场的牵制,盟国"先欧后亚"的战略实施根本无从谈起,世界反法西斯的进程将被改变。

中华民族以巨大的民族牺牲,为世界反法西斯战争作出了不可磨灭的贡献。

十七、抗日战争胜利的意义

中国人民抗日战争,是近代以来中华民族反抗外敌入侵第一次取得完全胜利的民族解放战争,是 20 世纪中国和人类历史上的重大事件。

抗日战争胜利的意义:

第一,中国人民抗日战争的胜利,彻底打败了日本侵略者,捍卫了中国的国家主权和领土完整,使中华民族避免了遭受殖民奴役的厄运,为中华民族实现伟大的复兴奠定了基础。抗日战争的胜利,结束了日本在台湾 50 年的殖民统治,使台湾回到祖国的怀抱。

第二,中国人民抗日战争的胜利,促进了中华民族的觉醒,使中国人民在精神上、组织上的进步达到了前所未有的高度,为抗战胜利后中国共产党领导全国人民取得解放战争的胜利奠定了坚实的基础。中国人民通过抗日战争的实践认识到,中国共产党是领导中国各族人民争取民族独立和人民解放的坚强核心。正是在抗日战争胜利的基础上,中国共产党领导人民取得了整个新民主主义革命的胜利。

第三，中国人民抗日战争的胜利，促进了中华民族的大团结，弘扬了中华民族的伟大精神。这就是：坚决维护国家和民族利益、誓死不当亡国奴的民族自尊品格；万众一心、共赴国难的民族团结意识；不畏强暴、敢于同敌人血战到底的民族英雄气概；百折不挠、勇于依靠自己的力量战胜侵略者的民族自强信念；开拓创新、善于在危难中开辟发展新道路的民族创造精神。今天，我们要在新的历史条件下，继续弘扬中华民族的伟大精神，在捍卫中华民族独立和建设社会主义现代化强国中作出更大的贡献。

第四，中国人民抗日战争的胜利，对世界各国夺取反法西斯战争的胜利、维护世界和平的伟大事业产生了巨大影响。

十八、抗日战争胜利的原因

第一，中国共产党以自己的坚定意志和模范行动，在全民族抗战中发挥了中流砥柱的作用。

近代以来，中国人民的反侵略斗争屡遭败绩，为什么抗日战争取得了胜利呢？这主要是中国有了新的进步因素——中国工人阶级及其先锋队中国共产党。在抗战时期，以毛泽东为代表的中国共产党人，把马克思主义基本原理同中国具体实际相结合，创立和发展了毛泽东思想，对抗日战争发挥了重要的指导作用。中国共产党积极倡导、促成、维护抗日民族统一战线，最大限度地动员全国军民共同抗战，成为凝聚全民族力量的杰出组织者和鼓舞者。中国共产党人以自己最富于献身精神的爱国主义、不怕流血牺牲的模范行动，支撑起全民族救亡图存的希望，成为夺取抗战胜利的民族先锋。

第二，中国人民巨大的民族觉醒、空前的民族团结和英勇的民族抗争，是中国人民抗日战争胜利的决定性因素。

抗日战争唤起了全民族的危机意识和使命意识。在抗日战争中，军队和老百姓相结合，武装斗争与非武装斗争相结合，前方斗争和后方斗争相结合，公开斗争与隐蔽斗争相结合，特别是敌后军民广泛开展伏击战、破袭战、地雷战、地道战、麻雀战等，创造了人类战争史上的奇观，使日本侵略者陷入了人民战争的汪洋大海之中。

第三，中国人民抗日战争的胜利，同世界所有爱好和平和正义的国家和人民、国际组织以及各种反法西斯力量的同情和支持也是分不开的。

十九、抗日战争胜利的基本经验

第一，全国各族人民的大团结是中国人民战胜一切艰难困苦、实现奋斗目标的力量源泉。抗日战争胜利的历史表明，只要全国人民团结起来，帝国主义的武装侵略是可以打败的。在抗日战争中，中华民族形成了广泛的抗日统一战线，并不断扩大和巩固了抗日统一战线，显示了空前的大团结，形成了真正意义上的全民族抗战。没有全国各族人民的大团结，没有以国共合作为基础的全民族抗日统一战线，就没有抗日战争的伟大胜利。

第二，以爱国主义为核心的伟大民族精神是中国人民团结奋进的精神动力。抗日战争大大丰富和升华了以爱国主义为核心的中华民族精神，这是抗日战争得以坚持和胜利的重要的思想保证。

第三，提高综合国力是中华民族自立于世界民族之林的基本保证。一个国家只有首先自强，才能在世界上自立。

第四，中国人民热爱和平，反对侵略战争，同时又决不惧怕战争。中国人民进行反侵略战争，是为了捍卫中华民族生存和发展的权利，是对世界反法西斯战争和人类和平进步事业的重大贡献。

第五，中国共产党是中国人民抗日战争的中流砥柱。抗日战争胜利的历史说明，弱国打败强国的关键在于有中国共产党的正确领导，有一条全面抗战的正确路线作指导，因而最终打败了强大的日本帝国主义。实践证明，中国共产党既是伟大的国际主义者，更是伟大的爱国主义者，只有坚持中国共产党的领导，中华民族才能捍卫自己的生存和发展的权利，才能实现中华民族的伟大复兴，创造美好的未来。

第七章　为新中国而奋斗

一、抗战胜利后的国际国内局势

战后的政治形势，总的说来，对中国人民实现建设新中国的目标是有利的。

国际：德、意、日三个法西斯国家被打败，资本主义世界的总体力量有所下降；社会主义的苏联进一步巩固，东欧和亚洲的部分国家开始建立人民民主制度，亚洲和非洲兴起波澜壮阔的民族解放运动，旧的世界殖民主义体系日益瓦解，各资本主义国家的工人运动和人民斗争在新的历史条件下不断向前发展，世界民主力量的这种发展，对各国反动势力是一种有力的制约，世界反动势力已经难以集中起来干涉中国革命，这就为中国人民解放事业的发展创造了有利条件。

国内：和平民主力量的发展。

经过抗战，中国人民经受了极大的锻炼，觉悟程度和组织程度空前提高。解放区人民革命力量发展壮大，国统区的民主进步力量也有很大发展，这些为中国人民争取和平、民主和夺取中国革命的胜利，奠定了坚实的基础。

国民党的独裁内战方针：

蒋介石集团为代表的大地主、大资产阶级的政治代表，其根本目的是使战后的中国恢复到战前状态，即坚持蒋介石的独裁统治，继续走半殖民地半封建社会的老路。由于中国共产党及其领导的人民革命力量的存在和发展，是它在实现上述目标的主要障碍。因此，以武力消灭共产党领导的人民军队和解放区政权，是蒋介石集团的既定方针。抗战刚胜利，中国就面临着内战的危险。

美国的对华政策：

国民党的反共方针得到了美国政府的支持。控制中国，是战后美国全球战略的一个重要组成部分。美国在中国追求的长期的基本的目标，在于推动建立一个统一的亲美政府；其短期目标，首先是"避免共产党完全控制中国"。它之所以这样做，一是为了让蒋介石政府成为它在亚洲的主要支持者，以此稳定它的亚洲战线；二是"遏制苏联"，担心中国革命的胜利会对整个亚洲发生深刻的影响；三是为了维护美国在中国的殖民主义利益。

二、中国共产党争取和平民主的努力

1945 年 5 月中共七大时,毛泽东就提出,对蒋介石拟采取"洗脸"政策而不是"杀头"政策。8 月 25 日,中共中央发表《对目前时局的宣言》,提出和平、民主、团结三大口号。

1945 年 8 月 28 日毛泽东偕周恩来、王若飞前往重庆同国民党当局进行谈判。10 月 10 日签订了《国共双方代表会谈纪要》(即"双十协定"),确定了和平建国的基本方针,同意"长期合作,坚决避免内战"。

1946 年 1 月 10 日,国共双方下达停战令。1 月 10 日至 31 日,政治协商会议在重庆召开,会议达成五项协议。这在一定程度上有利于冲破国民党独裁统治和实行民主政治,有利于和平建国。

中国共产党争取和平民主的努力,尽管最终未能阻止全面内战的爆发,但是,它使得各界群众增强了对中国共产党的了解,懂得了什么人应当对这场战争承担责任。这在政治上是一个重大的胜利。

三、全面内战爆发

国民党发动内战:1946 年 6 月底,国民党军以进攻中原解放区为起点,挑起了全国性的内战。战争初期的形势是极其严重的。国民党在军事力量和经济力量上占优势,与国民党相比,人民革命力量还处于相对的劣势。

共产党反内战:中国共产党清醒地估计了国内外形势,坚决认定,我们必须打败蒋介石,而且能够打败他。因为蒋介石发动的战争,是一个在美帝国主义指挥之下的反对中国民族独立和中国人民解放的反革命战争。在这种时候,如果我们表示软弱,表示退让,不敢坚决地起来用革命战争反对反革命战争,中国就将变成黑暗世界,我们民族的前途就会被断送。我们能够打败蒋介石,是因为蒋介石军事力量的优势和美国的援助,只是临时起作用的因素;而蒋介石发动的战争的反人民性质,人心的向背,则是经常起作用的因素,在这方面,人民占真优势。人民解放军的战争具有的爱国的正义的革命性质,必然要获得全国人民的拥护。这就是战胜蒋介石的基础。

制定了粉碎国民党军事进攻的政治方针和军事原则。政治方针:和人民群众亲密合作,争取一切可能争取的力量,建立最广泛的人民民主统一战线;在农村,坚定地解决土地问题,对不同阶级成分加以区别,借以减少敌对分子,巩固解放区。在城市,除依靠工人阶级、小资产阶级和一切进步分子外,应注意团结一切中间分子,孤立反动派。在国民党军队中,应争取一切可能反对内战的人,孤立好战分子。

军事原则:集中优势兵力,各个歼灭敌人,以消灭敌人有生力量为主要目标。

四、全国解放战争的胜利发展

1947 年 6 月,人民解放军转入战略反攻,各路解放军的大举进攻,迫使国民党军由重点进攻转为全面防御。

1947 年 10 月 10 日,中国人民解放军总部提出了"打倒蒋介石,解放全中国"的口号。这一形势,使解放战争达到了一个新的转折点。毛泽东指出,这是蒋介石的 20 年反动统治由发展到消灭的转折点,是 100 多年来帝国主义在中国的统治由发展到消灭的转折点。

五、土地改革

（1）过程

1946 年 5 月 4 日，中共中央发出《关于清算、减租及土地问题的指示》（史称《五四指示》），决定将党在抗日战争时期实行的减租减息政策改变为实现"耕者有其田"的政策。1947 年下半年，解放区即有 2/3 的地区基本上实际解决了农民的土地问题。

1947 年 7 月至 9 月，中国共产党在召开全国土地会议，制定和通过了《中国土地法大纲》。规定：废除封建性及半封建性剥削的土地制度，实行耕者有其田的土地制度。这个大纲指引着在封建制度压迫下的亿万农民群众，将自己的力量汇入民主革命的洪流。

1948 年 4 月，毛泽东提出中国共产党在新民主主义革命时期，土地改革的总的总路线和总政策：依靠贫农，团结中农，有步骤地、有分别地消灭封建剥削制度，发展农业生产。这条总路线是我党领导土地改革经验的总结，标志着我们党的土地改革政策已完全成熟。

（2）意义

经过土地改革运动，广大农民分得土地并在政治上获得翻身以后，其政治觉悟和组织程度空前提高，农村生产力得到极大解放，工农联盟进一步巩固和加强。人民解放战争获得了源源不断的人力、物力的支援。

解放区的土地改革运动取得了极大的胜利，这在中国历史上具有重大的意义。它从根本上废除了几千年来在中国大地上盘根错节的封建制度的根基，使农村的阶级关系得到了根本的改变，翻身农民真正成为了解放区的主人。经过这个运动，中国最主要的人民群众——农民进一步认识到，中国共产党是自身利益的坚决维护者，因而自觉地在党的周围团结起来。这就为打败蒋介石、建立新中国奠定了深厚的群众基础。总之，解放区土改运动的胜利，是中国革命新高潮的重要标志，是夺取人民解放战争胜利的决定性因素。

六、第二条战线的形成

解放战争时期，在国民党统治区，在中国共产党领导下，以学生运动为先导的人民民主运动也迅速地发展起来，成为配合人民解放战争的第二条战线。

第二条战线形成的原因：

国民党政府的专制独裁统治和官员的贪污腐败、大发国难财，抗战后期在大后方严重丧失人心。

违背全国人民迫切要求休养生息、和平建国的愿望，执行反人民的内战政策。

国民党统治区工农业生产严重萎缩，国民经济遭遇深刻危机。

国民党当局就将全国各阶层人民置于饥饿和死亡的界线上，因而就迫使全国各阶层人民团结起来，同蒋介石发动政府作你死我活的斗争，除此之外，再无出路。

学生运动的高涨：

1945 年底，昆明学生发生了以"反对内战，争取自由"为口号的"一二·一"运动。

1946 年 12 月，抗议美军暴行运动。

1947 年 5 月 20 日，南京、北平等地爆发了反饥饿、反内战运动（史称"五二〇运动"）。

1947 年 10 月以后，爱国学生一次又一次地掀起反抗斗争的浪潮。由于他们愈来愈把自己的希望寄托在人民解放战争的胜利上面，学生运动的主要口号便由"反饥饿、反内战"改为"反饥饿、反迫害"了。

第二条战线的历史作用：

第一，标志着国统区广大人民群众觉悟的提高，反蒋爱国统一战线的进一步壮大。

第二，宣告蒋介石政治欺骗的彻底破产，国民党反动派完全孤立，陷于全民包围之中。

第三，动摇了国民党统治的后方，直接配合人民解放战争的胜利发展，是促进中国革命高潮迅速到来的主要因素和重要条件之一。

七、中国共产党与民主党派的合作

各民主党派的历史发展：

在我国的政治生活中，除了执政的中国共产党外，还有八个民主党派。中国各民主党派是中国共产党领导的爱国统一战线的重要组成部分。

中国的民主党派，少数成立于大革命时期和十年内战时期，多数成立于抗日战争和解放战争时期。主要是：中国国民党革命委员会（简称民革），中国民主同盟（简称民盟），中国民主建国会（简称"民建"），中国民主促进会（简称民进），中国农工民主党（亦称第三党），中国致公党，九三学社，台湾民主自治同盟（简称台盟）。

民主党派的性质和特性：

民主党派是在中国新民主主义革命过程中形成、发展起来的革命、爱国的党派。民主党派的社会基础是民族资产阶级、城市小资产阶级、海外华侨以及与之相联系的知识分子，还有一些从地主阶级中分化出的带有资本主义色彩的人士以及其他爱国民主人士，也有一定数量的革命知识分子和少数中共党员参加，因此民主党派从来就不是单纯的资产阶级政党，而是具有阶级联盟、统一战线性质。所以，它较一些单纯的资产阶级政党更有进步性和革命性。但也由于它的阶级主体是民族资产阶级和上层小资产阶级，它在一定程度上必然会反映中国民族资产阶级的政治特性；由其阶级联盟性质所决定，在它的内部也就存在着中国三种政治力量、两条不同政治路线的分野。随着历史演进，这种分化愈加明显。以上特点，也必然反映在民主党派的纲领中。

在中国的政治生活中，各民主党派和无党派民主人士是一支重要的力量。

八、中国共产党与民主党派的团结合作

中国各民主党派的政治纲领不尽相同，但都主张爱国、反对卖国，主张民主、反对独裁。在这些方面，同中国共产党的新民主主义革命纲领基本一致。爱国与民主是其合作的基础。同时，中国共产党对各民主党派采取了积极的争取和团结的政策。

中国共产党与民主党派的合作，对于中国人民的解放事业的发展起到了积极作用。

九、第三条道路的幻灭

第三条道路：指不同于国民党政权和共产党政权的中间道路，中间道路又称"中间路线"或"第三条道路"。

主张：在政治上"必须实现英美式的民主政治"，但不准地主官僚资本家操纵；在经济上，"应当实现改良的资本主义"，但不容官僚买办资本家横行。走和平的改良道路。他们所提倡的，是资产阶级共和国的方案；他们所主张的，实质上是旧民主主义的道路。

幻灭:中国在战后面临的是两种命运和两个前途的尖锐斗争。客观形势决定了人们没有中间道路的余地。持有中间道路想法的人们一接触到实际斗争,尤其是内战重起,就使他们只能在靠近共产党或靠近国民党中选择道路,而不能有其他的道路。

1947年,国民党当局宣布民盟"为非法团体",解散民盟。1948年1月,中国民主同盟在香港召开第一届第三次中央全体会议,会议明确宣布,民盟"绝不能够在是非曲直之间有中立的态度",指出独立的中间路线不符合中国的现实环境,是"行不通"的。民盟必须站在人民的、民主的、革命的立场,为彻底推翻国民党集团、消灭封建土地所有制、驱逐美帝国主义出中国、实现他们的民主而奋斗。会议确认与中国共产党携手合作。这次会议,标志着民盟站到了新民主主义立场上来。

1948年1月,中国国民党革命委员会成立大会宣布:革命任务是推翻蒋介石卖国独裁政权,实现中国之独立、自由、民主与和平。后来公开表示承认中国共产党的领导地位。其他民主党派也明确表示了参加新民主主义革命的立场。第三条道路幻灭。

十、南京国民党政权的覆灭

辽沈、淮海、平津三大战役,国民党赖以维持其统治的主要军事力量基本上被摧毁,为中国革命的全国性胜利奠定了基础。1949年4月23日,人民解放军占领南京,宣告延续了22年之久的国民党反动统治的覆灭。

十一、中国共产党七届二中全会

在解放战争即将取得全国胜利的前夕,中国共产党于1949年3月,在河北平山县西柏坡村召开了七届二中全会。规定了党在全国胜利后,在政治、经济、外交方面将采取的基本政策。把党的工作重心从乡村转移到城市,以生产建设为中心任务;规定了中国由农业国转变为工业国、由新民主主义社会发展到社会主义社会的总任务和主要途径。毛泽东提出了"两个务必"的思想,即"务必使同志们继续地保持谦虚、谨慎、不骄、不躁的作风,务必使同志们继续地保持艰苦奋斗的作风"。他告诫全党,必须警惕用糖衣裹着的炮弹的攻击。

十二、人民政协与《共同纲领》

完成创建新中国的任务,是由中国人民政治协商会议来承担的。

1949年9月21日,中国人民政治协商会议第一届全体会议在北平中南海怀仁堂隆重开幕,会议通过了《中国人民政治协商会议共同纲领》,确定了新中国的国体政体、民族政策、经济工作原则和外交工作原则。

《共同纲领》在当时是全国人民的大宪章,起着临时宪法的作用。会议一致选举毛泽东为中央人民政府主席,朱德、刘少奇、宋庆龄、李济深、张澜、高岗为副主席,陈毅等56人为中央人民政府委员。随后,中央人民政府委员会任命周恩来为政务院总理兼外交部长。

十三、中华人民共和国成立的历史意义

第一,结束了帝国主义压迫、奴役中国人民的历史,中国由半殖民地半封建社会进入了新民主主义社会,开始以独立的姿态自立于世界民族之林。

第二,结束了本国封建主义、官僚资本主义统治的历史,广大的劳动者开始成为新社会、新中国的主人,一个工农大众受压迫的旧中国成为一个人民当家作主的新中国。

第三,结束了军阀割据、战乱频仍、匪患不断、四分五裂的历史,代之而起的是国家的基本统一、民族的平等相处、社会的安定有序、人民的安居乐业。在争取民族独立和人民解放的任务基本完成后,集中力量为实现国家的繁荣富强、人民的共同富裕的新任务开继续奋斗。

第四,中国社会发展方向实现了根本性转变,一个新民主主义的中国将过渡成为一个社会主义的中国,为中华民族的伟大复兴创造了政治前提。

第五,中国共产党成为全国范围内的执政党。

总之,中华人民共和国成立,标志着中国新民主主义革命取得了基本的胜利,标志着半殖民地半封建社会的结束和新民主主义社会在全国范围内的建立。中国人民求得"民族独立和人民解放"的历史任务基本完成,为实现"国家繁荣富强,人民共同富裕"新的历史任务创造了前提、开辟了道路。

十四、中国革命胜利的原因和基本经验

(一)中国革命胜利的原因
第一,广大人民和各界人士的广泛参加和大力支持。

第二,中国共产党的领导。

第三,国际无产阶级和人民群众的支持。

(二)中国革命胜利的基本经验
中国人民的反帝反封建反官僚资本主义的革命斗争,实在中国共产党的指导下,在它所提出的新民主主义的理论、纲领、路线和方针政策的指导下,经过长期艰苦、曲折的斗争,逐步取得胜利的。无产阶级领导的,人民大众的,反对帝国主义,封建主义和官僚主义的革命阶段的总路线和总政策。

中国共产党在领导人民革命的过程中,积累了丰富的经验:

第一,建立广泛的统一战线。建立广泛统一战线,是坚持和发展革命的政治基础。

第二,坚持革命的武装斗争。中国的武装斗争实质上是工人阶级领导的农民战争。

第三,加强共产党自身的建设。

第八章 社会主义基本制度在中国的确立

一、新民主主义社会的建立

1949 年 10 月 1 日中华人民共和国成立到 1956 年社会主义三大改造结束,这一时期是新民主主义社会。

新民主主义社会的性质:属于过渡性的社会形态。它既不是资本主义社会,也还不是社会主义社会。在新民主主义社会里,既有资本主义因素,也有社会主义因素,而其中的社会主义因素在经济上、政治上、文化上都居有领导地位,是起决定性因素,将不断增长,

并取得最后胜利;其中的资本主义因素在一定时期内还将存在,但其趋势是不断减弱,并逐步走向消亡。因此,新民主主义社会不是一个凝固不变的、独立的社会形态,它是属于社会主义体系的和逐步过渡到社会主义社会的过渡性质的社会。

二、新民主主义向社会主义社会过渡

过渡的必然性:中国共产党领导的革命,包括新民主主义革命和社会主义革命两个阶段。新民主主义向社会主义的转变,是中国社会发展的必然要求;社会主义革命是新民主主义革命的必然趋势。中国新民主主义革命的胜利,不仅为中国社会向社会主义转变开辟了道路、奠定了基础,同时为这种转变创造了条件。

过渡的条件:社会主义因素在新民主主义革命和新民主主义社会的增长。

(一)向社会主义转变的经济条件

近代中国资本主义经济及现代工业的初步发展为中国向社会主义过渡奠定了物质基础。

社会主义国营经济的壮大为实现向社会主义过渡准备了重要的经济条件。

(二)向社会主义转变的政治条件

坚持无产阶级及其政党的领导,是实现向社会主义过渡的根本政治条件。

工人阶级领导的人民民主专政国家政权的建立和巩固,是实现向社会主义过渡的根本政治保证。

马克思列宁主义、毛泽东思想在国家政治生活和意识形态领域的指导地位的确立,是我国向社会主义过渡的重要思想基础。

过渡的准备:

完成民主革命的任务:民主革命的遗留任务就是反帝、反封、反官僚资本主义。包括土地改革、镇压反革命,追歼国民党残余势力,清除帝国主义在华势力,没收官僚资本等。

完成社会主义革命的任务:社会主义革命的任务就是政治上建立各级人民政府,经济上变生产资料私有制为公有制,建立社会主义制度。包括:第一,没收官僚资本,确立社会主义性质的国营经济的领导地位。第二,开始将私人资本主义纳入国家资本主义的轨道。第三,引导个体农民在土地改革后逐步走上互助合作的道路。

三、工业化的任务和发展道路的选择

工业化的任务:

近代以来,中国面临着争取民族独立、人民解放和实现国家的繁荣富强即实现国家经济的现代化这样两项根本性的历史任务。1949年中华人民共和国的成立,标志着第一项历史任务的基本实现。随着民主革命遗留任务的完成和国民经济的恢复,工业化被突出地提上了党和国家的议事日程。

工业化是国家独立和富强的当然要求和必要条件,是实现中华民族伟大复兴的必由之路。把中国从一个落后的农业国变为一个先进的工业国,实现国家的工业化,是近代以来中国无数仁人志士梦寐以求的理想。中国共产党人也同样把实现工业化作为重要的奋斗目标。

1952年,随着民主革命遗留任务的完成和国民经济的恢复。

工业化发展道路的选择：

从世界历史上看，工业化的道路主要有两条道路：一条是社会主义工业化的道路，这是苏联走过的，而且也走通了；一条是资本主义工业化的道路，欧洲各国、美国和日本走过了，而且走通了。

近代中国近代化道路其实已证明了，资本主义工业化道路是走不通。为了在较短的时间里实现国家的工业化，中国只有走社会主义的道路。

四、过渡时期总路线的提出

1953 年中共中央提出过渡时期总路线：从中华人民共和国成立，到社会主义改造基本完成，这是一个过渡时期。党在这个过渡时期的总路线和总任务，是要在一个相当长的时期内，逐步实现国家的社会主义工业化，并逐步实现国家对农业、对手工业和对资本主义工商业的社会主义改造。

党在过渡时期的总路线是，"一化三改"、"一体两翼"的总路线。一化是主体，即逐步实现国家的社会主义工业化。三改是两翼，即逐步实现对农业、对手工业的社会主义改造；逐步实现对资本主义工商业的社会主义改造。实行社会主义建设和社会主义改造同时并举，是党在过渡时期的总路线的突出特点，体现了发展生产力和变革生产关系的有机统一。

五、过渡时期总路线的意义和历史局限性

意义：20 世纪 50 年代中国共产党提出的过渡时期总路线，反映了中国人民要求走社会主义道路，迅速发展国民经济，尽快变农业国为工业国，摆脱贫困，消灭剥削制度的强烈愿望，因此得到了全国各族人民的热烈拥护。同时，这一总路线，也集中反映了以毛泽东为代表的中国共产党人探索中国社会发展和开创中国社会主义道路的创造性贡献，是毛泽东思想的重要内容，具有重大的历史意义。

局限：从过渡时期总路线的内容和三大改造的实践中也可以发现，由于当时中国共产党领导层对什么是社会主义、如何建设社会主义的认识上仍受苏联模式的影响，以及不可避免的历史局限，还没有充分认识到我国原来是一个经济文化落后的半殖民地半封建社会，对社会主义建设的长期性、艰巨性和复杂性缺乏充分的思想理论准备，还没有充分认识到发展生产力是一项长期的任务，总想在不太长时间内把生产资料全部转变为单一的社会主义公有制，这就孕育着"求纯"的倾向，不利于促进生产力的发展。

六、实行社会主义改造的国内外条件

第一，社会主义性质的国营经济力量相对来说比较强大，它是实现国家工业化的主要基础。

第二，资本主义经济力量弱小，发展困难，不可能成为中国工业起飞的基础。而且，它对国家和国营经济有很大的依赖性，不可避免地要向国家资本主义的方向发展。

第三，对个体农业进行社会主义改造，是保证工业发展、实现国家工业化的一个必要条件。

第四，当时的国际环境也促使中国选择社会主义。

七、农业合作化运动

农业合作化任务的提出：通过合作化途径来改造小农经济，是马克思主义的重要原理。

土地改革后，一方面农村的生产迅速发展了，农民的生活也有了明显的改善；另一方面许多农民尤其是贫农、下中农由于缺少农具、耕畜和资金，生产经营上的困难仍然比较大，而且由于小农经济的不稳定性，农村中的贫富分化也开始了。

针对这种情况，中国共产党和人民政府决定，教育、推动和帮助农民走互助合作的道路。

农业合作化的三种组织形式：第一是互助组，这具有社会主义的萌芽。第二是初级农业生产合作社，具有半社会主义的性质。第三是高级农业生产合作社，具有社会主义的性质。

农业合作化的基本原则和方针：

第一，在中国条件下，可以走先合作化、后机械化的道路。

第二，充分利用和发挥土改后农民的两种生产积极性，通过互助组、初级农业生产合作社、高级农业生产合作社这种由低到高的互助合作的组织形式，实行积极发展、稳步前进、逐步过渡的方针。

第三，农业互助合作的发展，要坚持自愿和互利的原则，采取典型示范、逐步推广的方法，发展一批，巩固一批。

第四，要始终把是否增产作为衡量合作社是否办好的标准。

第五，要把社会改造同技术改造相结合。

1956年底，全国农村生产资料私有制的社会主义改造就基本上完成。

八、手工业合作化的实现

方针：积极领导、稳步前进。

组织形式：由手工业生产合作小组、手工业供销合作社到手工业生产合作社，步骤是从供销入手，由小到大，由低到高，逐步实行社会主义改造和生产改造。

手工业合作化完成：到1956年底，手工业的合作化基本完成。

九、对农业、手工业社会主义改造的基本经验

第一，从我国实际情况出发，采取先合作化后机械化的方针。趁热打铁，不失时机地把土改后农民激发出来的积极性引导到合作化运动中来，防止了两极分化。

第二，遵循自愿互利、典型示范、国家帮助的原则。反对强迫命令，积极而又慎重地引导农民走上合作化道路。

第三，逐步过渡。从具有社会主义萌芽的临时互助组和常年互助组发展到半社会主义性质的初级社，再发展到社会主义性质的高级社。这样就使农民比较自然地适应集体生产方式，避免了由于生产关系突然变化而引起生产力的不适应。

第四，实行依靠贫农和下中农，巩固地把团结中农，对富农经济从限制到逐步消灭的政策，把消灭剥削阶级同改造剥削分子结合起来。

十、对资本主义工商业的改造——赎买政策

中国资本主义分为官僚资本和民族资本。中国共产党在革命胜利后,采取没收的办法,将官僚资本改变为国营经济;而对民族资本主义工商业,则采取和平赎买的办法,通过国家资本主义的形式,逐步把它们改造成为社会主义国家所有制。国家对资本主义工商业进行社会主义改造的过程大体经历了三个阶段:

第一阶段,以初、中级形式的国家资本主义为改造的主要形式(1949年10月~1953年)。

第二阶段,国家有计划地发展个别企业公私合营为主要内容的阶段(1954年~1955年年底)。

第三阶段;国家采取全行业公私合营为主要内容的新阶段(1955年冬~1956年初)。

十一、资本主义工商业社会主义改造的经验(和平赎买政策的实现)

马克思、恩格斯曾经提出过对资本家进行"赎买"的思想。列宁在十月革命后,提出了通过国家资本主义途径和平地消灭资本家所有制的设想,由于历史条件的限制,马克思和列宁的设想没有能够实现。中国共产党运用马克思列宁主义原理,结合中国的实际,把马克思,列宁关于和平赎买的思想第一次变成了现实,并且在实践中丰富和发展了马克思列宁主义。

第一,正确地分析了民族资产阶级两面性的特点,用和平的方法进行改造。

第二,创造了一系列由低级到高级,逐步过渡的国家资本主义形式。

第三,我国对资本主义工产业的改造包括两个方面,一方面是对所有制的改造,一方面是对人的改造。

第四,我国对资本主义的改造,是在继续保持同民族资产阶级政治联盟的条件下进行的。

十二、社会主义改造的基本完成的历史意义

第一,1956年,随着社会主义改造的基本完成,社会主义的基本经济制度在中国全面地建立起来了。这是中国进入社会主义社会的最主要的标志。

第二,社会主义改造是在生产关系方面由私有制到公有制的一场伟大的变革,它对生产力的发展直接起到了促进作用。

第三,社会主义改造的胜利,为中国全面进行社会主义建设奠定了基础,开辟了道路。

十三、社会主义改造存在的问题

要求过急、工作过粗、改变过快,所有制形式也过于简单划一的问题。出现这些问题的基本原因是:

第一,对中国国情和中国进行社会主义改造的长期性和艰巨性认识不足。

第二,虽然我们社会主义改造的道路和方法是创新的,但在改造的终极目标上仍然照搬苏联的社会主义模式,急于消灭私有制经济,追求建立单一的社会主义公有制;忽视市场经济对中国社会主义建设的不可替代的积极作用;在改造的方法步骤上又简单化,草率地急于求成,由此形成的高度集中统一的计划管理体制,限制了我国社会主义经济发展的活力。

第九章　社会主义建设在探索中曲折前进

一、全面建设社会主义的开端

1956 年,随着我国生产资料私有制改造任务的基本完成和社会主义制度的基本建立,我国进入了全面建设社会主义的新时期。

提出马克思主义和中国实际的"第二次结合":

1956 年 2 月,苏共二十大的召开更加促使中国共产党思考中国式社会主义建设道路的问题。以毛泽东提出:我们应该记取过去的历史经验教训,把马克思列宁主义的基本原理和中国革命和建设的具体实践进行第二次结合,找出在中国进行社会主义革命和建设的正确道路。毛泽东提出的关于马克思主义和中国实际"第二次结合"任务,为探索适合中国国情的社会主义建设道路提供了基本的指导原则。

二、《论十大关系》

1956 年 4 月,毛泽东在经过几个月的调查研究之后,写成了中国共产党探索中国社会主义建设道路的开篇之作——《论十大关系》。

主要内容:阐述了我国社会主义建设中的十对矛盾,即农业、轻工业、重工业的关系;沿海工业和内地工业的关系;经济建设和国防建设的关系;国家、生产单位和生产者个人的关系;中央和地方的关系;汉族和少数民族的关系;党和非党的关系;革命和反革命的关系;是非关系;中国和外国的关系等。

基本方针:一定要努力把党内外、国内外一切积极因素,直接的、间接的积极因素,全部调动起来,把我国建设成为一个强大的社会主义国家。

《论十大关系》的发表,标志着以毛泽东为代表的中国共产党人开始探索中国自己的社会主义建设道路,为中共八大的如期召开作了理论的准备。

三、中共八大

1956 年 9 月,中国共产党第八次全国代表大会在北京召开。这是中国共产党在新中国成立后召开的第一次全国代表大会。大会的基本任务是:总结党的第七次代表大会以来的经验,团结全党和国内外一切可能团结的力量,为建设一个伟大的社会主义中国而奋斗。

中共八大最突出的历史贡献在于,大会正确地分析了社会主义改造完成后中国社会的主要矛盾和主要任务。八大报告指出:社会主义制度在我国基本建立以后,我们国内的主要矛盾是人民对于建立先进的工业国的要求同落后的农业国的现实之间的矛盾,人民对于经济文化迅速发展的需要同当前经济文化不能满足人民需要的状况之间的矛盾。主要任务是要集中力量把我国尽快地从落后的农业国变为先进的工业国。这一科学的判断,为把党和国家的工作重新及时地转移到社会主义建设上来,为我国社会主义事业的发展指明了方向。

八大还确立了我国社会主义的经济、政治、文化建设、党的建设的方针。在经济建设方面，确立了既反冒进又反保守既在综合平衡中稳步前进的方针；在政治建设方面，扩大社会主义民主，健全社会主义法制，使党和政府的活动做法"有法可依"、"有法必依"；在文化教育事业方面，提出必须大力发展文化教育卫生事业，坚持"百花齐放、百家争鸣"的方针，促进科学和艺术的繁荣；在执政党的建设方面，强调必须加强党的民主集中制，反对个人崇拜，发扬党内民主，加强党和群众的联系。

陈云在大会的发言中提出了"三个主体、三个补充'的设想，这是中国共产党对经济体制改革的初步思考，也是中国共产党在理论和实践上突破过去传统的社会主义模式，探索经济体制改革道路的重要尝试。

中共八大的路线是正确的，它为社会主义事业的发展和党的建设指明了方向。

四、《关于正确处理人民内部矛盾的问题》

背景：国内——社会主义改造成完成以后，不少人对的社会制度还不能马上适应，同时党和政府的一些工作部门存着主观主义、官僚主义作风，引起一些群众不满。国际——出现了波兰事件和匈牙利事件，引起国内一些人的思想波动。一些领导干部缺乏思想准备，无法正确应对，如何处理人民内部矛盾成为突出的重大课题。

提出：1957年2月，毛泽东在扩大的最高国务会议上发表了《关于正确处理人民内部矛盾问题》的讲话，依据马克思主义基本原理和我国社会主义的实际，第一次系统阐述了社会主义社会的矛盾问题，提出了正确区分和处理两类不同性质矛盾的方针和方法。

内容：第一，必须区分社会主义社会两类不同性质的社会矛盾，把正确处理人民内部的矛盾已经成为我国国家政治生活的主题。人民内部矛盾只能用民主的说服教育的方法，即是"团结—批判—团结"的方法来解决。

第二，社会主义社会的基本矛盾，仍然是生产关系和生产力之间的矛盾，经济基础与上层建筑之间的矛盾，正是它们的矛盾运动推动着社会主义社会的发展。社会主义社会的基本矛盾可以通过社会主义制度本身的调整、改革不断地得到解决。这为社会主义制度完善和发展奠定了理论基石。

意义：创造性地阐述了社会主义社会矛盾学说，是对科学社会主义理论的重要发展，丰富了马克思主义理论宝库，对中国社会主义事业具有长远的指导意义。

五、整风运动

整风运动的目的：适应我国由革命战争时期转入和平建设时期的新情况，提高全党马克思主义的思想水平，改进作风，适应社会主义改造和社会主义建设的需要，加强党内外人士对共产党员特别是党的领导干部的批评、监督，进一步密切同人民群众的联系，更好地调动一切积极因素，团结一切可能团结的人，为建设一个伟大的社会主义国家而奋斗。中共中央于1957年4月27日，发出《关于整风运动的指示》。

整风运动的内容：反官僚主义、宗派主义、主观主义。

整风运动的形式：开门整风。

六、反右派斗争

原因:在整风运动中,绝大多数人提出的意见是诚恳的、有益的。有极少数资产阶级右派分子乘机向共产党和社会主义制度发动进攻。为了坚持中国共产党对社会主义事业的领导,巩固新生的社会主义制度,中国共产党领导群众进行了反右派斗争。

评价:对极少数资产阶级右派分子的猖狂进攻进行坚决的反击是完全正确和必要的,但是,反右斗争被严重地扩大化了,它把大量的人民内部矛盾当作了敌我矛盾,把一些知识分子、爱国人士和党内干部错划为"右派分子",挫伤了一些干部和群众的积极性,造成了不幸的后果。

反右派斗争严重扩大化的一个重要影响,是1957年9月召开的中共八届三中全会开始改变八大关于社会主义社会主要矛盾的正确判断,提出当前国内的主要矛盾仍然是无产阶级和资产阶级、社会主义道路与资本主义道路的矛盾。这一错误的理论后来对我国社会主义建设事业造成了长期的严重后果。

七、"大跃进"

原因:1956年我国生产资料私有制的社会主义改造基本完成。1957年"一五"计划又提前完成,极大地激发了全国人民改变国家贫穷落后面貌的决心和斗志,也增强了中国共产党人领导经济建设的自信心。

社会主义建设经验不足,对经济发展规律和中国经济基本情况认识不足,毛泽东、中央和地方不少领导同志在胜利面前滋长了骄傲自满情绪,夸大人的主观作用、忽视经济发展规律、对社会主义建设的长期性估计严重不足,没有经过认真的调查研究和试点,就在总路线提出后轻率地发动了"大跃进"运动。

进程:1957年11月13日,《人民日报》发表社论,提出了"大跃进"的口号。

1958年5月召开的中共八大二次会议,是发动"大跃进"运动的一次重要会议。会议正式制定了"鼓足干劲、力争上游、多快好省地建设社会主义"的社会主义建设的总路线。总路线反映了广大人民群众迫切要求改变我国经济文化落后状况的普遍愿望,但是由于社会主义建设经验不足,对经济发展规律和中国经济基本情况认识不足,急于求成,夸大了主观意志和主观努力的作用。片面强调总路线的基本精神是"用最高的速度来发展我国的社会生产力","速度是总路线的灵魂","快,这是多快好省的中心环节"。于是盲目求快就压倒了一切。

八大二次会议完全肯定了当时已经出现的"大跃进"做法。会后,全国掀起了宣传和贯彻执行社会主义建设总路线的热潮,为"超英赶美"以大炼钢铁为中心内容的"大跃进"运动便在全国范围内开展起来。

影响:片面追求建设的高速度、高指标,各项高指标中特别突出强调钢铁指标和粮食指标,浪费了大量的人力物力,严重破坏了国民经济各部门的综合平衡,给国民经济造成严重后果。

八、人民公社化运动

提出:在推动"大跃进"的同时,还开展了农村人民公社化运动。1958年8月,中共中央政治局在北戴河举行扩大会议,肯定了人民公社是"一大二公",是过渡到共产主义的一种最好的组织形式,会后,全国开始了人民公社化运动。

性质及特点:人民公社实行"政社合一"的体制,其基本特点是"一大二公"。所谓"大",就是规模大;所谓"公",就是公有化程度高。

影响:在人民公社化运动中,许多地方混淆了全民所有制和集体所有制的界限,混淆了社会主义和共产主义的界限,刮起了一股"共产风",严重侵犯了农民的经济利益,挫伤了集体和农民的积极性,破坏了农村生产力,使农业经济的发展遭到了重大损失。

人民公社化运动,实质上是一场生产关系的"大跃进",是试图通过人民公社,使中国早日过渡到共产主义。但由于严重脱离了中国历史发展阶段,反而使社会主义建设事业遭受严重挫折,给人民生活带来了灾难。

九、纠正"左"倾错误

从 1958 年 11 月开始,毛泽东和中共中央觉察并开始纠正"大跃进"运动中"左"倾问题。党中央和毛泽东纠正错误的努力,收到了一定的成效。但是,这种纠正是不彻底的。主要是没有根本转变"左"的指导思想,是在对总路线、人民公社、大跃进是在全盘肯定的前提下,纠正一些已经觉察到的错误,这是很有限度的。

十、庐山会议

庐山会议,包括 1959 年 7 月 2 日至 8 月 16 日中共中央政治局扩大会议和八届八中全会。会议的出发点是统一全党的认识,巩固纠"左"的成果。庐山会议的前期即从 7 月 2 日至 7 月 23 日,中心是继续纠正"左"的错误,调整指标,总结经验教训。庐山会议的后期即从 7 月 23 日毛泽东错误地批判彭德怀等开始,到会议结束为止,以反对所谓"右倾机会主义反党集团"为中心。

对彭德怀等的错误批判和全党范围开展的"反右倾"斗争,是建国以来我们党内生活一次重大的政治失误,在政治上、思想上,组织上造成了不良的影响。把党内正常的意见分歧当作阶级斗争来处理,使阶级斗争扩大化的错误理论和实践进一步升级,党内从中央到基层的民主生活遭到严重损害。在经济工作上纠正"左"倾错误的进程被中断了。在前一段时间内受到批评的"左"的口号、政策、措施,现在又被重新肯定下来,造成了更加严重的国民经济比例的调,尤其是农业生产遭到极大破坏。

十一、国民经济的调整

背景:以"超英赶美"为目标,以大炼钢铁为中心内容"大跃进"运动,由于错误的工作指导方针和决策,高指标、瞎指挥、浮夸风在全国泛滥,国民经济秩序混乱,各种比例失调,损失和浪费惊人。

新中国成立以来少有的从 1959~1961 年的三年严重自然灾害;

苏联政府背信弃义地撕毁合同,撤走专家,导致 1959~1961 年我国国民经济和人民生活和严重困难。

方针:1961 年 1 月,毛泽东主持了中共中央八届九中全会,正式批准对国民经济实行"调整、巩固、充实、提高"八字方针。毛泽东在会上号召全党大兴调查研究之风。

十二、七千人大会

1962年1月、2月间,中共中央在北京召开了七千人大会,会议对建国以来十二年的工作特别是对"大跃进"以来的工作经验和教训进行了总结。

七千人大会初步总结了"大跃进"中的经验教训,开展了批评和自我批评,统一了认识,对于清理实际工作中的"左"的错误,进一步贯彻"八字方针",促进国民经济好转,起了积极作用。但是这次会议是在肯定三面红旗是正确的前提下进行的,不能从指导思想上清理左倾错误。

十三、"文化大革命"

"文化大革命":从1966年5月～1976年10月的"文化大革命",是全局性的、长时间的"左"倾严重错误。它使党、国家、人民遭到新中国成立以来最严重的挫折和损失。这场"文化大革命"是毛泽东发动和领导的。

毛泽东发动"文化大革命"的主观愿望:是想为抵抗帝国主义"和平演变"中国的图谋、消除官僚主义和特权思想等现象,防止国内资本主义复辟,并为人民群众参与对国家事务的监督和管理找到一条途径。

但是,毛泽东对我国阶级斗争的形势以及党和国家的政治状况作了错误的估计,认为国家正面临着资本主义复辟的危险,只有实行"文化大革命",通过公开的、全面的、自下而上的群众运动,才能打倒"走资本主义道路的当权派",以"天下大乱"达到"天下大治"。

"文化大革命"的导火索:1965年11月10日,上海《文汇报》发表了姚文元的《评新编历史剧〈海瑞罢官〉》,成为发动"文化大革命"的导火索。

"文化大革命"的指导方针:《关于无产阶级文化大革命的决定》(简称"十六条")。

"文化大革命"性质:文化大革命是一场由领导者错误发动,被反革命集团利用,给党、国家和各族人民造成严重灾难的内乱。

十四、"文化大革命"错误的性质及其原因

"文化大革命"错误的性质:中国共产党在独立寻找中国自己社会主义道路过程中的严重失误,而并不是由社会主义制度本身所造成的。

"文化大革命"错误的原因:第一,中国共产党缺乏领导建设社会主义的经验,没有搞清楚"什么是社会主义、怎样建设社会主义"这个根本问题。

第二,主观认识严重脱离客观实际。

第三,党的民主集中制和集体领导制度遭到严重破坏,共产党没有把党内民主和国家政治社会生活的民主加以制度化、法制化,或者虽然制定了法律,却没有获得应有的权威。

十五、"文化大革命"的教训

第一,必须正确认识社会主义条件下的主要矛盾及其主要任务。

第二,必须建设有高度民主法制的社会主义国家制度,保证宪法和法律的尊严与权威,保证人民对国家权力机关和领导人的有效监督,坚持国家工作中的民主集中制和集体领导的原则,禁止和克服任何形式的个人崇拜。

第三,必须深入在群众中进行社会主义民主、法制、道德等精神文明教育。

十六、全面建设社会主义时期的成就

第一,工业体系和国民经济体系的基本建立。

第二,人民生活水平的提高与文化、医疗、科技事业的发展。

第三,国际地位的提高与国际环境的改善。

第四,探索中形成的建设社会主义的若干重要原则。

第十章　改革开放与现代化建设新时期

一、关于真理标准问题的讨论

背景:粉碎"四人帮"以后,广大干部和群众强烈要求纠正"文化大革命"的错误理论、方针和政策,彻底扭转十年内乱造成的严重局势,使中国从危难中重新奋起。主持中央工作的华国锋坚持"两个凡是"的错误方针,即"凡是毛主席作出的决策,我们都坚决维护;凡是毛主席的指示,我们都始终不渝地遵循"。使彻底纠正"文化大革命"错误的要求和愿望遇到严重阻碍,党和国家的工作出现了在徘徊中前进的局面。

进程:1978年5月11日,《光明日报》发表了《实践是检验真理的唯一标准》的文章,文章从检验真理的标准只能是社会实践这个马克思主义认识论的基本原理出发,在根本理论上否定了"两个凡是"的错误方针,引起了全社会的注意。这篇文章引发了关于实践是检验真理的唯一标准问题的大讨论。

意义:通过这场讨论,是继延安整风之后又一场马克思主义思想解放运动,打破了多年来束缚人们的教条主义和个人崇拜的精神枷锁,促进了全党和全国人民的思想大解放,恢复了马克思主义实时求是的思想作风,为十一届三中全会的召开准备了思想条件。

二、中共十一届三中全会的召开——伟大的历史性转折

1978年12月18日至22日,中共十一届三中全会在北京召开。全会冲破长期"左"的错误的严重束缚,彻底否定了"两个凡是"的错误方针,高度评价了关于真理标准问题的讨论,并且断然否定"以阶级斗争为纲"的指导思想,作出了把工作重点转移到社会主义现代化建设上来和实行改革开放的战略决策,重新确立了马克思主义的思想路线、政治路线和组织路线。全会恢复了党的民主集中制的优良传统,审查解决了历史上遗留的一批重大问题和一些重要领导人的功过是非问题。

中共十一届三中全会是新中国成立以来党的历史上具有深远意义的伟大转折。全会结束了粉碎"四人帮"后两年在徘徊中前进的局面,开始了中国共产党在思想、政治、组织等领域的全面拨乱反正,形成了以邓小平为核心的党的中央领导集体,揭开了社会主义改革开放的序幕。以这次全会为起点,中国进入了改革开放和社会主义现代化建设的历史新时期。

三、拨乱反正

中共十一届三中全会后,党和国家按照实事求是、有错必纠的原则加快了平反冤、假、错案的步伐。这就为有效地调动社会各阶层人员的积极性、实现改革开放和开创现代化建设的新局面,奠定了必不可少的社会基础和群众基础。

1981 年,中共十一届六中全会《关于建国以来党的若干历史问题的决议》的通过,标志着党和国家在指导思想上拨乱反正的胜利完成。

四、国民经济的调整(对比 1961 年国民经济的调整的八字方针)

针对 1977 年至 1978 年这两年中出现的国民经济比例失调的情况,1979 年 4 月召开的中共中央工作会议,提出对国民经济实行"调整、改革、整顿、提高"的方针,纠正前两年经济工作中的失误,认真清理过去在这方面长期存在的"左"倾错误影响。

经过两年的努力,经济形势比较迅速地好转,国民经济的主要比例关系渐趋合理,长期存在的积累过高和农业、轻工业严重落后的情况得到根本改变。

五、农村改革的突破性进展

经济体制的改革,首先在农村取得突破性的进展。中共十一届三中全会后,农业和农村经济的发展面临两大问题。一是"政社合一"的人民公社体制亟待改革;二是还有一亿农民的温饱问题尚未解决。这些都涉及农村生产关系的调整问题。

1978 年,安徽、四川的基层干部和农民群众,在省委支持下,开始探索试行包产到组、包产到户、包干到户等多种形式的农业生产责任制,取得了很好的效果。1980 年 5 月,邓小平发表《关于农村政策的谈话》,肯定了包产到户这种形式,指出它不会影响我们制度的社会主义性质。后来,中央又进一步肯定包产到户、包干到户是社会主义集体经济的生产责任制,是合作经济的一个经营层次。

家庭联产承包制实行以后,农民对集体所有的土地具有充分的经营自主权,农民生产的产品"保证国家的,留足集体的,剩下都是自己的"。它在土地集体所有制的基础上,将农民家庭承包经营的积极性和集体经济的优越性结合起来,因而受到农民的普遍欢迎。

"统分结合"的农村家庭联产承包责任制的普遍实行,促进了"政社合一"的人民公社体制的解体。1983 年 10 月,中央作出决定,废除人民公社,建立乡(镇)政府作为基层政权,同时成立村民委员会作为村民自治组织。

废除人民公社体制后,也有部分农村没有实行以分散经营为主的家庭联产承包责任制,而是继续坚持统一经营的集体经济。对此,党和政府也给予了支持和鼓励。

六、对外政策的调整

1978 年 8 月 12 日,中日两国签署了《中华人民共和国和日本国和平友好条约》。同年 10 月,邓小平访问日本。中日睦邻友好关系发展到一个新起点。1979 年 1 月 1 日,中美两国正式建立外交关系。同年 1 月,邓小平访问美国,实现了中国领导人对美国的首次国事访问。这些外交成就,为中国进行改革开放和现代化建设提供了有利的外部条件。

七、提出坚持四项基本原则

1979 年 3 月 30 日，邓小平在理论工作务虚会上发表的讲话中指出：坚持社会主义道路，坚持人民民主专政，坚持共产党的领导，坚持马克思列宁主义、毛泽东思想这四项基本原则，"是实现四个现代化的根本前提"。"如果动摇了这四项基本原则中的任何一项，那就动摇了整个社会主义事业，整个现代化建设事业"。

四项基本原则不仅在当时、而且在以后党和国家政治生活中，对排除来自"左"的和右的方面的干扰和影响，保证改革开放和现代化建设事业的顺利进行，提供了可靠的政治基础，指明了正确的方向。

八、科学评价毛泽东和毛泽东思想

科学评价毛泽东：

毛泽东同志是伟大的马克思主义者，是伟大的无产阶级革命家、战略家和理论家。他虽然在"文化大革命"中犯了严重错误，但是就他的一生来看，他对中国革命的功绩远远大于他的过失。他的功绩是第一位的，错误是第二位的。他为中国共产党和中国人民解放军的创立和发展，为中国各族人民解放事业的胜利，为中华人民共和国的缔造和中国社会主义事业的发展，建立了永远不可磨灭的功勋。

毛泽东思想的历史地位：

毛泽东思想是马克思列宁主义在中国的运用和发展，是被实践证明了的关于中国革命和建设的正确的理论原则和经验总结，是中国共产党集体智慧的结晶。毛泽东思想是科学的理论体系，实事求是、群众路线、独立自主是毛泽东思想活的灵魂，毛泽东思想是我们党的宝贵的精神财富，它将长期指导我们的行动。

九、中共十二大制定社会主义现代化建设纲领

1982 年，中共十大，提出"把马克思主义的普遍真理同我国的具体实际结合起来，走自己的道路，建设有中国特色的社会主义"。

确立党在新时期的总任务：团结全国各族人民，自力更生，艰苦奋斗，逐步实现工业、农业、国防和科学技术现代化，把我国建设成为高度文明、高度民主的社会主义国家。

十、改革重点从农村转向城市

中共十二大以后，经济体制改革全面展开。1984 年 10 月，中共十二届三中全会通过《关于经济体制改革的决定》。《决定》总结了新中国成立以来特别是十一届三中全会以来经济体制改革的经验。《决定》突破把计划经济同商品经济对立起来的观点，指出我国社会主义经济是在公有制基础上的有计划的商品经济。

《决定》的作出和实施，使经济体制改革以城市为重点全面展开，在一些方面取得重要进展。所有制结构突破单一公有制结构，形成以公有制为主体、多种经济成分开始发展的局面。国有企业的经营自主权逐步扩大，所有权和经营权适当分离。改革高度集中的计划管理体制，经济杠杆在国家宏观调控中的作用明显增强。

十一、多层次对外开放格局的形成

20世纪80年代，中国的对外开放经历了一个由小到大、从沿海到内地逐步发展深入的开放步骤。

第一，设立5个经济特区：深圳、汕头、珠海、厦门、海南省。

第二，开放14个港口城市：天津、上海、大连、秦皇岛、烟台、青岛、连云港、南通、宁波、温州、福州、广州、湛江、北海。

第三，建立沿海经济开放区：长江三角洲、珠江三角洲、闽南厦门泉州漳州三角地区。

形成了"经济特区—沿海开放城市—沿海经济开放区—内地"的多层次、有重点、点面结合的对外开放格局。

十二、加强社会主义精神文明建设

1986年中共十二届六中全会提出的。

根本任务：适应社会主义现代化建设的需要，培养有理想、有道德、有文化、有纪律的社会主义公民，提高整个中华民族的思想道德素质和科学文化素质。

十三、社会主义初级阶段理论和党的基本路线的提出

1987年，中共十三大系统地阐述了关于社会主义初级阶段的理论，完整地概括了中国共产党在社会主义初级阶段"一个中心、两个基本点"的基本路线，制定了下一步经济体制改革和政治体制改革的基本任务和奋斗目标。

社会主义的初级阶段的两层含义：第一，我国社会已经是社会主义社会。我们必须坚持而不能离开社会主义。第二，我国的社会主义社会还处在初级阶段。我们必须从这个实际出发，而不能超越这个阶段。

党在社会主义初级阶段的基本路线：领导和团结全国各族人民，以经济建设为中心，坚持四项基本原则，坚持改革开放，自力更生，艰苦创业，为把我国建设成为富强、民主、文明的社会主义现代化国家而奋斗。

十四、"三步走"发展战略

十三大正式制定了社会主义现代化建设"三步走"的战略部署：第一步，实现国民生产总值比1980年翻一番，解决人民的温饱问题，这个任务已经基本实现；第二步，到20世纪末，使国民生产总值再增长一倍，人民生活达到小康水平；第三步，到21世纪中叶，人均国民生产总值达到中等发达国家水平，人民生活比较富裕，基本实现现代化。

"三步走"的发展战略，既表明党和国家制定的不是一个过急的目标，又表明中国人民决心用一百年左右的时间，走完发达国家用几百年走过的路程，体现了中国社会主义现代化建设的长期性和中国人民的雄心壮志。

"三步走"发展战略及相关政策的制定，进一步解决了中国现代化建设的目标、步骤等关系全局的重大问题，对中国未来几十年的发展产生了深远的影响。中共十一届三中全会以来的实践历程，正是"三步走"的现代化建设宏伟蓝图逐步变为现实的过程。

十五、政治体制改革基本思路的提出

1980 年 8 月,邓小平发表《党和国家领导制度的改革》的讲话。

1986 年,他又阐明了政治体制改革的基本思路。他指出:政治体制改革要认真解决官僚主义、权力过分集中、党政不分、事实上存在的领导职务终身制等问题,认真肃清封建主义残余影响和资产阶级思想影响,发展社会主义民主,调动广大人民群众的积极性。政治体制改革是社会主义制度的自我完善,必须以四项基本原则为指导,遵循统一领导、循序渐进的原则,在中国共产党的领导下有步骤、有秩序地推进;必须坚持从本国国情出发,总结本国的实践经验,同时借鉴人类政治文明的有益成果,绝不应照搬西方政治制度的模式,绝不能搞资产阶级自由化。

1986 年 9 月,中共十二届六中全会把坚定不移地进行政治体制改革,确定为社会主义现代化建设的总体布局的重要内容之一。

十六、邓小平南方谈话

(一)南方谈话的主要内容

1992 年初,邓小平先后视察武昌、深圳、珠海、上海等地,发表重要谈话。

邓小平强调,革命是解放生产力,改革也是解放生产力。党的基本路线要管一百年,动摇不得。改革开放胆子要大一些,敢于试验。判断的标准,应该主要看是否有利于发展社会主义社会的生产力,是否有利于增强社会主义国家的综合国力,是否有利于提高人民的生活水平。

邓小平指出,计划多一点还是市场多一点,不是社会主义与资本主义的本质区别。计划经济不等于社会主义,资本主义也有计划;市场经济不等于资本主义,社会主义也有市场。计划和市场都是经济手段。社会主义的本质,是解放生产力,发展生产力,消灭剥削,消除两极分化,最终达到共同富裕。他强调,"右"可以葬送社会主义,"左"也可以葬送社会主义。中国要警惕"右",但主要是防止"左"。

邓小平强调,发展才是硬道理。抓住时机,发展自己,关键是发展经济。必须依靠科技和教育,经济发展才能快一点。

要坚持两手抓,一手抓改革开放,一手抓打击各种犯罪活动。这两只手都要硬。在整个改革开放过程中都要反对腐败。

(二)意义

邓小平的南方谈话,在重大历史关头,科学地总结了十一届三中全会以来党的基本实践和基本经验,明确回答了长期困扰和束缚人们思想的许多重大认识问题,对整个社会主义现代化建设事业产生了重大而深远的影响。

十七、中共十四大

1992 年,中共十四大召开。大会作出两项具有深远意义的决策:

第一,确立邓小平建设有中国特色社会主义理论在全党的指导地位。

第二,明确我国经济体制改革的目标是建立社会主义市场经济体制。

以邓小平南方谈话和党的十四大为标志,中国社会主义改革开放和现代化建设事业进入从计划经济体制向社会主义市场经济体制转变的新阶段,由此开始了中国经济、政治、文化发展的新局面。

十八、中共十五大

1997年,中共十五大召开。大会的重要决策:

第一,大会的主题是:高举邓小平理论伟大旗帜,把建设有中国特色社会主义事业全面推向21世纪。大会把邓小平理论同马克思列宁主义、毛泽东思想一道确立为中国共产党的指导思想,并写入修改后的《中国共产党章程》。

第二,大会阐明了建设中国特色社会主义的经济、政治和文化的基本目标和基本政策,提出了党在社会主义初级阶段的基本纲领。

第三,大会明确了中国跨世纪发展的战略部署,并就社会主义初级阶段的所有制结构和公有制实现形式,推进政治体制改革、依法治国、建设社会主义法治国家等问题提出了新的论断。

十九、中共十六大

2002年,中共十六大召开。大会的主要内容有:

第一,大会高度评价"三个代表"重要思想的历史地位和重要作用,把"三个代表"重要思想同马克思列宁主义、毛泽东思想、邓小平理论一道确立为中国共产党必须长期坚持的指导思想,并写入党章,实现了党的指导思想的又一次与时俱进。

第二,大会从十个方面总结概括了党领导人民建设中国特色社会主义的基本经验。

第三,大会明确了全面建设小康社会的奋斗目标。提出要在本世纪头二十年,紧紧抓住这一重要战略机遇期,集中力量,建设更高水平的小康社会,使经济更加发展、民主更加健全、科教更加进步、文化更加繁荣、社会更加和谐、人民生活更加殷实。

二十、中共十七大

2007年,中共十七大召开。大会的主要内容有:

第一,大会的主题:高举中国特色社会主义伟大旗帜,以邓小平理论和"三个代表"重要思想为指导,深入贯彻落实科学发展观,继续解放思想,坚持改革开放,推动科学发展,促进社会和谐,为夺取全面建设小康社会新胜利而奋斗。

第二,大会对我国改革开放的历史进程和基本经验作出了科学总结。

第三,大会强调,要深入贯彻落实科学发展观。

第四,提出全面建设小康社会奋斗目标的新要求,对我国社会主义经济、政治、文化、社会建设作出了全面部署。

第五,强调中国共产党要以改革创新精神加强自身建设。

二十一、改革开放以来取得的巨大成就

中共十一届三中全会以来,改革开放和现代化建设取得了巨大成就。这是社会主义制度优越性的生动体现,是中华民族发展史上的一个新的里程碑。

第一,国民经济保持持续健康快速发展,现代化建设事业稳步推进,综合国力和国际

竞争力显著提高,人民生活总体上达到小康水平。

第二,社会主义市场经济体制初步建立并不断完善,各项改革事业取得重大进展。

第三,全方位对外开放取得新突破,形成全方位、多层次、宽领域的对外开放格局。

第四,社会主义民主政治建设取得重要进展。

第五,社会主义精神文明建设成效显著。

第六,民族政策和宗教政策得到全面贯彻。

第七,祖国统一大业取得重大进展。

第八,国防和军队建设迈出新步伐。

第九,积极开展全方位外交。

第十,全面推进党的建设新的伟大工程。

二十二、改革开放以来取得的巨大成就的根本原因和主要经验

(一)根本原因

改革开放以来中国取得一切成绩和进步的根本原因:开辟了中国特色社会主义道路,形成了中国特色社会主义理论体系。

中国特色社会主义道路,就是在中国共产党领导下,立足基本国情,以经济建设为中心,坚持四项基本原则,坚持改革开放,解放和发展社会生产力,巩固和完善社会主义制度,建设社会主义市场经济、社会主义民主政治、社会主义先进文化、社会主义和谐社会,建设富强民主文明和谐的社会主义现代化国家。

中国特色社会主义理论体系,就是包括邓小平理论、"三个代表"重要思想以及科学发展观等重大战略思想在内的科学理论体系。这个理论体系,坚持和发展了马克思列宁主义、毛泽东思想,凝结了几代中国共产党人带领人民不懈探索实践的智慧和心血,是马克思主义中国化最新成果,是党最可宝贵的政治和精神财富,是全国各族人民团结奋斗的共同思想基础。

(二)主要经验

第一,必须把坚持马克思主义基本原理同推进马克思主义中国化结合起来,解放思想、实事求是、与时俱进,以实践基础上的理论创新为改革开放提供理论指导。

第二,必须把坚持四项基本原则同坚持改革开放结合起来,牢牢扭住经济建设这个中心,始终保持改革开放的正确方向。

第三,必须把尊重人民首创精神同加强和改善党的领导结合起来,坚持执政为民、紧紧依靠人民、切实造福人民,在充分发挥人民创造历史作用中体现党的领导核心作用。

第四,必须把坚持社会主义基本制度同发展市场经济结合起来,发挥社会主义制度的优越性和市场配置资源的有效性,使全社会充满改革发展的创造活力。

第五,必须把推动经济基础变革同推动上层建筑改革结合起来,不断推进政治体制改革,为改革开放和社会主义现代化建设提供制度保证和法制保障。

第六,必须把发展社会生产力同提高全民族文明素质结合起来,推动物质文明和精神文明协调发展,更加自觉、更加主动地推动文化大发展大繁荣。

第七,必须把提高效率同促进社会公平结合起来,实现在经济发展的基础上由广大人民共享改革发展成果,推动社会主义和谐社会建设。

第八，必须把坚持独立自主同参与经济全球化结合起来，统筹好国内国际两个大局，为促进人类和平与发展的崇高事业作出贡献。

第九，必须把促进改革发展同保持社会稳定结合起来，坚持改革力度、发展速衷和社会可承受程度的统一，确保社会安定团结、和谐稳定。

第十，必须把推进中国特色社会主义伟大事业同推进党的建设新的伟大工程结合起来，加强党的执政能力建设和先进性建设，提高党的领导水平和执政水平、拒腐防变和抵御风险能力。

第四篇　　思想道德修养与法律基础

绪论　珍惜大学生活　开拓新的境界

一、思想道德与法律的关系

"思想道德修养与法律基础"课程涉及思想、道德与法律三个重要的范畴。一般意义上，思想是思想意识的简称。它包括的范围很广，涵盖了意识中全部感性形式和理性形式，而主要指意识中的概念、判断、推理及形象思维等理性形式。它是形成人动机和行为的主导力量。道德是以善恶为评价标准，通过社会舆论、传统习俗和内心信念维系并发生作用的行为原则、规范的总和。法律是具有国家意志性（即由国家制定并保证执行），以权利和义务为主要内容的社会规范。我国社会主义思想道德，其内容包括科学的理想信念，正确的世界观、人生观、价值观和道德观。我国社会主义法律，是工人阶级领导下的广大人民意志的体现，是由国家制定或认可并由国家强制力保证实施的行为规范的总和。将思想道德与法律有机结合在一起，充分反映了社会主义思想道德与法律相辅相成、缺一不可的紧密关系。

从两者的联系来看，社会主义思想道德与法律都是社会主义生产关系的产物，受社会主义生产关系的制约，同时又反映和作用于社会主义生产关系；它们都是在马克思主义指导下建立和发展起来的，具有共同的理论基础；它们都是工人阶级和广大人民群众意志与利益的体现，是调节人与人之间的相互关系，维护社会秩序与稳定的社会规范；它们的许多原则和内容也都是一致的。社会主义思想道德为社会主义法律提供了思想基础和价值目标；社会主义法律为社会主义思想道德提供了制度保障。

两者的区别主要表现在：从调节领域来看，思想道德既涉及人的观念和意识形态层面的问题，又涉及人们行为层面的问题，调节范围相对广泛；法律涉及的则主要是人们行为层面的问题，涉及范围较为具体。从调节方式来看，思想道德主要是依据说服力和劝导力、社会舆论以及风俗习惯和人的信念起作用；法律是通过国家强制力保障实施的。从调节目标来看，思想道德着重对人们的内心世界提出善良与高尚的要求，法律则着重对人们的行为提出禁止与许可或允许的要求。

二、正确理解社会主义核心价值体系的重要意义和基本内容

2006 年 10 月，党的十六届六中全会首次明确提出要建设社会主义核心价值体系，在全社会引起了广泛关注。党的十七大报告又进一步指出，建设社会主义核心价值体系，增强社会主义意识形态的吸引力和凝聚力，明确要求，切实把社会主义核心价值体系融入国民教育和精神文明建设全过程，转化为人民的自觉追求。那么，建设社会主义核心价值体

系的重要意义何在？如何理解社会主义核心价值体系的基本内容？这是当代大学生需要正确认识和全面把握的重要内容。

（一）提出社会主义核心价值体系的重要意义

任何社会都会有自己的核心价值观。一个社会的核心价值观，反映社会意识的本质，决定社会意识的性质，涵盖社会发展的指导思想、意识形态、价值取向，影响人们的思想观念、思维方式、行为规范，是引领社会前进的精神旗帜。社会主义核心价值体系是社会主义制度在价值层面的本质规定，是社会主义制度的内在精神和生命之魂。同时，它是维系社会团结和睦的精神纽带、推动社会全面发展的精神动力、指引社会前进方向的精神旗帜。在当代中国，提出建设社会主义核心价值体系，具有重要的理论意义和极强的现实针对性。

提出建设社会主义核心价值体系，是巩固全党全国人民团结奋斗的共同思想基础的需要。在改革开放的历史过程中，我国社会经济成分、组织形式、就业方式、分配方式和利益关系日趋多样化，人们思想活动的独立性、选择性、多变性和差异性不断增强，人们的思想观念和价值观也呈现出多样化趋势。如果不统一人们的思想基础，就会影响社会的稳定和改革的进程，甚至导致党的瓦解和国家的分裂。提出社会主义核心价值体系，明确全国人民共同思想基础的基本内涵和要求，将更加巩固这一共同思想基础，并推动全党全社会更加自觉地维护这一共同思想基础。

提出建设社会主义核心价值体系，是促进全社会思想道德提升和进步的需要。经济生活的变化势必带来道德生活的变化，现实生活中，人们的道德目标、道德评判标准出现了模糊，思想道德发展水平出现层次分化，甚至出现较为严重的道德失范。建设社会主义和谐社会，迫切需要提升全社会的思想道德水平。提出社会主义核心价值体系，既坚持了社会主义基本的思想道德原则，又兼顾了不同层次群众的思想道德发展的要求，形成了联结各民族、各阶层的精神纽带，引导和推动全社会在思想道德上共同进步。

提出建设社会主义核心价值体系，是增强民族凝聚力和国家竞争力的迫切需要。在经济全球化背景下，不同经济体、不同文化之间既融合又相互竞争，国家主权、民族认同感等受到严峻的挑战。提出建设社会主义核心价值体系，有利于进一步凝聚民心、鼓舞斗志，提高我们国家整体的国家竞争力，特别是提升国家的软实力，动员全国人民乃至全体中华民族大家庭的成员在激烈的国际竞争中更加自觉地维护国家和民族的利益。

（二）社会主义核心价值体系的基本内容

社会主义核心价值体系，主要包括四个方面的基本内容，即马克思主义指导思想、中国特色社会主义共同理想、以爱国主义为核心的民族精神和以改革创新为核心的时代精神、社会主义荣辱观。

马克思主义指导思想是社会主义核心价值体系的灵魂。我国是社会主义国家，中国共产党是中国特色社会主义事业的领导核心，马克思主义是我们党的根本指导思想，这就决定了马克思主义是社会主义意识形态的旗帜。建设社会主义核心价值体系，最根本的就是要坚持马克思主义的指导地位。只有坚持马克思主义的指导地位，才能保证社会主义核心价值体系正确的性质和方向；如果背离马克思主义，社会主义核心价值体系就会丧失灵魂。在此基础上，又要尊重差异，包容多样，更有效地用社会主义核心价值体系引领社会思潮，团结和凝聚一切可以团结的力量，齐心协力建设中国特色社会主义。

中国特色社会主义共同理想是社会主义核心价值体系的主题。历史已经充分证明，中国共产党的领导、中国特色社会主义道路，是历史的选择、人民的选择，坚持这条道路，就能实现中华民族的伟大复兴。在多样化的环境中搞社会主义建设，迫切需要建立一个为社会各个阶层所广泛认可和接受、能有效凝聚各个方面智慧和力量的共同理想。确立中国特色社会主义共同理想，就是把党在社会主义初级阶段的目标、国家的发展、民族的振兴与个人的幸福紧密联系在一起，把各个阶层、各个群体的共同愿望有机结合在一起。树立和弘扬这一共同理想，就能凝聚民心、统一步调、形成合力，就把握了社会主义核心价值体系的主题。

民族精神和时代精神是社会主义核心价值体系的精髓。在几千年历史演进中，中华民族形成了以爱国主义为核心的团结统一、爱好和平、勤劳勇敢、自强不息的伟大民族精神；在改革开放新时期，又形成了勇于改革、敢于创新的时代精神。两者相辅相成、相互交融，构成了中华民族生存和发展的强大精神支柱。面对经济全球化带来的政治、经济、文化诸多领域的挑战，面对前进道路上的重重困难，要完成中华民族伟大复兴的历史任务，迫切地需要巩固和发展这些精神支柱。大力弘扬民族精神和时代精神，唱响中国特色社会主义文化建设的主旋律，使全体人民始终保持昂扬向上的精神状态，形成各族人民团结一心、共同奋斗的价值取向，就把握了社会主义核心价值体系的精髓。社会主义荣辱观是社会主义核心价值体系的基础。以"八荣八耻"为主要内容的社会主义荣辱观，明确指出了在社会主义市场经济条件下，应当坚持和提倡什么、反对和抵制什么，为全体社会成员判断行为得失、作出道德选择、确定价值取向，提供了基本的价值准则和行为规范。只有分清荣辱，明辨善恶，一个人才能形成正确的价值判断，一个社会才能形成良好的道德风尚。树立社会主义荣辱观，使社会成员都能知荣弃耻，褒荣贬耻，扬荣抑耻，社会主义核心价值体系才能有所依托、有所体现。所以，在全社会大力弘扬社会主义荣辱观，就把握了社会主义核心价值体系的基础。

社会主义核心价值体系所包括的这四个方面的内容，相互联系、相互贯通、相互促进，是一个有机的统一整体。一方面，这个价值体系是相对稳定的，将长期发挥作用；另一方面，它又是开放的，不断地吸收人类创造的一切先进、有益的思想文化成果，不断丰富和完善自己。只有坚持用社会主义核心价值体系教育和引导群众，使之为广大社会成员所感知、所认同、所接受、所掌握，真正成为社会精神生活的"主旋律"，才能充分发挥核心价值体系在推进经济社会发展中的巨大作用。

"以热爱祖国为荣、以危害祖国为耻"，"以服务人民为荣、以背离人民为耻"，"以崇尚科学为荣、以愚昧无知为耻"，"以辛勤劳动为荣、以好逸恶劳为耻"，"以团结互助为荣、以损人利己为耻"，"以诚实守信为荣、以见利忘义为耻"，"以遵纪守法为荣、以违法乱纪为耻"，"以艰苦奋斗为荣、以骄奢淫逸为耻"。

第一章　追求远大理想　坚定崇高信念

一、什么是理想

在现代社会，所谓理想是指人们在实践中形成的具有实现可能性的、对美好未来的向往和追求,是人们的政治立场和世界观在奋斗目标上的集中体现。

理想是人的自觉能动性的表现,是人类特有的精神现象。

理想不同于幻想和空想。幻想是与生活愿望相结合并指向未来的一种想象,由于生产力和科学技术发展的历史局限,它与现实有很大距离,但在将来有实现的可能。空想也是人对未来的一种想象,也反映了人的一定的目标和追求,但是它缺乏客观根据,还不能把握事物自身发展的客观规律。空想本身没有实现的可能,只有走上科学化的道路改造成为理想,才能使原有的愿望得到实现。可见,理想、幻想和空想虽然在形式上都表现了人的主观能动性,但在内容上却有着完全不同的规定。

二、理想对于人生的重要意义

理想对于人的生存和发展有着极为重要的意义。理想能够为人生提供方向和动力。在人的一生之中,如果理想选择不符合社会发展的必然趋势和方向,就会导致人生的失败;如果在理想问题上浑浑噩噩,就得不到人生的动力,很难成为成功的人生。只有树立了坚定的理想信念的人,才能达到人生的成功的彼岸。

在理论上讲,理想对于人生的意义主要有以下几个方面。

首先,理想是人的一种"自为"的需要。人作为一种生命存在,和地球上其他生命存在一样,都必须依赖外部环境,同外部环境进行物质、能量、信息的交换。这种依赖、交换对于任何生命存在来说,都是一种客观的规定,都表现为一种客观的需要。

但是,人作为一种特殊的生命存在,区别于其他生命存在的地方就在于人有意识,能够意识到自己的这种客观规定、客观需要。所以,从事社会活动的人,已经不再像动物那样,完全凭本能直接满足需要,而是首先将自己的需要显露、展示在意识中,成为意识的对象,成为一种"自为"的需要;然后,在观念中对这种需要进行满足状态时的设计、构思,形成关于未来的"理想的意图";最后,这个"理想的意图"转变为"理想的力量",推动人们通过实践活动来满足需要。从这个过程中,我们可以看到,人的需要是一种"自为"的需要,在观念上表现为一种"理想的意图"。任何人类活动要满足需要,都要首先通过理想这个中介环节。所以说,理想对于人类活动是必不可少的,它本身就是人的一种"自为"的需要。

其次,理想是人的精神追求的最终归宿。在现实社会中生活的人既是有限的,又是无限的。说它有限,是因为它的生命活动总是局限在特定的时空范围之内,它的社会交往总是针对于特定的社会关系网络之结;说它无限,是因为它的需要在有限的时空范围和社会关系之内并不能得到完全满足,它总是有一种超越有限、奔向无限的自然趋向,即对无限的追求。这种追求得不到实现,人就会在广袤的世界中失去依托,就认识不到自己存在的意义和价值,就摆脱不了忧郁和恐惧的缠绕。在有限中追求无限,实际上是人对绝对的渴望、对终极的关怀,是人的一种本性、一种形而上的追求。

理想产生于现实,但又超越现实,由现实指向无限广阔的未来。从这个意义上讲,理想能够使人的形而上的追求得到实现,为人的这种追求的最终满足找到归宿。这个归宿虽然只是观念形态的,只具有形而上的意义,但却能给人的精神以极大的鼓舞,给人的行动以极大的动力。正是理想的这种形而上的意义,使人彻底超越了动物的本能式的生活,超越了个人的孤立无助和人生的空虚恐惧,使人生有限与无限的矛盾在更高的境界得到了解决，从而为人的形而上追求的实现提供了最后的归宿。

再次，理想是人的本质力量的观念展示。人的本质力量是人作为主体对客体对象存在着的一种能动性的关系。人的本质力量最初只是以潜在的形式存在于主体中，表现为主体把握客体对象的素质和能力；接着，在主体的对象性实践活动中，这种素质和能力成为一种对象化的力量，通过改造客体对象的存在形式，确证自己的存在，使自己以客体的形式展现出来。这就是人的本质力量由潜在到实在的展示过程。

三、理想的内容和层次

理想根源于人的需要。人的需要是多方面的，因此，人生理想也有着多方面的内容和层次。一般说来，从内容上划分，理想有社会理想、道德理想、职业理想和生活理想四个层次。其中，社会理想是人生理想系列中的最高层次，规定并制约着其他层次的理想的内容。

（一）社会理想

人是社会的人，人的生存和发展一刻也离不开社会。个人成长的条件、发展的机会、肩负的责任等都是同社会的发展紧密联系在一起的。任何人实现自己的抱负和追求，都不只是纯粹的个人行为，而是要以社会为载体。所以，各个时代的人都会提出自己的社会理想，而社会的发展进步也正是一代又一代人不断提出社会理想并为之奋斗的结果。

因此，社会理想的内容不是永恒不变的，而是随着社会关系的变化不断变化的。

（二）职业理想

职业是指人们从事的相对稳定的、有收入的、专门类别的工作，其中"职"是责任，"业"是业务。职业生活是社会生活的最主要组成部分，是人生旅程中最长、最丰富的一段。可以说，人生的理想追求、成败得失大部分都体现在职业生活当中了。

职业理想是人们对自己将要从事的职业的设计和追求，是人生理想中最具体最实在的一部分。职业理想有三个构成因素：承担社会义务、发挥才能和维持生活。由于人生观、价值观不同，人们对这三个因素及其相互关系的认识和选择也不尽相同。于是，人们对同一职业会有很不同的看法与评价，选择同一职业的人也可能怀有不同的目的和动机，在同样的职业中会有不同的表现和结果。造成这种差异的，并不完全在于职业本身，而主要在于选择者的职业观、价值观。

职业理想层次较高的人，在选择职业时，能够把个人生活的幸福和满足社会的需要有机结合起来，并且把社会的需要放在首位，为自己确立较高的成就目标，在工作中勤勤恳恳，勇于开拓，具有高度的社会责任感和献身精神。职业理想层次较低的人，则把个人需要作为选择职业的主要依据，或者为自己确立较低的成就目标，缺乏社会责任感和献身精神。

当然，职业理想的确立不仅要符合社会发展的需要，而且要符合自己的实际。树立职业理想，首先要对自己的素质、性格、特长、能力、潜力等有一个全面而客观的分析，只有将个人条件与社会需要有机结合起来，并以社会需要为首要前提，为社会多作贡献，这才是大学生面对未来所应确立的职业理想和选择职业时所应遵循的基本原则。

（三）生活理想

生活理想是指人们对社会物质生活、精神生活、家庭生活的向往和追求。它涉及人生过程的各个阶段、各个方面，涉及社会生活的各个领域，其内容并不都是对生活条件的期盼，更重要的是人们期望具有怎样的生活方式，怎样生活才更充实更有意义。

生活理想正确与否，直接影响着个人的成长和事业的成败。现实中，不少人正是由于从生活上被腐朽思想打开缺口，才堕落变质的。所以，把好"生活关"至关重要。

生活理想包括物质的和精神的。虽然每个人都期望自己的生活幸福美满，但由于理想层次的差异，对生活意义的理解也有很大的不同。生活理想的境界，不仅仅取决于人们对生活条件要求的多寡，更取决于人们生活情趣的高低。高层次的生活理想要求丰富的物质生活、充实的精神生活和幸福美满的家庭生活，把创造美好生活视作自身发展和为社会作贡献的条件。低层次的生活理想则偏重于个人生活的安逸，注重物质生活，注重享受。

大学阶段是人生发展中的一个转折。树立什么样的生活理想，不仅关系到现实生活方式的选择，而且影响到未来成长成才的方向。所以需要建立起健康、文明、科学的生活理想。

四、澄清对于理想的模糊认识

理想是人之为人的精神实质，是推动人们不断创造美好生活的巨大力量。但在复杂的现实生活中，不少人对理想问题还存在一些片面的、模糊的看法。澄清这些看法，对于帮助人们走出认识误区，推动人们追求美好未来，具有重要的现实意义。

（一）无用论

有人说："人何必一定要有理想？我没有理想，不是也生活得很好吗？"其实，口头上说"我没有理想"或"不必有理想"的人，实际上这正是他的"理想"，只不过是理想的性质不同罢了。人不可能没有理想。人与动物相区别的一个重要标志就是人有理想，能自觉地进行创造性的实践活动。人如果失去了理想，就会同动物相差无几。人的理想应当是高尚的、远大的、美好的；卑下的、低微的、感官的生活目的虽然也是理想，但已经把人降到了与动物相差无几的地位。没有理想，青春就将枯萎衰败，生命就会黯淡无光，人生就会失去前进的方向和动力，就只能在生活的大海里随波逐流，碌碌无为，甚至走向堕落和犯罪。

（二）实惠论

有人说："理想理想，有利就想；前途前途，有钱才图。"有人说："讲共产主义理想，解决不了当前的实际问题。"一句话，理想太空，还是"实惠"为好。在这种思想的支配下，一些人失去了人生的奋斗目标，一心只追求轻松的工作、优厚的待遇、漂亮的爱人、舒适的生活。尽管这样的追求也能称得上"理想"，但这种理想只是低层次的"燕雀之志"，是不可取的。追求远大理想，绝非抛开现实利益。在为远大理想而奋斗的过程中，每一阶段都会给人们带来许多实际的利益。但如果只讲眼前"实惠"而忘记了对远大理想的追求，就会损害长远利益。理想不是超脱利益之物，而是人们对利益超前性需求的反映。因此，远大理想的追求与现实利益的获得并不矛盾。

（三）分离论

有人说："理想是明天，现实是今天。今天该玩就玩，何必想那么远？"有人相信："凡是现实的都是合理的，凡是合理的都是现实的。"因而只信现实，不信理想。这种把理想与现实截然分开的思想，是削磨生命的腐蚀剂，也是一种不敢大胆追求远大目标的惰性反映。

美好的理想是建立在现实努力的基础之上的，没有现实的努力，不屑于干平凡的小事，即使他的理想再壮丽，也只能是徒有绚丽色彩的肥皂泡。现在不努力，到头来只能一事无成。

（四）渺茫论

有人说："共产主义是'水中月'、'镜中花'，看得见，摸不着。"也有人说："共产主义是美好的，可惜太遥远了。"还有人说，共产主义是一种"渺茫的幻想"、"可望而不可即"。这些观点的产生由来已久，但它对人们思想的影响至今仍然不可低估。究其原因，一是没能正确理解"共产主义"的科学含义。我们通常讲的共产主义有思想体系、现实运动和社会制度三层含义。作为思想体系和现实运动的共产主义，已经有 100 多年的历史了；作为社会制度的共产主义，其低级阶段已经实现，在我国就有 60 多年的历史。高级阶段的共产主义是历史发展的必然趋势，虽然遥远，但不"渺茫"。二是对共产主义社会制度实现的长期性、艰巨性和曲折性缺乏足够认识，一遇挫折便动摇、怀疑。三是仅从个人角度出发，认为自己"看不见，摸不着"，就怀疑共产主义的必然性。殊不知，人的生命是短暂的，而社会制度的更替则是长期的历史演进过程。

五、什么是信念

所谓信念，就是人们在一定的认识基础上确立的对某种思想或事物坚信不疑，并要努力身体力行的精神状态。信念是认识、情感和意志的融合和统一，它虽然是产生在某种认识的基础上，但强调的不是认识的正确性，而是情感的倾向性和意志的坚定性。

信念有科学和非科学之分。科学信念是以对事物发展规律的正确认识为基础的，能够在实践中不断受到检验和完善，进而成为世界观、人生观的重要组成部分，使人坚贞不渝、百折不挠地恪守。非科学信念则是以对事物发展规律的错误认识或迷信为基础的，经不起实践的检验，因而是一种无力的观念和态度。

对于宗教的信仰，其实就是非科学信念的典型形式。世界上的宗教，尽管在具体的起源、教义、仪式、禁忌等方面有许多差别，但在以下几方面却是共同的：①都有一个万能至善的神（如上帝、真主、佛陀等），他们被臆想为超凡入圣，掌握着尘世和天国的一切，决定着芸芸众生的命运；②强调人间充满苦难和罪恶，尘世很难有幸福，幸福只能在天堂、乐园、净土等彼岸世界；③强调只有信奉神，虔诚修行，人才能跳出苦海，得道获救。显然，宗教就其本质来讲，是支配人们的外部力量在人们头脑中的虚幻反映，它把所谓的神和天国作为解决现实苦难、获得人生解脱的药方，这完全是虚设的、唯心的。

既然宗教是非科学的信念，为什么在科技日益发展和普及的今天，仍然能够广泛流传并保留着一定的市场呢？这一方面是由于传统力量的作用，另一方面是因为宗教确能给人带来精神上的归属感和家园感。众所周知，人的生命既是血肉的存在，又是精神的存在。人在现实中经受苦难，是需要内心支柱和精神寄托的。假如这份苦难是在劫难逃、永无止境的，人的精神就可能崩溃。假如有人说，你不是孤苦无靠的，只要不甘堕落，付出了代价之后，上天是会给你回报的；你不必眷恋尘世，精神终究是会得福的，虽不在此岸，但在彼岸。有了这种虚幻的观念，人就能在苦难中得到安慰，看到解脱的希望。正是因为宗教能够虚幻地满足人们要求解脱的愿望，所以流传至今，并有一定的市场。

六、确立马克思主义的坚定信念

科学的、正确的信念对人生具有重要的作用。在今天的社会主义社会，人们在社会政治方面的信念应该是马克思主义信念。

马克思主义在当代仍然是引领历史潮流的最先进的思想体系，这首先是由马克思主义所具有的不同于其他任何理论体系的特征所决定的。

马克思主义的第一个基本特征是科学性。马克思、恩格斯走上历史舞台的时候，资本主义生产方式已经有了比较充分的发展，其内在矛盾也开始彻底地暴露和展现开来。当时，思想界关注和研究的主要问题是人类向何处去、资产阶级向何处去、无产阶级向何处去。马克思、恩格斯不仅全面继承了西方文化中最具价值的科学精神，同时还科学地批判吸收了以往人类一切重要的思想成果，尤其是其先行者和同代人在解决时代课题时迸发出的思想火花，进一步研究了人类向何处去，发现了历史发展的一般规律，创造了历史唯物论；研究了资产阶级向何处去，发现了资本家剥削工人的秘密，创造了剩余价值学说；研究了无产阶级向何处去，发现了工人阶级的历史地位，创造了无产阶级革命的学说。正是这三大研究、三大发现、三大创造，使社会主义由空想变成了科学。自此以后，资本主义的灭亡不再只是人们的猜想，而被置于现实社会的经济基础之上；埋葬资本主义不再仅仅是个别天才人物的事业，而是全世界无产阶级的历史使命；社会主义不再只是理想的憧憬，而是现实社会生产力与生产关系、无产阶级和资产阶级矛盾运动的必然结果。

马克思主义的第二个基本特征是实践性。它不是产生于脱离现实的书斋之中，而是适应现实斗争实践的需要而产生的。19世纪上半叶，资本主义的发展进入了一个历史转折时期。1825年起，三次大规模经济危机的连续爆发，表明资本主义的生产关系开始由促进生产力的发展转向阻碍生产力的发展；1831年起，三次大规模工人运动的相继高涨，表明无产阶级和资产阶级的矛盾已经上升为社会主要矛盾，无产阶级作为一支独立的政治力量登上了历史舞台。但是由于当时的工人阶级没有自己的思想武器，所以斗争还是自发的。工人阶级的斗争由自发到自觉，必须有自己的思想武器。适应这种需要，产生了马克思主义。马克思主义一经诞生，便迅速与工人运动相结合。一百多年来，无产阶级谋求解放的斗争汹涌澎湃，社会主义由理想变成现实的社会制度，旧殖民主义体系土崩瓦解，这一切都与马克思主义的广泛传播及其指导下的社会主义运动紧密相关。也正是在这样的运动中，马克思主义始终保持与时俱进的理论品性，不断地随着实践的发展而发展。

马克思主义的第三个基本特征是阶级性。尽管马克思主义是人类思想的精华，它的思想成果属于全人类，但马克思依然申明自己的理论是无产阶级的世界观，具有鲜明的阶级性。这是因为，自无产阶级产生之日起，它就同最先进的生产方式联系在一起，是自人类社会产生阶级以来最先进、最有觉悟的阶级。无产阶级产生之后，就担负了推翻旧制度，进而实现全人类解放的历史使命。马克思、恩格斯投身科学研究，进行真理求索，正是为了运用科学的威力，揭示社会规律，解开历史之谜，为无产阶级和劳动群众进行革命和建设提供行动指南。

马克思主义的上述基本特征，决定了它虽然经历了一个半世纪时代发展变革的考验，却依然历久弥真。

确立马克思主义的坚定信念，从社会发展的角度来看，在当代中国，就要树立中国特色社会主义共同理想，把我国建设成为富强民主文明和谐的社会主义现代化国家。全体人民所具有的共同理想，是一个国家、一个社会的生命力和凝聚力的根本所在；人们在理想、信念领域存在着的混乱与茫然，则是最深刻的社会危机。正是因为这一点，理想问题不只是个人的事情，它关系着整个国家的兴衰存亡。

第二章　继承爱国传统　弘扬民族精神

一、爱国主义的科学内涵

爱国主义是人们对祖国的深厚感情，是将个人的命运与祖国的前途、命运密切联系在一起，为国家贡献力量的责任感和为民族不惜牺牲一切的献身精神和行动。爱国主义既是调整个人与国家、民族关系的道德规范，也是一项重大的政治原则和鼓舞、凝聚各民族力量的精神支柱。

爱国主义是我们民族几千年来凝结起来、积淀起来的对祖国最纯洁、最高尚、最神圣的感情。

中华民族的爱国主义是在长期历史发展过程中形成的优良传统之一，爱国主义作为一个历史范畴，在不同的时代有着不同的内涵，但就其最基本的内容而言却是相同的，爱国主义最基本的内容首先是对祖国的热爱，而且这种热爱在世界范围内具有普遍性，任何一个国家和民族，其人民对自己的祖国无不怀有深厚的热爱之情。现代意义上的祖国至少包含三个要素：一是自然要素，指本民族所赖以生存的一定区域内的土地、山河、海洋等自然风貌和矿产、森林、物产等自然资源所构成的国土。二是社会要素，指由共同的经济生活、语言文化、社会心理和历史传统等纵横交织的社会关系紧密联成一体的人民或国民。三是政治要素，指为了维护社会共同体的秩序、安全、主权和稳定而建立起来实施阶级统治的强力政治机构——国家。因此，祖国是一个集自然、政治、经济、文化和历史于一体的综合概念，爱故土、爱人民、爱国家是爱国主义最基本的内容。

热爱故土山河是爱国主义的重要内容。祖国，从来都不是一个抽象的概念，她首先就是我们脚下这块世代生息、繁衍的广袤土地，就是我们生于斯、长于斯的故土家园，我们对祖国的爱就源于对这片哺育自己的土地的最朴素而真挚的爱。

毋庸讳言，我们生存的这片可爱的国土和世界上其他国土一样，并不是十全十美的，也存在一些不尽如人意之处。这些不足之处尽管不值得我们赞赏，却能激励我们的忧患意识和责任意识，促使我们加倍努力去改造、改善这片国土，尽可能地减少、避免和消除这些不足之处，使我们的家园更美好。因此，为我们国土的富饶美丽而赞美、热爱她，是爱国的表现；不因为我们国土的某些不尽如人意而鄙视她、离弃她，而是关心她、改善她和建设她，同样是爱国的表现，甚至是更重要的爱国表现。

热爱各族人民是爱国主义的集中表现。我们的祖国之所以可爱，不仅因为她拥有辽阔的土地、壮丽的河山、丰富的物产，更因为她拥有世世代代生息在这片美丽的国土上勤劳、勇敢、善良、智慧的亿万各族人民。各族人民是伟大祖国的根本所在，是伟大祖国的创造者,祖国和人民是不可分割的。因此,热爱各族人民是爱国主义的集中表现。

正是有了人民的辛勤劳动,有了人民共同使用的语言、文字、经济生活、政治生活和社会心理、文化传统,才使每一块国土与我们在社会生活中形成的社会共同体密切相关,并作为承载人民生息、繁衍的物质基础而成为我们生活的一部分。正是由于有了各族人民世代的努力,才在促进 56 个民族不断融合的过程中拓展了我国的疆域,开发了资源,美化了山河,才使原始的自然成为人化的自然,使我们脚下的这片土地成为我们的家园,热爱的对象。正是由于有了各族人民的创造,才有了伟大祖国悠久的历史、灿烂的文化和源远流长的传统。

没有人民的祖国是不存在的,离开人民谈爱国是不切实际、毫无意义的。历史证明:所有爱国者都热爱自己的人民。

热爱自己的国家是爱国主义的必然政治要求。在社会主义同家,爱祖国和爱国家是完全一致的。在当代中国,爱国主义作为一种政治原则,则表现为有坚定正确的政治方向,坚定社会主义信念,把祖国建设成为富强、民主、文明、和谐的社会主义国家。因此,爱国主义和社会主义,在本质上是统一的,建设和发展中国特色社会主义是新时期爱国主义的主题。

二、理智爱国贯穿到爱国情感升华到爱国思想、爱国行为的全过程

马克思主义认为,爱国主义是人们忠诚、热爱、报效祖国的一种集情感、思想和意志于一体的社会意识形态,是在人类社会历史进程中形成、发展和巩固起来的一种团结凝聚国家和民族、推动历史发展的强大精神力量,也是调节个人与民族关系的基本政治、道德和人生价值规范。

爱国主义作为人们的一种主观精神和行为状态,表现为从爱国情感到爱国思想再到爱国行为这样三种层次不同却相互联系的发展阶段。这一升华过程就是使爱国从以情感为主的感性认识上升为理性认识,并付诸行动的过程。

爱国热情、爱国情感是一个国家和民族弥足珍贵的精神财富,但仅有热情是不够的,只有将情感与理智有机结合,才能实现爱国情感向爱国思想的升华,将爱国热情和爱国思想转化为积极建设祖国的行动。

爱国思想是爱国主义精神的理性升华,是在热爱祖国的基础上,产生的对祖国的历史、现状和未来以及个人与祖国关系的一种理性认识,它常常以某种观念、思想、理论的形式表现出来。爱国思想建立在爱国情感基础上,帮助人们从本质上理解问题,避免感觉的片面性,进而从世界观、人生观的高度确立爱国主义信念,并自觉地将之转化为报效祖国的爱国行动。

爱国行为是爱国主义精神的具体实践。爱国行为是指人们身体力行,以报效祖国的实际行动来抒发自己的爱国情感,实践爱国思想和完成爱国志向,为祖国的繁荣昌盛多做贡献。只有将爱国之情、爱国之心、报国之志化作效国之行,言行一致,才能成为一个完全的爱国主义者。爱国情感和爱国思想只有外化为爱国行为,才具有实际意义,最终实现升华,找到归宿。人们的爱国行为不是整齐划一的,而是丰富多彩的。就其基本内容来说,主要有这样几个方面:为祖国的繁荣富强贡献自己的才智和力量;反抗外敌入侵,维护民族独立和国家主权完整;反对民族和国家的分裂,维护民族团结和祖国统一;反对一切阻

碍历史发展和社会进步的反动势力,顺应历史潮流,推动祖国进步。

三、中华民族爱国主义传统的基本内容

虽然爱国主义作为一个历史范畴,在各个历史时期有不同的时代内容和表现形式,但是,无论是古代爱国主义、近代爱国主义,还是当代爱国主义都是一脉相传的,共同构成了中华民族爱国主义的优良传统,概括地说,这一传统主要有以下几个方面的基本内容。

第一,热爱祖国,为祖国的繁荣富强作出贡献。爱国主义不仅是对祖国深厚的情感,而且要将之化为爱国行为,为祖国创造物质和精神财富作出贡献。中华民族自古就满怀爱国热情,各族人民用自己的勤劳和智慧共同奋斗,为丰富和发展中华民族的物质财富和精神财富作出了巨大贡献,曾创造出辉煌灿烂的中华文明。

第二,反对分裂,维护祖国统一和民族团结。我国是一个有五千多年悠久历史的多民族统一国家,自大一统国家形成以来,中国曾多次出现民族分裂的局面,每次分裂都给国家和民族带来了灾难,给中华民族的进步造成了障碍,因而分裂从来不得人心,只是暂时现象,国家统一、民族团结始终是中华民族的主流。

第三,反对侵略,维护祖国独立、主权和领土完整。爱国主义不仅激励中国人民反对国内民族压迫,而且敢于反抗外来侵略。特别是鸦片战争以后,中国社会日益面临被帝国主义侵略和瓜分的危险,逐步沦为半殖民地。但是中国始终没有完全沦为帝国主义的殖民地,一个重要原因就是每一次帝国主义侵略都更加激起中华民族的爱国主义热情和反对侵略的决心,轰轰烈烈的爱国救亡运动在丰富爱国主义传统的同时一次又一次地粉碎了帝国主义灭亡中国的企图。最终在中国共产党的领导下,中国人民彻底实现了民族独立,维护了祖国独立、主权和领土的完整。

第四,反对倒退,推动祖国繁荣进步。在历史发展的长河中,始终存在着进步和倒退两种力量的较量,正是各族人民坚持同一切阻碍社会发展、民族进步的反动阶级、反动势力和腐朽社会制度的不懈斗争,才使中华民族历经坎坷磨难而不衰,至今仍生生不息,走向新的辉煌。

四、新时期爱国主义的主题

在新时期,中国人民的主要任务就是建设中国特色社会主义,实现中华民族的复兴。新时期的爱国主义是历史上最高类型的爱国主义,它与以往的爱国主义相比必然带有一些自己的时代特征,这些时代特征与社会主义爱国主义的主题要求是一致的。主要表现在以下几个方面。

(一)爱国与爱社会主义的统一

爱国主义与爱社会主义的统一,是中华民族爱国主义传统在新的历史条件下的继承和发扬,是近现代以来中国无产阶级和人民群众及其先进分子历史选择的结果。

中国近百年来的历史证明:爱国主义与社会主义的统一是近现代中国历史发展的必然,是当代中国社会进步的正确指向。这一结论包含两层含义:一方面,社会主义需要弘扬爱国主义精神;另一方面,爱国主义应该提高到社会主义的高度。首先,爱国主义是社会主义的重要思想基础,社会主义事业需要大力弘扬爱国主义精神。其次,社会主义是爱国主义的发展方向,爱国主义必须提高到社会主义的高度。爱国主义在一般意义上是指

对祖国的热爱,但在阶级社会里,爱国主义还有着不同的阶级内涵。社会主义是中国人民根本利益所在,所以,爱国主义必须与正确的政治方向,即社会主义的方向联系起来。爱国主义只有提高到社会主义的高度,才能使爱国者的爱国热情和行动与社会发展规律相一致,从而成为一个自觉的而不是盲目的爱国者。

我们在强调爱国主义与社会主义在本质上是统一的同时,不能简单地将两者等同起来。爱国主义有不同的层次,既有对共产党员要求的,与共产主义理想相一致的爱国主义,也有适用于广大中国人民的,拥护社会主义的爱国主义,还有港澳台同胞和海外侨胞拥护祖国统一的爱国主义。

(二)爱国与爱共产党的统一

中国共产党的诞生及其领导的中国社会主义革命和社会主义建设,不是偶然的,而是历史发展的必然选择,其取得的巨大成就是举世瞩目,不容抹杀的。中国共产党自诞生之日起,始终高举爱国主义旗帜,是中华民族根本利益的真正代表,是高举爱国主义旗帜并躬身实践的光辉典范,是中国特色社会主义事业的坚强领导核心。中国共产党领导全国人民在马克思主义与中国革命实际相结合的基础上,经过数十年艰苦卓绝的斗争,终于取得了胜利,建立了人民当家作主的中华人民共和国。新中国成立初期,中国共产党继续领导各族人民,完成了祖国大陆的统一,成功地实现了从新民主主义向社会主义的伟大转变。在全面建设社会主义时期,中国共产党领导全国人民不畏帝国主义的经济封锁,发扬自力更生、艰苦奋斗的精神,为社会主义现代化建设奠定了初步基础。党的十一届三中全会以来,中国共产党人以解放思想、实事求是的态度,在深刻总结了社会主义建设过程中正反两面经验教训的基础上,根据我国社会主义初级阶段的国情,逐步形成了党在初级阶段的基本路线,成功地找到了中国特色社会主义的道路。

历史已经证明:没有中国共产党,就没有新中国;没有中国共产党的领导,就没有社会主义现代化建设的伟大成就。

(三)爱国主义与国际主义的统一

爱国主义与国际主义是马克思主义民族观不可分割的两个方面,两者相互联系,彼此渗透,缺一不可,社会主义爱国主义与国际主义统一于马克思主义民族观之中。全世界无产阶级和劳动人民的根本利益是一致的,马克思主义的国际主义思想是全世界无产阶级和劳动者团结、互助、合作的思想,任何一个国家的社会主义革命和社会主义建设,都离不开各国无产阶级和劳动人民的支持与合作。所以,在处理国际事务方面,社会主义爱国主义要求人们把本民族的命运同全世界人民的正义斗争和进步事业紧密联系在一起。

经济全球化过程中资本和生产的全球化,信息的全球性共享,跨国公司广泛地分布在各主权国家内,超越了国家疆域的限制,极大地冲击和挑战着民族国家的主权。有人误以为,民族国家已经过时。马克思主义早就指出,主权国家(民族国家)是一定历史发展阶段的产物,是阶级矛盾不可调和的产物和表现,只有消灭了阶级,进入共产主义时代,国家、民族才会逐渐消亡。只要这些基本的历史条件没有发生变化,国家的主权地位就不可能发生根本改变。事实也正是如此,经济全球化中任何国家都从本国利益出发,以追求本国经济利益最大化为国际经济关系的出发点和归宿。国家主权在全球化过程中不但没有被削弱,反而更加突出,国民对国家的忠诚也未因全球化而减弱;相反,其政治注意力更加集中于国家在国家主权范围内的作用上。

第三章 领悟人生真谛 创造人生价值

一、人生观的含义及其内在关联

（一）人生观的含义

人生观是世界观的重要组成部分，是以一定的世界观为理论基础所形成的关于人生的目的、意义、态度及价值等问题的根本观点和看法，是世界观在人生问题上的指导和运用。人生观从根本上决定着人们实践活动的目标、人生道路的方向、对待生活的态度以及对人生价值的评价，从而也就决定了每个从事社会实践活动的个体不同的人生历程和价值。

人生观作为社会观念上层建筑的一部分，属于社会意识范畴，它的形成以及发展变化由一定的社会存在所决定，是一定历史条件和社会关系的产物。作为一种社会意识，人生观所反映的内容是人们在社会生活以及人生实践中不断认识和深化的结果。每个历史时代和每个社会发展阶段都有自己占主导地位的人生观，这种占主导地位的人生观对于整个社会思想观念体系的形成和确立以及在每个社会成员思想观念中的接受和认同，都具有鲜明而巨大的影响作用。

（二）人生观基本内涵的内在关联

人生观的基本内涵主要通过人生目的、人生态度及人生价值三个方面体现出来。

第一，所谓人生目的，是指人们在社会实践活动之前，对于社会实践结果所作出的预想和展望，它是人们实践活动自觉性及能动性的反映。如果把人生观比作一个系统，人生目的就是系统的"发动机"和动力源。人生目的主要回答"人为什么要活着"这一人生的根本问题。它决定着人生奋斗的目标及理想，指导着人们生活的方向，并为人们不懈追求，实现理想的奋斗过程提供动力支持。

人的社会性和能动性决定了人所从事的任何社会实践活动，都必然带有一定的自觉性和目的性。人生活动的目的性是人区别于动物的重要标志之一，而人生目的的迥异则是区别不同人生观的根本标志。一个人如果确立了正确的人生目的，就会以坚韧不拔和百折不回的勇气和毅力，克服人生道路上的一切困难和险阻，最终实现自己的人生价值。

第二，所谓人生态度，主要包括人们对社会生活所持的总体意向，对人生所具有的持续性信念以及对各种人生境遇所作出的反映方式等，是人们在社会生活实践中所形成的对人生问题的稳定的心理倾向。

人生态度作为人生观的重要内容，是人生观最直接的表现和反映，它要回答"人究竟应该怎样活着"的问题。一个人有什么样的人生观就会有什么样的人生态度，反过来，一个人在生活中所表现出来的人生态度，往往又直接反映出他对人生的基本信念和看法。

社会环境和人的个性差异是影响人生态度形成的主要因素。

人生态度的表现形式多种多样。积极进取乐观向上的人生态度，会使人充满自信，意志坚强，摆正个人与社会的关系，竭尽自己的聪明才智，努力为社会多作贡献。而消极颓废，碌碌无为的人生态度，使人理想泯灭，意志销蚀。要么庸庸碌碌、得过且过，以冷漠和不负责任的态度对待社会和人生;要么只关心个人的境遇和前途而不择手段,甚至危害国家。

第三,人生价值作为一种特殊价值,是人们在生活实践中形成的关于人生意义的看法和评价标准。它要回答"什么样的人生目的最值得追求"、"什么样的人生才有意义"。人生活动是一种充满了高度自觉和能动性,被赋予了丰富价值意义的社会运动,它同动物世界的本能活动的根本区别在于,人不是木然而被动地面对世界,而是通过社会实践和创造性的劳动,追求人生的意义和价值,探寻生活的真谛和底蕴。

人生观所包含的三个基本方面是相辅相成的。

首先,人生目的是人生观的核心。它既为人生活动指明方向,又是人生活动的动力源泉。人生目的决定着人们对待生活的基本态度,也最终决定着人们对待人生价值和意义的评价。确立了什么样的人生目的,就会形成什么样的人生态度,就会追求什么样的人生价值。

其次,人生态度能够为人生目的的达成和人生价值的实现提供持续不断的心理能量,起着系统能量库的作用。一般来说,积极的人生态度能够坚定人们正确的人生目标,激发人的主观能动性和战胜困难的意志和勇气,最终实现人生价值;而消极的人生态度也会强化错误的人生目的,甚至把人生引向歧途和毁灭。

最后,对人生价值的认识和评价,在人生观系统中占据着重要的地位。人生价值观既要受人生目的和人生态度的制约,又是人们从价值角度思考人生问题的根据。如果一个人把为人民服务看作人生的最高价值,他就会更加自觉而坚定地把为人民服务多谋利益,为社会多作贡献的确立为人生的目的;相反,如果一个人把个人利益的最大实现看作人生的最高意义,他就会在生活中不自觉地把"人不为己,天诛地灭"当作人生的最高信条。

总之,正确的人生目标和科学的人生态度,是实现人生价值和意义的基础和前提,社会实践是沟通人生目的与人生价值实现之间的唯一桥梁,任何人的人生价值都是积极投身社会实践活动的结果。在当代,积极投身为人民服务的伟大实践是实现人生价值的根本途径,也是最有意义的人生。一个人只有对人生意义有深刻的认知,对生活充满感情和热爱,具备迎接人生挑战的顽强意志,才能在人生活动的实践中,始终保持乐观向上、积极进取的人生态度和良好的精神风貌,在为社会多作贡献的过程中实现自己的人生价值。

二、人生价值的内涵、标准及评价

(一) 人生的自我价值与社会价值

人生价值内在地包含了人生的自我价值和社会价值两个方面。人生的自我价值,是指个体的人生实践活动对自身生存和发展所具有的价值或意义,主要表现为个体对自身物质和精神需要的满足程度。人生的社会价值,是指个体的人生实践活动对社会和他人来说所具有的价值或意义,表现为个体对社会发展和人类进步所作的贡献。

人生的自我价值和社会价值,既相互区别,又相互依存,共同构成了人生价值的矛盾统一体。这种统一体在本质上是个人与社会的关系。个人与社会的关系是我们认识人生自我价值和社会价值辩证关系的基础。第一,人并不是单个人所固有的抽象物,而是现实中处于一定社会关系中的存在,这就决定了任何人创造人生价值的活动其本质都是一种社会活动,个人不能脱离社会而生存和发展,所以,个人只有在与社会和他人的关系中才能实现社会价值和自我价值。第二，人生价值实现的基础是社会价值，即个人对社会的贡献愈大，他的社会价值就愈大，他的自我价值也就会愈加得到肯定。所谓自我价值不是孤立和抽象的个人对自己的满足和认同，而是社会价值在个人身上的体现，是自我与社会相关联的价值。所以不仅人生的社会价值是在满足某种社会需要的过程中创造的，而且人生的自我价值也是在社会实践过程中实现的。

由此可见，人生价值是人生自我价值和社会价值的统一，任何人实现社会价值的过程，也就是实现自我价值的过程，同样，在个人的自我价值中，也包含着他的社会价值。人生价值归根结底是一个人在一生的社会实践活动中对于包括自己在内的社会所作出的贡献。而在个人的社会价值中，也包含着他的个人价值。一个人只有正确认识个人与社会的关系，准确把握人生自我价值和社会价值的联系，努力为社会多作贡献，才能真正实现自己的人生价值。

（二）人生价值的标准及评价

把握人生价值评价的根本标准和基本标准，在进行人生价值的评价时，要注意坚持以下四个相统一原则：

第一，坚持能力有大小与贡献须尽力相统一。贡献最基本的含义是指为国家、社会及他人所做的有益的事。个人对社会的贡献是衡量其人生价值的基本尺度。由于社会分工以及个人能力上的差异，每个人为社会作贡献的方式及绝对量肯定是有差异的。每个人不可能在一生中完成所有的社会需要的工作，而只能在自己的岗位上，以自己的方式为社会尽义务。这就决定了我们在评价个体的人生价值时，必须把个体对社会的贡献与他们的能力及所承担的社会职责联系起来进行考察。任何人只要在自己的岗位上尽职尽责，兢兢业业，社会就应对其人生价值给予积极的肯定的评价。在评价人生价值时，坚持能力有大小与贡献须尽力的统一，体现了普遍性与特殊性结合，绝对性与相对性综合起来考察的辩证唯物主义的思想方法和原则。坚持以贡献作为评价人生价值的基本标准，体现的是普遍性原则，同时兼顾能力的大小和差异，体现的就是特殊性原则。不是把贡献这一普遍性原则当作公式化的标签贴到各种人和事物上去，而是从人和事物的特殊性出发，实事求是地加以考察，具体情况具体分析，这就避免了仅以能力和地位来认定人生价值的片面性，从而有利于调动全体社会成员的积极性和创造性，在各自的岗位上为社会多尽力量、多作贡献。

第二，坚持物质贡献与精神贡献相统一。社会的发展与进步是物质文明和精神文明共同推进的结果。历史唯物主义认为，社会发展离不开物质生产和精神生产以及人自身的生产，它们共同构成了人类社会生产的全部。其中，人自身的生产是社会存在发展的前提，物质生产是社会存在发展的基础，而精神生产则是社会存在发展的条件。人类的物质生产，是指人类生存和发展所必需的物质生活资料的生产，它是一种可以按照一定模式和程序重复进行的生产活动，并且可以通过数量和计算表现出来。人类的精神生产，创造的是人类发展所需要的精神生活资料，如作为人类精神产品的哲学思想、道德观念等，它不是按照某种模式和程序重复进行的生产，而是有其特有的规律和生产过程。精神生产虽然以物质生产为基础并受到相应制约，但作为人类社会生产的重要组成部分，它同物质生产一样，具有自己相对的独立性，两者相辅相成，不可或缺。所以我们在评价人生价值的过程中，必须坚持物质贡献与精神贡献的统一，而由于社会的精神生产与物质生产是两种不同的生产过程,两者之间不具有完全的同步性,因而在对一个人的人生价值作评价时,要克服重视物质贡献,忽视精神贡献的倾向。

第三,坚持社会价值与自我价值相统一。人生价值内在地包含了人生社会价值和自我价值两个方面,是两者的统一。两方面缺一不可,这是坚持两点论;但两点之中又有重点,强调一个人只有多为社会创造价值,才能更好实现自我价值,这是坚持了重点论。只有坚持社会价值与自我价值相统一的原则,才能更好地引导全体社会成员坚定地树立起共产主义的理想信念和为人民服务的人生观和价值观,调动一切积极因素,为有中国特色社会主义伟大事业建功立业。

第四,坚持动机与效果相统一。动机是指人们有意识地追求某种行为目的或预期人生价值目标时的主观意向和心理状态,它是指导人们行动,从而追求自己认定的人生价值的一种精神力量。效果是指人们行为给社会带来的客观结果,它是人们能够直接感知到的事实价值。动机和效果是构成人们某种行为及人生实践活动的两个基本要素,两者相辅相成,不可分割,是辩证统一的关系。动机是主观的,动机引发行为,行为造成效果;效果是客观的,效果由行为造成,行为由动机支配。因此单从动机出发,或单从效果出发,都不能全面客观地评价人的行为或人生实践活动的价值。

马克思主义坚持在实践基础上的动机与效果的辩证统一,即在评价一个人的行为价值或人生价值时,既看动机,又看效果;既要注重人生实践的最终结果,又要全面考察具体的人生实践过程。

三、个人与社会的辩证关系

人是社会的人,人的发展离不开一定的社会基础,人的发展与社会的发展是相互促进、辩证统一的过程;社会是人的社会,社会的发展为人的发展创造着客观条件,而人的发展又反过来推动着社会的不断向前进步。

(一)个人是社会的细胞

个人,是指处于一定社会关系中,在社会地位、能力和作用上互有差别的个体的人,依其对社会历史影响的大小可分为普通个人和杰出人物。个人是社会的细胞,是人的存在的一种基本方式。作为社会细胞的个体的人具有以下特征:①现实性和具体性。任何个人都生活于现实的社会关系中,是社会物质活动和精神活动的具体承担者。②社会性。任何个人都不能脱离社会而存在,并具备所处社会的最一般的、本质的特点。③阶级性。在有阶级存在的社会中,个人的思想和生活都不可避免地体现着本阶级的色彩。

个人依赖于集体和社会,任何个人都不能离开集体和社会而独立存在;而集体和社会则是由许许多多个人结合而成的有机体,没有个人,也就无所谓集体和社会。个人是社会组成不可缺少的细胞,也是社会存在的前提,但个人并不等于社会,它与社会既是对立的,又是统一的。历史唯物论承认个人在社会中的作用,但个人的作用只有在社会实践活动中才能表现出来。个人参与着社会历史的形成,在社会的变革发展中发挥着影响。特别是杰出人物,在特定历史条件和社会土壤下对一定社会发展时期起着重大的推动或阻碍作用。正确认识和评价个人在社会中的作用,是科学处理和解决个人与社会关系的基础。顺应社会发展趋势,找准个人在社会中的位置,是实现人生价值的前提和条件。

（二）社会是物质生产过程中人们相互关系的总体

马克思和恩格斯第一次科学地揭示出社会的本质意义就在于它是人们在特定物质资料生产基础上相互交往的产物，是人们在共同活动中形成的各种社会关系的有机系统，是物质运动的最高形式。马克思指出："社会——不管其形式如何——是什么呢？是人们交互活动的产物。""生产关系总和起来就构成为所谓社会关系，构成为所谓社会，并且是构成一个处于一定历史发展阶段上的社会，具有独特的特征的社会。"所以说社会的基础和本质就是生产关系，在此基础上建立起来的政治的、法律的上层建筑则构成了社会政治生活和精神生活的过程。

人类社会的存在，至少有 50 万年的历史。然而，古往今来关于人类社会起源问题的猜测，却是莫衷一是。直到 19 世纪 40 年代，马克思和恩格斯创立了唯物论的社会历史观，才为人类科学认识人类和人类社会的起源找到了正确答案。

人类社会是整个自然界的一个特殊部分，是在自然界发展的一定阶段上随着人类的产生而出现的。有了人，就有了人类社会。社会和人不仅在起源上是同步的，而且在人类社会形成之后仍然并且永远处于不可分割的联系之中。社会是人的社会，人是社会的人。人类社会的形成主要不是人的生理组织与机能进化的生物学过程，而是以劳动为基础的人类共同活动和相互交往等社会关系形成的过程。劳动是人有意识、有目的地改造自然的活动，不仅如此，人类的一切社会关系都是直接或间接地适应劳动生产的需要而形成和发展起来的。劳动是使人和动物区别开来的第一个历史行动，也是人类社会不同于"动物社会"的根本标志。

人类社会是本质上不同于生物有机体和生物群体的社会有机体。它除遵循自然规律外，还有它自身特有的不同于自然规律的社会规律，如生产方式发展规律、经济基础与上层建筑矛盾运动规律，等等。自然规律与社会规律都是客观规律，是不以人们意志为转移的，但它们的内容不同，实现的形式也不同。自然规律表现于无意识的自然物之间的相互作用，而社会规律是通过有意识有目的人的活动来实现的。其中社会的基本矛盾规律即生产力与生产关系的矛盾、经济基础与上层建筑的矛盾贯穿整个人类社会发展过程的始终，并推动人类社会由低级形态向高级形态发展，这是不依人的主观意识为转移的客观历史过程。

（三）个人与社会的辩证关系

唯物史观在人类历史上第一次科学揭示出个人与社会既矛盾又一致、既对立又统一的辩证联系与关系，指出，个人与社会的关系是矛盾统一的关系，在统一中包含着矛盾与差异，在矛盾中包含着联系与统一。

（1）个人与社会的矛盾统一

个人与社会既是矛盾的又是统一的。所谓个人与社会的矛盾，是指个人与社会作为两个不同的事物存在着明显的差别与界限，不能把个人与社会等同起来；所谓个人与社会的统一，是指个人与社会作为人类社会发展同一过程中的两种事物，彼此间又存在着互为前提、互相依赖的辩证关系。个人与社会的统一是存在着鲜明界限的两个不同事物间有差别的统一，个人与社会的矛盾是相互依赖的两个事物在统一过程中的差别。

个人与社会的矛盾在于人的个体性与能动性。人的个体性造成了人类个体之间的差异，人的能动性使人不像自然界中其他存在物那样只是消极被动地适应自然，而是积极主动地改造自然和社会使其为自己服务。

　　人的个体性差异固然包含着生物学上的差异,但更重要的是个体在不同生活环境和社会关系中所形成的社会特质的差异。所以个体性并非纯粹个人的品质,而是在社会生活中形成发展起来的比较成熟和稳定的个体规定性,它是人的社会性的一种表现形式。个体性的核心是独立性,即个体是积极能动的独立主体,而能动性是个人从事创造性活动的重要条件。个人对社会的能动性表现在,个人并不是消极被动地适应社会,而是通过参加社会的物质生产活动推动社会生产力的提高和生产关系的变革;通过参与社会的政治和精神生活,促进社会上层建筑和意识形态的发展和变化。

　　个人与社会的矛盾,实质上是人们在改造世界的过程中主体与客体的矛盾。个人是具有自主和能动意识的主体,社会是有着自身运动和发展规律的客体。在个人与社会的关系中,一方面,个人作为社会实践的主体,是社会创造性活动的承担者,而社会是实践的对象和结果,两者是在主体与客体的矛盾中统一的。另一方面,社会发展自身所具有的客观规律是不以人的意志为转移的,人的活动只有尊重社会发展规律、顺应时代趋势才能收到变革社会和改造社会的效果,两者又是在个人能动性与社会规律制约性的矛盾中统一的。

　　个人与社会的统一性在于人的社会性和依赖性。人的社会性决定了任何个人都不能脱离社会而孤立存在,人对社会的依赖性使人的各种活动无不以一定的社会关系作为前提,无不打上社会的烙印。

　　人的社会性是人区别于动物的本质所在,是人作为人所必然具有的规定性。人的社会性并不否认人作为个体所具有的差异和特点,而是强调任何个体都只能依赖一定的社会基础,依赖一定的社会关系作为自己生存与发展的前提和条件。个人对社会的这种依赖性具体表现在:个人的物质需要依赖于社会生产,个人的精神生活和理想追求依赖于社会的文明程度以及思想道德规范;个人的全面自由的发展依赖于整个社会的全面进步和综合发展。

　　绝对脱离社会的孤立的个人是不存在的。个人之所以不能脱离社会而存在,最根本的原因在于他不能脱离物质生产活动这一人类最基本的活动,而这种活动从一开始就是有组织地进行的集体活动。人们在生产活动中结成的生产关系是人与人关系中最基本的关系,其他关系如政治关系、法律关系、道德关系等都是由生产关系决定并为之服务的。在漫长的人类发展史上,任何个人在任何时候都隶属于一定的社会共同体,都处于一定的社会关系体系当中。人类社会是每个个人生存和发展的基地和环境,它规定着人的现实的存在和本质。而人的本质是人真正的社会联系,离开人类社会就无法理解现实的活动着的人。反过来讲,社会又总是人的社会,人类社会不是抽象的单个人的机械相加,而是由处于现实活动中和关系中的社会的人形成的相互作用和相互联系的有机系统。社会是由人组成的,人的存在是社会的前提,没有一个个现实的人的存在,就不可能有社会。人又是社会的主体,一切社会活动都是人的活动,在社会活动的各个领域中,人无所不在。即使是社会发展的客观规律的存在,亦体现在人的活动中,离开人去认识和研究社会,不仅没有意义,而且是根本不可能的。由此可见,个人与社会息息相关、紧密相连,共同构成了人化社会与社会化人的相互依赖、相辅相成的动态历史过程中的统一。

　　准确把握个人与社会的辩证关系,关键是要运用马克思历史唯物论的原则和方法正确认识个人和考察社会。既不能把个人与社会割裂开来抽象地去谈人的价值的实现,因为人的本质和规定性归根到底要从他所生活的社会中获得说明;也不能脱离个人的能动作用孤立地去论社会的进步与发展,因为每个人都为社会生活贡献不可替代的一部分。脱离个人的社会与脱离社会的个人都是不可想象的。

（2）个人与社会的协调发展

个人与社会的协调发展,是科学发展观的重要内容,也是建设和谐社会过程中人们迫切关心的问题。人和社会是相互依赖、相互促进的辩证统一体,任何一方的发展都离不开对方的发展。在处理个人发展与社会发展的关系时,究竟是以社会为本位,还是以个人为本位。我们之所以倡导社会本位,是由社会主义社会经济关系的性质以及政治制度的性质决定的。在社会主义公有制条件下,个人与社会在根本利益一致的基础上形成了辩证统一的利益关系,代表最广大人民群众政治意志的人民代表大会制度行使着人民当家做主的权力。这是我们坚持社会本位价值观的客观的社会前提,在社会主义条件下谋求个人与社会协调发展的强有力的保障。

首先,坚持社会本位是社会主义社会个人与社会之间应有关系的需要。个人的生存和发展离不开社会提供的土壤,个人生存所需要的一切物质条件只有通过社会才能获得满足,并且个人的才能、知识和经验本身也是在社会实践活动中得到的,社会主义社会是我们充分实现个人利益的保障。与此同时,社会的发展又是通过每个个人的集体努力而实现的,一切个人活动的总和构成了社会的整体运动及其成就。一个人在社会工作和社会生活中所表现出的无私奉献精神、对党和人民的事业极端负责的敬业精神以及廉洁奉公、先人后己的精神是以社会为本位价值观的崇高体现。

其次,坚持社会本位是社会主义社会公民实现其人生价值的必然要求。人生价值从根本上说,就是一个人在他的实践活动中对他人和社会所作出的贡献,而且贡献越大,其人生价值也越大。人的价值主要在于贡献这一规定性,要求人们在现实中把为社会奉献和全心全意为人民服务作为人生价值的最高要求,在认识社会发展规律的进程中寻找自我的位置,并不断调整充实和完善自我,努力创造有价值的人生。

总之,个人与社会的协调发展,既是一种社会发展理想和社会发展道路,又是一种社会结构、社会体制和社会运动过程,还是一种社会生活方式和道德践履。社会发展与个人的发展是紧密相连的,第一,社会发展制约和激励着人的个性的发展,超越一定社会发展阶段的个人发展是不可能的,人只能在社会为他所提供的舞台上扮演自己的角色。反过来人的个性的发展也影响着社会的发展,离开了个人的创造活动和个人能力的发挥也就没有了社会历史的内容和发展,可以说每个人都不同程度地参与了历史的创作。第二,社会发展为人的发展提供了物质的和精神的条件并从根本上决定着人的发展,因而社会的发展就是人自身的发展。反过来,人的发展是社会发展的前提,人本身的发展归根到底是衡量社会进步的尺度。人作为社会历史的创造者,其最终获得全面自由的发展是社会发展的必然趋势。人和社会的协调发展,是从总体上把握人与社会关系的一个基本观点,离开这一基本观点就无法正确理解人生和社会。

四、个人主义、拜金主义、享乐主义辨析

在现实生活中,个人主义、拜金主义、享乐主义是对人们的人生观和价值观影响较大

的错误思潮。对这些错误思潮的辨析和批判,有助于帮助大学生树立为人民服务的人生观,自觉确立为社会作贡献的集体主义的价值取向。

(一) 个人主义

个人主义作为一种价值观念和道德原则,是随着私有观念的产生而出现,随着西方资本主义生产关系的孕育发生和发展而不断成熟和完善的一种资产阶级的政治、经济和道德理论体系。

个人主义是西方资产阶级意识形态的一个重要内容,个人主义在资本主义上升时期,是资产阶级反对封建主义的有力思想武器,曾起到过进步的历史作用。但它是私有制的产物,它把社会的经济、政治、文化等一切活动均建立在赤裸裸的个人私利的基础上,它是唯利是图、金钱至上、损人利己、尔虞我诈等社会丑恶现象的理论根源。

作为资产阶级世界观的核心,自从资本主义制度确立之后,其消极作用是主要的,对社会的危害也是极大的。在社会主义社会中,个人主义的危害就更大了。它导致社会道德状况的败坏,导致社会人际关系的恶化,导致社会秩序的混乱,导致消极腐败现象的滋生和发展,导致消极情绪的扩散和社会凝聚力的涣散,导致背离社会的理想信念。因此,社会主义国家拒斥个人主义的人生价值观。

个人主义与集体主义是根本对立的。个人主义与集体主义的分歧与对立,不仅仅是要不要个人利益和要不要集体利益的争执,而是极其重大严肃的社会历史观的争论,即如何来看待社会和人的本质,如何看待社会历史的发展和人的发展问题。首先,社会主义的集体主义并不否定个人利益和个人需要,而是认为只有通过社会主义社会整体利益的满足和提高,才能使个人利益得以实现和满足。个人主义与追求个人正当利益和需要在性质上是完全不同的概念。其次,集体主义不是抽象谈论人的本性、人与人之间的利益关系,而是从社会主义的经济和政治制度出发,高度概括处理社会各种利益关系的指导性原则,这就使得它所提倡的毫不利己、专门利人和大公无私的精神比利他主义具有了坚实的社会基础和说服力。

在社会主义条件下,尽管消灭了个人主义产生的社会基础,但它的影响依然存在。只有在社会生产力高度发达,物质财富极为丰富,实现了按需分配,社会成员具有高度的共产主义自觉性的社会里,个人主义的影响才会彻底消失。当前,伴随着我国经济结构的转型,人们逐渐成为经济活动的利益主体,人的需要、能力、活动和社会关系开始呈现多样化、复杂化的趋势,人们的思想道德观念也同时发生着激烈的变化和冲突。如果人们的思想道德观念只是消极地适应市场经济的负面效应,就不能有效地抵制个人主义、拜金主义、享乐主义等腐朽思想的影响。如果像某些人所说的那样,提倡个人主义,只强调个人价值,那有谁还会关心他人和社会的利益? 最终的结果只能是连个人利益也不能保障。20世纪五六十年代有一句新谚语"大河有水小河满,大河无水小河干",形象地说明了集体主义价值观的基本思想,同时也深刻说明了个人主义价值观在现实中是行不通的。不断消除个人主义的各种影响是社会主义精神文明建设的基本任务之一。只有大力宣传和弘扬集体主义精神,在全社会树立有中国特色社会主义的共同目标,才能保证我们的社会经济、政治、文化协调一致地发展,并为人的自主全面的发展开辟广阔的道路。

(二) 拜金主义

所谓拜金主义亦称货币拜物教,是随着私有制和商品货币关系产生而出现和发展起来的一种腐朽没落的价值观念。在现实生活中,拜金主义表现为对金钱的盲目崇拜和迷信,以追逐金钱为人生的最高价值,并且主张一切价值都要服从于金钱价值。

从历史渊源上讲,拜金主义的产生和萌芽在奴隶社会和封建社会就已经开始,但是作为一种观念成熟的人生观和价值观,它的盛行却与资本主义的产生和发展有着密切的联系,是资本主义生产关系在意识形态上的反映,是人与物关系发生异化的结果。

拜金主义作为一种人生观和价值观,其最大特点是把金钱和货币在商品交换中的职能泛化,成为人们一切社会交往活动的媒介,从而使金钱和货币不仅成为表示商品价值的符号,而且成为了社会交往关系中身份和地位的象征。这样就把资本主义社会中人与人之间的关系完全变成了赤裸裸的金钱关系,并使金钱成为资本主义社会人生价值的最高标准。

当前,拜金主义在我国经济、政治和文化上都有所表现。这一方面是由于西方腐朽思想文化和价值观的渗透,另一方面也与市场经济发展的不完善有关。市场经济所遵循的等价交换原则及利益最大化原则,既有利于人尽其才,物尽其用,促进经济的发展和社会的进步,也有可能把交换原则渗透到社会生活中的非交换领域,从而把一切价值都变成商品的价值,导致一切都要讲求等价交换,把追逐利益和金钱最大化看作人生活动的最高目的和普遍价值。

在建设和完善社会主义市场经济的过程中,我们必须旗帜鲜明地反对拜金主义。如果听任拜金主义滋生甚至泛滥,将会对社会和个人造成极大的危害。

由此可见,在社会主义国家里,绝不能奉行拜金主义的人生观和价值观。我们发展社会主义市场经济,正确利用物质利益的杠杆调动人们的积极性,目的是为了大力发展生产力,提高人民的生活水平,促进人的自由而全面发展以及社会的协调和可持续发展,这就决定了拜金主义人生价值观,不仅不会带来社会财富的增加,相反会诱发人的趋利性,引发社会利益与个人利益之间的冲突。

(三)享乐主义

享乐一词,最初源自古希腊语"hedone",意为"享受安多",通常包含物质追求和精神满足两个方面的内容。享乐主义作为一种有影响的社会思潮,是特定民族、阶级、阶层或社会团体思想倾向和生活态度的反映;作为一种系统化的理论主张,享乐主义的核心理念是个人主义,把获得感官上的快乐和物质上的满足作为一种人生目的和人生境界。

享乐主义是社会发展到一定历史阶段的产物,确切地说,是私有制和阶级社会的产物。古希腊的快乐主义哲学源于古希腊文明的发展,它把对快乐生活的追求和崇尚视为人生的目的和意义,虽然它强调肉体或感观的快乐,认为这是一切快乐的起源和基础,但同时,它也主张,只有精神快乐才是更恒久、更深刻的快乐。快乐主义的这些思想主张一直以来都视为近现代西方资产阶级的享乐主义的历史渊源。

欧洲文艺复兴运动对宗教神学的宣战,彻底打破了禁欲主义对人们思想和生活方式的束缚,认为生活即是物质和感官享受,快乐即是无节制满足个人欲望的思想观念,不仅在当时社会的历史条件下成为一种生活时尚,而且代表了一种思想上的自由和解放。而这种价值观的背后是以自我为中心,强调个性寓高于神性的利己主义。伴随着资本主义生产关系的确立以及生产力的快速发展和物质财富的巨大增长,享乐主义的滋生和泛滥有了新的土壤,并逐步蔓延成为一种在资本主义世界具有广泛影响的人生哲学。

享乐主义在本质上是一种剥削阶级的人生观,马克思曾指出,享乐哲学一直就是享有特权的社会阶层人士的巧妙说法,它不是整个社会的人生观。享乐主义者把个人欲望上的贪得无厌和生活方式上的自由放纵当作是最大的物质享受和精神满足,就必然会在思想感情上鄙视劳动和劳动人民;一旦它把社会财富视为自我贪婪的俘获物,就必然声色犬马,好逸恶劳,骄奢淫逸,玩物丧志。

马克思主义在强调人作为理性的社会存在物的同时,并没有忽视人类生存的感性特征。物质生活是人类生存的基础和前提,只有人类基本的物质生活需要得到了满足,才有可能进行精神的创造性活动。我们反对享乐主义,并不是要人民去过"苦日子",去做苦行僧,也不是要放弃追求幸福的生活。而是因为从社会发展的现实以及长远利益来看,享乐主义泛滥已经造成了无数的罪恶和大量的经济损失。它在潜移默化中对人们价值观、道德观和幸福观所带来的消极影响以及对社会经济生活所造成的巨大危害,提示我们在发展社会主义市场经济和建设和谐社会的过程中,必须加强对全体人民的国情教育,使每个人懂得勤俭兴邦,奢侈覆国,奢侈之苦,甚于天灾的道理,牢固树立长期艰苦奋斗的思想。同时要尊重和保护好个人的正当利益,提倡合理消费,适度消费,大力宣传建设节约型社会的重大意义,在全社会营造文明健康的生活方式。

第四章　加强道德修养　锤炼道德品质

一、道德的起源、社会作用及本质

道德是由一定经济基础决定的上层建筑和意识形态。它以善恶为标准,通过社会舆论、传统习惯和人们的内心信念来调整人们之间关系的行为规范的总和。

(一)道德的起源

马克思主义根据社会存在决定社会意识的观点,从人类的历史发展和人们的社会实践中寻找道德的起源。马克思主义认为,道德作为一种上层建筑和社会意识形态是社会历史的产物,其根源在一定的社会物质生活条件中,从人类社会物质生活条件中发生并在长期的社会实践中逐步形成的。道德体现的是个人利益与整体利益的关系,道德是行为主体对个人利益与社会利益之间的关系的自觉认识和行为选择的结果。它只能在一定的社会关系中产生,并通过一定的社会关系表现出来。它的产生经历了一个漫长的过程。

第一,生产实践活动是人类道德产生的前提条件。人类最基本的实践活动是生产活动,最基本的存在是社会存在。人的实践活动之所以与动物的活动有本质的区别,在于人的实践活动并非出自本能,而是一种有意识、有目的的改造自然、改造社会以满足自身需要的实践活动。在最初的人类社会中,由于环境的恶劣和个体能力的限制,决定了他们不得不结成群体,与大自然抗争。群体的劳动生活必然彼此交往,结成一定的社会关系,并产生出与之相适应的风俗习惯、行为规范,这就是道德的萌芽,为人作为道德主体创造了条件。

第二,社会关系的形成和意识的产生是道德产生的客观条件。道德是社会关系的产物,道德体现的是个人利益与社会利益之间的关系的自觉认识和行为选择。当人类祖先脱离了动物界,由共同的劳动形成一定的社会关系,也因为劳动和相互交往的需要,产生了意识和语言,这就为道德的产生准备了条件。动物只能依靠自身的器官活动消极地适应环境维持生存,它们之间不可能形成关系,也无道德可言。只有人类才能结成一定的社会关系,才需要道德规范来调节这种关系。一个人如果长期生活在与世隔绝的荒郊野岭或孤岛上,不与他人交往,那么,他的行为也就不存在道德问题,也就不能表现出是非、善恶、美丑、荣辱等。人类社会的最初阶段,由于交往关系和意识发展还没有产生个人与整体的分化,因此,这个时期所发生的对社会关系的意识和行为只是处于道德的萌芽状态,并非真正意义上的道德。

第三,社会分工的出现,促进人类自我意识的发展,是道德形成的关键。原始社会初期,原始人由于生产和生存的需要,出现了以两性为基础的社会分工。以后又出现了农业和畜牧业的分工。随着生产和分工的发展,人们相互间的关系和相互交往就复杂化了,于是就出现了个人利益与他人利益以及个人利益与社会整体利益之间的矛盾,由此便产生了调节各种社会关系及这些矛盾的自觉要求和意识,以后逐渐形成简单的行为规范和准则,要求民族成员共同遵守,并世代相传,成为民族、社会神圣不可侵犯的道德传统和风俗习惯。随着生产和交往的发展,特别是脑力劳动和体力劳动分工的发展,阶级的出现,道德从风俗习惯中分化出来,成为独立意识形态,这时统一的道德分化为阶级的道德。综上所述,道德起源于几万年以前的原始社会的母系氏族时期,最早的道德习惯是在共同生产和共同分配中自发形成的风俗习惯。

（二）关于道德本质

道德的本质是什么？道德为什么发展变化？弄清道德的本质直接关系到道德为什么具有这样或那样的社会作用问题。

在马克思主义看来,道德的本质只能在社会生活中揭示,道德的本质是一定经济关系反映到人们思想上的一种社会意识形态,决定道德发生和发展的基础是通过一定社会经济关系表现出来的物质利益关系。它反映着社会发展的要求,也反映着特定阶级的利益。同时,道德作为社会上层建筑和意识形态,在受制于现实社会经济生活的同时,还具有相对独立的特性。

马克思主义认为,社会经济关系对道德的决定作用主要表现在以下几个方面：

第一,社会经济关系的性质直接决定各种道德体系的性质,有什么样的社会生产关系,就有什么样的社会道德。社会的生产关系包括三个方面：生产资料所有制,人们在生产过程中的地位,以及消费资料的分配形式。其中,生产资料所有制是社会生产关系的基础。随着社会生产关系的发展变化,道德也在不断地改变自己的具体形态,表现为社会道德的不同历史类型。

第二,社会经济关系所表现出来的物质利益,直接决定着道德的基本原则和规范。人们总是从一定的利益出发选择自己的行为,处理与他人或社会的关系,作出善恶的价值判断,形成较为固定的道德原则和规范。因此,物质利益是道德的基础,直接决定着人们对个人利益和社会利益的关系的调整,决定着一定社会道德体系的基本原则和规范,也决定着各种道德活动的标准和方向。

第三,在阶级社会中,人们在同一经济结构中的不同地位和不同利益,也决定着各种道德体系的阶级属性、社会地位和彼此之间的矛盾斗争。在阶级社会中,由于人们的社会地位不同,经济利益不同,各个阶级总要维护和实现本阶级的利益,并为此而斗争,因此阶级社会的道德体系有着不同的阶级属性,它们各自的地位也不同。特定阶级在社会经济关系中是否居于支配地位,从根本上决定了它的道德体系和伦理思想能否在社会上居于统治地位。

第四,社会经济关系的变化和发展,决定道德的变化和发展。随着生产力的发展,社会经济关系必然发生变化,而与之相适应的道德也必然会随之变化。当旧的社会经济关系被新的社会经济关系所取代时,新的道德也会取代旧的道德居于统治地位。在同一社会里,社会经济关系内部的变化也总会带来人们对利益关系的再认识,从而为调整这些利益关系的道德增添新的含义。人类道德发展史表明,道德随着社会的更替而变化为不同的类型,道德随着时代前进而不断发展,并解答不断产生的新问题。

(三)道德的社会作用

第一,道德对经济基础有能动作用。道德属于社会意识形态,是在一定经济基础上形成的,它对经济基础起着巨大的能动作用。道德对社会的发展既有推动作用,也有阻碍作用。每一种道德,究竟对社会的发展起促进作用,还是阻碍作用,主要看这种道德所反映的经济基础是促进社会生产力的发展还是阻碍社会生产力的发展;是代表先进阶级的利益,还是代表腐朽的没落的阶级的利益。

第二,道德具有调节作用。在阶级社会里,道德是阶级斗争的重要武器,同时也是调节本阶级内部矛盾的工具。在阶级社会里,各个阶级都很重视道德的宣传和教育,力求提高本阶级成员的道德水平,使其都能认识到本阶级的道德规范是符合本阶级利益的。通过道德的宣传教育,自觉履行道德义务,自觉遵循本阶级的道德原则和道德规范,并以此调节本阶级的内部矛盾,稳定内部秩序,加强本阶级成员之间的团结,自觉为本阶级利益服务。

第三,道德具有教育作用。道德具有重要的认识功能和育人功能,它不但能引导人们正确认识和处理人与人、人与社会、人与自然之间的相互关系,教育人们不去做有害的事情,而且能净化人的心灵,培养高尚的道德品质和情操,引人向善,助人发展。在阶级社会里,各阶级都通过道德说教、道德舆论、道德评价、道德榜样和道德理想等各种方式,去培养人们的道德品质,指导人们的道德行为。

道德在上述几个方面发挥着巨大作用,但也有局限性。关于道德的社会作用,历来思想家都是有争论的,代表性的错误观点有两种:一是"道德决定论",二是"道德无用论"。

"道德决定论"认为,道德可以在社会发展中决定一切,或者说是能够解决一切问题的。在他们看来,社会的更迭、国家的兴亡、人生的祸福等,都取决于道德。他们认为道德教化是医治社会百病的灵丹妙药,因而把社会进步的希望完全寄托在人的道德完善上。我国历史上一部分儒家和欧洲19世纪的空想社会主义者,都有过这种思想倾向。这种错误观点在于夸大了道德的作用,把道德看作唯一起作用的力量。

"道德无用论",又称非道德主义,这种观点完全否定道德的社会作用,认为道德只是个人的某种情绪和爱好,是个人的私事,与社会生活完全无关。他们认为人的本性是自私的,弱肉强食是自然界的、也是人类社会发展的规律。所以,道德至多是弱者为限制、反抗强者而提出的借口。我国历史上的一部分法家有过这种思想倾向。19世纪德国唯心主义哲学家尼采提出"权力意志论",认为权力是决定一切的力量,而道德则完全无用。

二、中华民族优良道德传统的基本内容

中华民族传统美德和由中国共产党人创立的优良革命传统,共同构成了中华民族优良道德传统。所谓中华民族优良道德传统,就是指中国历史长期积淀和流传下来的,对社会及其成员发展和进步具有深远影响的优秀道德遗产,它是中华民族优秀民族品质、优良民族精神、崇高民族气节、高尚民族情感、良好民族礼仪的总和。它是一种特殊的社会意识形态,其内容博大精深,非常丰富。

概括起来,中华民族的优良道德传统的基本内容包括:

第一,强调整体利益,国家利益与民族利益,强调对社会、国家、民族的责任意识和奉献精神。

中国古代儒家把国家利益、民族利益、社会利益等整体利益称为"义",而把个人的私利称为"利"。在调整和处理个人与他人、个人与整体的利益关系上,儒家强调"以义为上"、"先义后利",主张"见利思义"、"见得思义",而反对"重利轻义"或"见利忘义"。历史上,以"义"至上的义利观的提倡,在中华民族长期发展中起了积极作用,也培植出了中华民族的爱国主义思想和为整体利益献身的奉献精神。

第二,推崇"仁爱"原则和人际和谐。

"仁"是我国传统道德思想中的核心内容。所谓"仁"就是"爱人"。儒家强调"仁"是为了从"爱人"出发,以达到"人恒爱之"的人与人彼此相爱的和谐关系。仁爱的形式有许多种,由此产生的情感多种多样,有骨肉情、手足情、鱼水情、故园情、友情、爱情、乡情等。在我国传统伦理中,对亲亲之爱、骨肉之情特别强调。因此,中华民族形成了尊老爱幼、孝顺、敬重、赡养父母的品德。此外,在对待他人关系上也信奉"己所不欲,勿施于人"的忠恕之道。儒家把"仁"作为人际交往与人际关系的准则,这说明我国早在古代就有了人本主义思想。

第三,追求精神境界。把道德理想的实现视为一种高层次的需要。

把道德理想的追求视为人的高层次需要,注重提升精神境界是中国传统文化的一大特点。传统道德理论注意引发人们对道德需要的自觉追求,认为人应当把追求崇高的精神境界和实现道德理想作为人生最高层次的需要。如"富贵不能淫,贫贱不能移,威武不能屈"、"为天地立心,为生民立道,为去圣继绝学,为万世开太平"、"杀身成仁"、"舍生取义"等,是儒家提倡的精神境界和理想人格。尽管一般人很难真正达到这些要求,但儒家仍倡导"知其不可为而为之"、"虽不能至,心向往之"。这些传统的道德思想,对人们增强道德信念,提高道德水平具有积极的导向和激励作用。

第四,重视道德践履,强调修养的重要性。倡导道德主体要在完善自身中发挥自己的能动作用。

儒家认为,"人皆可以为尧舜",关键是要修身养性,修身践履。孔子提倡"修己"、"克己";孟子主张"见贤思齐焉,见不贤而内自省也";曾子推崇"吾日三省吾身";王阳明强调"知行一致"等,都体现了重视道德主体在提高道德修养水平中的能动作用。儒家的道德理论以修养为基点、以切实提高人们的道德水平为终极关怀,从而成为中华民族逐步形成的传统美德中最可借鉴的道德内容。

中华民族有许多宝贵的优良传统,对待中国的道德传统的正确态度应当是:批判继

承、弃糟取精、综合创新、古为今用。同时吸收人类道德文明的优秀成果,在实践中要不断总结经验,开拓创新,赋予优良传统以鲜明的时代内涵,把继承优良传统与弘扬时代精神结合起来,就能创造出与社会主义市场经济相适应的富有时代特色的社会主义道德体系。

三、为人民服务是社会主义道德建设的核心

为人民服务是社会主义道德的集中体现,社会主义道德建设必须以为人民服务为核心。改革开放和社会主义市场经济体制的建立给为人民服务注入了新的时代内容。为人民服务是社会主义道德区别和优越于其他社会形态道德的显著标志。

(一)为人民服务是一个与时俱进的主题

"人民"这一历史范畴在不同历史时期有不同的界定。在抗日战争时期,毛泽东指出:一切抗日的阶级、阶层和社会集团,都是人民的范畴。在解放战争时期,他又指出:一切反对美帝国主义和它的走狗即官僚资产阶级、地主阶级以及代表这些阶级的国民党反动派的阶级、阶层和社会集团,都属于人民的范畴。在《论人民民主专政》一文中毛泽东说:人民是什么?在中国,在现阶段,在建设社会主义时期,一切赞成、拥护和参加社会主义建设事业的阶级、阶层和社会集团,都属于人民的范畴。随着我国各项改革的不断深化和社会主义市场经济的建立与发展,人民又有了新的内涵,人民包括一切拥护四项基本原则、拥护改革开放、促进祖国统一的广大群众。人民是一个政治概念,它和法律上的公民和纳税人不同。为人民服务不仅被写进党的章程,而且上升为国家意志,写入了国家宪法,因此,"为人民服务"与西方的"为纳税人服务"有着本质的区别。"为谁服务"的问题是一个根本的问题。在新的历史时期,党员干部应始终坚持和实践全心全意为人民服务的宗旨,牢固树立马克思主义的群众观点,扎根于人民群众之中,多为人民做好事、实事,真正做人民群众的贴心人。

历史唯物主义者认为,历史是人民群众创造的,人民是推动历史前进的决定力量,人民是历史的主人。这就要求社会的每一个成员站在人民的立场来立身、待人、处事。"为人民服务"这一思想,是毛泽东同志在延安最早提出来的。后来我们党把"为人民服务"作为根本宗旨写进党的章程,使之成为共产党人的道德思想和行为准则,为人民服务的思想以其强大的精神动力和鲜明的价值导向激励着中国人民在岗位上辛勤劳动、无私奉献;以为人民服务和拼搏奉献为特征的高尚道德情操,对我们的社会主义建设事业起了巨大的推动作用。

(二)以为人民服务为核心是社会主义道德的本质特征

道德建设的核心,就是道德建设的灵魂,它决定并体现着社会道德建设的根本性质和发展方向,是一种社会道德区别于另一种社会道德的标志。道德的核心体现着道德的本质和特征。把为人民服务作为社会主义道德建设的核心,进一步体现了社会主义道德区别于其他社会形态道德的本质特征,充分反映了社会主义社会的根本出发点、落脚点和归宿点。

为人民服务是社会主义政治经济发展的现实要求。在社会主义社会,人民是国家的主人,是决定国家前途和命运的根本力量,国家利益、集体利益和个人利益的根本一致性,为将"为人民服务"作为调整人与人、人与社会等各种关系的社会主义道德建设的核心奠定了客观前提,同时也使全体人民和整个社会信仰、奉行"为人民服务"具备了现实可能

性。"以为人民服务为核心",就是社会主义的本质和特征在思想道德领域的具体体现,体现了社会主义新型人际关系的特殊属性、社会主义道德建设的最高原则和发展方向。"以为人民服务为核心",就是从社会公共领域,到职业活动领域,到家庭生活领域,都坚持把全体人民的根本利益放在首位。

社会主义市场经济强调个人的独立性,人人都是服务者,人人又都是服务的对象。商品生产本身具有为他人、为社会服务的属性,因此强调服务意识是市场经济的必然要求。但是应该看到,市场经济对人们的道德观念也有消极的影响。社会主义市场经济发展,社会分工日益细密,人与人之间的联系更加紧密,如果没有为人民服务的意识和行为,没有以为人民服务为核心的世界观、人生观、价值观,很难抵御资本主义腐朽道德观念的渗透,很难保证社会主义市场经济的健康发展。以为人民服务为核心的道德建设导向,是同完善和巩固社会主义制度这一根本要求相联系的。就是说,在社会主义制度下,它既要适应某一阶段生产力发展水平和人们的思想觉悟,保证社会大多数成员能够接受与向往,又要超越现实,表达人们对先进道德理想的向往,反映人们对高尚道德的精神追求。在社会主义社会中,为人民服务作为道德建设的核心,贯穿社会主义社会发展的始终,是一个与时俱进的主题。

四、集体主义:社会主义道德建设的原则

(一)集体主义的科学内涵

在社会主义集体主义原则中,集体表现为以工人阶级为核心的利益集团。在工人阶级争取国家政权的斗争时期,这个集体仅限于工人阶级及其同盟军,工人阶级取得政权后,这个集体就扩大为整个国家、整个社会。工人阶级集体所包容的范围,必须是以工人阶级利益为核心的特定的整体,如共产党、国家、全社会。

集体主义科学内涵主要包括相互联系、相辅相成三个方面的内容。

(1) 集体利益和个人利益是辩证统一的

在社会主义社会中,从根本上说,国家、集体、个人的利益是一致的,应用统筹兼顾的原则协调各种利益关系。个人利益对集体利益来说,是依赖集体利益的,是集体的个人利益,它不可能是脱离集体的纯粹的个人利益。没有集体利益,个人利益固然得不到保障,相反,没有个人利益也无所谓集体利益。集体利益与个人利益是辩证统一的。这种国家和人民利益的一致性、至上性,是人的思想觉悟的核心,也是集体主义能团结群众、发挥强大威力的根据。

(2) 集体利益高于个人利益

个人利益和集体利益之间除了根本利益上的一致性外,也存在着差异和矛盾的一面。集体利益一般代表长远利益和全局利益,个人利益往往只代表眼前利益和局部利益。在社会实际生活中,当个人利益与集体利益发生矛盾时,集体主义提倡个人的、眼前的、局部的利益自觉服从集体的、长远的、全局的利益。这绝不是压制和防范个人利益,也不是随意牺牲个人利益。只有在不牺牲个人利益就无法保全集体利益的情况下,集体主义才要求个人为集体利益做出牺牲。集体利益内含着个人利益,又超越了个人利益,集体利益是个人利益的基础,个人利益只有在集体利益的不断发展和巩固中才能实现。

(3) 重视和保障个人的正当利益

个人利益是个人生存和发展需要的满足。集体利益与个人利益的辩证统一,强调承

认和保障个人的正当利益的实现。这就意味着集体利益对个人利益来说，并不是虚化的、绝对凌驾于个人之上存在的，而是由组成的成员的个人利益汇总而成的利益实体。也就是说，集体利益应体现最大多数成员的统一意愿，最大限度地成为尽可能多的个人利益的真实代表，成为真正保障个人的正当利益的力量。

可见，集体主义承认集体利益和个人利益存在着矛盾，但集体主义绝不是盲目地进行取舍，而是要求应正确处理个人利益与集体利益、眼前利益与长远利益、局部利益与整体利益之间的关系等，最大限度地促进集体利益和个人利益和谐平衡地发展。

（4）追求个人和集体的不断完善

个人和集体都需要不断完善。这是集体主义的基本要求。个人的不断完善就是不断提高自身的全面素质，集体方面的不断完善就是不断努力消除集体方面的不正之风、腐败现象，更加真实地代表集体成员的利益。

只有全面把握集体主义的几个方面的含义，才能防止和克服对集体主义的片面理解，更好地践行集体主义的原则。

（二）确立集体主义原则的依据

首先，集体主义作为社会主义道德的原则是人类历史进程的必然结果。集体主义思想在历史上曾经以朴素的形式多次出现过。在原始社会的"群体本位主义"中，包含着"原始集体主义"的思想。说它是原始的，是因为它只是在氏族部落狭窄的范围内体现了某种集体主义精神。而且这时在集体中也没有独立的个人利益，因而也没有形成独立的个人概念。人类进入私有制社会后，在被压迫阶级进行斗争的过程中（如奴隶起义、农民起义），在被压迫的民族的抗争中，特别是近代殖民地、半殖民地的民族独立和解放运动中，也有过某些集体主义思想的表现形式。在阶级社会中，集体主义演变成阶级主义。剥削阶级所宣扬的集体主义，实际上就是集团利己主义。

只有社会化大生产和无产阶级及其所代表的社会公有制的理想社会才能产生社会主义、共产主义的集体主义思想。它以无产阶级和全人类的解放为最高目标，代表着无产阶级和劳动人民的根本利益，代表着社会基本矛盾推动社会发展的必然方向。也只有在社会化大生产充分发展，社会公有制占绝对统治地位的社会中，社会主义集体主义思想才能真正取代自私观念，在思想上层建筑中成为占绝对统治地位的价值观。

无产阶级的集体主义产生于与资产阶级的斗争之中。它最初是无产阶级调整内部政治关系的政治原则。无产阶级政治革命是无产阶级集体主义产生的深刻根源。无产阶级要与强大的敌对势力抗衡，必须结成强大的、团结的、自为的集体；无产阶级要调节自身内部、外部的各种关系，保证无产阶级的政治、经济目标顺利实现，也必须坚持集体主义原则。

其次，集体主义原则是社会主义经济基础的根本要求。在社会主义市场经济条件下，必须坚持集体主义原则。我们正在建设的市场经济体制是社会主义市场经济体制，即社会主义条件下的市场经济，这个市场经济是和社会主义的本质、社会主义基本制度结合在一起的，因此必然会形成自身的特性。社会主义的本质是解放生产力，发展生产力，消灭剥削，消除两极分化，最终达到共同富裕。这就决定了社会主义市场经济的根本目的是满足社会的需要，即服从于社会主义生产的目的。对于社会主义市场经济来说，它既讲经济效益，更讲社会效益；既讲个人效益，更讲国家、集体、个人三者结合的效益，反映到价值观上必然是社会主义、集体主义的。

在社会主义条件下,道德建设的指导原则是同完善和巩固社会主义制度这一根本要求联系在一起的。我国目前虽然实行了多种经济所有制形式,但以生产资料公有制为基础的经济关系仍然占主导地位。这种经济关系反映在道德领域中,必然是维护大多数人利益的集体主义。市场经济体制同任何事物一样,也是兼有利弊的。兴利抑弊靠什么?基本手段还是法制和道德。如果我们放弃集体主义,任个人主义泛滥,那么我们怎么能建设社会主义,怎么能实现社会主义本质所要求的共同富裕呢?集体主义原则不但与社会主义市场经济相契合,而且也正是发展和完善社会主义市场经济的客观要求。

最后,集体主义原则正确反映了社会发展进步和社会主义的本质要求,反映了广大人民的利益需求,也反映了人对人生、人对个人与社会的关系的正确认识和觉醒。多年来集体主义已经成为我们现实生活调整个人与他人、个人与集体之间道德关系的主要原则。虽然在现实社会中集体主义的实施存在若干问题,但是集体主义的原则已经被群众普遍接受。

五、树立社会主义荣辱观

以"八荣八耻"为主要内容的社会主义荣辱观,是社会主义核心价值体系的重要组成部分,有着丰富的思想内涵和鲜明的时代特征,涵盖了个人、集体、国家三者之间的关系,涉及人生态度、社会风尚的方方面面,反映了社会主义道德的基本要求,是新形势下加强社会主义思想道德建设的重要指导方针,对于大学生成长成才和培养文明道德风尚具有重要的规范、激励和指导作用。

社会主义荣辱观是凝聚人心、促进社会和谐的坚强纽带。一个社会是否和谐,一个国家能否长治久安,很大程度上取决于全体社会成员的思想道德素质。取决于有没有共同的道德规范和普遍遵循的行为准则。在社会主义社会扎实推进社会主义和谐社会建设,一个重要的方面就是充分发挥社会主义意识形态的功能和作用。通过牢固树立社会主义荣辱观来明是非、辨善恶、识美丑,进而统一思想,振奋精神,凝聚力量,营造氛围,为构建社会主义和谐社会提供强大精神动力。社会主义荣辱观是推动和谐文化建设、构建社会主义和谐社会的重要思想道德基础,是实现社会和谐的内在要求。

"八荣八耻"着眼当代中国发展的全局,紧密联系当前社会风气中存在的突出问题,具有很强的针对性。

社会风气、文明风尚是一个社会导向的反映,它需要强有力的引领。树立良好社会风尚的关键,在于分清是非、善恶、美丑的界限。只有分清荣辱,明辨善恶,一个人才能形成正确的价值判断,一个社会才能形成良好的道德风尚。"八荣八耻"的提出不仅点出了中国社会目前思想道德建设的要害,也为促进良好社会风气形成、为社会主义道德建设指明了方向,是引领社会风尚的一面旗帜。它为我们确定提倡什么,反对什么的基本衡量标准,坚持它、贯彻它,有利于提高全体公民明辨是非、区分善恶、识别美丑的能力,推动在全社会形成知荣辱、讲正气、促和谐的风尚,以使我们的社会机体越来越健康。

以"八荣八耻"为主要内容的社会主义荣辱观,旗帜鲜明地指出了在社会主义社会里,应当坚持什么、反对什么,提倡什么、抵制什么,明确了当代中国最基本的价值取向,树立了看得见、摸得着的行为规范和准则。

六、诚实守信：公民道德建设的重点

道德建设不是少数先进分子的事，它必须面向大众、依靠大众，而广大公民则是道德建设的主体。公民道德规范中最有基础性、根本性的规范是"爱国守法、明礼诚信、团结友善、勤俭自强、敬业奉献"。这二十字的道德规范，概括了正确处理个人与国家、社会之间的关系，个人与个人之间的关系，以及个人正确对待生活、工作的道德要求，是全体公民普遍认同和自觉遵守的行为准则。其中，诚实守信是公民道德建设的重点。这既是对中华民族传统美德的弘扬，又正确反映了当代中国道德建设的客观要求。它是人们立身处世之本和事业成败的关键。

（一）诚信对大学生的意义

诚实守信是一个具有普遍性的道德规范，是处理个人与社会、个人与他人之间的相互关系的基础性道德规范。诚信是中华民族几千年来始终崇尚的基本美德之一。诚实守信是初始性道德，是道德体系中的母德，一切道德规范都是在此基础上得以建立的，更高的道德规范是以诚信为基础的。失去诚信，整个道德体系都要动摇；失去诚信，一切道德将不再成为道德。换句话说，没有诚信就没有道德本身。

（1）诚信是大学生的基本素质要求

诚实守信既是一种道德品质和道德观念，更是每一个公民的道德责任，大学生是社会的高素质群体，将担当社会的重任，诚实守信是大学生个人道德品质修养的标准之一，是立身处世的基本原则之一。诚实，就是表里如一，言行一致，光明磊落，胸怀坦荡，敢于负责，不弄虚作假；守信，就是要遵守诺言，讲究信用、信誉。

治国平天下，先从修身始。诚实守信，用社会主义道德规范来严格要求自己，加强道德修养，养成良好的道德品质，是大学生提高自身素质，完善自我，实现人生价值，成为社会主义现代化事业接班人和建设者的重要途径。

（2）诚信是大学生成功走向社会的前提

诚信是大学生成功进入社会的"通行证"。作为大学生，应该明确，在市场经济中，人格信誉是自身最宝贵的无形资产，是每个人的立身之本。随着社会的发展，个人信用越来越重要，个人信用记录不良的人，将来走上社会也很难办成事。因此，大学生在学校学习科学文化知识的同时，一定要加强自身的道德修养，用自身拥有的良好的道德品质，用自己诚实守信的人格，去迎接未来社会的挑战和用人单位的挑选，为将来走入社会打好基础。

（3）诚信是大学生事业成功的保证

大学生事业成功除了要具有专业技能以外，最基本的前提条件就是要具有良好的职业道德，要诚实守信。因为一个人的人品如何直接决定了这个人对于社会的价值。而在与人品相关的各种因素之中，诚信又是最为重要的一点。诚信是大学生在社会上行走的"通行证"，是事业成功的重要保证。

（二）自觉加强诚信道德建设

首先，加强诚信道德教育，营造良好的社会氛围。加强宣传导向，在全社会开展诚信教育，充分发挥大众传媒的宣传功能，在全社会倡导和弘扬诚实守信的良好风尚，批判各种不诚信的行为和观念，最终在社会中形成健康的道德评价体系。假如诚信的行为得不

到鼓励和表彰，不诚信的行为没有受到谴责和制裁，谁诚信谁就吃亏，不诚信反而得益，那么诚信的风气是永远推广不了的。

其次，创建良好的校园风气和育人环境。健康、高雅、积极向上的校园文化对大学生有着潜移默化的导向作用。营造良好的育人环境，高校自身要树立良好形象，按章办事，制度面前人人平等；教师要以身作则，严谨治学，实事求是，保持良好的师德，做到教书育人，为人师表。高校还应致力于建设积极健康的校园文化生活，利用丰富多彩的校园文化作为实施诚信教育的有效方式，加深学生对诚信这一基本道德规范的理解，使学生能渐渐学会宽容和尊重，寻求人与人之间的理解与真诚，建立和谐的人际关系。

再次，建立个人诚信管理机制，为诚信建档。个人诚信管理机制是市场经济的产物，是建立有序的市场经济所必需的。当前社会上之所以存在大量信用缺失现象，是因为守信者没有得到应有的收益，也没有得到相应的鼓励，而失信者非但没有受到应有的惩罚，反而得到了不应得的收益。因此，制定和完善政府、企业和个人的信用规则体系，建立信用档案和失信惩罚机制，对有不良信用记录的企业和个人进行惩治。并对诚实守信者予以奖励，这是社会信用体系建设的重要环节。

最后，加强诚信的内在修养。外部的环境、制度、教育的确能对大学生的诚信道德的培养产生影响，但这些都只是从外部产生作用，要从根本上解决问题，还是要从大学生内在的修养做起，坚定自己的道德信念，要以严格的个人修养来约束自己。只有做一个诚实守信的人才能获得他人和社会的信任，而这是成功的关键。诚信应该成为大学生的一种行为习惯或生活方式，成为一种信念，成为人格的一部分。在生活中要时时注意培养诚信品德，在工作和社会活动中则要不断强化诚信的意识和规则，把诚信作为人格和信念，让诚信贯穿于人的一生，成为一生不懈的追求。

七、加强道德修养锤炼个人品德

社会主义道德建设最终要落实到提高个人品德上。个人品德是社会公德、职业道德、家庭美德的重要前提，没有良好的个人品德修养，就谈不上公德心、责任感和荣辱观。加强个人品德建设，有利于奠定全社会道德建设的基石，良好的个人品德形成又从根本上夯实了社会公德、家庭美德、职业道德的基础。加强个人品德建设要贯穿于社会公德、职业道德和家庭美德建设的始终。

品德是通过个人自觉的道德修养和社会道德教育所形成的稳定的心理状态和行为习惯。它表现为个体对某种道德要求的强烈认同，对道德情感的充分表达，对社会道德规范的执着践履。道德是指由社会舆论、传统习俗和人们的内在信念来维系的、对人们的行为进行善恶评价的心理意识、原则规范和行为活动的总和。人们按照这些行为规范来支配和调节自己的言行，并以此来要求和评价他人的举止。由此看来，品德和道德都受社会发展规律的制约，但两者是不能等同的，它们既有区别又有联系。

（一）品德与道德的区别

首先，品德与道德所属的范畴不同。道德属于上层建筑的范畴，是一种特殊的社会意识形态。其产生、发展、变化服从于整个社会的发展规律，不以别人的存在或个别人是否具有社会道德为转移。当一个人按自己所处社会生活中的行为规范或行为准则去行动时，就会受到集体舆论的赞许，反之则会受到集体舆论的谴责，自己也会感到内疚和不安。

品德虽然也是社会现实在人脑中的反映,是在社会道德舆论的熏陶及家庭、学校道德教育的影响下形成的,但品德的形成与发展除了受社会条件制约之外,还要受个体心理发展的影响,因此品德属于个体意识范畴,将随着个体的产生、成长、死亡而发生、发展以至消亡。

其次,品德与道德所反映的内容不同。道德产生的力量源泉是社会需要,因此道德反映的是整个社会生活的要求,它作为调节社会关系的行为规范的完整体系,其内容全面而又完整;而品德产生的力量源泉则是个人的社会性需要,人们为了满足这种需要就必须自觉地按照道德要求发展与完善自我品德。因此它是社会道德规范局部的具体体现,其作为社会道德要求的一部分,反映的内容也只是道德内容的一个部分。

(二)品德与道德的联系

品德与道德的发展是互动的过程,它们之间的联系十分紧密,主要表现在三个方面。

首先,品德是道德的具体化。品德是一定的社会道德规范在个体头脑中的反映和在个体实践活动中的具体体现。个人品德既是社会道德原则和规范的内化,也是个体作为主体对社会道德的认识、选择以及实践的结果,是个人在社会生活中的行为活动个性化了的道德特质。

其次,社会道德风气影响个人品德的发展。品德不是与生俱来的,是在社会道德的影响下形成发展的,离开了道德就没有品德而言。因此,社会道德风气的发展变化会在某种程度上影响着个人品德面貌的变化。

最后,个体的品德也会反作用于社会道德状况。个人品德提高了,就可以"内德于己,外德于人",促进社会道德进步。某些具有代表性人物的品德可以作为社会道德的典范,对社会风气产生深远的影响,也就是说个人品德也能构成和影响社会的道德面貌和风气。

八、道德修养的基本途径

道德修养是人们按照一定社会或一定阶级的道德要求在个人品质和情操方面的自我教育和自我塑造。一般说来,社会的道德原则和规范内化为一个人的道德信念和道德行为要通过两个途径:一是道德教育,二是道德修养。而后者比前者更为重要,因为它强调的是自我教育、自我约束,贵在自觉。

道德修养主要有学思并重、省察克治、慎独自律和积善成德、知行统一等方法。

(1)学思并重的方法

主要指是非观念的培养,即通过虚心学习,多读书,读好书。知道什么是对的,什么是错的,才能在行为上有所依据。同时学习一定要与实践结合,不能人云亦云、盲目从众,要善于思索,提高道德判断力。有意识地区分什么是善的,什么是恶的,树立正确的善恶观念,通过学思并重,择善去恶,不断提高自己的道德判断力。

(2)省察克治的方法

省察克治的方法即自我教育法。修养主体自我关照、自我领悟、自我教育,其核心是反省精神。主要有:①"自省"法。即自我反省,这是儒家的自我修养方法。儒家认为,处世行事要"吾日三省吾身"。②"省察"法。即让自己的心理常常处于警醒状态,严防不符合社会思想道德的思想和行为出现。这是一种无时不在的长期修养方法。这种方法要取得实际的效果,更要克服"自我原谅",发现自己的缺点后,要下决心改正它。③"自讼"法。即自我批评。在善恶观念的冲突中,自己跟自己"打官司",在自己的头脑中进行善恶两种道德观念之间复杂而艰巨的斗争,正确地解决自己内在思想品质中新旧道德因素之间的矛盾,以培养高尚的道德品质和道德情操。

(3)慎独自律的方法

慎独自律既是一种道德修养方法,又是一种道德境界。就是指人们在独自活动无人监督的情况下,无论何时、何地,都能凭着高度自觉,严格自律,按照一定的道德规范去行动,而不做任何不道德的事情。它是我国古代哲人提出的一种重要的道德修养方法。古人说:"慎独为入德之方。"发扬慎独精神,要在"隐"和"微"两点上下工夫。即使处在人所不知的暗处,也要防止不良的念头出现;即使最微小的不良念头,也不要让它存在和发展到明显的地步。坚持"勿以恶小而为之,勿以善小而不为",从小事做起,注重一点一滴,不断总结提高。慎独自律,最紧要的就是不自欺。自欺,必欺人。要做到"仰无愧于天,俯无愧于地,中无愧于心"。

(4)积善成德的方法

千里之行,始于足下,良好的行为习惯是一点一滴逐渐养成的。"不积跬步,无以至千里;不聚细流,无以成江河",良好道德观念的养成,需要循序渐进,日积月累。"勿以恶小而为之,勿以善小而不为"。要注意通过身边的小事加强修养,如对朋友、亲人、陌生人注重礼仪;平时注重勤劳节俭等。人只要从身边的小事做起,持之以恒地坚持下去,通过积累善行或美德,使之巩固强化,就能达到"积土成山,积水成渊,积善成德",逐渐凝结成优良的品德。

(5)知行统一的方法

朱熹说:"论先后,知为先;论轻重,行为重。"道德修养如果仅仅停留在口头或内心里,而不见于行动,就永远达不到既定的目的。评价一个人,要听其言,观其行;知而不行,只是未知;道德修养必须落实到实践中。知行统一是指把提高思想认识、树立道德观念与养成伦理道德行为习惯结合起来,做到言行一致,知行统一。由知到行确实并非易事,要排除障碍和干扰,在实践中磨炼自己,拒绝不良诱惑,切莫做明知不对的事,把良好的行为坚持到底,真正做到知行统一。

第五章 遵守社会公德 维护公共秩序

一、社会公德的内涵

社会公德是人们在社会公共生活中应遵循的基本道德,亦称"公共道德"或"公德",它是人们为了维护公共生活、调节人们之间的关系而形成的道德行为准则和起码的公共生活准则。社会公德是社会存在的反映,是人类在长期的社会生活中根据生活实践和共同生活的客观需要逐步形成和发展起来的。所以,社会公德是全体公民在社会交往和公共生活中必须共同遵循的准则,是社会普遍公认的基本行为规范。

社会公德同个人私德相对,前者指同集体、组织、阶级以至整个社会、民族、国家有关的道德;后者则指个人私生活中处理爱情、婚姻、家庭问题的道德以及个人的品德、作风、习惯等。两者有区别,但不是绝对的,也有紧密的联系,在一定的条件下可以互相转化。

在无阶级的社会里,社会公德为人们所公认,并通过社会舆论、风俗习惯来维护和调整。在社会主义条件下,人民内部没有根本对立的利益冲突,社会公德有可能成为全社会统一的道德规范,并为全体人民所接受。

在我国现阶段,要大力倡导以文明礼貌、助人为乐、爱护公物、保护环境、遵纪守法为主要内容的社会公德,鼓励人们在社会上做一个好公民。

社会公德水平的高低,直接影响着一个国家的社会秩序、社会风气、社会凝聚力,是一个社会文明程度的外在标志。大力弘扬社会公德、倡导文明新风,对于促进依法治国、构建和谐社会,具有十分重要的意义。

二、社会公德在社会发展中的地位越来越突出

社会公德是全体公民在社会交往和公共生活中应该遵循的行为准则,涵盖了人与人、人与社会、人与自然之间的关系。在现代社会,公共生活领域不断扩大,人们的交往日益频繁,社会公德在维护公共利益、公共秩序,保持社会稳定方面的作用更加突出,成为公民个人道德修养和社会文明程度的重要表现。社会公德的社会作用之所以越来越突出,是由于以下几个方面的原因。

首先,这是因为社会公共生活的空间越来越扩大。作为独立形态的社会公德,是随着现代生产力的发展而出现的。从某种意义上说,它既包含了社会意识形态的基本内涵,又具有与现代生产力相适应的某些习惯和要求。在现代生产力日益发展的情况下,过去根本不具备道德意义的行为,现在成为道德调整的对象。比如,装修自己房屋纯属私事,但装修的噪音干扰了邻居的休息和工作,就是不道德的行为;在现代社会之中,不讲究这些社会公德,就无法共同生活。

其次,在现代条件下,社会公德是社会文明与进步的外部标志之一。社会道德风尚是精神文明的重要标志。社会公德的状况是社会精神文明状况的最直观、最常见、最主要的判断依据。文明城市,文明社会,是社会公德最明显的体现。由于社会公德的一部分是与现代生产力直接相关的,所以也是国际间进行某些方面的精神文明比较的重要标志。中国作为历史上的礼仪之邦,要在现代世界上传播自己的良好形象,就要靠亿万群众在社会公共生活中表现出来的良好的社会公德状况。

再次,社会公德是社会正常运行的保证。社会公德适用的领域是公共大众生活领域。社会公德反映的是整个社会的共同愿望。由于社会公德是对社会公共关系的调节,所以它是维护社会良好公共秩序的保证。广大人民群众需要社会公德来维护美好生活环境和社会秩序,同时也能够形成对违反社会公德行为的舆论压力。只要人民群众遵守社会公德的自觉性提高了,社会就能够维持稳定和谐。

四、依法治国与以德治国的关系

任何社会要做到长治久安,都必须综合运用法律和道德这两个工具,都必须法治和德治两手抓。如果只有法律的齐肃作用,没有道德教化的作用,那么在法律不完善的地方和时候,人们的行为无所依凭,就可能会胡作非为;如果只有道德的教育作用,没有法律的惩戒、警示作用,道德的作用就只能"管得了君子,管不了小人",社会秩序将发生极大的混乱。所以,在发展社会主义市场经济的过程中,要坚持不懈地加强社会主义法治建设,依

法治国;同时,也要坚持不懈地加强社会主义道德建设,以德治国。对于一个国家的治理来说,法治与德治,从来都是相辅相成、互相促进的,两者缺一不可,也不可偏废。

依法治国与以德治国目的是一致的,但它们处于不同的层次。在社会生活中,只有那些道德领域解决不了的问题,才诉诸法律。法治设置的是行为规范的底线,德治设置的是向上引导的方向。人们的行为应高于底线、远离底线,在道德评价的范围内得到解决,社会才会出现良好的秩序和风尚。法治强调的是他律,是强制性的因素;德治强调的是自律,是自觉约束自己的良好道德素质。从某种意义上说,无论法治,还是德治,其目的最终还是落脚于培养人们良好的思想道德素质。一个健康的社会,不能没有法治,更不能缺少灵魂和高尚的道德风尚。只有把依法治国同以德治国结合起来,我们才能获得一个理想的社会生活环境。

第六章 培育职业精神 树立家庭美德

一、职业道德的特征

职业道德是从事特定职业的人在职业活动中应当遵循的具有职业特征的特殊道德要求和行为准则。职业道德具有以下特征:

第一,主体特定性。职业道德是从事特定职业的人应当遵循的道德要求和行为准则。某一行业或职业的道德规范只对该行业或职业的从业人员具有约束力,对业外人士则不具有任何约束力。

第二,内容特殊性和多样性。职业道德内容的特殊性,首先表现为它的行为规范一般都具有鲜明的职业特征。这是由于它的原则和规范是由各个职业的利益和要求以及具体业务的内容和特点所决定的。尽管职业道德不可能脱离整个社会的道德标准,但它往往更加具体,更富有特色。职业道德内容的特殊性,还表现为不同职业的道德规范在内容上亦各不相同,职业道德的这一特点也可以称作职业道德的多样性。比如,教师的职业道德一般包括教书育人、为人师表、甘为人梯、诲人不倦等,法官的职业道德一般包括秉公执法、不徇私情、实事求是、慎审明判等。当然,职业道德具有多样性,并不等于不同的职业就没有一些共同的道德标准,比如爱岗敬业、服务社会等,这些是无论哪一个职业的从业人员都应当恪守的。

第三,历史继承性和相对稳定性。职业道德作为一种社会意识形式,是随着社会经济关系的发展而发展的,特别是随着行业或职业的发展变化而发展变化的。人类的职业活动是随着社会分工的出现而出现的,这种具有较强专业性质的活动必然具有世代相传的特点,在相当长的时间内表现出相对稳定、一贯的特征,与此密切相关的职业道德也必然具有前后一贯的特点。换句话说,尽管职业道德也在不断发展,但这种发展总是表现为在继承基础上的发展。也正因如此,职业道德才表现出相对稳定的特征。

第四,阶级性。职业道德作为道德的组成部分或说道德在不同职业的具体表现,属于社会意识形态的范畴,因而是具有阶级性的。虽然社会分工趋向于复杂,五花八门的职业也都具有各自的道德规范,但这丝毫不能掩盖职业道德的阶级性。在阶级社会,"道德始终是阶级的道德"。职业道德的阶级性，与从事特定职业的人们所处的阶级地位相关，但它归根结底来源于他们所处的经济关系，在剥削阶级社会，由于各个职业之间、从业者之间以及从业者与服务对象之间存在着利益冲突甚至是阶级对立，它们的职业道德不可避免地被打上阶级的烙印，往往表现为为自己所隶属的阶级或者小团体服务。在社会主义社会，由于各个职业的利益与社会整体利益从根本上说具有一致性，人与人之间也不存在根本的利益矛盾，因此社会主义国家职业道德的阶级性主要表现为人民群众利益的一致性和共同为社会服务的奉献精神。我们国家提出的"爱岗敬业、诚实守信、办事公道、服务群众、奉献社会"的职业道德要求，就鲜明地反映了我国社会主义职业道德的这一特点。

二、爱情的本质

爱情是男女之间基于一定的物质条件和生活理想，在各自内心形成最真挚的互相倾慕，并渴望对方成为自己终身伴侣的一种最强烈的感情。这个意义上的爱情不是自古就有的，它是人类社会发展到一定历史阶段的产物。在原始社会，人类处于蒙昧无知的状态，爱情还不可能产生。

马克思主义认为，爱情既有其自然属性，也有其社会属性，是自然属性和社会属性的统一，但其本质在于它的社会性。由于人已经远离动物界而成为社会的人，人类的恋爱也就不只是个人的现象和问题，而且是社会的现象和问题了。男女的恋爱行为不仅会对个人生活产生影响，而且也会对社会生活产生影响。因此，社会对个人的恋爱行为进行道德约束也就是必然的了。正是由于爱情具有社会属性，有了社会对于爱情的相对统一的要求和约束，爱情才能够超越人类的性本能，成为人类一种最高尚、最优美和最诚挚的情感。

三、孝的传统内涵与现代意义

在中国古代传统道德中，"百善孝为先"。孝是道德的首要内容和其他一切道德的基础和出发点。今天，弘扬中国传统道德中"孝"的合理因素，有利于促进家庭关系的和谐，有利于协调现代社会的人际关系，不仅对家庭美德建设具有重要意义，而且对整个社会主义道德建设也具有重要意义。

古代圣贤对于孝的首要意义有很深刻的认识。孔子说："夫孝，德之本也，教之所由生也。"孔子的弟子有若说："其为人也孝弟，而好犯上者，鲜矣；不好犯上，而好作乱者，未之有也。君子务本，本立而道生。孝弟也者，其为人之本与！"意思是说，孝顺父母、友爱兄弟是一切道德的基础。《三字经》里也说："首孝悌，次见闻。"意思是说，做人首先要懂得孝顺父母、尊敬长辈，其次才是读书认知。

儒家的孝道观包含着丰富的内容，其中有许多观点对于今天的人们依然具有重要的启发和教育意义。如《孝经》里说："身体发肤，受之父母，不敢毁伤，孝之始。""立身行道，扬名于后世，以显父母，孝之终也。"孟子对孔子的仁孝思想作了进一步的发挥，将之推及整个社会。他说："老吾老，以及人之老；幼吾幼，以及人之幼。"这些思想都是值得我们珍视的。当然，传统的孝道观中也包含一些陈腐落后的思想观念，对于它们，则应大力去除。

第七章　增强法律意识　弘扬法治精神

一、领会社会主义法律精神

（一）我国社会主义法律的内涵

法律有四种历史类型，即奴隶制法律、封建制法律、资本主义法律和社会主义法律。当代中国的法律属于社会主义类型的法律。

（1）法律的一般含义

第一，法律是由国家创制并保证实施的行为规范。

法律区别于道德规范、宗教规范、风俗习惯、社会礼仪、职业规范等其他社会规范的首要之处在于，它是由国家创制并保证实施的社会规范。

国家创制法律规范的方式主要有两种：

一是制定，即国家机关在法定的职权范围内依照法律程序，制定、补充、修改、废止规范性法律文件的活动。

二是认可，即国家机关赋予某些既存社会规范以法律效力，或者赋予先前的判例以法律效力的活动。

第二，法律不但由国家制定或认可，而且由国家保证实施。也就是说，法律具有国家强制性。法律的国家强制性，既表现为国家对违法行为的否定和制裁，也表现为国家对合法行为的肯定和保护。

第三，法律是统治阶级意志的体现。

在阶级社会中，法律是统治阶级意志的体现。①法律所体现的是统治阶级的阶级意志，即统治阶级的整体意志，而不是个别统治者的意志，也不是统治者个人意志的简单相加。②法律所体现的统治阶级意志，并不是统治阶级意志的全部，而仅仅是上升为国家意志的那部分意志。

第四，法律由社会物质生活条件决定。

法律不是凭空出现的，而是产生于特定时代的物质生活条件基础之上的。社会物质生活条件是指与人类生存相关的物质资料的生产方式、地理环境和人口等。其中，物质资料的生产方式既是决定社会面貌、性质和发展的根本因素，也是决定法律本质、内容和发展方向的根本因素。生产方式包括生产力与生产关系两个方面，对法律产生决定性的影响。在阶级社会中，有什么样的生产关系，就有什么样性质和内容的法律。

法律的定义：法律是由国家制定或认可并以国家强制力保证实施的，反映由特定社会物质生活条件所决定的统治阶级意志的规范体系。

（2）我国社会主义法律的本质

我国社会主义法律，是在中国共产党领导的新民主主义革命时期孕育，在社会主义制度建立后确立并在社会主义建设中不断发展的。

我国社会主义法律的本质主要表现在以下几个方面：

第一，从法律所体现的意志来看，我国社会主义法律是工人阶级领导下的广大人民意志的体现。我国社会主义法律既具有鲜明的阶级性,又具有广泛的人民性,体现了阶级性与人民性的统一。

第二,从法律的实质内容来看,我国社会主义法律是社会历史发展规律和自然规律的反映,具有鲜明的科学性和先进性。

第三,从法律的社会作用来看,我国社会主义法律是中国特色社会主义事业顺利发展,社会主义和谐社会建设的法律保障。

(二)我国社会主义法律体系

中国特色社会主义法律体系是以我国全部现行法律规范按照一定的标准和原则划分为不同的法律部门,并由这些法律部门所构成的具有内在联系的统一整体。

它由宪法及宪法相关法、民法商法、行政法、经济法、社会法、刑法、诉讼与非诉讼程序法等法律部门组成。每一法律部门均由一系列调整相同类型社会关系的众多法律、法规所构成。

(三)我国社会主义法律的运行

法律的运行是一个从创制、实施到实现的过程。这个过程主要包括法律制定(立法)、法律遵守(守法)、法律执行(执法)、法律适用(司法)等环节。

法律制定是国家对权利和义务,即社会利益和负担进行的权威性分配;法律的遵守、执行、适用则是把法定的权利和义务转化为现实的权利和义务,把文本上的法律转化为现实中的法律。

(1)法律制定

法律制定就是有立法权的国家机关依照法定职权和程序制定规范性法律文件的活动,是法律运行的起始性和关键性环节。

(2)法律遵守

法律遵守是指国家机关、社会组织和公民个人依照法律规定行使权力和权利以及履行职责和义务的活动。

依法办事包括两层含义:一是依法享有并行使权利,二是依法承担并履行义务。在法律运行过程中,守法是法律实施和实现的基本途径。在社会主义国家,一切组织和个人都是守法的主体。

(3)法律执行

在广义上,法律执行是指国家机关及其公职人员,在国家和公共事务管理中依照法定职权和程序,贯彻和实施法律的活动。

在狭义上,法律执行则是指国家行政机关执行法律的活动,也称为行政执法。行政执法的主体通常是国家行政机关及其公职人员。

(4)法律适用

法律适用是指国家司法机关及其公职人员依照法定职权和程序适用法律处理案件的专门活动。

(四)建设社会主义法治国家

(1)"法治"与"法制"的比较

"法治"与"法制",虽然仅一字之差,但从内涵上讲,却有重大区别。"法治"是一种治理国家的理论、原则、理念和方法,是一种社会意识;而"法制"通常是指国家的法律和制度的简称,是一种社会制度。强调依法治国,是法治的本质特征之一。

（2）依法治国的含义

所谓依法治国,就是广大人民群众在党的领导下,依照宪法和法律规定,通过各种途径和形式管理国家事务,管理经济文化事业,管理社会事务,保证国家各项工作都依法进行,逐步实现社会主义民主的制度化、法律化,使这种制度和法律不因领导人的改变而改变,不因领导人的看法和注意力的改变而改变。

（3）全面落实依法治国基本方略,加快建设社会主义法治国家的主要任务有以下几项:

第一,完善中国特色社会主义法律体系。

我们的法律体系是中国特色社会主义法律体系,在形成并完善法律体系过程中,必须把握好四点:

①不能用西方的法律体系来套我们的法律体系。

②行政法规和地方性法规都是法律体系的重要组成部分。

③要区分法律手段和其他调整手段的关系,需要用法律调整的才通过立法来规范,以更好地发挥法制的功能和作用。

④我们的法律体系是动态的、开放的、发展的,本身就有一个与时俱进的问题,需要适应客观形势的发展变化,不断加以完善。

第二,提高党依法执政的水平。

依法执政是新的历史条件下马克思主义政党执政的一种基本方式。党的领导是依法治国的根本保证。依法执政,就是坚持依法治国、建设社会主义法治国家,领导立法,带头守法,保证执法,不断推进国家经济、政治、文化、社会生活的法制化、规范化,以法治的理念、法治的体制、法治的程序保证党领导人民有效治理国家。

第三,加快建设法治政府。

建设法治政府,是落实依法治国方略,推进社会主义民主与法制建设的重要内容。加快建设法治政府,必须全面推进依法行政,严格按照法定权限和程序行使权力、履行职责,健全行政执法责任追究制度,完善行政复议、行政赔偿制度。

第四,深化司法体制改革。

深化司法体制改革是加快建设社会主义法治国家的重要内容。

第五,完善权力制约和监督机制。

确保权力正确行使,必须让权力在阳光下运行,加强对权力的制约和监督,建立健全决策权、执行权、监督权既相互制约又相互协调的权力结构和运行机制。

第六,培植新型的社会主义法律文化。

建设社会主义法治国家,要继承人类优秀法律文化成果,建设符合时代要求和人民意愿的新型法律文化。

二、树立社会主义法治观念

（一）社会主义民主法治观念

（1）社会主义民主法治是社会主义的重要特征

社会主义民主法治是社会主义的重要特征。发展社会主义民主、健全社会主义法制、建设社会主义法治国家,是中国特色社会主义建设事业的重要组成部分。

(2) 党的领导是社会主义民主法治建设的根本保证

中国共产党是社会主义民主法治建设的领导力量,是维护和发展人民民主、实行并坚持依法治国的坚强保证。削弱党的领导,脱离党的领导,放弃党的领导,社会主义民主法治就不可能建设好。发展社会主义民主政治,最根本的是要坚持党的领导、人民当家作主和依法治国有机统一。

(3) 社会主义民主法治相互依存、相互促进

社会主义民主与社会主义法治之间存在着密切关系。一方面,社会主义民主是社会主义法治的前提和基础,决定着社会主义法治的性质和内容。另一方面,社会主义法治是社会主义民主的体现和保障,是社会主义民主的重要实现途径。

(二)自由平等观念

法律上的自由平等观念最为核心的内容是依法享有和行使自由的观念、法律面前人人平等的观念。

第一,依法享有和行使自由的观念。

第二,法律面前人人平等观念。

法律面前人人平等观念是在近代资产阶级革命过程中首先提出的。这一观念是对封建社会等级观念、特权制度的否定,具有积极的历史意义。

第一,公民在守法上一律平等。

第二,公民在适用法律上一律平等。

(三)公平正义观念

(1) 坚持立法公正与执法公正并重

从法律运行的环节来看,法律公正包括立法公正和执法公正两个方面。

第一,立法公正是执法公正的前提。

第二,执法公正是法律公正得以实现的重要形式。

(2) 坚持实体公正与程序公正并重

从法律公正的内涵来看,法律公正包括实体公正和程序公正两个方面。

第一,在法律中,实体公正是指法律上的权利、义务、责任之设定、分配的结果是否正当合理。

第二,程序公正是指法律上的权利、义务、责任之设定、分配的过程或程序是否正当合理。

我们在参与或从事法律活动时,既要重视实体公正,也要重视程序公正。程序公正与实体公正是密切联系、相互制约的,程序不公正往往会导致实体不公正。

(四)权利义务观念

(1) 法律权利与法律义务的性质

第一,从来源来看,法律权利和法律义务一般都来源于法律的明文规定,或者法律虽未明文规定,但可以从法律的规定中推导出来。后一类法律权利和法律义务通常被称为默示的或推定的权利和义务。

第二,从基本内容来看,法律权利意味着人们可以依法作或不作一定行为,可以依法要求他人作或不作一定行为。

第三,从范围来看,法律权利和法律义务都有明确的界限。

(2)法律权利与法律义务的关系

一般来说,可以把法律权利与法律义务的关系概括为结构上的相关关系、总量上的等值关系、功能上的互补关系等三个方面。

第一,结构上的相关关系。法律权利和法律义务是对立统一的。法律权利与法律义务,一个表征利益,另一个表征负担;一个是主动的,另一个是被动的。

第二,总量上的等值关系。法律权利和法律义务在总量上是等值的。

① 一个社会的法律权利总量和法律义务总量是相等的。

② 在具体法律关系中,法律权利与法律义务互相包含。

第三,功能上的互补关系。法律权利和法律义务各有其独特的、总体上又是相互补充的功能。

三、增强国家安全意识

(一)确立新的国家安全观

(1)国家安全的内涵

国家安全一般是指一个国家不受内部和外部的威胁、破坏而保持稳定有序的。

(2)新形势下国家安全观的内涵

新的国家安全观不仅包括传统的政治安全和国防安全,还包括经济安全、科技安全、文化安全、生态安全、社会公共安全等。

(二)掌握国家安全法律知识

(1)国家安全的一般法律制度

包括《国家安全法》、《刑法》、《国家安全法》、《刑法》等。

(2)国防安全法律制度

我国国防安全法律制度主要由《国防法》、《反分裂国家法》、《兵役法》、《军事设施保护法》、《出境入境边防检查条例》等法律法规构成。

(3)经济安全法律制度

我国目前虽然缺乏有关经济安全的专门立法,但很多经济法律法规都包含了有关国家经济安全的规定,具有维护国家经济安全的功能。

(4)网络信息安全法律制度

为了维护国家的网络和信息安全,我国制定了《关于维护互联网安全的决定》、《计算机信息系统安全保护条例》、《互联网信息服务管理办法》、《计算机信息网络国际联网安全保护管理办法》,这些法律法规明确规定了利用互联网实施的各种违法行为及其处罚办法。

(5)生态安全法律制度

我国的生态安全法律制度包括两个组成部分:一部分是我国制定的有关生态安全保障的法律法规,另一部分是我国缔结或参加的有关国际生态安全保护的条约。

(6)社会公共安全法律制度

为了保证社会治安、公共卫生安全和食品安全,国家制定了《刑法》、《治安管理处罚法》、《消防法》、《食品卫生法》(新的《食品安全法》已于 2009 年 6 月 1 日起正式实施)、《突发公共卫生事件应急条例》等。

（三）履行维护国家安全的义务

① 依照法律服兵役和参加民兵组织的义务。

② 保守国家秘密的义务。

③ 提供便利条件或其他协助的义务。

④ 如实提供证据的义务。

⑤ 及时报告危害国家安全行为的义务。

⑥ 不得非法持有、使用专用间谍器材的义务。

四、加强社会主义法律修养

（一）培养社会主义法律思维方式

（1）法律思维方式的含义

法律思维方式，是指按照法律的规定、原理和精神，思考、分析、解决法律问题的习惯和取向。

（2）法律思维方式的特征

① 讲法律。以法律思维方式思考和处理法律问题首先要以法律为准绳。

② 讲证据。以法律思维方式思考和处理法律问题首先要以证据为根据。正确地分析和处理法律案件，要抓住两个关键问题：一是查清案件事实，二是正确运用法律。只有收集到充分的证据，才能查清案件事实。

③ 讲程序。法律思维思考与处理法律问题要从法律程序出发。程序问题在法律领域居于非常重要的地位。

④ 讲法理。法律思维思考与处理法律问题要运用法律原理和精神。

（3）培养法律思维方式的途径

①学习法律知识。②掌握法律方法。③参与法律实践。

（二）树立和维护社会主义法律权威

（1）维护法律权威的意义

在当代中国，树立法律权威对于建设社会主义法治国家、实现国家的长治久安具有非常重要的意义。

（2）自觉维护社会主义法律权威

对于大学生来说，至少应做到以下三个方面：

①努力树立法律信仰。②积极宣传法律知识。③敢于同违法犯罪行为作斗争。

第八章　了解法律制度　自觉遵守法律

一、我国宪法规定的基本制度

《中华人民共和国宪法》是我国的根本法，是治国安邦的总章程，是保持国家统一、民族团结、经济发展、社会进步和长治久安的法律基础，是中国共产党执政兴国、团结带领全国各族人民建设中国特色社会主义的法制保证。

（一）宪法的特征和基本原则

宪法是法律的组成部分，具有法律的共性。但是，宪法不同于普通法，它在法律体系中居于核心地位、起统率作用，是一个国家法制的基础和核心。

（1）宪法的特征

在我国现行法律体系中，宪法作为国家的根本大法，具有自己鲜明的特征。具体表现在三个方面：①在内容上，宪法规定国家生活中最根本最重要的方面。②在效力上，宪法的法律效力最高。③在制定和修改程序上，宪法比其他法律更为严格。

（2）宪法的基本原则

①党的领导原则。②人民主权原则。③法治原则。④民主集中制原则。

（二）我国的国家制度

（1）国家制度的定义与包括内容

① 国家制度是一个国家的统治阶级通过宪法、法律规定的有关国家性质和国家形式方面的制度的总称。

② 我国的国家制度主要包括人民民主专政制度、人民代表大会制度、中国共产党领导的多党合作和政治协商制度、民族区域自治制度、基层群众自治制度和基本经济制度等。

（2）人民民主专政制度

人民民主专政是我国的国体。国体即国家性质，是国家的阶级本质，是指社会各阶级在国家生活中的地位和作用。我国《宪法》第1条规定："中华人民共和国是工人阶级领导的、以工农联盟为基础的人民民主专政的社会主义国家。"人民民主专政是无产阶级专政在中国具体历史条件下的表现形式。

（3）人民代表大会制度

人民代表大会制度是中国社会主义民主政治最鲜明的特点，是人民当家作主的重要途径和最高实现形式，是社会主义政治文明的重要制度载体，是我国的根本政治制度。

人民代表大会制度是我国的政权组织形式。政权组织形式，又称政体，是指掌握国家权力的阶级实现国家权力的政权体制，是形成和表现国家意志的方式，或者说是表现国家权力的政治体制。

（4）中国共产党领导的多党合作和政治协商制度

中国共产党领导的多党合作和政治协商制度是我国的一项基本政治制度，是中国特色社会主义政党制度。

中国社会主义政党制度的特点是共产党领导、多党派合作，共产党执政、多党派参政。我国《宪法》明确规定："中国共产党领导的多党合作和政治协商制度将长期存在和发展。"

（5）民族区域自治制度

民族区域自治制度是我国为解决民族问题，处理民族关系，实现民族平等、民族团结、各民族共同繁荣发展而建立的基本政治制度。我国采取的是单一制的国家结构形式。民族区域自治制度是我们党和各族人民的一个伟大创造。

（6）基层群众自治制度

基层群众自治制度是城乡基层群众在党的领导下，依法直接行使民主权利，管理基层公共事务和公益事业,实行自我管理、自我服务、自我教育、自我监督的一项重要政治制度。

我国已经建立了农村村民委员会、城市居民委员会等基层群众自治组织。

（7）基本经济制度

基本经济制度是指一国通过宪法和法律调整以生产资料所有制为核心的各种基本经济关系的规则、原则和政策的总和。

社会主义公有制是我国经济制度的基础。全民所有制和劳动群众集体所有制是我国社会主义公有制的两种基本形式。

（三）我国公民的基本权利和义务

（1）我国公民的基本权利

公民的基本权利也称宪法权利,是指由宪法规定的公民享有的基本的、必不可少的权利。

根据我国宪法的规定,我国公民的基本权利主要包括以下内容:平等权;政治权利和自由;宗教信仰自由;人身自由权;批评、建议、申诉、控告、检举权和取得国家赔偿权;社会经济权;文化教育权;特定主体权利。

（2）我国公民的基本义务

公民的基本义务也称宪法义务,是指由宪法规定的公民必须遵守和应尽的根本责任。根据我国宪法的规定,我国公民的基本义务主要包括以下内容:

维护国家统一和全国各民族团结;遵守宪法和法律;维护祖国的安全、荣誉和利益;保卫祖国、依法服兵役和参加民兵组织;依法纳税;其他义务。

（四）我国的国家机构

国家机构是国家为实现其管理社会、维护社会秩序职能而建立起来的国家机关的总和。

根据我国宪法规定,我国国家机构分为全国人民代表大会、中华人民共和国主席、国务院、中央军事委员会、地方各级人民代表大会和地方各级人民政府、民族自治地方的自治机关、人民法院与人民检察院。

（1）全国人民代表大会

全国人民代表大会和全国人民代表大会常务委员会的职权包括行使国家立法权,选举、决定和罢免国家机关领导人,决定国家重大事项,监督其他国家机关的工作等。

（2）中华人民共和国主席

① 中华人民共和国主席是我国国家机构的重要组成部分,代表中华人民共和国进行国事活动。

② 根据全国人民代表大会及其常务委员会的决定,行使公布法律、任免国务院组成人员等重要职权。

③ 中华人民共和国主席、副主席由全国人民代表大会选举产生。

（3）国务院

① 中华人民共和国国务院即中央人民政府,是最高国家权力机关的执行机关,是最高国家行政机关。

② 国务院实行总理负责制,对全国人大及其常委会负责并报告工作。

（4）中央军事委员会

中央军事委员会是全国武装力量的最高领导机关。中央军委实行主席负责制，由主席向全国人大和全国人大常委会负责。

（5）地方各级人民代表大会和地方各级人民政府

根据我国《宪法》和《地方各级人民代表大会和地方各级人民政府组织法》的规定，省、自治区、直辖市、自治州、县、市、自治县、市辖区、乡、民族乡、镇设立人民代表大会。

（6）民族自治地方的自治机关

民族自治地方的自治机关是自治区、自治州、自治县的人民代表大会和人民政府，行使宪法规定的地方国家机关的职权，同时依照宪法、民族区域自治法和其他法律规定的权限行使自治权，根据本地方实际情况贯彻执行国家的法律、政策。

（7）人民法院和人民检察院

根据《宪法》和《人民法院组织法》的规定，我国人民法院的组织体系包括：最高人民法院、地方各级人民法院和专门人民法院。地方各级人民法院分为高级人民法院、中级人民法院、基层人民法院；专门人民法院包括军事法院、铁路运输法院等。

二、我国的实体法律制度

实体法律制度主要是规定法律关系主体的权利和义务或职权和职责的法律制度的总称。我国的实体法律制度，主要包括民商法律制度、行政法律制度、经济法律制度、刑事法律制度等。

（一）我国的民商法律制度

（1）民法的概念和基本原则

第一，民法是调整平等主体的公民之间，法人之间以及公民和法人之间的财产关系和人身关系的法律规范的总和。我国1986年公布并施行的《民法通则》，规定了民事法律的基本制度。

第二，民法的基本原则主要有：

①平等原则。②自愿原则。③公平原则。④诚实信用原则。⑤禁止权利滥用原则。

（2）民事主体制度

民事主体是指在民事法律关系中独立享有民事权利和承担民事义务的公民（自然人）、法人和其他组织。

第一，自然人是指依自然规律出生而取得民事主体资格的人。

自然人从出生时起到死亡时止，具有民事权利能力。民事行为能力是民事主体独立实施民事法律行为的资格。

第二，法人是指具有民事权利能力和民事行为能力，依法独立享有民事权利和承担民事义务的组织。

第三，其他组织是指不具有法人资格，但可以以自己的名义进行民事活动的组织。它主要包括合伙、个人独资企业、个体工商户、农村承包经营户等。

（3）民事行为制度

第一，民事行为是指民事主体在民事活动领域内基于其意志所实施的能够产生一定民事法律后果的行为。

第二，民事法律行为应当具备下列条件：行为人具有相应的民事行为能力；意思表示真实；不违反法律或者社会公共利益。民事法律行为可以采用书面形式、口头形式或者其他形式。法律规定用特定形式的，应当依照法律规定。

第三，民事主体不可能亲自进行所有的民事行为，可以通过签订合同等形式委托他人代理。

（4）民事权利制度

民事权利是指自然人、法人或其他组织在民事法律关系中享有的具体权益。民事权利所包含的权益，可以分为财产权益和非财产权益。因此，民事权利可以分为财产权和非财产权两大类。我国民法所规定的民事权利，主要有物权、债权、知识产权、继承权、人身权等。

（5）民事责任制度

民事责任是指民事主体因违反民事义务而应承担的民事法律后果。

我国《民法通则》以民事责任发生的原因为标准，将其分为违反合同的民事责任和侵权的民事责任两类。

① 违反合同的民事责任又称违约民事责任。

② 侵权民事责任分为一般侵权民事责任和特殊侵权民事责任。

（6）民事诉讼时效制度

为了督促权利人及时行使民事权利，我国《民法通则》规定了诉讼时效制度。诉讼时效，是指民事权利受到侵害的权利人在法定的时效期间内不行使权利，当时效期间届满时，即丧失了请求人民法院依诉讼程序强制义务人履行义务之权利的制度。

诉讼时效分为普通诉讼时效和特殊诉讼时效两类。

① 普通诉讼时效适用于一般民事法律关系，分为两类：一般诉讼时效期间为2年，短期诉讼时效期间为1年。

② 特殊诉讼时效是指由特别法规定的诉讼时效，如《合同法》规定，因国际货物买卖合同和技术进出口合同争议提起诉讼或者申请仲裁的期限为4年。

（7）合同法律制度

合同是指平等主体的自然人、法人、其他组织之间设立、变更、终止民事权利义务关系的协议。我国《合同法》对合同的订立、效力、履行、变更和转让，终止、违约责任以及主要合同种类等都作出了明确规定。

《合同法》规定，当事人订立合同，有书面形式、口头形式和其他形式。法律、行政法规规定采用书面形式或当事人约定采用书面形式的，应当采用书面形式。

（8）知识产权法律制度

知识产权法是调整在创造、使用、转让和保护智力成果或工商业标志过程中发生的社会关系的法律规范的总称。

（9）商事法律制度

我国的商法是民商法律部门的重要组成部分，包括公司、证券、票据、保险等法律制度。

第一,公司是企业法人,有独立的法人财产,享有法人财产权,以其全部财产对公司的债务承担责任。公司包括有限责任公司和股份有限公司。①有限责任公司的股东以其认缴的出资额为限对公司承担责任;②股份有限公司的股东以其认购的股份为限对公司承担责任。

第二,证券是用来证明证券持有人有权取得相应权益的凭证。证券交易是指已发行的证券在证券市场上买卖或转让的活动。证券交易具有流动性、收益性和风险性。证券交易有股票交易和债券交易等。

第三,票据是指出票人约定自己或委托付款人在见票时或指定的日期向收款人或持票人无条件支付一定金额并可流通转让的有价证券,包括汇票、本票和支票。

第四,保险是指投保人根据合同约定,向保险人支付保险费,保险人对于合同约定的可能发生的事故因其发生所造成的财产损失承担赔偿保险责任,或者当被保险人死亡、伤残、疾病或者达到合同约定的年龄、期限时承担给付保险金责任的商业保险行为。

(二)我国的行政法律制度

(1)行政法的概念和原则

行政法是调整行政关系的法律规范的总称,具体来说,它是调整国家行政机关在履行其职能的过程中发生的各种社会关系的法律规范的总称。它一方面要规范和约束行政机关的行政权力和行政行为,保护公民、法人和其他组织的正当我国行政法的基本原则就是依法行政或行政法治原则,可分解为行政合法性原则和行政合理性原则等。

① 行政合法性原则是指行政权力的存在和运用必须依据法律,符合法律,不得与法律相抵触。

② 行政合理性原则是指行政行为在合法的前提下应尽可能合理、适当和公正。

(2)国家行政机关与公务员

① 国家行政机关是依照法律规定,根据宪法和有关组织法的规定设立的,享有并行使国家行政权,对国家各项行政事务进行组织和管理的机关。国家行政机关是国家权力机关的执行机关。我国的国家行政机关体系由中央行政机关和地方行政机关组成。

② 行政机关公务员是依法代表行政机关行使行政权的工作人员。

(3)行政行为

行政行为是行政主体运用行政权力针对行政相对人作出的、能够产生一定法律效果的行为。根据行政行为所针对的行政相对人是否特定这一标准,可以将行政行为分为抽象行政行为和具体行政行为。

(4)行政责任

行政责任是指行政法律关系主体由于违反行政法律或不履行行政法律义务依法应承担的行政法律后果。行政违法或不当是行政责任得以形成的前提条件和直接根据。

(5)行政处罚与行政复议

① 行政处罚是行政主体依照法定职权和程序,对违反行政法规的行政相对人给予行政制裁的具体行政行为。

② 行政复议是指行政相对人认为具体行政行为侵犯其合法权益,依法向特定的行政机关提出申请,由受理该申请的行政机关对具体行政行为依法进行审查,并作出行政复议决定的活动。

（三）我国的经济法律制度

（1）经济法的概念和原则

概念：经济法是调整国家在监管与协调经济运行过程中所发生的经济关系的法律规范的总称。它是国家为克服市场调节的局限性、盲目性而制定的调整全局性的、社会公共性的、需要由国家监管与协调的经济关系的法律。

主要原则：

①国家适度干预原则。

②效率公平原则。

③可持续发展原则。

（2）消费者权益保护法律制度

消费者权益保护法是调整在保护消费者权益过程中所产生的社会关系的法律规范的总称。

（3）税收法律制度

① 税收是国家为了实现其职能，凭借国家权力依法向纳税人征收货币或实物，参与国民收入分配和再分配，取得财政收入的一种形式。

② 税法是调整税收关系的法律规范的总称。税收法律关系是由税收法律规范调整的，征税主体与纳税人之间的具有权利义务内容的社会关系。税收法律关系的一方主体始终是国家。税法的构成要素主要包括征税主体、纳税主体、征税客体税种及税目、税率、纳税环节、纳税期限、减税免税、违章处理等。

（四）我国的刑事法律制度

（1）刑法的概念和原则

概念：刑法是统治阶级为了维护其阶级利益和统治秩序，根据自己的意志，以国家的名义颁布的，规定犯罪、刑事责任与刑罚的法律规范的总和。简言之，刑法就是规定犯罪和刑罚的法律。

原则：①罪刑法定原则。②罪刑相当原则。③适用刑法一律平等原则。

（2）犯罪概述

① 犯罪是指严重危害社会，触犯刑法并应受刑罚处罚的行为。

② 犯罪构成包括：犯罪主体、犯罪主观方面、犯罪客体、犯罪客观方面。

③ 排除犯罪的事由。排除犯罪的事由是指虽然行为人的行为在客观上造成一定的损害结果，表面上符合某种犯罪的客观要件，但实际上没有犯罪的社会危害性，不符合犯罪构成，依法不构成犯罪的事由。

④ 故意犯罪形态。故意犯罪形态是指故意犯罪在其发展过程中的不同阶段，由于主客观原因而停止下来的各种犯罪状态，即犯罪预备、犯罪未遂、犯罪中止与犯罪既遂。

⑤ 共同犯罪。共同犯罪是指两人以上共同故意犯罪。《刑法》根据共同犯罪人的作用并适当考虑分工的情况，将共同犯罪人分为主犯、从犯、胁从犯与教唆犯，并规定了不同的刑事责任原则。

（3）刑罚制度

第一，刑罚是由刑法规定的，由国家审判机关依法对犯罪分子所适用的限制或者剥夺其某种权益的最严厉的法律制裁方法。

第二,刑罚的体系。我国《刑法》所规定的刑罚体系由主刑和附加刑构成。

① 主刑是指对犯罪分子独立适用的主要刑罚方法,包括管制、拘役、有期徒刑、无期徒刑与死刑。

② 附加刑是指补充主刑适用的刑罚方法。它既可以作为主刑的附加刑,也可以独立适用。《刑法》规定的附加刑有罚金、剥夺政治权利、没收财产以及适用于犯罪的外国人的驱逐出境。

第三,刑罚的裁量。刑罚的裁量即量刑,是指人民法院依据刑法在认定行为人构成犯罪的基础上,确定对犯罪人是否判处刑罚、判处何种刑罚以及判处多重的刑罚并决定所判刑罚是否立即执行的刑事司法活动。对犯罪分子决定刑罚,应当根据犯罪事实、性质、情节和对社会的危害程度,依照《刑法》的有关规定予以判处。具体的量刑制度包括累犯、自首和立功、数罪并罚、缓刑等。

（4）犯罪种类

我国《刑法》规定了下列十大类犯罪:

危害国家安全罪、危害公共安全罪、破坏社会主义市场经济秩序罪、侵犯公民人身权利、民主权利罪、侵犯财产罪、妨害社会管理秩序罪、危害国防利益罪、贪污贿赂罪、渎职罪、军人违反职责罪等。

三、我国的程序法律制度

程序法是实体法所规定的法律关系主体的权利和义务的实现的重要保障。它的主要功能在于及时、恰当地为实现权利、行使职权和履行义务提供必要的规则、方式和秩序。

（一）我国的民事诉讼法律制度

（1）民事诉讼的概念、管辖与当事人

① 民事诉讼是指法院在当事人和其他诉讼参与人的参加下,以审理、判决、执行等方式解决民事纠纷的活动,以及由这些活动产生的各种诉讼关系的总和。

② 民事诉讼法是国家制定的调整人民法院和诉讼参与人的各种民事诉讼关系的法律规范的总称。

③ 民事诉讼管辖是指各级人民法院之间或同级人民法院之间受理第一审民事纠纷案件的分工和权限。

④ 民事诉讼当事人是指因民事权利义务发生争议,以自己的名义进行诉讼,要求人民法院作出民事裁判的人。狭义上的当事人,仅指原告和被告。广义上的当事人还包括共同诉讼人、第三人。

（2）民事诉讼程序

包括:审判程序。第一审普通程序是指人民法院审理民事纠纷案件,除简单的民事纠纷案件外,都适用的程序。主要包括:起诉与受理、审理前的准备、开庭审理、宣判等环节。

执行程序。执行程序是指人民法院根据一方当事人的申请或依职权采取法定措施,强制不履行义务的一方当事人履行已经发生法律效力的民事判决、裁定、调解书及其他法律文书的程序。

（二）我国的行政诉讼法律制度

国家行政机关在履行职能的过程中,与行政相对人发生行政争议,或行政相对人的正当权益受到行政机关侵犯时,可以向人民法院提起行政诉讼,要求人民法院审查行政机关的行政行为,作出公正合法的判决。我国的《行政诉讼法》规定了行政诉讼的受案范围、管辖、诉讼参加人、证据、起诉、受理、审理、判决、执行等问题。

（1）行政诉讼的概念、受案范围和参加人

① 行政诉讼是指公民、法人和其他组织认为行政机关或行政机关工作人员具体行政行为侵犯其合法权益,依法向人民法院提起诉讼,并由人民法院进行审理和裁判的一种诉讼活动。

② 行政诉讼的受案范围,是指法律所规定的人民法院受理行政案件的范围。

③ 行政诉讼参加人是指引起行政争议、存在直接利害关系而参加行政诉讼的整个过程或者主要阶段的人,包括当事人和诉讼代理人。

（2）行政诉讼程序

包括:起诉与受理、第一审程序、第二审程序、审判监督程序。

（三）我国的刑事诉讼法律制度

刑事诉讼直接决定犯罪嫌疑人、被告人是否有罪和承担刑事责任以及构成何种犯罪、承担何种刑事责任的问题。

（1）刑事诉讼法概述

刑事诉讼是指人民法院、人民检察院和公安机关（国家安全机关）在当事人及其他诉讼参与人的参加下,依照法定程序,追究犯罪,确定被追诉者刑事责任的活动。刑事诉讼法是指国家制定或认可的调整刑事诉讼活动的法律规范的总称。

（2）刑事诉讼程序

包括:立案和侦查、审判程序、执行程序。

（四）我国的仲裁和调解制度

仲裁是当今国际上广泛采用的解决经济纠纷的重要途径。与诉讼相比,仲裁具有充分尊重当事人的选择、费用较低、结案速度较快等优点。调解植根于我国几千年的传统法律文化和近现代司法实践之中,被国际司法界誉为"东方经验"。

（1）仲裁概述

仲裁是指发生争议的双方当事人,根据其在争议发生前或争议发生后所达成的协议,自愿将该争议提交中立的第三者居中评断是非并作出裁决的一种解决争议的方式。

仲裁法的基本原则有:自愿原则,根据事实、符合法律规定、公平合理地解决纠纷原则,独立仲裁原则。仲裁法的基本制度包括:协议仲裁制度、或裁或审制度和一裁终局制度。

仲裁协议是指双方当事人以书面方式自愿将他们之间已经发生或将来有可能发生的争议提交仲裁解决的协议。

（2）仲裁程序

包括:申请与受理、仲裁庭的组成、仲裁审理。

（3）调解制度

① 调解是指发生纠纷的当事人,在第三者的主持下,互相协商,互谅互让,依法自愿达成协议,使纠纷得以解决的一种活动。

② 我国的调解制包括人民调解、行政调解、司法调解等。